O beijo Escarlate

Universo dos Livros Editora Ltda.
Rua Haddock Lobo, 347 – 12º andar • Cerqueira César
CEP 01414-001 • São Paulo/SP
Telefone: (11) 3217-2603 • Fax: (11) 3217-2616
www.universodoslivros.com.br
e-mail: editor@universodoslivros.com.br
Siga-nos no Twitter: @univdoslivros

O beijo Escarlate

LARA
ADRIAN

São Paulo
2011

UNIVERSO DOS LIVROS

Diretor-Editorial
Luis Matos

Assistente-Editorial
Noele Rossi
Talita Camargo
Talita Gnidarchichi

Tradução
Adriana Fernandes Machado de Oliveira

Preparação
Fernanda Duarte

Revisão
Nathalia Ferrarezi

Arte
Stephanie Lin

Capa
Zuleika Iamashita

Dados Internacionais de Catalogação na Publicação (CIP)
(Câmara Brasileira do Livro, SP, Brasil)

A243b Adrian, Lara.

O beijo escarlate / Lara Adrian ; [tradução Adriana Fernandes Machado de Oliveira]. – São Paulo : Universo dos Livros, 2011
368 p. – (Midnight Breed)

Tradução de: Kiss of Crimson.

ISBN 978-85-7930-229-9

1. Vampiros. 2. Ficção. 3. Romance. I. Título. II. Série.

CDD 813.6 22

Para Cappy e Sue Pratt,
meu time de Relações Públicas itinerante e minhas torcedoras favoritas.
Obrigada por todo o amor, pelo apoio,
e pelos incontáveis bons momentos.
Acho que posso escutar o Caribe nos chamando outra vez...

Agradecimentos

Muito obrigada a todos de Bantam Dell, por me ajudarem a pôr em linhas e trazer para as mãos de meus leitores o mundo de *Midnight Breed*, em especial a: Shauna Summers, Kristin Doyle, Nita Taublib, Kathleen Baldonado, Theresa Zoro, Anna Crowe, ao fantástico departamento de arte e às maravilhosas equipes de vendas e direitos autorais. Sinto-me muito lisonjeada por trabalhar com todos vocês.

Meus contínuos agradecimentos a minha agente, Karen Solem, e a minha publicitária, Patricia Rouse, por sempre cuidarem de mim e me manterem no caminho.

E a mais profunda gratidão e total adoração ao meu marido – minha arma secreta –, por todas as ideias fascinantes cujos créditos recaem sobre mim e por arrumar com entusiasmo (talvez essa seja uma palavra muito forte) toda a bagunça da casa enquanto eu me encontrava absorta em um dos meus livros (praticamente o tempo todo). Não teria feito nada disso sem você!

Capítulo 1

Dante deslizou o dedo pela doce carne da mulher, demorando-se na carótida, onde o pulso da humana batia mais forte. Sentiu seu próprio pulso se acelerar também, em resposta à corrente de sangue que fluía sob a pálida superfície daquela pele tão delicada. Dante inclinou a cabeça escura e beijou aquela região terna, brincando com a língua sobre os apressados batimentos cardíacos da mulher.

– Diga-me – murmurou ele contra a pele cálida, e a voz saiu como um grunhido baixo em meio à estridente batida da música da boate –, é uma bruxa boa ou má?

A mulher se contorceu no colo dele; as pernas dela, recobertas por meias arrastão, estavam abertas, e um espartilho negro ostentava os seios sob o queixo dele, como se fossem um banquete. Ela passou um dedo pela brilhante peruca fúcsia que usava e logo o deixou cair de maneira sensual, descendo por uma tatuagem de cruz celta, indo parar no generoso decote.

– Ah, sou uma bruxa muito, muito má.

Dante grunhiu.

– Minha favorita.

Ele sorriu diante de seu olhar ébrio, sem se importar em ocultar as presas. Era um dos muitos vampiros na boate de Boston nessa noite de Dia das Bruxas, embora a maioria deles se tratasse de impostores.

Humanos com dentes de plástico, sangue falso e outros apetrechos ridículos. Outros poucos – ele e um punhado de machos de um dos Refúgios Secretos da nação vampiresca que se encontravam na pista de dança – eram criaturas genuínas.

Dante e os outros eram da Raça e passavam longe dos vampiros pálidos e góticos das antigas lendas humanas. Não eram nem mortos--vivos, nem filhos do mal; a espécie de Dante era uma classe híbrida de sangue quente, fruto da mescla do *Homo sapiens* e de apavorantes seres de outro mundo. Os antepassados da Raça, um bando de conquistadores alienígenas que aterrissaram na Terra milênios atrás e que já estavam há muito extintos, tinham se reproduzido com as mulheres humanas e transmitido para sua prole a sede – a necessidade primária – de sangue.

Esses genes alienígenas tinham dado grandes poderes à Raça, assim como destruidoras debilidades. Somente o lado humano da Raça, as qualidades passadas pelas mães mortais, é que mantinha a estirpe civilizada e capaz de aderir a qualquer tipo de Ordem. Mesmo assim, uns poucos da Raça sucumbiam ao lado selvagem e se convertiam em Renegados, uma via de mão única pavimentada em sangue e loucura.

Dante desprezava esses sujeitos de sua espécie e, como membro da classe dos guerreiros, era seu dever acabar com seus irmãos Renegados onde quer que os encontrasse. Como um macho que desfruta de seus prazeres, Dante não tinha certeza do que preferia: uma cálida e suculenta veia de mulher sob os lábios ou a sensação da lâmina de aço com fio de titânio na mão ao cortar seus inimigos e transformá-los em pó no meio da rua.

– Posso tocá-las? – A bruxa de cabelos cor-de-rosa, no colo, fitava a boca de Dante em completa admiração. – Essas presas parecem terrivelmente reais! Preciso senti-las.

– Tenha cuidado – ele a advertiu, enquanto ela aproximava os dedos dos lábios dele. – Eu mordo.

– Ah, é? – Riu ela, com os olhos arregalados. – Aposto que sim, docinho.

Dante chupou um dos dedos, pensando na maneira mais rápida de levar a mulher para a posição horizontal. Precisava se alimentar, porém jamais era contra um pouco de sexo no processo – como prelúdio ou como sobremesa, não importava. Era sempre bom, pelo que sabia.

Sobremesa, decidiu num impulso, deixando que as presas perfurassem a ponta carnuda do dedo da mulher assim que ela começou a retirá-lo da boca. Ela ofegou enquanto ele chupava a pequena ferida, negando-se a soltá-la nesse instante. A leve prova de sangue o acendeu, transformando-lhe as pupilas em duas fendas verticais afiadas em meio ao dourado dos olhos. Um desejo ardente se apoderou dele, alojando-se na saliente protuberância de seu membro, que pressionava o couro negro das calças.

A mulher gemeu, fechando os olhos enquanto se arqueava como uma gata. Dante soltou o dedo e envolveu-lhe a nuca com a mão, trazendo o pescoço dela para mais perto. Apoderar-se de uma anfitriã em um lugar público não era exatamente seu estilo, mas estava profundamente entediado e precisava se divertir. Além do mais, duvidava que alguém fosse notar essa noite, com a boate cheia de falsos perigos e sensualidade exposta. Quanto à mulher em seu colo, sentiria apenas prazer quando ele tirasse dela o que precisava. E, mais tarde, não se lembraria de nada, pois apagaria de sua memória qualquer recordação dele.

Dante se inclinou e afastou a cabeça da mulher para o lado, faminto, com água na boca. Olhou por cima dela e viu dois vampiros do Refúgio Secreto, parte da população geral da Raça, observando-o a alguns metros de distância. Pareciam crianças – eram da geração atual, sem dúvidas. Cochicharam entre si, evidentemente o reconhecendo como um dos guerreiros, tentando decidir se deveriam se aproximar dele ou não.

Desapareçam, pensou Dante com os olhos na direção deles enquanto afastava os lábios e se preparava para cravar as presas na veia de sua anfitriã.

Porém, os jovens vampiros ignoraram seu olhar sombrio. O mais alto dos dois, um macho louro com calças camufladas, botas de motoqueiro e uma camiseta preta, adiantou-se pelo caminho. Seu parceiro, que vestia uns jeans folgados, botas de cano alto e uma regata enorme do time de basquete Lakers, avançou todo orgulhoso logo atrás.

– Droga. – Dante não se importava com um pouco de indiscrição, mas com certeza não precisava de uma plateia observando-o de perto enquanto se alimentava.

– O que foi? – Lamentou-se a aspirante a hóspede quando Dante se afastou dela.

– Nada, meu bem. – Pousou a palma da mão sobre a testa dela e apagou-lhe da mente a última meia hora. – Agora vá encontrar seus amigos.

Ela se levantou obedientemente do colo e saiu, desaparecendo na multidão de corpos espremidos na pista de dança. Os dois vampiros do Refúgio Secreto lançaram-lhe um breve olhar enquanto se aproximavam da mesa dele.

– E aí, caras – saudou Dante sem o menor interesse em conversar.

– E aí – acenou o louro de traje militar, cruzando os braços musculosos sobre o peito. Não havia sequer um *dermaglifo* visível naquela pele jovem. Definitivamente eram da última geração da Raça. Provavelmente não tinham nem saído dos vinte anos ainda. – Desculpa atrapalhar, mas tínhamos que lhe dizer, cara... Foi uma bela surra a que deram nos Renegados alguns meses atrás. Todo mundo ainda está falando sobre como a Ordem acabou com uma colônia inteira de bastardos em uma única noite. Mandaram aqueles filhos da mãe pro espaço. Irado, cara.

– É – concordou seu companheiro. – Então, estávamos pensando... Quero dizer, ficamos sabendo que a Ordem está procurando novos recrutas.

– É mesmo?

Dante se inclinou para trás no banco e soltou um suspiro aborrecido. Não era a primeira vez que tinha sido abordado por vampiros dos Refúgios Secretos que queriam se unir aos guerreiros. Desde o ataque ao esconderijo dos Renegados no velho hospital psiquiátrico no verão passado, o velho grupo secreto dos guerreiros da Raça tinha ganhado bastante notoriedade indesejada. Até mesmo fama.

E, para falar a verdade, isso era extremamente irritante.

Dante chutou a cadeira para trás da mesa e se levantou.

– Não é comigo que têm de falar sobre isso – disse aos esperançosos machos. – E, de qualquer forma, para ser recrutado para a Ordem, só por meio de convite. Sinto muito.

Afastou-se deles a passos largos, aliviado ao sentir o celular vibrar no bolso da jaqueta. Pegou o aparelho e atendeu a chamada procedente do condomínio da Raça.

– Sim?

– Como está indo? – Era Gideon, o gênio dos guerreiros da Raça. – Alguma atividade fora do comum para reportar?

– Não exatamente. Está tudo bem parado por aqui agora. – Dante vasculhou a boate lotada e notou que os dois vampiros tinham decidido ir embora. Dirigiam-se para a saída, acompanhados por uma dupla de mulheres humanas fantasiadas. – Nenhum Renegado nos arredores por enquanto. Que droga, né? Estou querendo um pouco de ação por aqui, Gid.

– Bem, tente se animar – disse Gideon, deixando escapar um riso. – A noite ainda é uma criança.

Dante riu.

– Diga a Lucan que o poupei de outro par de aspirantes querendo se alistar. Sabe, gostava muito mais das coisas quando éramos mais temidos que reverenciados. Ele já fez algum progresso com os recrutas ou ainda está ocupado demais com sua maravilhosa Companheira de Raça?

– Sim, ambas as coisas – respondeu Gideon. – Quanto ao recrutamento, temos um candidato chegando em breve de Nova York, e Nikolai já se comunicou com alguns de seus contatos em Detroit. Teremos de arrumar alguns testes para os novatos – sabe, ver do que são capazes antes de nos comprometermos.

– Tipo esfolar-lhes os traseiros e ver quem volta procurando mais?

– Tem algum outro jeito?

– Conte comigo – falou Dante, arrastando as palavras enquanto caminhava pela boate em direção à porta.

Saiu para a rua e andou pela noite, evitando um grupo de humanos vestidos como zumbis com roupas esfarrapadas e pinturas faciais estranhas. Sua audição aguçada captava centenas de sons – do barulho geral do trânsito aos gritos e risadas dos festeiros bêbados do Dia das Bruxas que lotavam as ruas e calçadas.

E também escutou algo mais.

Algo que lhe arrepiou a nuca e pôs em alerta seus instintos de guerreiro.

– Preciso ir – disse a Gideon do outro lado da linha. – Tenho um bastardo na mira. Acho que a noite não vai ser um total desperdício, afinal de contas.

– Ligue de volta depois que acabar com ele.

– Certo. Até mais. – Dante encerrou a chamada e guardou o telefone celular no bolso.

Desceu por um beco lateral, seguindo o grunhido baixo e o odor rançoso de um vampiro Renegado que caçava uma presa. Assim como os outros guerreiros da Ordem, Dante também nutria um profundo desprezo pelos membros da Raça que se convertiam em Renegados. Todo vampiro tinha sede, todo vampiro tinha de se alimentar – e, às vezes, matar – para sobreviver. No entanto, cada um deles também sabia que era tênue a linha entre necessidade e gula, apenas uns goles escassos de sangue. Se um vampiro consumisse demais ou alimentasse sua necessidade com muita frequência, corria o risco de cair no vício, de entrar em um estado permanente de fome, conhecido como Sede de Sangue. Uma vez vencido pela fraqueza, convertia-se em Renegado, tornando-se um violento viciado capaz de qualquer coisa pela próxima dose.

A selvageria e a indiscrição dos Renegados punham em risco toda a Raça, deixando-a exposta aos humanos – uma ameaça que Dante e o resto da Ordem não podiam tolerar. E, além disso, estava surgindo um perigo ainda maior: alguns meses atrás, tinha-se verificado que os Renegados estavam se organizando, aumentando em número, orquestrando táticas que pareciam convergir para algo não muito longe da guerra. Se não fossem detidos, e se isso não acontecesse logo, tanto a humanidade quanto os vampiros da Raça se veriam no meio de uma sangrenta batalha infernal, comparável até mesmo com o pior dos apocalipses.

Por ora, enquanto a Ordem se concentrava em localizar o novo quartel-general dos Renegados, a missão dos guerreiros era simples: caçar e eliminar todo e qualquer Renegado que fosse possível. Exterminá-los tal como a praga infecciosa que eram. Essa era uma tarefa que Dante apreciava e nunca se sentia mais à vontade que quando estava em ação, rondando as ruas com a arma em punho, procurando por uma briga. Tinha certeza de que era isso que o mantinha vivo; ainda mais, era o que mantinha ocultos seus demônios mais sombrios.

Dante dobrou uma esquina e se infiltrou por outra viela que se estendia entre dois antigos prédios de tijolos à vista. De algum lugar à sua frente na escuridão, escutou o grito de uma mulher. Com os ânimos acelerados, avançou em direção ao som.

E quase não chegou a tempo.

O Renegado tinha seguido os dois vampiros do Refúgio Secreto e as companheiras deles. Parecia jovem e trajava roupas pretas de estilo gótico sob um comprido sobretudo negro. Porém, jovem ou não, era grande e forte, e estava enfurecido pela fome. Tinha agarrado uma das mulheres em um abraço mortal e já se aproximava da garganta dela sedento de sangue, enquanto os aspirantes a guerreiros permaneciam ali parados em pé, paralisados pelo medo.

Dante desembainhou uma adaga que carregava na cintura e a lançou. A lâmina atingiu em cheio o Renegado, cravando-se entre os ombros dele. A arma tinha sido especialmente produzida com aço e titânio; esse último metal era extremamente venenoso para o sistema sanguíneo e para os órgãos degenerados dos Renegados. Um simples beijo dessa lâmina fatal era o que bastava para que um Renegado começasse a ferver de dentro para fora em tempo recorde.

Só que isso não aconteceu desta vez.

O vampiro lançou um olhar selvagem a Dante; dos olhos brilhava uma cor âmbar, e das presas escorria sangue enquanto sibilava um terrível alerta. Mas o Renegado ignorou o ataque da adaga e se agarrou ainda mais à presa, virando-lhe a cabeça para beber com uma urgência ainda maior.

Que diabos estava acontecendo?

Dante correu na direção do vampiro com outra adaga na mão. Não perdeu nem um segundo: foi direto ao pescoço, com a intenção de decepá-lo de uma vez. A lâmina se afundou, deixando um talho profundo, mas o bastardo conseguiu sair do ataque antes que Dante pudesse acabar com ele. Com um rugido de dor, soltou a mulher e concentrou toda sua fúria em Dante.

– Tirem as humanas daqui! – Gritou Dante aos vampiros do Refúgio enquanto empurrava a mulher na direção dos outros, para longe do conflito. – Mexam-se, agora! Limpem-na, apaguem a memória das duas e saiam deste maldito lugar!

Os dois rapazes logo se puseram em ação. Apanharam as mulheres histéricas e as levaram para longe do local, enquanto Dante refletia sobre a estranheza do que havia acabado de presenciar.

O vampiro não tinha se desintegrado como deveria ao receber a dose dupla de titânio pelas adagas de Dante. Não era um Renegado, ainda que tivesse caçado sua presa e se alimentado dela como o pior dos viciados em sangue.

Dante contemplou o rosto transformado: as presas perfiladas e as pupilas elípticas nadando em íris inundadas por uma cor ardente. Uma baba rosada e fétida tinha se incrustado em torno da boca do vampiro, fazendo o estômago de Dante se retorcer com o fedor.

Recuou repugnado, pensando que o vampiro deveria ter aproximadamente a mesma idade dos dois jovens do Refúgio Secreto. Um maldito pirralho. Ignorando o corte pulsante no pescoço, o vampiro se virou e tirou a adaga de Dante do ombro. Grunhiu, alargando as narinas como se fosse atacar a qualquer momento.

Mas então saiu correndo.

O miserável disparou a toda em passos largos; a bainha de seu sobretudo se agitava atrás dele como uma vela de barco enquanto adentrava a cidade num caminho serpeante. Dante não esperou nem um instante. Perseguiu-o rua após rua, pelos becos e vizinhanças, e mais além, até os estaleiros nos arredores de Boston, onde fábricas vazias e velhos parques industriais se elevavam como lúgubres sentinelas ao longo da margem do rio. De um dos prédios saía um ruído abafado de música; o ritmo dos graves e os *flashes* intermitentes de luzes estroboscópicas vinham, sem dúvida, de uma festa *rave* que acontecia em algum lugar por perto.

Uns poucos metros adiante, o vampiro correu para uma doca diminuta que abrigava alguns barcos. Um beco sem saída. Cuspindo fúria pelas mandíbulas abertas, o vampiro se virou com atitude ofensiva, rugindo para Dante como um alienado. O sangue fresco do ataque brutal à mulher empapava a frente de sua roupa. Rangeu os dentes e levantou as garras; a saliva escorria das presas enormes e o fedor emanava da bocarra aberta. Os olhos amarelados reluziam com pura malícia.

Dante sentiu a mudança se apoderar também dele; a fúria da batalha abriu caminho, transformando-o em uma criatura não tão diferente daquela contra quem lutava. Com um rugido, lançou o vampiro direto para as tábuas de madeira da doca. Segurou seu oponente com um joelho sobre o peito e sacou suas adagas *Malebranche* gêmeas. As armas recurvadas brilharam sob a luz da lua, com uma beleza letal. Ainda que o titânio tivesse sido inútil, havia mais de uma maneira de matar um vampiro, Renegado ou não. Dante baixou as adagas, uma atrás da outra, retalhando com golpes profundos a garganta carnuda do vampiro desvairado e decepando-lhe a cabeça com precisão.

Dante lançou o resto do corpo para a água com um chute. O rio escuro esconderia o cadáver até a manhã, quando os raios ultravioleta da luz do sol se encarregariam do resto.

Uma brisa se levantou com a água, trazendo o fedor da poluição industrial e de algo... mais. Dante ouviu movimentos próximos, mas, somente ao sentir o ardor da carne rasgada na perna, percebeu que estava sob ataque novamente. Levou outro golpe penetrante, desta vez no torso.

Maldição.

De algum lugar atrás dele, perto da velha fábrica, alguém disparava em sua direção. A arma tinha um silenciador, mas se tratava, sem dúvidas, de um rifle automático.

Sua noite entediante começava a ficar repentinamente mais interessante do que gostaria.

Dante se atirou ao chão assim que outro tiro zuniu por cima dele e foi parar no rio. Rolou pelas tábuas da doca, procurando abrigo na cobertura enquanto o atirador disparava outro lance de balas. Um dos projéteis acertou um canto da estrutura apodrecida, despedaçando a velha madeira como se fosse confete. Dante trazia consigo uma pistola, uma pesada 9 mm, como complemento para as adagas, que preferia usar em combate. Sacou a arma nesse instante, embora soubesse que seria completamente inútil contra o atirador a essa distância.

Mais tiros salpicaram no teto da doca; um deles passou de rasante pela bochecha de Dante quando se virou para tentar avistar seu atacante.

Ah, aquilo não era nada bom.

Quatro vultos escuros se moviam pelo aterro inclinado da área da fábrica, todos extremamente armados. Embora os vampiros da Raça pudessem viver por centenas de anos e suportar severos danos físicos, ainda eram essencialmente de carne e osso. Se levassem chumbo pesado e tivessem as artérias principais danificadas – ou pior, a cabeça – morriam do mesmo jeito que qualquer outro ser vivo.

Mas não sem antes travar uma bela luta.

Dante permaneceu agachado e esperou até que os recém-chegados aparecessem em seu campo de alcance. Assim que se aproximaram, abriu fogo contra eles; acertou o joelho de um e alojou um projétil na cabeça de outro. Sentiu-se ironicamente aliviado ao ver que se tratavam mesmo de Renegados, e que as balas especiais de titânio os derrubaram no mesmo instante, provocando fusão celular imediata.

Os Renegados que sobraram dispararam de volta, e Dante evitou a saraivada por um triz; moveu-se ao longo da doca e correu para mais fundo do abrigo. Maldição. Procurar cobertura significava sacrificar sua posição de ataque. Sem mencionar o fato de que atrapalhava sua capacidade de rastrear seus inimigos. Ouviu que eles se aproximavam enquanto recarregava a pistola.

E então, silêncio.

Esperou um segundo, prestando atenção ao redor.

Algo maior que uma bala voou pelo ar em direção ao abrigo. Bateu com força nas tábuas da doca e rolou até parar.

Santo Deus.

Tinham lançado uma granada.

Dante segurou o fôlego e se jogou no rio poucos instantes antes que o dispositivo detonasse, levando pelos ares o abrigo e metade do cais numa enorme explosão de fumaça, chamas e estilhaços. O estouro foi como um estrondo sônico sob a água turva. Dante sentiu a cabeça ricochetear, e todo o corpo foi assolado por uma pressão insuportável. Acima dele, os escombros caíam na superfície do rio, iluminados pela ofuscante luz alaranjada do fogo.

Sua visão nublou-se enquanto o choque o arrastava para baixo. Começou a afundar, e seu corpo foi carregado pela forte correnteza.

Incapaz de se mover contra a força das águas, inconsciente e sangrando, foi levado rio abaixo.

Capítulo 2

– Entrega especial para a Dra. Tess Culver.

Tess levantou os olhos do arquivo de um paciente e sorriu, apesar da hora já tarde e de seu cansaço geral.

– Um dia desses, ainda aprendo a dizer não para você.

– Acha que precisa de mais prática? Que tal se eu pedir sua mão em casamento outra vez?

Ela suspirou e balançou a cabeça diante daqueles olhos azul-claros e do sorriso deslumbrante, completamente americano, que se viraram para ela de repente.

– Não estou falando sobre nós, Ben. E o que aconteceu com oito horas em ponto? Já são quinze para a meia-noite, pelo amor de Deus.

– Tem planos de virar abóbora ou algo assim? – Ele cruzou a soleira da porta e entrou no consultório. Inclinou-se e a beijou na bochecha. – Sinto muito pelo atraso. Essas coisas não costumam respeitar o relógio.

– Sei. Bom, onde está?

– Lá atrás, na van.

Tess se levantou, tirou um elástico de cabelo do pulso e amarrou o cabelo solto. Os volumosos cachos castanho-claros eram indomáveis mesmo quando arrumados. Dezesseis horas de turno na clínica os deixavam num estado de completa anarquia. Tess soprou uma mecha de cabelo que lhe caía nos olhos e passou diante do ex-namorado para chegar até o saguão de entrada.

– Nora, pode preparar uma injeção de ketamina-xilazina, por favor? E prepare também a sala de exames para mim, a maior delas.

– Pode deixar – respondeu sua assistente. – Oi, Ben. Feliz Dia das Bruxas.

Ele lhe lançou uma piscadela e um meio sorriso capaz de derreter o coração de qualquer mulher de sangue quente.

– Bela fantasia, Nora. Essas tranças de donzela suíça e a roupa ficaram ótimas em você.

– *Danke schön** – agradeceu ela, radiante por ter conseguido a atenção dele enquanto dava a volta no balcão da recepção e se dirigia para a farmácia da clínica.

– Onde está sua fantasia, Tess?

– Já estou fantasiada. – Enquanto caminhava diante dele pela área do canil, ao longo de uma dúzia de cães sonolentos e gatos nervosos que os fitavam por detrás das grades das jaulas, Tess virou os olhos. – Chama-se fantasia da Superveterinária-Que-Provavelmente-Será--Presa-Por-Este-Dia.

– Não vou deixar você se meter em nenhuma encrenca. Nunca deixei, não é mesmo?

– E quanto a você? – Ela empurrou a porta do depósito dos fundos da pequena clínica e entrou junto com ele. – Está metido num assunto muito perigoso, Ben. E corre muitos riscos.

– Está preocupada comigo, doutora?

– Claro que me preocupo. Eu te amo. Sabe disso.

– É – disse ele, um pouco mal-humorado. – Como um irmão.

A porta dos fundos do lugar dava para um beco estreito onde raramente havia alguém, com exceção dos mendigos ocasionais que

* Do alemão, "obrigada". [N. R.]

usavam a parede de sua clínica veterinária de baixa renda próxima ao rio como encosto. Essa noite, a van preta de Ben estava estacionada ali. Podia-se ouvir grunhidos baixos e bufos saindo do interior do veículo, e este se balançava levemente como se algo grande estivesse andando de um lado para outro ali dentro.

E isso era, claro, exatamente o que estava acontecendo.

– Está preso aí dentro, certo?

– Sim. Não se preocupe. Além do mais, é tão dócil quanto um gatinho. Prometo.

Tess lhe dirigiu um olhar de dúvida; desceu os degraus de concreto e caminhou até as portas traseiras da van.

– Será que quero saber onde conseguiu este?

– Provavelmente não.

Durante os últimos cinco anos, aproximadamente, Ben Sullivan tinha estado numa cruzada pessoal pelo bem-estar e pela proteção de animais exóticos maltratados. Pesquisava suas missões de salvamento caso a caso, com a mesma habilidade dos mais secretos espiões do governo. Então, como se fosse toda uma equipe de operações táticas da SWAT, entrava em cena, libertando os animais maltratados, subnutridos, ou as espécies ilegais ameaçadas de extinção de seus protetores abusivos e devolvendo-os aos legítimos santuários equipados para dar os devidos cuidados a essas criaturas. Às vezes, fazia uma parada de emergência na clínica de Tess para tratar de várias feridas e machucados nos animais que precisavam de cuidado imediato.

Na verdade, fora assim que eles se conheceram dois anos atrás. Ben havia trazido um serval maltratado com obstrução intestinal. O pequeno felino exótico tinha sido resgatado da casa de um traficante de drogas, onde havia mastigado e engolido um brinquedo de borracha para cães, que teve de ser removido cirurgicamente. Foi um procedimento demorado e meticuloso, mas Ben esteve lá o tempo todo. E, antes que Tess pudesse perceber, estavam saindo juntos.

Ela não sabia ao certo como tinham deixado de sair simplesmente e começaram a se apaixonar, mas isso tinha acontecido em alguma parte do caminho. Ao menos para Ben. Tess o amava também – o adorava, de verdade –, mas não conseguia vê-los como mais que bons amigos que dormiam juntos às vezes. E mesmo isso tinha esfriado ultimamente, por sua própria iniciativa.

– Gostaria de fazer as honras? – Perguntou ela.

Ele se aproximou e segurou a maçaneta das portas duplas, abrindo-as com cuidado.

– Meu Deus – murmurou Tess, completamente assombrada.

O tigre-de-bengala estava sarnento e magro, e tinha uma úlcera aberta na pata dianteira, causada provavelmente por correntes, porém, mesmo maltratado como estava, era a coisa mais majestosa que Tess já tinha visto em toda a vida. O animal os contemplou de volta ofegante, com a mandíbula frouxa, a língua de fora e as pupilas dilatadas pelo medo, a ponto de seus olhos ficarem quase negros por inteiro. O tigre rosnou e bateu a cabeça contra as barras de contenção da jaula de Ben.

Tess se aproximou com cautela.

– Eu sei, pobrezinho. Já teve dias melhores, não é mesmo?

Ela franziu o cenho ao notar o estranho formato de suas patas dianteiras: a falta de definição perto dos dedos.

– Extraíram-lhe as garras? – Perguntou a Ben, incapaz de disfarçar o desprezo na voz.

– Sim. E as presas também.

– Por Deus. Se achavam que precisavam ter um animal tão belo como este, por que o mutilaram desse jeito?

– Não se pode deixar que sua mascote-propaganda faça picadinho dos clientes e dos fedelhos, certo?

Tess o fitou.

– Mascote-propaganda? Não quer dizer da loja de armas na rua... – Deteve-se e sacudiu a cabeça. – Não importa. Realmente não quero saber. Vamos levar este enorme gatinho lá para dentro para eu dar uma olhada.

Ben puxou uma rampa feita sob medida para a traseira da van.

– Suba e segure a jaula por trás. Vou apoiar a frente, que será a mais pesada ao baixá-la.

Tess seguiu as instruções e o ajudou a descarregar a jaula com rodas até a calçada. Ao chegarem à porta da clínica, Nora estava esperando por eles. Admirou boquiaberta o felino e voltou um olhar de adoração para Ben.

– Ah, meu Deus. É o Shiva, não é? Por anos, tenho tido esperanças de que ele fugiria daquele lugar. Você realmente roubou o Shiva!

Ben sorriu.

– Não sei do que está falando. Esse gato perdido apareceu na porta de minha casa hoje à noite. Achei que seria bom a Superdoutora fazer alguns curativos nele antes que eu lhe encontre um lar adequado.

– Ah, você é terrível, Ben Sullivan! E é meu herói a partir de agora.

Tess gesticulou para a assistente entusiasmada.

– Nora, pode me ajudar aqui, por favor? Precisamos erguê-lo sobre os degraus.

Nora correu para amparar Tess e os três levantaram a jaula e a levaram até a sala dos fundos da clínica. Empurraram o tigre até a sala de exames já preparada, que tinha sido recentemente equipada com uma enorme mesa hidráulica regulável, cortesia de Ben. Era um luxo que Tess não teria sido capaz de bancar por si só. Embora tivesse uma pequena clientela fiel, não estava exatamente trabalhando na parte mais rica da cidade. O preço dos serviços dela estava bem abaixo do valor de mercado, até mesmo para a região, pois acreditava que era mais importante fazer alguma diferença no mundo que lucrar.

Infelizmente, o proprietário e os fornecedores não concordavam. Sua mesa estava sobrecarregada com uma pilha de avisos de contas vencidas que ela não poderia prorrogar por muito tempo. Teria de recorrer às escassas economias pessoais para cobri-las, e depois que essas acabassem...?

– O tranquilizante está no balcão – disse Nora, interrompendo seus pensamentos.

– Obrigada.

Tess deslizou a seringa tampada para dentro do bolso do jaleco, imaginando que, provavelmente, não precisaria dela no final das contas, tendo em vista a docilidade e o estado letárgico do paciente. Além do mais, essa noite não iria fazer mais que realizar um exame visual, tomar algumas notas da condição geral do animal e ter alguma ideia do que precisava ser feito para facilitar seu transporte seguro até o novo lar.

– Acha que podemos fazer que Shiva – ou qualquer que seja o nome deste desgarrado – salte para cima da mesa sozinho ou deveríamos usar o ascensor? – Indagou Tess, observando enquanto Ben destrancava os ferrolhos da jaula.

– Vale a pena tentar. Vamos lá, grandalhão.

O tigre hesitou por um momento, cabisbaixo, contemplando a sala de exames excessivamente iluminada. Então, com um pouco de incentivo de Ben, saiu da jaula e saltou com agilidade para cima da mesa de metal. Enquanto Tess lhe falava com suavidade e acariciava sua enorme cabeça, o animal se sentou como uma esfinge, mais paciente que o mais comportado dos gatos domésticos.

– Então – quis saber Nora –, precisa de mais alguma coisa agora ou posso ir?

Tess negou com a cabeça.

– Claro, pode ir. Obrigada por ficar até tão tarde. Agradeço de coração.

– Sem problemas. De qualquer maneira, a festa a que vou não começa antes de meia-noite mesmo. – Ela jogou as longas tranças louras por cima dos ombros. – Certo, estou indo, então. Vou trancar tudo ao sair. Boa-noite, queridos.

– Boa-noite – responderam ambos em uníssono.

– É uma boa garota – comentou Ben depois que Nora saiu.

– Nora é a melhor – concordou Tess, acariciando Shiva e procurando por lesões na pele, inchaços ou outros problemas que pudessem estar escondidos sob a grossa pelagem. – E não é uma garota, Ben. Tem vinte e um anos, está prestes a colar grau em medicina veterinária, assim que terminar o último semestre na universidade. Vai ser uma veterinária e tanto.

– Ninguém é tão bom quanto você. Você tem um toque mágico, doutora.

Tess não fez caso do elogio, mas havia uma ponta de verdade ali. E duvidava de que Ben soubesse realmente o quanto. Nem mesmo ela própria compreendia direito, e o que compreendia desejava poder apagar por completo da mente. Cruzou os braços intencionalmente, tirando as mãos de vista.

– Também não precisa ficar, Ben. Quero manter Shi... – Tess pigarreou e arqueou a sobrancelha – meu paciente, quero dizer, ficará em observação esta noite. Não vou dar início a nenhum procedimento até amanhã e ligarei para você para contar minhas descobertas antes de fazer qualquer coisa.

– Já está me dispensando? Achei que poderia convencê-la a jantar comigo.

– Jantei faz horas.

– Café da manhã, então. Na minha casa ou na sua, você decide.

– Ben – disse ela, esquivando-se enquanto ele se aproximou e acariciou-lhe a bochecha. O contato era quente e terno, confortavelmente familiar. – Já passamos por isso mais de uma vez. Não acho que seja uma boa ideia...

Ele grunhiu, um som inteiramente sexual, baixo e rouco. Houve um tempo em que esse som lhe derretia o autocontrole como manteiga, mas não esta noite. Nunca mais, se é que tinha alguma esperança de manter sua integridade pessoal. Simplesmente parecia errado ir para cama com Ben, sabendo que ele queria algo dela que ela não lhe podia dar.

– Posso ficar até terminar – sugeriu ele, afastando-se. – Não me agrada a ideia de você ficar aqui sozinha. Essa região da cidade não é exatamente a mais segura.

– Ficarei bem. Só vou terminar o exame aqui, mexer com umas papeladas e fechar a clínica. Nada de mais.

Ben franziu o cenho, a ponto de discutir, até que Tess soltasse um suspiro e desse a ele *aquele olhar*. Ela sabia que ele a entendia com clareza, já que tinha visto essa expressão mais de uma vez durante os dois anos em que estiveram juntos.

– Tudo bem – concordou ele, por fim. – Mas não fique até muito tarde. E me ligue assim que acordar, promete?

– Prometo.

– Tem certeza de que dá conta de lidar com Shiva sozinha?

Tess fitou o animal desolado que, imediatamente, começou a lamber sua mão outra vez, assim que se aproximou dele.

– Acho que estou segura com ele.

– O que foi que falei, doutora? É seu toque mágico. Parece que ele também já se apaixonou por você. – Ben correu os dedos pelos cabelos dourados e lançou a Tess um olhar derrotado. – Acho que, se quiser ganhar seu coração, terei de deixar crescerem as presas e o pelo, não é?

Tess sorriu e virou os olhos.

– Vá para casa, Ben. Ligo para você amanhã.

Capítulo 3

Tess despertou sobressaltada.

Droga. Por quanto tempo tinha dormido? Estava no escritório, com o arquivo de Shiva aberto sob o rosto na mesa. A última coisa de que se lembrava era ter alimentado o tigre desnutrido e o colocado de volta na jaula para que pudesse começar a escrever um relatório. Isso tinha sido – consultou seu relógio – duas horas e meia atrás? Agora faltavam alguns minutos para as três da manhã. E precisava estar de volta na clínica às sete em ponto.

Tess soltou um longo bocejo e alongou os braços retesados.

Pelo menos tinha acordado antes que Nora voltasse para o trabalho, ou nunca escutaria o final do...

Uma forte pancada soou em algum lugar aos fundos da clínica.

Que diabos?

Teria sido um som similar o que a tinha acordado de seu sono há um minuto?

Ah, Deus. Claro. Ben devia ter passado de carro e visto as luzes acesas. Não seria a primeira vez que dirigia até ali tarde da noite para vê-la. Ela realmente não estava com a menor vontade de ouvir um sermão a respeito de seus horários loucos ou de sua teimosia em bancar a independente.

O barulho surgiu outra vez, outro baque desajeitado, seguido por um abrupto ruído de metal de algo derrubado de alguma prateleira.

O que significava que havia alguém no depósito nos fundos.

Tess se levantou da mesa e ameaçou alguns passos em direção à porta, atenta a qualquer movimentação. Nos canis ao lado da recepção, os poucos cães e gatos no pós-operatório mostravam-se inquietos. Alguns soltavam ganidos baixos; outros rosnavam em alerta.

– Olá? – Chamou Tess. – Alguém aí? Ben, é você? Nora?

Ninguém respondeu. E agora os barulhos que tinha escutado antes também haviam silenciado.

Ótimo. Tinha acabado de anunciar sua presença a um invasor. *Brilhante, Culver. Absolutamente brilhante.*

Tentou se consolar criando alguma lógica apressada. Talvez fosse apenas um mendigo procurando por abrigo e que acabou encontrando a entrada dos fundos da clínica. Nenhum invasor. Ninguém perigoso, de modo algum.

Ah, é? Então por que sentia os pelos da nuca se arrepiarem de medo?

Tess enfiou as mãos nos bolsos do jaleco, sentindo-se, de repente, bastante vulnerável. Sentiu a caneta roçar nos dedos. E havia algo mais.

Ah, claro. A seringa com o tranquilizador, repleta de sedativo o suficiente para nocautear um animal de cento e oitenta quilos.

– Tem alguém aí? – Perguntou, tentando manter a voz firme e serena. Deteve-se na recepção e procurou o telefone. O maldito aparelho não era sem fio – tinha comprado o mais barato numa liquidação – e o cabo mal chegava até seu ouvido por cima do balcão. Tess deu a volta na mesa com formato de meia-lua, olhando nervosa por cima do ombro ao discar o número da polícia. – É melhor ir embora daqui nesse instante, porque estou chamando a polícia.

– Não... por favor... não tenha medo...

A profunda voz soou tão baixa que era quase inaudível, mas Tess a ouviu. Escutou-a tão claramente como se as palavras tivessem sido sussurradas bem ao lado da cabeça dela. *Dentro da cabeça*, por mais estranho que isso parecesse.

Ouviu-se um pigarro seco e uma tosse violenta que, definitivamente, vinha do depósito. E quem quer que fosse o dono dessa voz, parecia estar passando por uma dor terrível. Uma dor de quem se encontrava entre a vida e a morte.

– Maldição.

Tess segurou a respiração e desligou o telefone antes que a chamada se completasse. Devagar, caminhou até os fundos da clínica, sem saber ao certo o que iria encontrar, desejando profundamente que não fosse nada.

– Olá? O que está fazendo aqui? Está ferido?

Falou com o invasor enquanto abria a porta e entrava. Escutou uma respiração dificultosa e sentiu o cheiro de fumaça e do fedor salobre do rio. E também sentiu cheiro de sangue. Muito sangue.

Tess acendeu a luz.

Os tubos de lâmpada fluorescente zumbiram logo acima, iluminando o incrível vulto de um homem ensopado e gravemente ferido tombado no chão perto de uma das estantes de suprimentos. Estava todo vestido de preto, como se fosse um pesadelo gótico – jaqueta negra de couro, camiseta, calça militar e botas de combate com cadarço. Até mesmo seu cabelo era negro; as mechas molhadas se emplastravam em sua cabeça, escondendo o rosto virado para baixo. Uma desagradável trilha de sangue e água do rio corria desde a porta dos fundos entreaberta, que dava para o beco, até o lugar onde jazia o homem no depósito de Tess. Era evidente que se tinha arrastado até ali, provavelmente incapaz de andar.

Se Tess não estivesse tão acostumada a ver as pavorosas consequências de acidentes de carro, espancamentos e outros traumatismos físicos em seus pacientes animais, a visão daquele homem ferido lhe teria revirado o estômago.

Em vez disso, sua mente desligou o sinal de alerta e o instinto básico de lutar-ou-correr que lhe tinham tomado conta na recepção da clínica e voltou a ser a médica para o qual tinha sido treinada. Analítica, calma e preocupada.

– O que aconteceu com você?

O homem grunhiu e balançou a cabeça ligeiramente, indicando que não iria contar-lhe nada sobre isso. Ou talvez não pudesse contar.

– Está coberto de queimaduras e feridas. Meu Deus, deve haver centenas delas. Esteve em algum tipo de acidente? – Tess baixou os olhos para uma das mãos do homem, repousada sobre o abdômen. O sangue fluía de uma ferida profunda e recente, e escorria entre os dedos. – Seu ventre está sangrando... e sua perna também. Meu Deus, atiraram em você?

– Preciso de... sangue.

Provavelmente tinha razão. Debaixo dele, o chão estava escuro e escorregadio de todo o sangue que tinha perdido desde que chegara à clínica. E, provavelmente, havia perdido muito mais antes de chegar ali. Praticamente cada centímetro de sua pele exposta apresentava múltiplas feridas – no rosto, no pescoço, nas mãos, por toda parte que Tess olhasse, via cortes sangrando e contusões. As bochechas e a boca estavam pálidas e brancas, fantasmagóricas.

– Você precisa de uma ambulância – disse a ele, sem a intenção de alarmá-lo, mas, maldição, aquele homem se encontrava num estado terrível. – Agora relaxe. Vou ligar para o hospital.

– Não! – Ele se mexeu sem jeito no chão e estendeu a mão para ela assustado. – Nada de hospitais! Não posso... não posso ir a um deles... Eles não vão... não podem me ajudar.

Apesar do protesto, Tess se virou para ir até o telefone no outro cômodo. Porém, lembrou-se do tigre roubado que dormia em uma das salas de exame. Seria difícil explicar isso aos paramédicos ou, Deus me livre, à polícia. A loja de armas provavelmente já tinha avisado do roubo do animal, ou o faria assim que abrisse pela manhã, ao cabo de poucas horas.

– Por favor – implorou o homem com a voz entrecortada, sangrando por toda a clínica. – Nada de médicos.

Tess se deteve e o contemplou em silêncio. Ele precisava de muita ajuda, e nesse exato instante. Infelizmente, parecia que ela era sua melhor chance no momento. Não tinha certeza do que podia fazer por ele, mas talvez pudesse fazer alguns curativos provisórios para que ele pudesse se levantar e dar o fora dali.

– Certo – assentiu. – Nada de ambulâncias por enquanto. Escute, eu sou... sou médica, na verdade. Bem, mais ou menos. Esta é minha clínica veterinária. Tudo bem se eu me aproximar para dar uma olhada em você?

Ela tomou o estranho gesto da boca dele e um débil suspiro como um sim.

Tess se ajoelhou ao seu lado no chão. Do outro lado do cômodo, tinha tido a impressão de que o homem era enorme; mas agora, agachada perto dele, percebeu que era imenso: tinha facilmente uns dois metros de altura e mais de cento e dez quilos de ossos fortes e puro músculo. Seria algum tipo de fisiculturista? Um desses machões imbecis que passam a vida na academia? Mas havia algo a respeito dele que não se encaixava na imagem. Com os traços severos de seu rosto, parecia o tipo de homem capaz de transformar em pedacinhos um rato de academia com os dentes.

A veterinária passou as mãos com cuidado sobre o rosto dele, procurando por traumatismos. O crânio estava intacto, mas o toque de suas mãos lhe dizia que ele tinha sofrido uma leve concussão de algum tipo. Provavelmente ainda estava em estado de choque.

– Vou só checar seus olhos – informou a ele gentilmente, e ergueu uma pálpebra.

Santo Deus.

A pupila fendida cortando o centro de uma íris grande e brilhante de cor âmbar a surpreendeu. Recuou, assustada pela visão inesperada.

– Que diab...

Logo uma explicação a atingiu, e sentiu-se instantaneamente uma idiota por ter perdido a compostura.

Lentes de contato.

Relaxe, disse a si mesma. Estava ficando apreensiva sem nenhum bom motivo. O rapaz devia ter ido a alguma festa de Dia das Bruxas que saiu do controle ou algo assim. Não havia muito o que examinar nos olhos enquanto ele estivesse com essas ridículas lentes.

Talvez tivesse saído para festejar com um bando de durões; com certeza, parecia grande e perigoso o bastante para fazer parte de algum tipo de gangue. Se ele realmente tinha saído com alguma gangue essa noite, Tess não detectou nenhuma evidência de drogas nele. Tampouco sentiu cheiro de álcool. Só um forte aroma de fumaça, e não era de cigarro.

Cheirava como se tivesse caminhado através do fogo. Logo antes de saltar no rio Mystic.

– Consegue mexer os braços e as pernas? – Indagou, passando a inspecionar os membros. – Acha que quebrou algum osso?

Deslizou as mãos pelos braços grossos e não notou nenhuma fratura. As pernas também estavam firmes, sem nenhum dano real além da ferida de bala na panturrilha esquerda. Pela aparência, o projétil parecia ter passado direto. E o mesmo com o que o atingiu no torso. Era uma sorte.

– Gostaria de te levar para uma das minhas salas de exame. Acha que consegue andar se eu ajudar?

– Sangue – ofegou, com a voz por um fio. – Preciso... agora.

– Bem, sinto muito, não posso ajudar com isso. Precisa de um hospital para isso. Agora, temos de tirar você desse chão e dessas roupas destroçadas. Deus sabe que tipo de infecções pode pegar naquela água daí de fora.

Colocou as mãos sob as axilas dele e começou a levantá-lo, estimulando-o a ficar de pé. Ele grunhiu um som profundo e animal.

Quando o som deixou a boca, Tess pôde vislumbrar os dentes detrás do lábio superior.

Uau. Isso é muito estranho.

Aqueles monstruosos caninos eram de fato... *presas?*

Os olhos dele se abriram como se tivesse pressentido o estado de alerta de Tess. Seu desconforto. Tess foi imediatamente invadida pela penetrante e reluzente luz ambarina, e as resplandecentes íris lhe enviaram um choque de pânico direto no peito. De jeito nenhum aqueles olhos eram lentes de contato.

Por Deus. Há algo realmente estranho neste homem.

Ele agarrou seu braço, e Tess deixou escapar um grito, assustada. Tentou se soltar, mas ele era forte demais. Suas mãos, inflexíveis como barras de ferro, apertaram-se em volta dela e a trouxeram para mais perto. Tess gritou e arregalou os olhos, paralisada de medo enquanto ele a puxava contra ele.

– Ah, Deus. Não!

Ele virou o rosto sangrento e machucado na direção de seu pescoço. Respirou fundo ao se aproximar dela, e os lábios roçaram-lhe a pele.

– Shhh. – Sentiu o ar quente contra o pescoço enquanto ele lhe falava em tom baixo com uma voz rouca e sofrida. – Não vou... não vou te... machucar. Prometo.

Tess ouviu as palavras.

E quase acreditou nele.

Até a horripilante fração de segundo em que ele abriu os lábios e cravou os dentes profundamente em sua carne.

Capítulo 4

O sangue jorrava na boca de Dante pelas duas perfurações paralelas no pescoço da mulher. Ele bebia dela com chupões profundos e urgentes, incapaz de conter seu lado animal, que só conhecia a necessidade e o desespero. Era vida o que pulsava em sua língua e descia sedosa, doce e terna pela garganta ressecada. Talvez fosse a gravidade de sua sede que lhe dava aquele sabor tão incrível, tão indescritivelmente perfeito para ele. Fosse o que fosse, ele não se importava. Bebeu mais dela; precisava de seu calor agora que estava gelado até os ossos.

– Ah, Deus. Não! – A voz da mulher quase não se ouvia, em choque. – Por favor! Solte-me!

Ela se agarrou em seus ombros com força, por reflexo, afundando os dedos em seus músculos. Porém, o resto do corpo ia lentamente se entregando a seus braços, em transe, acalmado pelo poder hipnótico da mordida de Dante. Ela suspirou profundamente, amolecendo o corpo enquanto ele a baixava ao chão sob si para tomar o alimento de que tanto precisava.

Agora ela já não sentia dor, desde a penetração inicial das presas dele, quando sentiu uma pontada aguda, mas fugaz. A única dor ali era a de Dante. Seu corpo tremia por causa do grave trauma, a cabeça parecia se abrir graças à batida, e o torso e os membros tinham tantos cortes que era impossível contá-los.

Está tudo bem. Não tenha medo.

Está segura. Prometo.

Mandou essas palavras tranquilizantes para a mente dela, embora a segurasse com mais firmeza, apertando-a na gaiola de seus braços para beber com força da ferida que infligira na garganta dela.

Apesar da ferocidade da sede, uma necessidade aumentada pela gravidade de suas feridas, as palavras de Dante eram sinceras. Além da mordida que a tinha assustado, não faria nenhum mal à mulher.

Vou beber só o que preciso. Logo irei embora, e não vai se lembrar mais de mim.

Já estava recobrando as forças. A carne rasgada se recuperava de dentro para fora. As feridas das balas e dos destroços estavam cicatrizando.

As queimaduras se esfriavam.

A dor se esvaía.

Diminuiu a pressão sobre a mulher, obrigando-se a ir com calma, embora o sabor dela fosse mais que tentador. Tinha notado o exótico aroma de seu sangue desde o começo, mas, agora que seu corpo estava renovado e tinha recuperado inteiramente os sentidos, Dante não podia deixar de saborear a doçura de sua anfitriã involuntária.

E de seu corpo.

Sob o jaleco branco e sem forma, ela era forte e magra, e tinha pernas longas e graciosas. Curvilínea nos lugares certos. Dante sentiu o volume de seus seios contra o peito enquanto a segurava no chão do depósito, com as pernas emaranhadas nas dela. Tess ainda o apertava nos ombros com força, mas não o empurrava mais; simplesmente se segurava a ele enquanto ele tomava um último gole do sangue que lhe devolveu a vida.

Deus, ela era tão deliciosa que poderia beber dela por toda a noite.

Poderia fazer muito mais que isso, pensou, notando de repente o membro ereto que se apertava exigente contra a pélvis dela. Era realmente bom senti-la debaixo de si. Seu abençoado anjo misericordioso, ainda que tivesse assumido o papel à força.

Dante inspirou seu perfume doce e picante, e beijou com ternura a ferida que lhe tinha dado uma segunda chance de viver.

– Obrigado – sussurrou contra sua pele cálida e veludosa. – Acho que salvou minha vida esta noite.

Passou a língua pelos pequenos furos para fechá-los, apagando qualquer rastro de sua mordida. A mulher gemeu, despertando do cativeiro temporário. Mexeu-se debaixo dele, e o sutil movimento de seu corpo apenas aumentou o desejo de Dante de penetrá-la.

Mas já tinha tomado bastante dela por essa noite. Apesar do fato de que ela não se lembraria de nada do que tinha acontecido, parecia pouco delicado seduzi-la numa poça rançosa de água do rio e sangue derramado. Especialmente depois de lhe ter atacado o pescoço como um animal.

Afastou-se um pouco dela e passou-lhe a mão direita no rosto. Ela recuou, compreensivelmente assustada. Seus olhos estavam arregalados – uns olhos magnéticos, da cor da água do mar.

– Meu Deus, você é linda – murmurou; havia dito tais palavras a inúmeras mulheres no passado, mas surpreendentemente nunca tinham significado tanto como agora.

– Por favor – sussurrou ela. – Por favor, não me machuque.

– Não – respondeu Dante gentilmente. – Não vou machucá-la. Apenas feche os olhos agora, meu anjo. Já está quase acabando.

Bastava pressionar de leve a palma da mão contra a testa, e ela esqueceria tudo a respeito dele.

– Está tudo bem – disse enquanto ela se encolhia ainda mais no chão, com os olhos cravados nos dele como se esperasse que ele a atacasse. Como se o desafiasse. Dante lhe afastou o cabelo do rosto com a ternura de um amante. Percebeu que a tensão dela aumentava. – Relaxe agora. Pode confiar...

Algo afiado lhe golpeou a coxa.

Com um grunhido feroz, Dante rolou e caiu de costas.

– Que raios?

Uma onda de calor se espalhou daquele ponto de contato, queimando através dele como ácido. Um gosto amargo se apegou ao fundo da garganta logo antes de sua visão começar a flutuar loucamente. Dante tentou se erguer do chão, mas caiu de costas outra vez; seu corpo não cooperava muito mais que uma chapa de chumbo.

Arfando com rapidez e com os reluzentes olhos azul-esverdeados arregalados de pânico, o anjo misericordioso de Dante o contemplou. Seu belo rosto entrava e saía de seu campo de visão. Tinha uma delgada mão pressionada contra o pescoço, no lugar onde ele a tinha mordido. A outra estava levantada na altura do ombro, segurando com firmeza uma seringa vazia.

Santo Deus.

Ela o tinha drogado.

Mas, por mais terrível que fosse essa notícia, Dante percebeu algo ainda pior enquanto seu olhar embotado se esforçava por enxergar a pequena mão que o tinha nocauteado com um só golpe. Entre o polegar e o indicador, naquela carnuda junção de pele suave, a mulher tinha uma diminuta marca de nascimento.

De um vermelho-escarlate profundo, menor que uma moeda, a imagem de uma lágrima caindo na taça de uma lua crescente queimou na mente de Dante.

Era uma marca rara, um selo genético que proclamava a mulher sagrada para os membros da espécie de Dante.

Ela era uma Companheira de Raça.

E, agora que seu sangue pulsava dentro dele, Dante tinha realizado a metade de um vínculo solene.

Pela lei dos vampiros, ela era dele.

Irrevogavelmente.

Eternamente.

A última coisa que queria ou de que precisava.

Dante urrou em pensamento, mas tudo o que ouviu foi um grunhido baixo e silencioso. Piscou aturdido e tentou alcançar a mulher, em vão. Seu braço caiu como se carregasse toras de aço. Não conseguia manter as pesadas pálpebras abertas por mais de uma fração de segundo. Gemeu, observando as feições de sua outrora salvadora se nublarem diante dos olhos.

Ela baixou os olhos para ele e falou com a voz desafiante e furiosa.

– Durma bem, seu psicótico filho da mãe!

Tess recuou num salto de seu agressor, respirando pesado, com o fôlego acelerado. Mal podia acreditar no que lhe tinha acabado de acontecer. Ou de que tivesse conseguido escapar desse invasor enlouquecido.

Graças a Deus pelo sedativo, pensou, aliviada por ter tido a presença de espírito de se lembrar da seringa no bolso. Sem mencionar a oportunidade de usá-la. Olhou para a agulha usada, ainda apertada firmemente na mão, e estremeceu.

Droga. Tinha usado a dose inteira.

Não era de se estranhar que ele tivesse caído como uma tonelada de tijolos. Também não iria acordar tão cedo. Oitocentos miligramas de tranquilizante para animais era um longo beijo de boa-noite, até mesmo para um homem daquele tamanho.

De repente, uma pontada de preocupação a atingiu.

E se o tivesse matado?

Sem saber ao certo por que deveria se preocupar com alguém que há poucos minutos parecia querer lhe rasgar a garganta com os dentes, Tess se voltou devagar para onde o homem se encontrava.

Ele não se mexia.

Porém estava respirando, notou aliviada.

Estava estendido no chão, de costas, com os musculosos braços estirados onde tinham caído. Suas mãos – praticamente do tamanho de luvas de beisebol e donas de uma força brutal que a tinha segurado firme durante o ataque – estavam agora frouxas e imóveis. Seu rosto, que estivera oculto pelos cabelos negros, era quase bonito em repouso.

Não, bonito não, pois, mesmo inconsciente, suas feições mantinham-se perfeitamente angulosas e afiadas. As sobrancelhas pretas e definidas delineavam traços escuros sobre os olhos fechados. As maçãs do rosto eram acentuadas e davam ao contorno do rosto um aspecto esbelto e feroz. Talvez o nariz tivesse sido um dia perfeito, mas a imponente linha do dorso nasal apresentava uma leve saliência, resultado de alguma fratura. Possivelmente mais de uma.

Havia algo peculiarmente cativante nele, embora ela tivesse certeza de que não o conhecia. Ele não era exatamente o tipo de homem com quem costumava sair, e parecia absurdo imaginá-lo trazendo um animal de estimação para tratamento na clínica.

Não, jamais o tinha visto antes dessa noite. Só podia rezar para que, assim que chamasse os policiais para virem buscá-lo, não voltasse a vê-lo nunca mais.

Tess baixou os olhos e sua vista se deteve no brilho de metal escondido sob sua jaqueta encharcada. Afastou o couro e segurou a respiração ao ver uma adaga de aço recurvada que trazia embainhada sob o braço. Do outro lado, um coldre vazio sugeria que estava faltando uma pistola. Outros apetrechos para lutas corpo a corpo guarneciam um cinturão branco que circundava seus magros quadris.

Aquele homem era um perigo, sem sombra de dúvidas. Algum tipo de valentão que fazia os durões que perambulavam pelas margens do rio parecerem grosseiras imitações. Esse homem era forte e letal, e tudo nele emanava um ar de violência.

Sua boca era a única parte macia nele. Larga e sensual, com os lábios ligeiramente entreabertos nesse estado de torpor, era uma boca profanamente bela. O tipo de boca que poderia acabar com uma mulher de uma centena de ângulos diferentes.

Não que Tess estivesse prestando atenção.

E tampouco tinha esquecido aquelas presas terríveis.

Tess moveu-se com cautela ao redor dele. Apesar da massiva dose de tranquilizante que percorria seu sistema sanguíneo, agachou-se e levantou-lhe o lábio superior para olhar melhor.

Nenhuma presa.

Somente uma fileira de dentes perfeitamente brancos. Se tinha usado dentes falsos quando a atacou, eles tinham sido bastante convincentes. E agora aquelas enormes presas pareciam ter desaparecido no ar.

Isso não fazia nenhum sentido.

Vasculhou a área rapidamente com os olhos, mas não encontrou nada. Ele não os tinha cuspido em lugar nenhum. E ela com certeza não os tinha imaginado.

De que outra maneira ele teria sido capaz de perfurar sua garganta como uma lata de refrigerante? Tess passou a mão sobre o local da mordida no pescoço. Sentiu a pele macia e suave sob a ponta dos dedos. Não havia sangue nem estava pegajoso, e não havia nenhum rastro dos buracos que lhe tinha infligido na jugular. Examinou todo o lado do pescoço com os dedos. A área não estava nem ao menos sensível.

– Isso é impossível.

Tess se levantou e correu para a sala de exames ao lado, acendendo todas as luzes. Apartou o cabelo do pescoço e se aproximou de um suporte de papel-toalha; observou seu reflexo na superfície polida de aço inoxidável. A pele de seu pescoço estava imaculada, intacta. Como se o terrível ataque nunca houvesse acontecido.

– Não acredito – disse aturdida ao reflexo. – Como isso é possível?

Tess se afastou do espelho improvisado, atônita.

Completamente confusa.

Pouco menos de meia hora atrás, temia por sua vida, sentindo o sangue sendo sugado do pescoço por aquele estranho vestido de preto e armado até os dentes que tinha encontrado jazendo inconsciente próximo à porta dos fundos da clínica.

Isso havia acontecido.

Então como era possível que sua pele não mostrasse nenhum sinal do ataque?

Tess teve a sensação de que seus pés se encontravam separados do corpo ao caminhar de volta para o depósito. O que quer que ele tivesse feito, não importava como havia conseguido disfarçar as feridas que lhe tinha infligido, Tess pretendia vê-lo detido e acusado.

Passou pela porta aberta do depósito e se deteve imediatamente.

A poça de água do rio e sangue derramado que havia sido trazida com seu agressor inundava uma ampla área do chão de linóleo. Tess sentiu o estômago se revirar com a visão, porém algo mais a fez sentir uma corrente gélida de terror nas entranhas.

O depósito estava vazio.

Seu agressor havia sumido.

Havia-lhe injetado uma dose capaz de anestesiar um gorila, entretanto ele havia se levantado de alguma forma e partido.

– Procurando por mim, meu anjo?

Tess se virou e soltou um grito.

Capítulo 5

A adrenalina percorreu todo seu corpo, pondo os pés em movimento. Tess passou pelo homem e disparou pelo corredor, com os pensamentos a mil por hora.

Precisava sair dali.

Precisava pegar a bolsa, algum dinheiro e o celular, e dar o fora dali.

– Temos que conversar.

E lá estava ele outra vez – parado em pé diante dela –, bloqueando sua passagem para o escritório.

Como se tivesse simplesmente desaparecido de onde estava antes e se materializado na porta pela qual Tess precisava passar.

Com um grito de alarme, Tess se virou rapidamente e correu para a recepção. Apanhou o telefone da mesa e apertou um dos números de discagem rápida.

– Isso não está acontecendo. *Isso não está acontecendo* – murmurou para si mesma, repetindo o mantra como se pudesse fazer que tudo desaparecesse se pedisse com força o bastante.

A ligação começou a tocar.

Vamos, vamos, atenda.

– Desligue esse telefone, fêmea.

Tess se virou, trêmula de medo.

Seu agressor se movia devagar, com a graça deliberada de um predador muito habilidoso. Aproximou-se. Mostrou os dentes em um sorriso hostil.

– Por favor. Desligue. Agora.

Tess negou com a cabeça.

– Vá para o inferno!

O telefone caiu de sua mão como se tivesse vontade própria. Ao bater na mesa atrás dela, Tess ouviu a voz de Ben do outro lado da linha.

– Tess? Oi... é você, meu bem? Meu Deus, já são mais de três da manhã. O que ainda está fazendo na...

Ouviu um estalo alto atrás de si, como se o fio do telefone tivesse sido arrancado da tomada por mãos invisíveis. Tess se sobressaltou com o barulho, e o medo se instalou em seu estômago ante o silêncio que se seguiu.

– Temos um sério problema, *Tess*.

Ah, Deus.

Agora ele estava irritado *e* sabia seu nome.

No fundo de seus pensamentos, Tess registrou o fato de que, além do impossível estado de consciência de seu agressor, ele também havia passado por uma recuperação milagrosa de seus machucados. Sob a sujeira e as cinzas que lhe maculavam a pele, todos os cortes e lacerações tinham sido curados. Sua roupa preta ainda estava rasgada e manchada de sangue graças à ferida na perna, mas esta não estava mais sangrando. Tampouco sangrava a ferida, provavelmente de bala, em seu abdômen. Através do tecido esfarrapado da camiseta preta, Tess só podia ver seus músculos retesados e a impecável pele cor de oliva.

Seria tudo isso algum tipo de brincadeira insana de Dia das Bruxas?

Não acreditava nisso e sabia que era melhor não baixar a guarda com esse sujeito nem por um segundo.

– Meu namorado sabe que estou aqui. Provavelmente já está a caminho. Deve até ter chamado os policiais...

– Você tem uma marca em sua mão.

– O... o quê?

A voz dele tinha um tom acusador; ele apontou para a mão direita de Tess, que tremia perto do pescoço.

– É uma Companheira de Raça. A partir desta noite, pertence a mim.

Seus lábios se franziram no canto ao dizer isso, como se não apreciasse tais palavras. Tess também não gostou de ouvi-las. Retrocedeu vários passos, sentindo o sangue lhe correr da face enquanto ele esquadrinhava cada movimento seu.

– Olhe, não sei o que está acontecendo aqui. Não sei o que se passou com você esta noite, nem como veio parar na minha clínica. Muito menos como é possível que esteja aqui diante de mim neste exato instante, depois de eu lhe ter dado tranquilizante o bastante para nocautear uma dezena de homens a frio...

– Não sou um homem, Tess. Sou algo... mais.

Ela provavelmente teria rido disso se ele não tivesse falado com tanta seriedade. Com tanta calma.

Era um maluco.

Claro. Óbvio que era.

Fora de si, um completo lunático, um doido psicopata.

Essa era a única explicação que lhe ocorria; arregalou os olhos aterrorizada enquanto ele se aproximava e diminuía o espaço entre eles. Seu poder e tamanho absurdos a forçaram a recuar contra a parede às suas costas.

– Você me salvou, Tess. Não lhe dei escolha, mas seu sangue me curou.

Tess sacudiu a cabeça.

– Não o curei. Nem mesmo tenho certeza de que aqueles machucados eram reais. Talvez você pensou que fossem, mas...

– Eles eram reais – interveio ele, com um débil sotaque em sua voz profunda. – Sem seu sangue, poderiam ter me matado. Mas, ao beber de você, acabei lhe fazendo algo. Algo que não posso desfazer.

– Ah, meu Deus – Tess se sentiu enjoada, inundada por uma repentina onda de náusea. – Está falando de HIV? Por favor, não me diga que tem AIDS...

– São doenças humanas – disse ele sem interesse. – Sou imune a elas. E você também, Tess.

Por alguma razão, aquela declaração maluca não a deu muitas esperanças.

– Pare de usar meu nome. Pare de agir como se me conhecesse...

– Não espero que seja fácil você entender. Estou tentando explicar da maneira mais gentil que posso. Devo-lhe isso agora. Sabe, você é uma Companheira de Raça, Tess. Isso é algo muito especial aos da minha espécie.

– Sua espécie? – Indagou ela, começando a ficar cansada dessa brincadeira. – Certo, eu desisto. O que é a sua espécie?

– Sou um guerreiro. Um guerreiro da Raça.

– Tudo bem, um guerreiro. E raça... que tipo de raça?

Durante um bom momento, ele apenas a contemplou, como se avaliasse sua resposta.

– O tipo dos vampiros, Tess.

Santo pai de Deus. Ele é *muito mais* que maluco.

As pessoas sãs não saem por aí fingindo que são demônios chupadores de sangue – ou pior, representando de verdade suas fantasias pervertidas, como esse rapaz tinha feito com ela, exceto pelo fato de que o pescoço de Tess não apresentava nenhum rastro de ferida, muito embora ela tivesse certeza – uma certeza horripilante – de que ele lhe tinha aberto a garganta com presas afiadas e bebido boa parte de seu sangue.

E ainda havia o incrível fato de que ele estava ali, andando e falando, sem apresentar qualquer efeito do sedativo que deveria tê-lo derrubado no mínimo pela próxima semana.

Como era possível explicar tudo isso?

Sirenes de polícia soaram ao longe; o assobio constante parecia se aproximar da área da cidade onde se encontrava a clínica. Tess as escutou, assim como o fugitivo demente que a mantinha prisioneira. Ele inclinou um pouco a cabeça, sem apartar nem por um segundo os olhos da cor do uísque de Tess. Sorriu ironicamente com o canto da boca larga e a amaldiçoou em voz baixa.

– Parece que seu namorado chamou os reforços.

Tess estava muito ansiosa para responder, sem saber como ele reagiria agora que sabia que as autoridades estavam a caminho.

– Bela maneira de acabar uma noite – grunhiu ele, aparentemente para si mesmo. – Esta não é a maneira certa de deixar as coisas entre nós, mas não parece que tenho muita escolha neste instante.

Aproximou a mão do rosto de Tess. Ela recuou para evitar o contato, esperando receber o forte golpe de um punho ou qualquer outra brutalidade. Porém, sentiu apenas a terna pressão da palma de sua mão aberta contra a testa. Ele se inclinou na direção dela, e ela sentiu o suave toque dos lábios dele contra a bochecha.

– Feche os olhos – murmurou ele.

E o mundo de Tess escureceu.

– Nenhum sinal de atividade suspeita, rapazes. Conferimos todos os pontos de entrada ao redor do prédio, e tudo parece em ordem.

– Obrigada, inspetor – disse Tess, sentindo-se uma idiota por ter feito tamanho alarde tarde da noite – ou, melhor dizendo, cedo.

Ben estava de pé ao seu lado no escritório e a rodeava os ombros com o braço numa atitude protetora e possessiva. Tinha chegado pouco tempo atrás, não muito depois que as sirenes de polícia a despertaram de um sono estranhamente profundo. Estivera trabalhando até muito tarde, evidentemente, e havia cochilado sobre a mesa. De algum jeito, tinha acertado o telefone e ativado a discagem rápida para o celular de Ben. Ele viu o número da clínica aparecer no identificador de chamadas e teve medo de que ela estivesse com problemas.

Sua chamada subsequente, às três da manhã, para a polícia tinha feito que dois policiais fossem até a clínica averiguar.

Embora não tivessem encontrado nenhum sinal de invasores a altas horas da noite, encontraram Shiva. Um dos policiais indagou de onde o tigre tinha vindo e, quando Ben insistiu que havia encontrado o animal, e não o sequestrado, o policial se mostrou cético. Mas deixou passar, por ser noite de Dia das Bruxas, alertando que mascotes raramente eram alvo das travessuras de adolescentes. Ben se apressou em assegurar que devia ter sido esse o caso com Shiva.

Ben teve sorte de não terminar algemado. Conseguiu se livrar com uma advertência e a séria recomendação de que devolvesse Shiva à loja de armas logo no começo da manhã para evitar que alguém pensasse diferente e quisesse prestar queixas.

Tess escorregou do braço de Ben e estendeu a mão para o policial.

– Obrigada mais uma vez por virem. Aceitam um café ou chá quente? Tenho ambos, e levarei apenas alguns minutos para prepará-los.

– Não, obrigado, senhora. – O aparelho de comunicação do policial emitiu um breve zumbido estático, seguido por uma série de ordens codificadas. Ele falou algo no microfone que tinha preso à lapela, informando que estava tudo bem na clínica veterinária. – Parece que está tudo certo, então. Cuidem-se agora. E, Sr. Sullivan, confio que devolverá o tigre a quem ele pertence.

– Sim, senhor – assentiu Ben, exibindo um sorriso forçado ao aceitar a mão do policial e cumprimentá-lo brevemente.

Acompanharam os agentes até a porta e observaram o carro-patrulha sair pela cidade silenciosa.

Quando partiram, Ben fechou a porta da clínica e se virou para encarar Tess.

– Tem certeza de que está bem?

Ela assentiu e soltou um longo suspiro.

– Sim, estou perfeitamente bem. Sinto muito por tê-lo preocupado, Ben. Devo ter caído no sono na mesa e batido no telefone sem querer.

– Bem, ainda acho que nada de bom pode acontecer se ficar trabalhando até tarde. Essa não é a melhor região da cidade, você sabe.

– Nunca tive nenhum problema aqui.

– Sempre há uma primeira vez – disse Ben com a expressão séria. – Vamos, vou levá-la para casa.

– Até o North End? Não tem de fazer isso. Vou só chamar um táxi.

– Não, esta noite não. – Ben apanhou a bolsa e a entregou a Tess. – Estou completamente acordado e minha van está aí fora. Vamos, Bela Adormecida.

Capítulo 6

Dante saiu do elevador no condomínio dos guerreiros da Raça, sentindo-se tão asqueroso quanto realmente estava. Tinha estado furioso – principalmente consigo mesmo – durante todo o percurso, uns cem metros abaixo de um dos mais abastados endereços de Boston e da mansão de alta segurança ao nível da rua que pertencia à Ordem. Havia entrado ali poucos minutos antes de o sol se levantar sobre a cidade e bronzear sua pele alérgica aos raios ultravioleta.

O que teria sido o fim perfeito para uma noite do tipo pior impossível.

Dante seguiu em frente pelo tortuoso corredor branco que ziguezagueava pelo coração do labiríntico condomínio. Precisava de um banho quente e de um cochilo; não via a hora de dormir durante as horas diurnas recolhido em seus aposentos pessoais. Talvez dormisse durante os próximos vinte anos, tempo o suficiente para não ter de lidar com a gloriosa encrenca de primeira que tinha arranjado esta noite.

– Ei, Dante.

Dante amaldiçoou em voz baixa ao ouvir a voz que o chamava do outro lado do corredor. Era Gideon, o gênio dos computadores e braço direito de Lucan, o venerável líder da Ordem. Gideon tinha todo o condomínio sob vigilância; provavelmente já sabia da chegada de Dante no instante em que este pisou na propriedade.

– Onde esteve, cara? Deveria ter ligado para informar sua posição há horas.

Dante se virou devagar no corredor comprido.

– Acho que se pode dizer que minha posição estava levemente ferrada.

– Que droga – respondeu o outro vampiro, observando-o com o olhar sagaz sobre os óculos escuros azulados. Deixou escapar uma risada, balançando a cabeleira loura espetada. – Cara, você está arrasado. E fede a lixo tóxico. Que diabos aconteceu com você?

– Longa história. – Dante gesticulou para as roupas esfarrapadas cheias de sangue e encharcadas de lodo, lama e Deus sabe mais o quê da viagem pelo rio Mystic. – Deixarei todos a par mais tarde. Agora preciso de um banho.

– De um banho profissional – concordou Gideon. – Mas a limpeza vai ter de esperar um pouco. Temos companhia no laboratório.

Dante logo se aborreceu.

– Que tipo de companhia?

– Ah, vai adorar. – Gideon fez um gesto com a cabeça. – Vamos. Lucan quer sua presença para começar.

Deixando escapar um longo suspiro, Dante acompanhou Gideon. Caminharam por outra volta do corredor em direção ao laboratório técnico, o centro de inteligência e vigilância onde os guerreiros realizavam a maioria de suas reuniões. Assim que a parede de vidro do laboratório apareceu, Dante pôde ver os outros três vampiros guerreiros que eram como irmãos para ele: Lucan, o sombrio líder da Ordem; Nikolai, o presunçoso engenheiro do grupo; e Tegan, o mais velho depois de Lucan e o sujeito mais letal que Dante já tinha conhecido.

Nos últimos tempos, a Ordem tinha ficado com dois membros a menos. Rio, que havia sido gravemente ferido em uma emboscada dos Renegados e permanecia na enfermaria do condomínio; e Conlan, que fora assassinado pelos Renegados por volta da mesma época, em uma explosão numa das linhas de trem da cidade.

Ao esquadrinhar os guerreiros, o olhar de Dante pairou sobre um rosto desconhecido. Evidentemente, era a companhia que Gideon havia mencionado. O vampiro tinha a boa aparência de um contador – desde o terno escuro até a camisa branca, a gravata acinzentada e os brilhantes sapatos *oxford* pretos. O cabelo castanho-dourado era curto e impecável, sem uma mecha fora de lugar. Embora tivesse um tamanho considerável debaixo de todo aquele lustre, lembrava um daqueles rapazes bonitos que se vê nos anúncios de revistas dos humanos, divulgando roupas de grife ou perfumes caros.

Dante franziu o cenho e balançou a cabeça.

– Não me diga que é um dos novos candidatos a guerreiro.

– Aquele – disse Gideon – é o agente Sterling Chase, do Refúgio Secreto de Boston.

Um agente de segurança do Refúgio Secreto. Bem, isso fazia algum sentido. Certamente explicava a aparência de burocrata inútil todo abotoado.

– O que ele quer com a gente?

– Informação. Algum tipo de aliança, pelo que entendi. O Refúgio Secreto o enviou até aqui na esperança de obter a ajuda da Ordem.

– Nossa ajuda – zombou Dante, com ceticismo. – Só pode estar brincando. Não faz muito tempo a população em geral dos Refúgios Secretos nos condenava como vigilantes sem lei.

Gideon passou ao seu lado e lançou-lhe um sorriso.

– Acredito que "dinossauros que passaram da época e que deveriam ser forçados à extinção" seria uma das mais educadas menções.

Irônico, considerando que a população desses santuários só existia diretamente graças aos esforços contínuos dos guerreiros em combater os Renegados. Nas épocas sombrias da humanidade, muito antes do nascimento de Dante, no século XVIII, na Itália, a Ordem tinha agido como única protetora da raça dos vampiros e era reverenciada como herói. Desde então, enquanto os guerreiros caçavam e exterminavam os Renegados por todo o globo, sufocando, inclusive, os menores levantes, antes que tivessem a chance de se enraizar, os Refúgios Secretos haviam relaxado e assumido um estado de arrogante segurança. Os Renegados tinham diminuído em número nos tempos modernos, porém agora aumentavam outra vez. Enquanto isso, os Refúgios Secretos tinham adotado leis e procedimentos para lidar com os Renegados como meros criminosos, acreditando tolamente que o cárcere e a reabilitação eram soluções viáveis para o problema.

Mas os guerreiros da Ordem sabiam que não era assim. Viam as matanças de perto, pessoalmente, enquanto o resto da população se escondia em seus santuários, fingindo que estavam seguros. Dante e o resto da Ordem eram a única defesa real da Raça e haviam decidido agir de forma independente – alguns diriam que em desafio às impotentes leis dos Refúgios Secretos.

– Agora estão pedindo por nossa ajuda? – Dante fechou os punhos ao lado do corpo, sem humor para lidar com as políticas dos Refúgios Secretos ou com os idiotas que as espalhavam. – Espero que Lucan tenha convocado essa reunião para que possamos provar que somos mesmo selvagens e capazes de matar o estúpido mensageiro deles.

Gideon soltou uma risada enquanto as portas de vidro do laboratório se abriam diante dele.

– Tente não afugentar o agente Chase antes que ele tenha uma chance digna de explicar por que está aqui, certo, Dante?

Gideon entrou na sala. Dante o seguiu, dirigindo um aceno respeitoso a Lucan e aos seus ao entrar na espaçosa sala de controle. Voltou o olhar para o agente do Refúgio Secreto e o manteve firme enquanto o vampiro civil se levantou da cadeira à mesa de conferência e contemplou o estado sangrento e esfarrapado de Dante com uma expressão mal-disfarçada de repulsa.

Nesse instante, Dante se sentiu satisfeito por não ter parado para se limpar antes de vir. Com a intenção de ofender ainda mais, dirigiu-se até o agente e lhe estendeu a mão suja em cumprimento.

– Você deve ser o guerreiro Dante – disse o representante do Refúgio Secreto em voz baixa e elaborada. Cumprimentou a mão de Dante com um breve apertão. O agente torceu o nariz discretamente, e suas narinas se alargaram ao sentir o fedor evidente de Dante. – Prazer em conhecê-lo. Sou o Agente Especial Investigativo Sterling Chase, do Refúgio Secreto de Boston. Agente Especial Investigativo *Sênior* – acrescentou com um sorriso. – Mas não há necessidade de cerimônias, então, por favor, todos vocês, sintam-se livres para me chamar como quiserem.

Dante se limitou a grunhir, reprimindo a forma de chamá-lo que lhe vinha à mente. Em vez disso, deixou-se cair no assento ao lado do agente, mantendo o olhar frio e fixo nele.

Lucan pigarreou; era o sinal necessário para que o mais velho da Raça retomasse o comando da reunião.

– Agora que estamos todos aqui, vamos ao que importa. O agente Chase nos trouxe algumas notícias alarmantes do Refúgio Secreto de Boston. Tem havido um surto de desaparecimentos de jovens vampiros nos últimos dias. Ele gostaria da ajuda da Ordem para recuperá-los. E eu lhe disse que iremos ajudar.

– Buscas e salvamentos não são exatamente nossa especialidade – comentou Dante sem tirar os olhos do civil, enquanto um murmúrio de consentimento se espalhava na mesa dos guerreiros.

– É verdade – continuou Nikolai. O vampiro russo sorriu por debaixo das largas madeixas cor de areia que quase escondiam por completo seu arrepiante olhar azul da cor do gelo. – Somos mais de identificar e empacotar.

– Trata-se de algo mais que apenas alguns vampiros perdidos por aí depois do toque de recolher precisando de uns puxões de orelha – repreendeu Lucan. Seu tom severo amainou de vez a atitude no ambiente. – Deixarei que o agente Chase explique o que está acontecendo.

– No mês passado, três jovens do Refúgio Secreto saíram para uma festa *rave* em algum lugar da cidade e nunca mais voltaram. Uma semana depois, desapareceram outros dois. Vários sumiços têm acontecido nos Refúgios Secretos da área de Boston toda noite desde então. – O agente Chase estendeu a mão até uma maleta que estava no chão ao seu lado e pegou uma pasta grossa. Atirou-a para o centro da mesa de conferências. Aproximadamente uma dúzia de fotos saltou para fora – rostos de jovens vampiros sorridentes. – Esses são somente os desaparecimentos que foram informados até agora. Provavelmente já perdemos mais uns dois sujeitos enquanto estou aqui conversando com vocês.

Dante examinou a pilha de fotografias e passou a pasta pela mesa, pensando que não podiam ser todos desertores. A vida nos Refúgios Secretos podia ser entediante para os jovens vampiros que precisam se afirmar no mundo, mas não era tão ruim a ponto de levar grupos inteiros a fugir de uma vez.

– Houve algum resgate? Viram qualquer coisa? Tantos indivíduos desaparecidos em tão pouco tempo... Parece-me que alguém deveria saber algo a respeito.

– Somente alguns foram resgatados.

Chase tirou outro arquivo da maleta, esse, consideravelmente mais fino que o primeiro. Pegou umas poucas fotografias e as espalhou diante de si na mesa. Eram retratos de defuntos. Três vampiros civis, da geração atual, e, provavelmente, nenhum deles passava dos trinta e cinco anos. Em cada foto, um par de olhos fitava petrificado a lente da câmera, com as pupilas alongadas em fendas famintas e a cor natural das íris saturada de um brilho amarelo-âmbar característico da Sede de Sangue.

– Renegados – disse Niko, quase sibilando a palavra.

– Não – respondeu o agente Chase. – Morreram em meio à crise de Sede de Sangue, mas ainda não tinham se convertido. Ainda não eram Renegados.

Dante se levantou da cadeira e inclinou-se sobre a mesa para observar as fotografias mais de perto. Seu olhar foi imediatamente atraído para a crosta de espuma rósea já seca que circundava a boca frouxa dos mortos. Era o mesmo tipo de resíduo de saliva que tinha visto no vampiro que o atacou ao sair da boate mais cedo naquela mesma noite.

– Alguma ideia do que os matou?

Chase assentiu.

– *Overdose* de narcóticos.

– Algum de vocês já ouviu falar por aí de uma nova droga chamada Carmesim? – Perguntou Lucan ao grupo de guerreiros. Nenhum respondeu. – Pelo que o agente Chase me contou, é um composto químico bem asqueroso que tem aparecido ultimamente entre os grupos de jovens da Raça. É um estimulante levemente alucinógeno que também provoca explosão de força e resistência enormes. Mas isso é só o aperitivo. A diversão de verdade começa uns quinze minutos depois da ingestão.

– É isso mesmo – concordou o agente Chase. – Os usuários que comem ou inalam esse pó vermelho logo experimentam sede extrema e calafrios febris. Entram num estado animal de inconsciência, exibindo todos os traços da Sede de Sangue, desde pupilas fixas e elípticas, e presas permanentemente alongadas até a insaciável necessidade de sangue. Se o indivíduo conseguir satisfazer essa necessidade, é quase certo de que se converterá em Renegado. Se continuar a consumir o Carmesim, o resultado é esse – disse Chase, apontando para as fotos do necrotério.

Dante proferiu uma maldição, em parte por frustração pela histeria epidêmica que estava prestes a entrar em erupção entre a população dos Refúgios Secretos, mas também por dar-se conta de que o jovem vampiro sedento de sangue que tinha matado essa noite era um rapaz da Raça como aqueles, intoxicado pela droga que Chase havia acabado de descrever. Mas não foi fácil sentir-se mal por ter acabado com o garoto quando este tinha vindo sobre Dante como uma tonelada de tijolos.

– Essa droga, Carmesim – disse Dante. – Alguma ideia de onde está vindo, quem a pode estar produzindo e distribuindo?

– Não sabemos nada além do que mostrei aqui.

Dante viu a expressão séria no rosto de Lucan e compreendeu aonde aquilo tudo levava.

– Ah, então é aqui que entramos, certo?

– O pessoal dos Refúgios Secretos pediu nossa ajuda para identificar e, se conveniente ou até mesmo possível, trazer de volta quaisquer civis desaparecidos com que possamos nos deparar em nossas patrulhas noturnas. É evidente que, como parte disso, é nosso interesse mútuo colocar um fim no Carmesim e em seus traficantes. Acho que todos concordamos que a última coisa de que a Raça precisa são mais vampiros se tornando Renegados.

Dante assentiu com os outros.

– A disposição da Ordem em nos ajudar com esse problema é altamente apreciada. Muito obrigado a todos vocês – disse Chase, passando o olhar por cada um dos guerreiros da Raça. – Porém há algo mais, se me permitem.

Lucan inclinou a cabeça de leve, sinalizando para que o agente continuasse.

Chase pigarreou.

– Eu gostaria de participar ativamente da operação.

Um longo e pesado silêncio se estendeu; Lucan franziu o cenho e se inclinou para trás na cadeira na ponta da mesa.

– Ativamente em que sentido?

– Quero acompanhar um ou mais membros da Ordem para supervisionar pessoalmente a operação e ajudar no resgate desses indivíduos desaparecidos.

Sentado ao lado de Dante, Nikolai disparou a rir.

Gideon passou os dedos pelo cabelo curto, tirou os óculos escuros e os colocou na mesa.

– Não levamos civis conosco em nossas operações. Nunca fizemos isso e nunca o faremos.

Até mesmo Tegan, o estoico, que não tinha pronunciado uma só palavra a favor ou contra durante toda a reunião, sentiu-se finalmente disposto a expressar seu desacordo.

– Não sobreviveria nem até o fim de sua primeira noite, agente – disse ele sem nenhuma inflexão na voz, declarando a crua verdade.

Dante conteve sua incredulidade, certo de que Lucan reprimiria o agente apenas com o poder de seu olhar. Lucan, entretanto, não rejeitou a ideia imediatamente. Levantou-se e apoiou os punhos na beira da mesa de conferências.

– Deixe-nos a sós – falou a Chase. – Meus irmãos e eu discutiremos seu pedido em particular. Por enquanto, nossos assuntos estão encerrados, agente Chase. Volte ao Refúgio Secreto e espere por nossa decisão. Entrarei em contato com você.

Dante e o resto dos guerreiros também se levantaram; então, após um demorado instante, o agente também se pôs de pé e apanhou a mala de couro brilhante no chão ao seu lado. Dante se afastou um passo da mesa. Quando Chase tentou passar por ele, o enorme ombro de Dante lhe bloqueou o caminho. Sem escolhas, o agente se deteve.

– Pessoas como você nos chamam de selvagens – disse Dante em tom áspero –, no entanto, aqui está você, todo elegante e brilhante em seu terno e gravata, pedindo nossa ajuda. Lucan fala pela Ordem e, se disser que iremos livrar sua cara nesse probleminha, por mim está bem, mas não significa que tenho de gostar disso. Tampouco quer dizer que tenho de gostar de você.

– Não pretendo vencer nenhum concurso de popularidade. E, se tem alguma dúvida a respeito do papel a que me propus nessa investigação, então fale logo.

Dante riu, surpreso pelo desafio. Não esperava isso do sujeito.

– Bem, vamos deixar de cerimônias, Agente Especial Investigativo Chase – desculpe-me, Agente Especial Investigativo *Sênior*... Mas o que eu faço, o que todos nós aqui nesse cômodo fazemos, todas as noites, é um trabalho extremamente sujo. Nós lutamos. Matamos. Não comandamos nenhum maldito programa turístico para agentes dos Refúgios Secretos que procuram construir a carreira política com nosso sangue e suor.

– E nem é tal minha intenção, posso lhe assegurar. Tudo que me importa é meu dever de encontrar e recuperar os indivíduos que desapareceram de minha comunidade. Se a Ordem puder impedir a proliferação do Carmesim no processo, ainda melhor. Para toda a Raça.

– E por que é que se sente remotamente qualificado para sair conosco nas patrulhas?

O agente Chase olhou ao redor do cômodo, possivelmente procurando pelo apoio de qualquer um dos guerreiros em volta da mesa. A sala ficou em silêncio. Nem mesmo Lucan interveio a seu favor. Dante apertou o olhar e sorriu, com a leve esperança de que o silêncio mandasse o agente embora, de que o mandasse correndo com o rabo entre as pernas de volta ao seu tranquilo "santuariozinho".

Então Dante e o resto da Ordem poderiam retornar aos negócios de exterminar os Renegados – de preferência sem plateia e sem nenhuma maldita ficha de avaliação.

– Sou bacharel em Ciências Políticas pela Universidade de Columbia – disse Chase, por fim. – E, como meu irmão e meu pai antes de mim, sou formado em Direito por Harvard, onde graduei como melhor da turma. Além disso, tenho prática em três escolas de artes marciais e sou atirador perito a trezentos e trinta metros de distância. Isso sem a ajuda de mira.

– É mesmo? – O currículo era impressionante, mas Dante não demonstrou qualquer reação. – Então, diga-me, Harvard, quantas vezes já pôs em prática seu treinamento, em artes marciais ou com armas, fora da sala de aula? Quanto de seu sangue já derramou? Quanto já tomou de seus inimigos no calor da batalha?

O agente sustentou o olhar fixo de Dante e levantou ligeiramente o queixo quadrado e barbeado.

– Não tenho medo de ser testado nas ruas.

– Que bom – disse Dante devagar. – Muito bom mesmo, pois se está pensando em ir ao baile com qualquer um de nós, com certeza será posto à prova.

Chase mostrou os dentes num sorriso tenso.

– Obrigado por avisar.

O vampiro passou ao lado de Dante, murmurou uma despedida a Lucan e aos outros, e saiu do laboratório carregando firmemente a maleta na mão.

Quando as portas de vidro se fecharam atrás do agente, Niko rangeu uma maldição em sua língua materna siberiana.

– Que grande merda, um burocrata dos Refúgios Secretos achando que tem colhões o suficiente para andar conosco.

Dante sacudiu a cabeça, compartilhando a mesma opinião; seus pensamentos, porém, agitavam-se com algo igualmente perturbador. Talvez até mais preocupante.

– Fui atacado esta noite na cidade – contou, fitando o rosto tenso dos irmãos. – Achei que fosse um Renegado caçando uma presa do lado de fora de uma boate. Lutei com o filho da mãe, mas não foi fácil. Acabei perseguindo-o pela margem do rio, onde me deparei com uma encrenca ainda maior. Um grupo de bastardos fortemente armados caíram em cima de mim com vontade.

Gideon inclinou a cabeça e lançou-lhe um olhar apertado.

– Droga, Dante. Por que não pediu ajuda?

– Não tive tempo de fazer mais nada além de tentar me salvar – disse Dante, recordando a brutalidade do ataque. – Acontece que aquele bastardo que persegui até o local lutava como um demônio. Praticamente impossível de ser detido, como um Renegado da Primeira Geração... Talvez ainda pior. E o titânio não teve efeito nenhum sobre ele.

– Se fosse um Renegado – comentou Lucan –, o titânio deveria tê-lo exterminado na mesma hora.

– Exatamente – concordou Dante. – Ele apresentava todos os sintomas da Sede de Sangue já avançada, mas não havia se transformado em Renegado de fato. E ainda tem mais. Sabe aquela espuma seca rosada que dava para ver nas fotos de Chase do necrotério? Esse filho da mãe também a tinha.

– Droga – exclamou Gideon, apanhando as fotografias e mostrando-as para os outros guerreiros. – Então, além de termos de lidar com o problema incessante dos Renegados, agora temos de enfrentar vampiros da Raça viciados em Carmesim. No calor da batalha, como saberemos qual é qual?

– Não saberemos – completou Dante.

Gideon encolheu os ombros.

– De repente nem tudo mais é preto no branco.

Tegan, com a expressão fria e quieta de sempre, soltou uma risada irônica.

– Alguns meses atrás, nosso problema com os Renegados se transformou em guerra aberta. Não há muito espaço para o cinza nesse cenário.

Niko assentiu com a cabeça.

– Se um desses miseráveis quiser se ver comigo – seja ele Renegado ou viciado em Carmesim – só deve esperar uma coisa: a morte. Deixemos que os Refúgios Secretos separem o lixo quando tudo estiver terminado.

Lucan voltou a atenção para Dante.

– E quanto a você, Dante? Não quer se manifestar quanto ao assunto?

Dante cruzou os braços sobre o peito, agora mais que pronto para aquele banho e para pôr fim à noite que tinha começado mal desde que pulara da cama.

– Do pouco que sabemos sobre o Carmesim, não me parece nada bom. Todos esses civis desaparecidos, um número que só aumenta com o tempo, são um fator que está prestes a desencadear uma onda de pânico no povo em geral dos Refúgios Secretos. Já é ruim o bastante termos de lidar com essa nova complicação dos usuários de Carmesim, mas vocês podem imaginar como seria caótico ter as ruas lotadas por um bando de agentes dos Refúgios Secretos tentando identificar pessoas desaparecidas e detê-las por conta própria?

Lucan consentiu.

– Isso nos leva de volta ao agente Chase e ao seu pedido de participar na operação. Ele veio até nós com essas mesmas preocupações, sem querer causar pânico generalizado, porém precisa recuperar os desaparecidos e encontrar uma solução rápida para o problema que o Carmesim parece estar causando entre os vampiros da Raça. Acredito que ele possa nos proporcionar certa vantagem, não só na operação em si, mas também nas ruas. Pode ser bom para a Ordem ter um aliado nos Refúgios Secretos.

Dante, com escárnio, não conteve sua incredulidade.

– Nunca precisamos deles. Por séculos, temos livrado o traseiro deles do fogo, Lucan. Não me diga que agora passaremos a beijá-los. Que se danem, cara! Se deixarmos que se metam em nossos negócios, daqui a um tempo teremos de lhes pedir permissão para mijar.

Tinha ido longe demais. Lucan não disse nada, mas um mero olhar seu fez que todos os outros guerreiros, além de Dante, saíssem do aposento. Dante fitou o mármore branco sob as botas encharcadas, com a sensação de que havia acabado de pisar em uma fossa de desgraças.

Ninguém perdia o controle na frente de Lucan.

Ele era o líder da Ordem, desde a formação inicial do quadro de elite dos guerreiros, por volta de setecentos anos atrás, muito antes de Dante ou da maioria dos outros membros atuais ter nascido. Lucan era da Primeira Geração da Raça, e em seu sangue corriam os genes dos Antigos, aqueles brutais extraterrestres que tinham chegado ao planeta no milênio passado, acasalando com fêmeas humanas e iniciando a primeira linha da raça dos vampiros. Os da Primeira Geração, como Lucan, já não eram muitos agora, porém continuavam sendo os mais poderosos – e mais inconstantes – de toda a Raça.

Lucan era o mentor de Dante, um verdadeiro amigo, se Dante assim ousasse a chamar o formidável guerreiro.

Contudo, isso não significava que Lucan não o repreenderia se achasse que Dante precisava.

– Também pouco me importam as relações públicas dos Refúgios Secretos – disse Lucan; a cadência de sua voz profunda era mesurada e fria. – Porém, essas notícias sobre a droga me preocupam. Precisamos descobrir quem a está distribuindo e acabar com essa teia. É um assunto importante demais para deixá-lo apenas nas mãos dos Refúgios Secretos. Se, para conseguirmos autoridade nessa operação até que tenhamos a situação sob controle, *em nossos termos*, precisarmos permitir que o agente Chase brinque de guerreiro por algumas noites, então esse é o preço que teremos de pagar.

Assim que Dante abriu a boca para pronunciar mais um argumento contra a ideia, Lucan arqueou uma das sobrancelhas negras e o interrompeu antes que pudesse dizer qualquer palavra.

– Decidi que será você o guerreiro a acompanhar o agente Chase nas patrulhas.

Dante mordeu a língua, consciente de que Lucan não aceitaria nenhuma discussão sobre isso no momento.

– Escolhi você por ser o melhor para o serviço, Dante. Tegan provavelmente mataria o agente no mesmo instante, simplesmente porque o aborreceria. E Niko, ainda que seja um guerreiro capaz, não tem seus anos de experiência na rua. Mantenha o agente do Refúgio Secreto fora de perigo, mas não perca de vista o verdadeiro objetivo: exterminar nossos inimigos. Sei que não vai me desapontar. Nunca o fez. Falarei com Chase e o informarei de que seu passeio começa amanhã à noite.

Dante assentiu com a cabeça baixa, sem se atrever a falar enquanto a indignação lhe corria pelas veias. Lucan lhe deu um tapinha no ombro, como se mostrasse que compreendia a raiva ardente de Dante, e dirigiu-se para fora do laboratório. Dante precisou ficar ali por um instante, com as mandíbulas tão apertadas que os molares doíam com a pressão.

Realmente tinha chegado ao condomínio acreditando que a noite não poderia ficar pior?

Maldito seja, estivera completamente enganado.

Depois de tudo pelo que havia passado nas últimas doze horas, culminando com a indesejada missão de agir como babá, teria de reconsiderar seriamente sua ideia do que era "pior impossível".

Capítulo 7

– Aqui está, senhora Corelli.

Tess ergueu uma gaiola de plástico para gatos sobre o balcão, devolvendo à proprietária o gato persa branco que rosnava.

– Angel não está muito contente agora, mas deve se sentir melhor em poucos dias. Porém, não o deixaria sair até que os pontos tenham caído. Não que ele ainda vá sentir-se um Don Juan.

A velha mulher estalou a língua.

– Há meses, para cima e para baixo na rua, sabe o que tenho visto? Pequenos Angels correndo por aí. Estou lhe dizendo, não fazia nem ideia! E meu pobre bichano peludo voltava para casa toda noite parecendo um lutador profissional, com essa bela carinha toda destroçada e sangrenta.

– Bem, ele não terá mais muito interesse em lutar. Ou em praticar seu outro passatempo aparente. Fez a coisa certa em castrá-lo, Sra. Corelli.

– Meu marido queria saber se você faria o mesmo com o atual namorado de nossa neta. Ai, esse garoto é um danado. Só dá problema, e tem apenas quinze anos!

Tess riu.

– Temo que minha prática se restrinja aos animais.

– É uma pena. Bem, quanto lhe devo, querida?

Tess observou a mulher idosa apanhar o talão de cheques com as mãos ressecadas e artríticas. Embora já tivesse ultrapassado há muito a idade de se aposentar, Tess sabia que a senhora Corelli limpava casas cinco dias por semana. Era um trabalho duro e o salário era escasso, porém, desde que a pensão por invalidez de seu marido tinha acabado alguns anos atrás, a Sra. Corelli havia se tornado a única fonte de renda da casa. Sempre que Tess pensava em reclamar por estar com dificuldades e apertada de dinheiro, lembrava-se dessa mulher e de como ela lutava com dignidade e graça.

– Na verdade estamos com uma promoção nesses serviços, senhora Corelli. O total de hoje dá vinte dólares.

– Tem certeza, querida? – Ante a insistente afirmação de Tess, a mulher pagou os honorários da clínica, pegou a gaiola da mascote sob o braço e dirigiu-se à saída. – Muito obrigada, Dra. Tess.

– Não há de quê.

Quando a porta se fechou atrás da cliente, Tess relanceou o relógio de parede na sala de espera. Era pouco mais de quatro horas. O dia parecia se arrastar sem fim, sem dúvidas graças à estranha noite que tivera. Havia pensado em cancelar as consultas e ficar em casa, mas se obrigou a ficar e a trabalhar o dia todo. Mais uma consulta e poderia ir embora.

Apesar de não saber exatamente por que estava tão ansiosa para correr de volta para seu apartamento vazio. Sentia-se nervosa e esgotada ao mesmo tempo, e todo seu sistema zumbia com uma estranha inquietação.

– Tem um recado do Ben – anunciou Nora ao sair de uma das salas de atendimento a cães. – Está anotado num papel ao lado do telefone. Algo sobre uma extravagante mostra de arte amanhã à noite? Ele falou que você tinha dito que o acompanharia algumas semanas atrás, mas queria se certificar de que não tinha esquecido.

– Ah, droga. O *vernissage* no Museu de Belas Artes é amanhã à noite?

Nora lhe lançou um olhar irônico.

– Parece que esqueceu. Bem, de qualquer forma, deve ser divertido. Ah, e a cliente das quatro e vinte ligou para cancelar a vacinação.

Uma das garotas do restaurante está doente, então ela tem de trabalhar dobrado. Mas queria remarcar para a semana que vem.

Tess afastou as longas mechas de cabelo do pescoço e esfregou os músculos tensos da nuca.

– Tudo bem. Pode retornar a ligação e remarcar a consulta por mim?

– Já fiz isso. Está se sentindo bem?

– Sim. Foi uma noite longa, só isso.

– Ouvi dizer. Ben me contou o que aconteceu. Caiu no sono na mesa outra vez, né? – Nora riu, sacudindo a cabeça. – E Ben todo preocupado, chamando a polícia para socorrê-la? Fico feliz por ele não ter se metido em encrenca com eles quanto àquele *gatinho perdido* que recolheu.

– Eu também.

Ben havia prometido que, assim que a deixasse em casa, voltaria à clínica para buscar Shiva e devolver o animal a seus donos, conforme a polícia lhe tinha ordenado. Entretanto, não havia prometido que outro resgate estava fora de cogitação. Tess se perguntou, não pela primeira vez, se aquele obstinado entusiasmo de Ben – ainda que bem-intencionado – poderia um dia ser sua perdição.

– Sabe – comentou com a assistente –, ainda não entendo como pude discar acidentalmente aquele número de discagem rápida durante o sono...

– É. Talvez você quisesse inconscientemente ligar para ele. Ei, quem sabe eu deva tentar isso alguma noite. Acha que ele virá salvar-me também? – Tess lhe virou os olhos, e Nora levantou as mãos em sinal de rendição. – Só estou brincando! Ele parece ser um rapaz maravilhoso. Bonito, esperto, charmoso... E não vamos esquecer de que está totalmente a fim de você. Não sei por que você não lhe dá uma chance.

Tess já havia lhe dado uma chance. Mais de uma, na verdade. E, ainda que os problemas que tivera com ele fossem coisa do passado – e ele havia prometido mais de uma vez de que eram –, ela se preocupava em não se envolver outra vez além dos laços de amizade. Na verdade, começava a acreditar que não estava pronta para nenhum relacionamento sério com ninguém.

– Ben é um cara legal – disse por fim, pegando o recado e guardando-o no bolso da calça cáqui sob o jaleco branco. – Mas nem todo mundo é tudo aquilo que parece.

Com o cheque da Sra. Corelli sobre os recibos do dia, Tess os selou para levar ao banco e começou a preparar um comprovante de depósito.

– Quer que eu faça isso para você no caminho de casa? – Perguntou Nora.

– Não, eu faço. Já que estamos livres de compromissos por enquanto, acho que vou tirar o resto do dia. – Tess guardou o comprovante de depósito no envelope de couro de recibos. Quando levantou os olhos, Nora a observava. – O que foi? O que há de errado?

– Não sei. Quem diabos é você, e o que fez com minha chefe viciada em trabalho?

Tess hesitou, sentindo-se repentinamente culpada pelos vários dias de fichamento que ainda precisavam ser feitos e pensou se deveria mesmo sair mais cedo – ou melhor, na verdade, na hora certa.

– Estou brincando! – Disse Nora, correndo em volta da mesa para empurrar Tess até o pequeno *hall* de entrada. – Vá para casa. Relaxe. Divirta-se, pelo amor de Deus.

Tess assentiu, grata por ter alguém como Nora ao seu lado.

– Obrigada. Não sei o que faria sem você.

– Apenas se lembre disso da próxima vez que for reajustar meu salário.

Tess levou somente alguns minutos para tirar o jaleco, apanhar a bolsa e desligar o computador no escritório. Deixou a clínica e saiu sob o sol da tarde, incapaz de recordar a última vez em que tinha saído do trabalho e caminhado até a estação de trem antes que escurecesse. Desfrutando da repentina liberdade – e notando cada sentido mais vivo e aguçado que nunca –, Tess aproveitou seu tempo e chegou ao banco logo antes de fechar; depois pegou o metrô de volta para casa em North End.

Seu apartamento era arrumado, mas nada de mais; tinha um quarto e um banheiro, e se encontrava tão perto da via expressa que Tess tinha aprendido a considerar o assobio constante do tráfico de alta velocidade como seu próprio tipo de ruído ambiente. Nem mesmo as frequentes buzinadas de motoristas impacientes ou o chiado de freadas nas ruas logo abaixo a incomodavam de verdade.

Até agora.

Tess subiu os dois lances de escada até o apartamento, com a cabeça girando com o barulho da rua. Trancou-se para dentro e se apoiou contra a porta, deixando cair a bolsa e as chaves em cima de uma velha máquina de costura que havia comprado por um preço baixo e transformado em um aparador para o vestíbulo. Tirou os sapatos de couro marrom e foi até a sala conferir a secretária eletrônica enquanto pensava no jantar.

Havia outra mensagem de Ben. Ele estaria em North End esta noite e esperava que ela não se importasse se ele aparecesse para ver como estava, e talvez pudessem ir a um dos bares da vizinhança para tomar uma cerveja juntos.

Ele parecia tão esperançoso, tão inocentemente amigável, que o dedo de Tess pairou sobre o botão para retornar a ligação por um bom tempo. Não queria incentivá-lo e já era ruim o bastante ter prometido acompanhá-lo na exibição de arte moderna no Museu de Belas Artes, que seria amanhã à noite, lembrou-se outra vez, imaginando se haveria algum jeito de escapar do compromisso. Queria cancelar, mas não o faria. Ben tinha comprado os convites exatamente porque sabia que ela amava esculturas, e os trabalhos de alguns de seus artistas favoritos estariam em exposição por tempo limitado.

Era um presente muito atencioso, e recusá-lo agora apenas magoaria Ben. Ela iria à exposição com ele amanhã, porém seria a última vez que sairiam como casal, ainda que apenas como amigos.

Com esse assunto resolvido em mente, Tess ligou a televisão e se deparou com uma velha reprise de *Friends*; então vagou até a cozinha em busca de comida. Foi direto ao *freezer*, sua habitual fonte de sustento.

Qual caixa laranja de tediosos congelados escolheria esta noite?

Sem pensar, pegou a mais próxima e a abriu. Quando a bandeja coberta por celofane bateu no balcão, Tess franziu o cenho. Deus, ela era patética. Era realmente assim que pretendia passar sua rara noite fora da clínica?

Divirta-se, havia aconselhado Nora.

Tess tinha certeza de que nada que havia planejado até agora representava diversão. Não para Nora, de qualquer modo, e tampouco para a própria Tess.

Estava com praticamente vinte e seis anos e era nisso que tinha deixado sua vida se transformar?

Embora seus sentimentos amargos não fossem apenas fruto da perspectiva do arroz insosso e do frango borrachento, Tess olhou para o prato de comida congelada com desprezo. Quando fora a última vez que havia cozinhado de verdade uma bela refeição com as próprias mãos? Quando fora a última vez que havia feito algo apenas para si mesma?

Fazia muito tempo, concluiu, e recolheu a comida do balcão e a jogou no lixo.

Sterling Chase, o Agente Especial Investigativo *Sênior*, havia retornado prontamente ao condomínio dos guerreiros ao anoitecer. A seu favor, tinha tirado o terno e a gravata, e optado por uma camisa de malha cor de grafite, *jeans* escuros e botas de couro negro. Também trazia o cabelo claro coberto por uma boina escura. Vestido como estava agora, Dante quase podia esquecer de que se tratava de um civil.

Era uma pena que nem toda a camuflagem pudesse esconder o fato de que aquele tipo de Harvard era, a partir desse instante, a pedra no sapato oficial de Dante.

– Se algum dia precisarmos roubar um banco, pelo menos já sei ao armário de quem posso recorrer – disse ao agente do Refúgio Secreto enquanto vestia um sobretudo de couro carregado com toda sorte de armas brancas, e os dois se dirigiram para um dos veículos da frota da Ordem na garagem do condomínio.

– Não vou conter a respiração esperando que me chame – disparou Chase se divertindo, enquanto observava a coleção primorosa de carros. – Parece que vocês se viram bem sem o auxílio de grandes roubos.

A garagem em formato de hangar continha dúzias de carros, caminhonetes, motocicletas e outros veículos, alguns antigos, outros atuais, cada um deles de grande potência e beleza. Dante o conduziu até um Porsche Cayman preto-basalto novinho em folha e destravou as portas. Os dois entraram no carro; Chase observou o elegante interior com evidente apreço, enquanto Dante deu a partida no motor, digitou o código para abrir a porta do hangar e deixou a doce fera negra começar sua furtiva ronda noite adentro.

– A Ordem vive muito bem – comentou Chase, sentado ao lado de Dante na cabine escassamente iluminada. Soltou uma risada, satisfeito. – Sabe, grande parte do povo dos Refúgios Secretos acredita que vocês são mercenários cruéis que ainda vivem como animais sem lei em cavernas subterrâneas.

– Isso é – murmurou Dante, fitando a escura faixa da estrada que se prolongava diante dele. Com a mão direita, abriu o porta-luvas central e tirou uma bolsa de couro que continha uma pequena coleção de armas. Deixou todas caírem sobre o colo do agente: facas embainhadas, uma grossa corrente e uma pistola semiautomática no coldre. – Prepare-se, Harvard. Presumo que saiba distinguir qual ponta dessa Beretta 92FS é a que precisa apontar para os bandidos. Sabe, já que vem dos rarefeitos corredores dos Refúgios Secretos e tudo mais.

Chase sacudiu a cabeça e murmurou um impropério.

– Veja bem, não foi isso que quis dizer...

– Não dou a mínima para o que quis dizer – replicou Dante, dobrando bruscamente à esquerda em torno de um armazém e seguindo por uma rua deserta. – Não quero saber o que pensa de mim ou de meus irmãos. Vamos deixar isso bem claro, *capisce*?* Veio comigo só porque Lucan disse que viria. O melhor que tem a fazer é sentar aí calado e manter-se fora do meu caminho.

Os olhos do agente reluziram com fúria, emanando seu calor em compridas ondas. Embora Dante pudesse dizer que Chase não estava acostumado a receber ordens – muito menos de alguém que deveria considerar alguns degraus abaixo dele na escala social –, o macho do Refúgio Secreto conteve sua irritação para si. Preparou as armas que Dante lhe havia dado, conferiu a trava de segurança na pistola e logo a guardou no coldre de couro.

Dante dirigiu até o North End de Boston, seguindo um palpite que Gideon tinha conseguido sobre uma possível festa que aconteceria em um dos velhos prédios da área. Às sete e meia da noite, ainda tinham cinco horas para matar o tempo antes que qualquer movimentação no local indicasse se a pista era válida ou não. Mas Dante nunca tinha sido capaz de exercer tal tipo de paciência. Não gostava de sentar e esperar, consciente de que seria mais trabalhoso para a morte alcançar um alvo em movimento.

Apagou as luzes e estacionou o Porsche na rua do edifício que vigiavam. Uma brisa se levantou, enviando um punhado de folhas e poeira da cidade para cima do capô do veículo. Quando o vento amainou, Dante abaixou a janela e deixou que o ar fresco entrasse. Respirou fundo, enchendo os pulmões com o revigorante ar do fim de outono.

Um aroma doce e picante lhe fez cócegas nas narinas, despertando cada célula de seu corpo em um alerta instantâneo. O perfume era

---

*Do italiano, "entendeu". [N. R.]

distante e evasivo, como nada produzido pelo homem, pela Raça ou por qualquer uma de suas ciências coletivas. Tinha certo calor denso e sombrio como canela e baunilha, embora defini-lo assim apenas capturasse a menor porção de sua atmosfera. Era uma fragrância tanto requintada quanto peculiar.

Dante reconheceu de imediato. Pertencia à fêmea de quem tinha se alimentado – a Companheira de Raça que tão imprudentemente tinha tornado sua há pouco menos de vinte e quatro horas.

Tess.

Dante abriu a porta do carro e saiu.

– O que vamos fazer?

– Você, fique aqui – ordenou a Chase, sentindo-se inexoravelmente atraído na direção dela; seus pés já se moviam no pavimento.

– O que é que há? – O agente sacou a pistola e principiou a sair do Porsche como se fosse seguir Dante a pé. – Diga-me o que está acontecendo, droga. Está vendo alguma coisa?

– Fique dentro desse maldito carro, Harvard. E mantenha os olhos e ouvidos naquele edifício. Tenho de conferir uma coisa.

Dante não acreditava que fosse acontecer nada nos próximos minutos onde se encontravam; porém, se algo acontecesse, tampouco se preocupava. Tudo o que lhe importava era o aroma daquele perfume na brisa noturna e a percepção de que a mulher estava por perto.

Sua fêmea, ouviu a sombria lembrança surgir de algum lugar dentro de si.

Dante a seguiu como um predador. Como todos os vampiros da Raça, era dotado com sentidos aguçados, supervelocidade e agilidade animal. Quando queriam, os vampiros podiam circular entre os humanos despercebidos, sem passar de uma brisa gelada na nuca de quem cruzasse seu caminho. Dante usou tais talentos sobrenaturais nesse instante, enquanto navegava pelas ruas lotadas e pelos becos traseiros, com os sentidos atentos à presa.

Virou outra esquina na movimentada rua principal e lá estava ela, no meio do pavimento, do outro lado da rua.

Dante ficou imóvel, observando enquanto Tess fazia compras em um mercado ao ar livre, escolhendo cuidadosamente verduras frescas e hortaliças. Colocou uma abóbora amarela na sacola de compras de lona, depois examinou uma caixa de frutas, detendo-se para erguer um pálido melão até o nariz e verificar se estava maduro.

Desde o primeiro instante em que vira Tess na clínica, mesmo com todo o sofrimento dos machucados, Dante havia notado que ela era bonita. Mas essa noite, sob os tênues feixes de luz branca que iluminavam as cestas de frutas, ela estava radiante. Tinha as bochechas rosadas, e os olhos verde-azulados brilhavam enquanto sorria para a velha proprietária e a cumprimentava pela qualidade de seus produtos.

Dante subiu a rua, mantendo-se nas sombras, incapaz de tirar os olhos dela. A essa proximidade, seu perfume era inebriante e arrebatador. Inspirou o ar pelos lábios entreabertos, saboreando aquela picante doçura com os dentes e se deliciando com o modo como passeava pela língua.

Por Deus, queria prová-la outra vez.

Beber de seu sangue.

Tomá-la por inteiro.

Antes que soubesse o que estava fazendo, Dante desceu da calçada para a rua. Estaria ao seu lado em meio segundo, se algo estranho não tivesse chamado sua atenção.

Não era o único macho que contemplava Tess com evidente interesse.

Um humano se encontrava em pé sob o abrigo da entrada de um prédio a poucos metros dali e fitava o mercado, tratando de não ser visto enquanto observava Tess terminando suas compras. Não fazia o tipo perseguidor, com sua figura alta e magra, e o aspecto de bom-moço universitário. Contudo, tampouco Ted Bunty, o *serial killer*, parecia perigoso.

Tess pagou pelas mercadorias e desejou boa noite à velha senhora. Assim que começou a se afastar dos toldos iluminados das barracas, o humano cuidadosamente saiu de seu esconderijo.

Dante se enfureceu com a ideia de que Tess pudesse ser ferida. Cruzou a rua num piscar de olhos, aproximando-se do humano por trás, e o seguiu de perto, prestes a arrancar os braços do homem se ele se atrevesse até mesmo a respirar em cima dela.

– Ei, doutora – chamou o homem, com um tom de familiaridade na voz. – Como vai?

Tess se virou e esboçou um leve sorriso surpreso.

– Ben, oi! O que está fazendo aqui?

Ela o conhecia. Dante recuou imediatamente e se misturou ao fluxo de pedestres que caminhavam em torno das lojas e dos restaurantes.

– Não recebeu meu recado em casa? Eu tinha assuntos para tratar por aqui e pensei que talvez pudéssemos jantar ou algo assim.

Dante observou o humano se adiantar e abraçá-la; então ele se inclinou e lhe deu um terno beijo na bochecha. Era evidente a adoração do homem. Mais que adoração; Dante detectou um forte cheiro de possessividade irradiando dele.

– Ainda está de pé o *vernissage* no museu amanhã à noite? – Perguntou-lhe o homem.

– Sim, claro – assentiu Tess, entregando-lhe a sacola de compras quando ele se ofereceu para carregá-la. – Bem, seja como for, o que devo vestir?

– O que quiser. Sei que estará maravilhosa, doutora.

Claro. Agora Dante compreendia tudo. Aquele era o namorado que Tess havia chamado na clínica na noite passada. Aquele a quem ela tinha procurado diante do terror que Dante lhe causara.

O ciúme lhe retorceu as vísceras... Um ciúme que, na verdade, não tinha direito algum de sentir.

Porém, seu sangue lhe dizia diferente. Suas veias estavam vivas e ardentes. A parte de si que não era nem um pouco humana o incitava a cruzar a multidão e dizer a essa mulher que ela pertencia a ele, e só a ele. Quer ela soubesse disso ou não; querendo ou não que qualquer um dos dois o desejasse.

Mas sua parte mais sensata laçou essa besta e a conteve.

Obrigou-a a recuar.

Dante não queria uma Companheira de Raça. Nunca tinha desejado uma, nem nunca o faria.

Observou Tess e o namorado continuarem andando à sua frente; a conversa despreocupada dos dois se perdia em meio aos demais bate-papos e ao zumbido geral do barulho da rua que os envolvia. Dante esperou por um momento; o sangue lhe pulsava nas têmporas, assim como em outras regiões mais baixas de sua anatomia.

Virou-se e caminhou pelas sombras a passos largos, de volta ao edifício ondc tinha deixado Harvard de vigília. Esperava com todas as forças que o palpite de Gideon sobre a movimentação de Renegados por ali se provasse verdadeiro – quanto antes, melhor –, porque nesse exato instante estava sedento por uma bela e sangrenta briga.

Capítulo 8

A patrulha em North End foi um fracasso. Tinha havido, de fato, uma festa no velho edifício vazio, porém os convidados eram todos apenas um bando de humanos. Nenhum Renegado à vista, e nem sinal de qualquer vampiro dos Refúgios Secretos, muito menos de jovens da Raça desencaminhados e alterados pelo Carmesim. Talvez isso pudesse ser tomado como alívio, pois a cidade esteve calma por algumas horas; no entanto, após uma vigília completamente sem ação durante toda a noite, Dante estava muito longe de se sentir aliviado. Estava frustrado, tenso e precisava seriamente relaxar.

A cura para isso era bastante simples. Conhecia uma dúzia de lugares onde podia encontrar uma mulher voluntária com veias suculentas e um par de coxas cálidas e acolhedoras. Depois de levar Chase até sua residência no Refúgio Secreto, Dante dirigiu até um clube noturno e estacionou o Porsche junto ao meio-fio. Discou o número do condomínio no celular e deu a Gideon um breve resumo da noite sem acontecimentos.

– Olhe pelo lado bom, Dante. Passou sete horas inteiras ao lado do agente sem matá-lo – comentou com ironia. – Isso por si só já é um feito impressionante. Fizemos uma aposta por aqui a respeito de quanto tempo o rapaz vai durar. Se vale de algo, apostei dezenove horas, no máximo.

– Ah, é? – Riu Dante. – Pois, para mim, pode colocar sete horas e meia.

– Foi ruim assim, é?

– Acho que poderia ter sido pior. Pelo menos Harvard sabe seguir ordens, ainda que pareça ser o tipo que prefere estar no comando.

Dante relanceou o retrovisor lateral do carro, distraído pelo ventre pálido de uma mulher vestida com uma minissaia de couro que se aproximava da lanterna traseira esquerda. Do alto de seus saltos plataforma, a mulher empertigou-se em direção à janela fechada, com uma postura que sugeria se tratar de uma garota de programa. Quando se inclinou, deixando à vista os exuberantes seios, com um sorriso vago e os olhos vazios pelo efeito de heroína, não restou mais nenhuma dúvida.

– Está procurando por companhia, bonitão? – Balbuciou diante do vidro enegrecido, incapaz de ver a quem estava se oferecendo; mas era evidente que não se importava, dado o alto nível do veículo.

Dante a ignorou. Até mesmo um libertino que gostava de viver o momento, como ele, mantinha certos padrões. Mal notou quando a prostituta deu de ombros, desalentada, e se afastou pela rua.

– Preciso que faça uma pesquisa para mim, Gid.

– Pode deixar – respondeu Gideon, e logo ouviu o barulho do teclado em ação no fundo. – Do que precisa?

– Consegue descobrir algum tipo de evento que vai acontecer em algum museu amanhã à noite? Um jantar ou algo assim?

Gideon levou apenas um segundo para voltar com a resposta.

– Tenho aqui uma coluna social falando sobre um extravagante *vernissage* para patrocinadores no Museu de Belas Artes. Amanhã à noite, às sete e meia.

Tinha de ser esse o evento sobre o qual Tess e o namorado conversavam no mercado. *O encontro deles.*

Não que ele devesse se preocupar com o que a mulher fazia ou com quem fazia. Não deveria sentir o sangue ferver ao pensar em outro homem tocando-a, beijando-a, penetrando seu corpo.

Não deveria ficar nem um pouco furioso com isso, mas, maldito seja, estava irado.

– O que há no Museu de Belas Artes? – Indagou Gideon, interrompendo seus pensamentos. – Tem alguma pista sobre algo lá?

– Não. Nada disso. Só estava curioso.

– Sério? De repente passou a se interessar por arte? – O guerreiro riu. – Minha nossa, parece que as poucas horas com Harvard causaram efeitos colaterais em você. Nunca imaginei que se interessaria pelas porcarias intelectuais.

Dante não era nenhum selvagem completamente sem cultura, mas não estava com cabeça para se explicar no momento.

– Esqueça – falou quase rugindo ao telefone.

Sua irritação aumentou levemente ao perceber que estava sendo observado de novo. Dessa vez, eram duas belas mulheres que pareciam ter chegado dos subúrbios para se divertir. Universitárias, pensou, contemplando a face viçosa, o esbelto corpo de vinte e poucos anos delas e seus *jeans* rasgados de marca. Riam e tentavam agir como se não estivessem impressionadas ao passarem pelo carro a caminho da boate.

– Bem, onde está agora, Dante? Voltando para a base?

– Não – respondeu o vampiro com a voz baixa, desligando o motor e seguindo com os olhos o rastro das mulheres. – A noite ainda é uma criança. Acho que vou parar para uma rápida mordida antes. Quem sabe duas.

Sterling Chase dava voltas em sua residência no Refúgio Secreto como um animal enjaulado, tenso e ansioso. Embora a noite não tivesse sido exatamente um sucesso em qualquer medida, tinha de reconhecer certa satisfação em sua primeira vez em campo. Não gostava muito do guerreiro arrogante e hostil que fora designado como seu parceiro, porém recordou que seu objetivo ao procurar pela ajuda da Ordem era mais importante que qualquer besteira que provavelmente teria de aturar por culpa de Dante ou de seus irmãos nas próximas semanas.

Já havia voltado para casa fazia algumas horas agora. Mais umas duas horas e seria dia – não que estivesse com vontade de dormir.

No momento, queria conversar com alguém.

Evidentemente, a primeira pessoa a lhe ocorrer foi Elise.

Mas a essa hora já estaria em seus aposentos, preparando-se para dormir. Não era muito difícil imaginá-la sentada ante a delicada penteadeira, provavelmente nua debaixo do pano de seda branco transparente, penteando o comprido cabelo louro. Seus olhos cor de lavanda possivelmente estariam fechados enquanto cantarolava distraída para si mesma – um hábito que possuía desde que ele a tinha conhecido e que apenas a tornava ainda mais querida para ele.

Ela era frágil e doce, e viúva já fazia cinco anos. Elise nunca se juntaria a outro; e ele, no âmago de seu coração, sabia disso. E parte de si se alegrava pela recusa dela em amar outra vez – o direito de toda Companheira de Raça que perdia seu amado – pois, ainda que significasse que teria de viver com a angústia de desejá-la, ao menos não teria de suportar o baque ainda mais forte de vê-la com outro macho.

No entanto, sem outro membro da Raça que a nutrisse com seu próprio sangue capaz de alterar os efeitos do tempo, Elise, nascida humana como toda Companheira de Raça, envelheceria e um dia morreria. E isso era o que mais o entristecia. Poderia nunca tê-la de verdade, mas era certo de que um dia, provavelmente não mais que daqui escassos sessenta ou setenta anos – num piscar de olhos, para os da sua espécie – ele a perderia por completo.

Talvez fosse essa a ideia que o fazia desejar com todas as forças poupá-la de qualquer sofrimento que fosse possível.

Ele a amava, como sempre tinha amado.

Sentia vergonha por ela o afetar tanto. Só de pensar nela, sua pele se enrijecia e esquentava. Ela o deixava em brasas por dentro e nunca poderia saber. Se tomasse conhecimento disso, tinha certeza de que o desprezaria.

Porém, isso não impedia seu desejo gritante de estar perto dela. De estar nu ao seu lado, ainda que por apenas uma vez.

Chase parou de andar em círculos e se deixou cair no enorme sofá de seu gabinete. Encostou-se e estendeu as pernas, inclinando a cabeça sobre os ombros para contemplar o alto teto branco uns três metros acima.

Ela estava ali, no aposento sobre aquele exato espaço.

Se Chase respirasse profundamente, podia sentir seu suave perfume de rosas e queiró.* Inspirou fundo. A sede fervilhou dentro de seu corpo, alongando-lhe as presas nas gengivas. Lambeu os lábios, quase capaz de imaginar seu sabor.

Doce tortura.

Imaginou-a caminhando de pés descalços pelo chão acarpetado do quarto, desamarrando os laços da delicada camisola. Deixando que a seda caísse próxima à cama enquanto deitava sobre os frios lençóis e ali ficava, descoberta, desinibida, com os mamilos como botões de rosa contra a brancura de sua pele.

Chase sentiu a garganta seca. Seu pulso batia como um tambor e o sangue lhe corria quente pelas veias. O pênis estava duro sob o confinamento dos jeans escuros. Alcançou com a mão o ávido falo, tocando-o por cima do grosso tecido e liberando-o dos botões. Acariciando-se como Elise nunca o faria.

Friccionou com mais urgência, mas isso só aumentou seu desejo.

Nunca deixaria de desejá-la...

– Santo Deus – murmurou, aborrecido consigo mesmo por sua própria fraqueza.

---

* Flor de um arbusto semelhante ao alecrim.

Apartou a mão dali e se levantou com um urro de raiva, negando-se até mesmo a fantasia de ir para a cama com sua perfeita e inalcançável Elise.

O calor percorreu as pernas expostas de Dante. Subiu ainda mais, até o quadril e o torso, serpeando pela coluna e pelos ombros. Implacável, avassalador, o calor aumentou, como uma tormenta incessante cujas ondas se quebravam sobre ele em câmera lenta. Queimava cada vez mais, ainda mais ardente, tragando-o por completo.

Não conseguia se mover; já não tinha controle sobre os membros e nem mesmo sobre os próprios pensamentos.

Tudo o que sentia era o fogo.

E o fato de aquele fogo o estar matando.

As chamas agora se retorciam todas ao seu redor, a fumaça se agitava negra no ar, incendiando-lhe os olhos e queimando-lhe a garganta cada vez que tentava inutilmente respirar.

Em vão.

Estava aprisionado.

Podia sentir a pele em brasas. Ouvia os estalos repugnantes da roupa – e também do cabelo – pegando fogo enquanto registrava tudo em absoluto terror.

Não havia saída.

A morte se aproximava.

Sentiu a mão escura descer sobre ele, empurrando-o para baixo, em direção a um redemoinho tempestuoso de interminável vazio...

– Não!

Dante despertou sobressaltado, com os músculos tensos prontos para lutar. Tentou se mexer, mas algo o segurava. Havia um leve peso em cima de suas coxas. E outro estendido sem forças sobre seu peito. As duas mulheres acordaram sobre a cama; uma delas ronronou ao se aconchegar junto a ele e acariciou sua pele úmida e fria.

– O que foi, meu bem?

– Saiam de mim – murmurou ele, e de sua garganta ressecada saiu um áspero fio de voz.

Dante se desembaraçou do emaranhado de pernas nuas e pôs os pés sobre o chão daquele apartamento desconhecido. Ainda mal podia respirar, e seu coração pulsava acelerado. Sentiu uns dedos percorrerem suas costas. Irritado pela carícia indesejada, levantou-se do colchão e começou a procurar por suas roupas na escuridão.

– Não vá embora – contestou uma delas. – Mia e eu ainda não terminamos com você.

Ele não respondeu. Tudo o que queria naquele instante era se mover. Estivera parado por muito tempo. Tempo o bastante para a morte vir procurá-lo.

– Está tudo bem? – Perguntou a outra garota. – Teve algum tipo de pesadelo?

Pesadelo, pensou com ironia.

Longe disso.

Tinha essa mesma visão, e a vivia em nítidos detalhes, desde que podia se lembrar.

Era um vislumbre do futuro.

De sua própria morte.

Conhecia cada agonizante segundo de seus últimos instantes de vida; mas o por quê, o onde e o quando permaneciam sem respostas. Sabia inclusive a quem devia creditar tal visão amaldiçoada.

A humana que o trouxe ao mundo na Itália 229 anos atrás havia visto não só sua própria morte, mas também a de seu amado companheiro, o intelectual e aristocrata vampiro do Refúgio Secreto que fora o pai de Dante. Tal como tinha previsto, a amável mulher encontrou seu fim trágico, afogando-se nas águas revoltas do oceano depois de ter mergulhado para salvar uma criança do mesmo desastre. O pai de Dante, profetizara, seria assassinado por um invejoso rival político.

Oito anos após sua morte, do lado de fora de um salão de conferências lotado no Refúgio Secreto de Roma, Dante tinha perdido o pai da exata maneira como sua mãe havia descrito.

O excepcional dom que sua mãe teve como Companheira de Raça havia sido transmitido ao único filho, como geralmente acontecia entre sua espécie, e agora Dante era o amaldiçoado pelas visões de morte.

– Volte para a cama – pediu uma das jovens atrás dele. – Vamos, não seja estraga-prazeres.

Dante atirou as roupas e as botas no chão e voltou para a cama. As mulheres o acariciaram assim que se aproximou, com movimentos lentos e vacilantes. Estavam com a mente ainda letárgica, sob o domínio da mordida que ele lhes havia dado mais cedo. Tinha fechado as feridas logo após se alimentar, mas ainda faltava algo a fazer antes que pudesse escapar. Estendeu a mão e tocou a fronte de uma das garotas e logo a da outra, apagando do pensamento delas todas as lembranças daquela noite.

Se ao menos pudesse fazer o mesmo consigo, pensou, enquanto sentia a garganta ainda seca com o gosto da fumaça, das cinzas e da morte.

Capítulo 9

– Relaxe, Tess. – A mão de Ben repousou sobre a nuca dela e a cabeça dele se inclinou próxima a seu ouvido. – Caso não tenha notado, isso é um coquetel de recepção, e não um funeral.

O que era algo bom, pensou Tess, baixando os olhos para o vestido bordô. Embora o vestido simples de liquidação fosse um de seus favoritos, Tess era a única que usava algo colorido em meio ao mar de preto. Sentia-se deslocada, chamativa. Não que estivesse acostumada a se encaixar entre outras pessoas. Nunca tinha sido assim, desde que era uma garotinha. Sempre tinha sido... diferente. Sempre esteve afastada do resto do mundo de maneira que não podia compreender totalmente; e tinha aprendido que era melhor não se questionar. Em vez disso, tentava se ajustar – ou fingia fazê-lo –, como agora, ali, em pé numa sala lotada de estranhos. Porém a ansiedade por fugir dali era forte.

Na verdade, Tess se sentia cada vez mais como se estivesse diante de uma tempestade iminente. Como se forças invisíveis se reunissem ao seu redor e a empurrassem do beiral. Imaginou que, se olhasse para seus pés, poderia não encontrar nada mais além de um abismo sob eles. Uma acentuada queda sem fim em vista.

Esfregou a nuca, sentindo uma dor prolongada nos tendões debaixo da orelha.

– Está tudo bem? – Quis saber Ben. – Esteve quieta a noite toda.

– Estive? Sinto muito. Não era minha intenção.

– Está se divertindo?

Tess assentiu, forçando um sorriso.

– É uma exibição e tanto, Ben. O programa diz que é um evento privado aos patrocinadores, então como conseguiu as entradas?

– Ah, tenho meus contatos na cidade. – Encolheu os ombros e terminou o último gole de seu champanhe. – Alguém me devia um favor. E não é nada do que está pensando – disse em tom reprovador ao tomar da mão de Tess o copo vazio. – Conheço o garçom, e ele conhece uma das garotas que trabalham nos eventos aqui do museu. Como sei que você adora esculturas, pedi a ele, alguns meses atrás, que conseguisse um par de entradas extras para a recepção.

– E o favor? – Questionou Tess, desconfiada. Sabia que Ben frequentemente se misturava com pessoas duvidosas. – O que teve de fazer para esse cara?

– O carro dele estava na oficina e emprestei-lhe minha van uma noite para um casamento em que ele ia trabalhar. É só isso. Nada obscuro. – Ben lhe lançou um de seus sorrisos estonteantes. – Ei, fiz uma promessa a você, não fiz?

Tess consentiu vagamente.

– Falando em bar, que tal eu buscar mais bebidas? Outra água mineral com limão para a senhorita?

– Sim, obrigada.

Enquanto Ben se deslocava pela multidão, Tess retomou seu exame atento da coleção de arte disposta ao redor do grande salão de baile. Havia centenas de esculturas, representando milhares de anos de história, todas envoltas por altas vitrines de acrílico.

Tess se aproximou de um grupo de mulheres da alta sociedade, louras, bronzeadas e cheias de joias, que estavam bloqueando o caminho para uma vitrine de estátuas italianas de terracota enquanto conversavam sobre a cirurgia plástica malfeita de fulana e o recente caso de sicrana com um tenista profissional do clube, que tinha menos da metade de sua idade. Tess rondou atrás delas, tratando sinceramente de não escutar a conversa enquanto tentava ver mais de perto a elegante escultura de Cornacchini, *Endymion adormecido*.

Sentia-se como uma impostora, tanto pelo encontro com Ben naquela noite quanto por estar entre essa gente num evento do museu para os patrocinadores. Essa era mais a turma dele que a dela. Nascido e criado em Boston, Ben havia crescido cercado por museus de arte e teatros, enquanto a bagagem cultural de Tess estivera limitada a feiras regionais e ao cinema local. O que sabia sobre arte era muito modesto, mas sua paixão por esculturas sempre fora um tipo de escapatória para ela, especialmente naqueles dias difíceis de volta à sua casa na zona rural de Illinois.

Naqueles tempos, era uma pessoa diferente; e Teresa Dawn Culver sabia algumas poucas coisas sobre impostores. Seu padrasto tinha se encarregado disso. Sob todos os aspectos, parecia um cidadão exemplar: bem-sucedido, amável, virtuoso. E não era nada disso. Mas estava morto já há quase uma década, e sua mãe, divorciada, também havia falecido recentemente. Quanto a Tess, tinha deixado para trás sua terra e aquele passado doloroso fazia nove anos.

Se ao menos também pudesse deixar para trás suas lembranças...

O terrível conhecimento do que tinha feito...

Tess voltou a concentrar sua atenção nas belas linhas de *Endymion*. Enquanto examinava a escultura de terracota do século XVIII, sentiu os finos pelos da nuca se arrepiarem. Uma onda de calor a invadiu – uma sensação muito breve, mas o suficiente para que olhasse ao redor procurando a causa. Não encontrou nada. O grupo de mulheres fofoqueiras continuou andando, e logo Tess se viu sozinha diante da exibição.

Espiou o cubículo de vidro mais uma vez, deixando que a beleza da obra do artista a transportasse para longe de suas angústias pessoais, para um lugar pacífico e agradável.

– *Maravilhosa*.

Uma voz profunda com um leve e elegante sotaque a fez levantar a cabeça imediatamente. Ali, do outro lado da vitrine transparente, encontrava-se um homem. Tess se pegou olhando para aqueles olhos cor de uísque adornados por grossas sobrancelhas negras. Se Tess achava que se destacava como uma ferida naquele pomposo evento, não chegava nem perto desse rapaz.

Dois metros de escuridão a contemplavam fixamente com olhos penetrantes e um ar de segurança severo, quase ameaçador. Estava todo de preto, desde as brilhantes ondas do cabelo, das largas linhas do casaco de couro e da camisa apertada, até as compridas pernas que pareciam vestir um uniforme negro.

Apesar do traje inapropriado e informal, ele se portava com uma confiança que o fazia parecer o dono do local; projetava um ar de poder até mesmo ali parado. As pessoas o fitavam de todos os cantos, não com desprezo ou desaprovação, mas com certa reverência – uma respeitosa prudência –, que nem mesmo Tess podia deixar de sentir. Estava boquiaberta, percebeu e, rapidamente, voltou os olhos para a vitrine, a fim de evitar o calor daquele inabalável olhar.

– Sim, é... é bonita – gaguejou, desejando não parecer tão aturdida como estava.

Seu coração pulsava inexplicavelmente acelerado, e aquela estranha dor latejante na lateral do pescoço havia voltado. Tocou o lugar abaixo da orelha onde os batimentos palpitavam mais fortes, tentando se acalmar. A sensação apenas piorou, como se houvesse um zumbido no sangue. Sentiu-se nervosa e agitada; precisava de ar. Quando começou a se mover para outra vitrine, o homem deu a volta no revestimento de acrílico da escultura, entrando sutilmente em seu caminho.

– Cornacchini é um mestre – comentou ele; sua voz suave parecia o ronrono de um grande felino. – Não conheço todos os seus trabalhos, mas meus pais eram grandes mecenas das artes na Itália.

Italiano. Isso explicava o sotaque delicioso. Já que agora não poderia mais fugir à francesa, Tess assentiu educadamente.

– Faz tempo que está nos Estados Unidos?

– Sim – um sorriso se esboçou no canto dos lábios sensuais. – Estou aqui faz bastante tempo. Meu nome é Dante – acrescentou, estendendo a enorme mão para ela.

– Tess – cumprimentou ela, sem conseguir respirar direito quando os dedos dele se envolveram ao redor dos dela em um instante de contato nada menos que eletrizante.

Santo Deus, o homem era deslumbrante. Não era o clássico modelo de beleza, mas tinha traços fortes e masculinos, com uma mandíbula quadrada e esguias maçãs do rosto. Os lábios fartos eram o bastante para que qualquer uma das *socialites* da recepção, entupidas de *botox*, morressem de inveja. Na verdade, tinha o tipo de rosto masculino que, por séculos, os artistas vinham tentando capturar em barro e mármore. Seu único defeito visível era uma saliência no dorso do nariz que, caso contrário, seria reto.

Um lutador? Pensou Tess, e parte de seu interesse esmoreceu. Não gostava de homens violentos, ainda que se parecessem com anjos caídos.

Ofereceu-lhe um agradável sorriso e começou a se afastar.

– Aproveite a exposição.

– Espere. Por que está fugindo? – Ele pousou a mão no antebraço dela, tocando-a brevemente, mas isso a deteve. – Está com medo de mim, Tess?

– Não. – *Que pergunta estranha para se fazer.* – Deveria estar?

Algo reluziu em seus olhos e logo desapareceu.

– Não, não quero que seja assim. Quero que fique, Tess.

Ele continuava dizendo seu nome e, cada vez que o pronunciava, Tess sentia que parte de sua inquietação ia embora.

– Olhe, eu... hum... vim acompanhada – explicou-se ela, procurando pela desculpa mais fácil que lhe vinha à mente.

– Seu namorado? – Perguntou ele e, sem enganos, voltou o olhar sagaz para o bar lotado aonde Ben havia ido. – Não quer que ele volte e nos veja conversando?

Parecia ridículo, e ela sabia disso. Ben não tinha direito de reivindicá-la para si e, mesmo se ainda estivessem juntos, ela não se deixaria ser controlada a ponto de nem poder conversar com outro homem. E era exatamente isso o que estava fazendo ali com Dante, embora parecesse intensamente íntimo. Parecesse ilícito.

E parecia perigoso, porque, apesar de tudo que tinha aprendido sobre se proteger, sobre manter a guarda, estava intrigada por aquele homem, por aquele estranho. Sentia-se atraída por ele. Mais que atraída, sentia-se ligada a ele de alguma forma inexplicável.

Ele lhe sorriu e passou a rondar lentamente a vitrine da obra de Cornacchini.

– *Endymion adormecido* – disse, lendo a placa da escultura do mítico jovem pastor. – O que acha que ele está sonhando, Tess?

– Não sabe da história? – Diante da sutil negação dele com a cabeça, Tess se aproximou, quase inconsciente de que se movia. Não conseguiu se deter até estar bem ao lado de Dante, roçando o braço no dele, enquanto os dois observavam o interior da vitrine. – Endymion sonha com Selene.

– A deusa grega da lua – murmurou Dante perto dela, e a voz profunda vibrou em seus ossos. – E eles eram amantes, Tess?

Amantes.

Uma sensação de calor a percorreu profundamente apenas por escutá-lo dizer tal palavra. Ele a havia dito com um tom bastante casual, porém Tess ouviu a pergunta como se tivesse sido dirigida apenas para seus ouvidos. O leve comichão no lado do pescoço se intensificou outra vez, pulsando ao mesmo tempo que os repentinos batimentos acelerados do coração. Tess pigarreou, sentindo-se estranha e deslocada, ao passo que todos os seus sentidos se aguçavam.

– Endymion era um belo e jovem pastor – disse ela por fim, recorrendo às lembranças do que tinha aprendido em um curso de mitologia na universidade. – Selene, como você citou, era a deusa da lua.

– Um humano e uma imortal – notou Dante. Tess podia sentir os olhos dele a observando nesse momento, aquele olhar da cor do uísque. – Não parece a combinação ideal, não é mesmo? Alguém geralmente acaba morrendo.

Tess o relanceou.

– Essa foi uma das poucas vezes em que tudo deu certo. – Fitou a escultura com atenção, para não ter de olhar na direção de Dante outra vez e confirmar que ele ainda a observava, tão próximo que Tess podia sentir o calor de seu corpo. Voltou a falar, com a necessidade de preencher o espaço com algo que a distraísse. – Selene só podia ficar com Endymion à noite. Mas queria ficar com ele para sempre, então implorou a Zeus para que garantisse a seu amante a vida eterna. O deus concordou e agraciou o pastor com um sono interminável, em que espera toda noite por sua amada, Selene, vir visitá-lo.

– Felizes para sempre – disse Dante, com a voz arrastada e com um tom de cinismo. – Isso só existe em lendas e contos de fadas.

– Não acredita no amor?

– Você acredita, Tess?

Ela levantou os olhos para ele e o examinou com um olhar, penetrante e examinador, tão íntimo como uma carícia.

– Gostaria de acreditar – respondeu, sem saber ao certo por que admitia isso agora, diante dele. O fato de lhe ter dito isso a confundiu. Sentiu-se ansiosa de súbito e andou até a vitrine vizinha, onde havia obras de Rodin. – Então, por que se interessa por escultura, Dante? É um artista ou um entusiasta?

– Nenhum dos dois.

– Ah. – Dante caminhou em sua direção e parou ao seu lado na vitrine. Ao vê-lo pela primeira vez, Tess havia achado que ele parecia deslocado, fora de lugar; porém naquele instante, ao vê-lo de perto e escutá-lo falar, tinha de admitir que, apesar do fato de parecer um personagem tirado de algum filme de ação dos irmãos Wachowski,* havia certo inconfundível ar de sofisticação a seu respeito. Debaixo do couro e dos músculos, havia uma sabedoria secular que a intrigava. Provavelmente mais do que devia. – Então o quê? É patrocinador do museu?

Ele negou brevemente com a cabeça.

– Trabalha como segurança na exposição? – Arriscou ela.

Isso certamente explicaria o fato de não estar usando roupas formais ou a aguçada intensidade que irradiava ao redor dele. Talvez fizesse parte de uma daquelas unidades de segurança avançada que os museus frequentemente contratam para proteger as coleções em exibição ao público.

– Havia algo aqui que eu queria ver – respondeu ele, com os hipnotizantes olhos fixos nela. – É o único motivo por que vim.

Algo no modo em que a olhou ao dizer isso – de maneira que parecia enxergar através de Tess – provocou em seu pulso um leve choque elétrico. Já havia recebido várias cantadas no passado para saber quando um rapaz estava tentando algum tipo de aproximação, mas aquilo era diferente.

Aquele homem a contemplava com uma intimidade que afirmava que Tess já lhe pertencia. Não se tratava de presunção ou ameaça, mas de um fato.

Não foi difícil imaginar aquelas mãos grandes tocando seu corpo, acariciando-lhe os ombros e os braços nus. Os lábios sensuais apertados contra sua boca, os dentes roçando-lhe gentilmente o pescoço.

Maravilhosa.

* Conhecidos como "Andy" e "Larry", os irmãos Andrew e Laurence Wachowski são os produtores da trilogia cenematográfica *Matrix*. [N. R.]

Tess o fitou, contemplando a ligeira curva de seus lábios, que não tinham se mexido apesar do fato de ela haver acabado de lhe ouvir falar. Ele se aproximou dela sem se importar com a multidão ao redor – e tampouco alguém parecia reparar neles –, e passou um dedo pela linha de seu rosto com ternura. Tess não encontrou forças para se mexer enquanto ele se inclinou e roçou os lábios na curva de sua mandíbula.

O calor se acendeu dentro de Tess, num lento incêndio que derreteu ainda mais seu bom senso.

Vim aqui esta noite por você.

Ela não podia ter escutado bem – pelo simples fato de ele não ter dito uma palavra sequer. Ainda assim, a voz de Dante ecoava na cabeça dela, tranquilizando-a, quando Tess, na verdade, deveria se alarmar. Fazendo-a acreditar, quando toda a sensatez lhe dizia que estava testemunhando algo impossível.

Feche os olhos, Tess.

Suas pálpebras se fecharam e a boca dele se aproximou na direção da sua em um doce beijo hipnotizante. Aquilo não estava acontecendo, pensou Tess desesperada. Não estava realmente deixando que aquele homem a beijasse, estava? No meio de uma sala lotada?

Mas podia sentir aqueles lábios quentes contra os seus, os dentes roçando, de leve, ao morder-lhe o lábio inferior logo antes de se afastar. E assim, inesperadamente, o repentino e surpreendente beijo terminou. E Tess queria mais.

Deus, como desejava mais.

Não conseguiu abrir os olhos; o sangue lhe percorria as veias desenfreado, e cada pedacinho de seu corpo estava quente de tesão e desejo insuportáveis. Tess cambaleou sobre os pés, ofegante e sem ar, atônita pelo que tinha acabado de acontecer. Sentiu um calafrio no corpo arrepiando-lhe toda a pele.

– Sinto muito por ter demorado tanto. – A voz de Ben a fez abrir os olhos bruscamente, enquanto ele se aproximava com as bebidas na mão. – Esse lugar parece um zoológico. A fila do bar estava interminável.

Assustada, olhou ao redor procurando por Dante. Mas ele tinha desaparecido. Não havia nem sinal dele – nem perto deles nem em meio à multidão.

Ben lhe entregou uma taça de água mineral. Tess a bebeu rapidamente e teve vontade de fazer o mesmo com o champanhe de Ben.

– Ah, droga – exclamou Ben, franzindo o cenho ao olhar para ela. – Sua taça deve estar lascada, Tess. Tem um corte em seu lábio.

Ela levou a mão à boca enquanto Ben pegava um pequeno guardanapo branco para lhe oferecer. As pontas de seus dedos ficaram molhadas de um vívido vermelho-escarlate.

– Meu Deus, sinto muito por isso. Deveria ter visto...

– Estou bem, de verdade. – Não tinha certeza se isso era verdade, mas sabia que não era por culpa de Ben. E não precisou verificar a taça para saber que não havia nenhum lascado em que pudesse ter cortado o lábio. Provavelmente se tinha mordido quando ela e Dante... Bem, nem queria pensar sobre o estranho encontro que teve com ele. – Quer saber, estou um pouco cansada, Ben. Se importa se formos embora agora?

Ele negou com a cabeça.

– Não, tudo bem. Como quiser. Vamos pegar os casacos.

– Obrigada.

Enquanto se dirigiam para a saída, Tess lançou um último olhar à vitrine transparente onde Endymion continuava dormindo, esperando pela escuridão e pela chegada de sua amante de outro mundo.

Capítulo 10

Que diabos estava pensando?

Dante andava pelas sombras do lado de fora do museu, terrivelmente acabado. O erro número um tinha sido, em primeiro lugar, ir até ali pensando em apenas olhar outra vez a mulher que, pela lei da Raça, pertencia-lhe. Erro número dois? Vê-la nos braços de seu namorado humano, como uma joia reluzente em seu vestido bordô e sandálias de tiras, e ter acreditado que não precisaria vê-la mais de perto.

Tocá-la.

Saboreá-la.

A partir daí, as coisas se aceleraram e saíram completamente da categoria de insensatas: foram terminar direto em desastre. Seu membro urgia furiosamente, fazendo-o querer relaxar, e as pupilas estreitas lhe aguçavam a visão, ainda contraídas no formato de fendas por causa do desejo por aquela mulher. Seus batimentos palpitavam acelerados, e as presas ainda se encontravam alongadas pela fome carnal – nada melhorava a frustração de quase perder o controle da situação com Tess dentro do museu.

Dante podia apenas imaginar até onde se teria sentido tentado a ir com Tess se o namorado dela não tivesse voltado naquele instante, com toda aquela gente observando ou não. Em dada hora, enquanto o homem se aproximava deles do bar, Dante tinha cultivado pensamentos bastante primitivos. Pensamentos assassinos, trazidos à tona por seu desejo por Tess.

Santo Deus.

Nunca deveria ter aparecido ali naquela noite.

O que estava tentando provar? Que era mais forte que o vínculo de sangue que o unia a ela agora?

Tudo o que havia provado era sua própria arrogância. Seu corpo inflamado se encarregaria de lhe recordar o fato pelo resto da noite. E, do jeito que se encontrava nesse instante, era provável que ficasse acabado pelo resto da semana. Ainda que estivesse achando muito difícil se arrepender por ter visto Tess se derreter toda por ele de forma tão doce.

O sabor de seu sangue na língua quando lhe tinha perfurado os lábios com as presas ainda permanecia nele, e isso fazia o resto de suas tormentas parecer brincadeira de criança.

O que sentia agora ultrapassava as necessidades básicas, carnais ou de qualquer outro tipo. Fazia apenas dezesseis horas desde que se alimentara pela última vez, porém desejava Tess ardentemente, como se tivesse passado dezesseis dias sem matar a Sede. Dezesseis horas desde que tinha se satisfeito, no entanto não conseguia pensar em nada que desejasse mais além de penetrá-la.

Tratava-se de notícias realmente ruins.

Precisava endireitar a cabeça, e rápido. Não havia esquecido de que ainda tinha uma missão a cumprir essa noite. Estava mais que pronto para se concentrar em algo mais além do furioso ataque de sua libido.

Dante vasculhou o bolso do casaco negro, pegou o celular e ligou para o condomínio.

– Chase já se apresentou para a patrulha? – Ganiu ao aparelho assim que Gideon atendeu a ligação.

– Ainda não. Não deve chegar até às dez e meia.

– E que horas são?

– Hum, quinze para as nove. Falando nisso, onde você está?

Dante soltou uma risada seca; todas as células de seu corpo ainda ardiam de desejo por Tess.

– Em um lugar onde nunca pensei que viria, mano.

E com muito tempo para passar antes que começasse sua segunda noite de vigília com Harvard. Normalmente Dante não tinha muita paciência, muito menos agora.

– Ligue para o Refúgio Secreto por mim – pediu a Gideon. – Diga a Harvard que a lição de hoje vai começar mais cedo. Estou a caminho para buscá-lo.

Ben insistiu em acompanhá-la até seu apartamento depois que o táxi os deixou. Sua van estava estacionada na rua debaixo, e, ainda que Tess tivesse esperanças de que se despediriam rapidamente na calçada, a intenção de Ben era bancar o cavalheiro e levá-la até sua porta no segundo andar. Seus passos ecoavam atrás dela enquanto os dois subiam a velha escada de madeira e logo se detiveram diante do apartamento 2F. Tess abriu a bolsa e procurou pela chave de casa.

– Não sei se já lhe disse – falou Ben com doçura às suas costas –, mas está realmente bela esta noite, Tess.

Ela estremeceu, sentindo-se culpada por ter ido com ele à exposição, especialmente em vista do que tinha acontecido tão inesperadamente com o homem que havia conhecido lá.

Com Dante, pensou, e o nome dele deslizou por sua mente como um suave veludo negro.

– Obrigada – murmurou, e enfiou a chave na fechadura. – E muito obrigada por ter me levado para sair esta noite, Ben. Foi muito gentil de sua parte.

Assim que a porta se abriu, sentiu os dedos dele brincarem com uma mecha solta de seu cabelo.

– Tess...

Ela se virou para lhe desejar boa-noite e dizer que essa seria a última vez que sairiam juntos como um casal, mas, tão logo se encontrou cara a cara com ele, a boca de Ben se aproximou bruscamente da dela em um beijo impulsivo.

Tess recuou de súbito, surpresa demais para conseguir controlar sua reação. Mas não deixou de ver o ar magoado nos olhos de Ben. O lampejo de amarga compreensão se refletiu em seus olhos assim que Tess levou a mão aos lábios e sacudiu a cabeça.

– Ben, sinto muito, mas não posso...

Ele respirou fundo e passou a mão no cabelo dourado.

– Não, esqueça. Foi erro meu.

– Eu só... – Tess lutava por encontrar as palavras certas. – Não podemos continuar desse jeito, sabe. Quero ser sua amiga, mas...

– Já disse, esqueça. – Sua voz soou cortante e grossa. – Já me contou como se sente, doutora. Acho que só estou demorando um pouco demais para entender.

– A culpa é minha, Ben. Não deveria ter saído com você hoje. Não queria que pensasse que...

Ele lhe dirigiu um sorriso tenso.

– Não estou pensando nada. De todo modo, preciso ir. Tenho coisas a fazer, outros lugares a estar.

Ben começou a caminhar de volta para as escadas. Tess saiu no corredor, sentindo-se terrível pelo rumo que as coisas tinham tomado.

– Ben, não vá embora assim. Por que não entra um pouco? Vamos conversar.

Ele nem sequer respondeu; apenas a fitou por um longo instante, virou-se e desceu os degraus apressado. Poucos segundos depois, a porta de entrada do prédio bateu com força. Tess voltou para dentro, trancou a porta atrás de si e correu para a janela da frente para ver Ben subir na van e acelerar à toda velocidade pela escuridão.

Por detrás dos óculos escuros e através da tremeluzente luz estroboscópica da boate, Dante esquadrinhou a multidão de humanos que dançava descontrolada. Desde que tinha buscado Chase em casa, no Refúgio Secreto, poucas horas antes, os dois haviam topado apenas com um Renegado, um macho alto e magro que estivera farejando presas em meio aos desabrigados. Dante havia dado uma rápida lição a Harvard a respeito do miraculoso titânio que, quando se deparava com o sistema sanguíneo corrompido de um Renegado, derretia o vampiro no mesmo instante.

O que era uma pena, pois Dante ainda estava ansioso por um combate corpo a corpo. Antes que a patrulha da noite terminasse, queria se ver machucado e sangrando. Podia considerar um ajuste de contas, depois da forma imbecil como tinha acabado as coisas essa noite.

Harvard, contudo, parecia disposto a matar por um demorado banho. Talvez uma ducha fria, pensou Dante, acompanhando o olhar do vampiro pela boate até o lugar onde se encontrava uma pequena mulher, cuja cabeleira formava uma comprida cascata loura, junto a outros humanos. Cada vez que jogava o cabelo dourado sobre o ombro, o agente do Refúgio Secreto se excitava mais. Contemplava-a faminto, atento aos seus menores movimentos, e parecia prestes a dar o bote.

Talvez ela tivesse notado o calor do olhar do vampiro; o sistema nervoso humano tende a responder instintivamente à sensação de estar sendo espreitado por olhos de outro mundo. A loura enrolou uma mecha do cabelo no dedo e lançou uma olhadela sobre o ombro, indo parar nos olhos sombrios e atraentes do agente do Refúgio Secreto.

– Está com sorte, Harvard. Parece que ela também se interessou por você.

Chase franziu o cenho, ignorando a loura enquanto ela se afastava de sua turma evidentemente para flertar.

– Não quero nada com ela.

– Quase me enganou – riu Dante. – Quer dizer que vocês dos Refúgios Secretos não se interessam por ninguém?

– Diferente dos outros de nossa espécie, acho pessoalmente degradante ceder a cada desejo, como algum tipo de animal que não consegue se controlar. Procuro manter certo nível de autocontrole.

Com certeza havia algo a se dizer sobre isso, pensou Dante, irritado.

– Por que diabos não me apareceu com esse conselho poucas horas atrás, Dr. Phil?*

Chase lhe lançou um olhar questionador.

– Perdão?

– Deixa para lá.

Dante gesticulou para uma aglomeração de pessoas do outro lado do salão. Entre os humanos, havia um pequeno grupo de vampiros do Refúgio Secreto, jovens civis que pareciam menos interessados nas mulheres entregues às vibrações sensuais que em um humano em particular que, pelo visto, passava algo em meio ao povo.

– Algo está acontecendo naquele canto – disse a Chase. – Parece que estão distribuindo drogas. Vamos lá acabar com...

Dante mal tinha pronunciado as palavras quando se deu conta do que estava realmente vendo. Nessa hora, tudo se transformou em caos.

Um dos vampiros pegou uma dose de algo e cheirou com força. Logo jogou a cabeça para trás e soltou um profundo uivo.

– Carmesim – grunhiu Chase, mas Dante já tinha percebido.

Quando o jovem vampiro voltou a baixar o queixo, rugiu mostrando as compridas presas e os olhos amarelos ferozes e brilhantes. Os humanos gritaram. O desespero dispersou o pequeno grupo; no entanto, foi uma fuga desajeitada, e uma das mulheres não correu

---

* Phil McGraw, conhecido como Dr. Phil, é um psicólogo americano que se tornou famoso ao participar dos programas da Oprah Winfrey como consultor de comportamento e relações humanas. [N. R.]

rápido o bastante para escapar. O vampiro se arremessou em sua direção e saltou-lhe por cima, derrubando-a ao chão. O jovem havia se perdido à repentina e devastadora Sede de Sangue; seus dentes afiados se esticaram ainda mais, preparando-se para matar.

Aproximadamente duzentas pessoas estavam a ponto de presenciar um ataque extremamente sangrento, violento – e público – de um vampiro ao se alimentar.

Movendo-se rápido demais para que os olhos humanos pudessem ver, Dante e Chase atravessaram a pista de dança lotada. Estavam se aproximando da catástrofe que se passava naquele canto quando Dante vislumbrou um humano ali parado segurando um frasco vazio de Carmesim em pó, boquiaberto de terror, logo um instante antes de sair correndo pela porta dos fundos da boate.

Maldição.

Dante conhecia o filho da mãe.

Não de nome, mas de rosto. Ele o tinha visto apenas algumas horas atrás – com Tess, no museu de arte.

O traficante de Carmesim era seu namorado.

Capítulo 11

– Vá atrás dele! – Gritou Dante a Chase.

Embora seu primeiro impulso fosse saltar sobre o humano fugitivo e destroçá-lo antes que seus pés tocassem a rua, Dante tinha um problema maior para cuidar ali na boate. Lançou-se nas costas do jovem vampiro enlouquecido do Refúgio Secreto e o apartou da presa humana, que não parava de gritar. Jogou o vampiro contra a parede mais próxima e se agachou para saltar e atacá-lo outra vez.

– Saia já daqui! – Ordenou para a mulher assustada caída aos seus pés, incapaz de se mover e em estado de choque. Tudo estava acontecendo muito rápido para que seu cérebro humano compreendesse, e a voz de Dante provavelmente chegava aos seus ouvidos como uma ordem incorpórea e gutural. – Mexa-se, maldição! Agora!

Dante não esperou para ver se ela tinha obedecido.

O usuário de Carmesim se levantou do chão, rangendo os dentes e sibilando, com os dedos recurvados como garras. De sua boca entreaberta, escorria uma espuma rosada, que se acumulava nas pontas das enormes presas. Suas pupilas haviam se estreitado em esguias fendas verticais, e nada além de uma rajada de fogo amarelo as circundava. O vampiro, atacado pela Sede de Sangue, não conseguia se concentrar, e a cabeça pendia de um lado a outro, como se não pudesse decidir o que desejava mais: uma veia humana aberta ou um pedaço daquele imbecil que tinha interrompido sua refeição. O vampiro rosnou e se arremeteu contra o humano mais próximo. No mesmo instante, Dante se lançou sobre ele como um furacão.

Numa luta desenfreada até o corredor dos fundos da boate, ambos atravessaram a saída e rolaram para o beco atrás do lugar. Não havia ninguém ali – nem sinal de Chase ou do namorado traficante de Tess. Só a escuridão, o pavimento úmido e uma lixeira que fedia com entulhos de mais de uma semana.

Com o viciado em Carmesim lhe arranhando e mordendo em movimentos ferozes e caóticos, Dante enviou ondas mentais para que a porta dos fundos se fechasse e travou a fechadura, para evitar que os curiosos aparecessem para ver a briga.

O jovem vampiro do Refúgio Secreto lutava enlouquecido, distribuindo murros e chutes, golpeando e brigando como se estivesse sob o efeito de uma dose de pura adrenalina. Dante sentiu algo quente lhe perfurar o antebraço e percebeu, furioso, que o garoto havia afundado as presas ali. O guerreiro da Raça rugiu, e a pouca paciência que estava tendo até então diante de toda a situação evaporou completamente assim que agarrou o crânio de seu agressor e lançou o rapaz longe. O jovem se chocou contra a lateral da lixeira de aço e deslizou até o pavimento, formando uma pilha de braços e pernas desengonçados.

Dante se aproximou, com os olhos exaltados de raiva, emanando o brilho ambarino de fúria. Podia sentir as próprias presas se alongando, como reação física ao calor da batalha.

– Levante-se – ordenou ao vampiro mais novo. – Levante-se, antes que eu o erga pelas bolas, imbecil.

O garoto grunhiu ofegante, ajeitando os músculos enquanto se recompunha. Levantou-se e tirou uma faca do bolso traseiro da calça jeans. Como arma, era lamentável: uma lâmina curta e larga com um punho de chifre sintético. A faca utilitária parecia ter sido furtada da caixa de ferramentas do pai do menino.

– Ora, ora, que diabos pensa que vai fazer com isso? – Perguntou Dante, deslizando tranquilamente sua *Malebranche* para fora da bainha. A lâmina arqueada de aço polido e bordas reluzentes de titânio brilhava como prata fundida, até mesmo no escuro.

O jovem do Refúgio Secreto fitou a adaga feita sob medida, então grunhiu e tentou golpear Dante sem muita destreza.

– Não seja estúpido, garoto. Essa raiva que está sentindo é só o Carmesim falando. Largue a faca, vamos acabar com essa idiotice e procurar a ajuda que precisa para melhorar.

Ainda que o rapaz tivesse escutado o que Dante falou, devia ter parecido outra língua. Ele não parecia registrar nada. Os faiscantes olhos amarelos do vampiro permaneciam fixos e imperturbáveis, e a respiração entrava e saía por entre os dentes expostos. Uma grossa camada de saliva rosada se amontoava nos cantos da boca. Parecia raivoso, completamente fora de si.

Soltou um rugido. Desferiu outro golpe contra Dante com a faca. Quando a ponta da lâmina se aproximou, Dante interpôs sua própria arma para se proteger. A lâmina com bordas de titânio acertou o outro macho, talhando as costas de sua mão.

O jovem do Refúgio Secreto sibilou de dor, mas o som se prolongou em um chiado longo e demorado.

– Ah, droga – murmurou Dante; conhecia aquele som muito bem, dos vários anos que passara caçando Renegados.

O viciado em Carmesim não tinha mais salvação. A droga havia induzido uma Sede de Sangue tão forte no jovem vampiro que ele se tinha se convertido em Renegado. E a prova dessa transformação irreversível era a queimação ácida na carne onde o titânio da lâmina de Dante o havia cortado.

A liga metálica agiu rapidamente; a pele da mão do vampiro já estava se corroendo, dissolvendo, caindo aos poucos. Trilhas vermelhas por todo o braço do Renegado mostravam o veneno correndo pelo sistema sanguíneo. Mais uns poucos minutos e não sobraria nada dele além de uma massa de carne e ossos derretidos. Que bela maneira de acabar com a vida.

– Sinto muito, garoto – disse Dante ao Renegado, cujos olhos brilhavam selvagens diante dele.

Em um ato de misericórdia, virou a adaga arqueada na mão e golpeou de uma vez o pescoço do vampiro.

– Santo Deus... Não! – O grito de Chase precedeu suas fortes pisadas sobre o asfalto do beco. – Não! Que diabos está fazendo?

Correu para o lado de Dante, ao mesmo tempo em que o corpo do Renegado caía sem vida ao chão; a cabeça decepada rolou até parar ali perto. A decomposição foi rápida, porém apavorante. Chase retrocedeu, observando o processo completamente horrorizado.

– Aquele era um... – Dante ouviu a voz do agente entrecortada, como se estivesse se engasgando com a própria saliva. – Filho da mãe! Aquele que acabou de matar era um cidadão do Refúgio Secreto! Era um maldito menino...

– Não – respondeu Dante com calma enquanto limpava a lâmina e a embainhava outra vez. – O que matei foi um Renegado; já não era mais um cidadão, nem um menino inocente. O Carmesim o transformou, Chase. Veja por si mesmo.

Na rua diante deles, tudo o que havia sobrado do Renegado era uma pilha de cinzas espalhadas. O pó fino se levantou com a brisa e rodopiou pelo pavimento. Chase se abaixou para recuperar a rústica faca dos restos mortais de seu dono.

– Onde está o traficante? – Indagou Dante, ávido por acabar com ele logo em seguida.

Chase sacudiu a cabeça.

– Ele escapou. Perdi-o a poucos quarteirões daqui. Achei que o tivesse encurralado, mas ele correu para um restaurante e eu simplesmente... Eu o perdi de vista.

– Esqueça – Dante não estava preocupado em encontrar o rapaz; só teria de vigiar Tess e, mais cedo ou mais tarde, seu namorado apareceria. E Dante tinha de admitir que estava ansioso por dar um jeito no humano pessoalmente.

O agente do Refúgio Secreto proferiu uma maldição em voz baixa enquanto contemplava a faca nas mãos.

– Esse garoto que matou... esse Renegado – corrigiu-se – fazia parte da minha comunidade. Era um bom menino, de uma boa família, droga. Como vou contar a eles o que aconteceu com o filho deles?

Dante não sabia o que dizer. Não podia se desculpar por tê-lo matado. Estavam em guerra, e não importava qual era a posição oficial dos Refúgios Secretos a respeito da situação. Uma vez que um vampiro da Raça se convertia em Renegado – quer por ação do Carmesim ou pela fraqueza presente em todos os da Raça –, não havia mais volta ou esperança de recuperação. Não havia segunda chance. Se Harvard pretendia trabalhar com a Ordem por mais algum tempo, seria melhor que entendesse isso o mais rápido possível.

– Vamos – disse Dante, dando um tapinha no ombro do agente carrancudo. – Já terminamos por aqui. Não vai conseguir salvar todos.

Ben Sullivan não parou de pisar no acelerador até que as luzes da cidade de Boston não passassem de um brilho distante no espelho retrovisor. Saiu da rodovia ao aproximar-se de Revere, conduzindo o veículo por uma das ruas industriais próximas ao rio. Suas mãos tremiam no volante, as palmas estavam úmidas de suor. O coração pulsava como um tambor enjaulado no peito. Mal podia recuperar o fôlego.

Maldição.

Que diabos tinha acabado de acontecer na boate?

Algum tipo de *overdose* – tinha de ser. O garoto que havia cheirado uma dose de Carmesim e entrado em convulsão era um cliente habitual. Ben já tinha negociado com ele ao menos meia dúzia de vezes apenas nas duas últimas semanas. Estivera produzindo e distribuindo o leve estimulante na boate e no circuito de festas por meses já – desde o verão – e, pelo que sabia, nunca havia acontecido nada como aquilo.

Uma maldita *overdose*.

Ben encostou a van em um pátio de cascalhos ao lado de um velho armazém, apagou as luzes e permaneceu ali sentado, com o motor ligado.

Alguém o tinha perseguido a pé quando fugiu da boate – um dos dois grandalhões que estavam lá dentro e evidentemente o tinham visto traficando. Deviam ser policiais disfarçados, provavelmente da Agência de Combate às Drogas; mas tanto o moreno de óculos escuros quanto seu igualmente intimidante companheiro, que tinha vindo para cima de Ben como um trem de carga, pareciam ser do tipo que atira primeiro e pergunta depois.

Ben não tinha esperado para descobrir. Fugiu da boate em uma frenética e disparada corrida pelas ruas e vielas ao redor e, por fim, despistou seu perseguidor tempo o suficiente para que desse a volta, alcançasse a van e saísse logo dali.

O acontecimento na boate ainda dava voltas em sua cabeça confusa. Tudo se havia passado tão rápido. O garoto tinha cheirado uma dose enorme de Carmesim, então veio o primeiro sinal de problema, quando seu corpo começou a ter espasmos enquanto a droga penetrava seu sistema sanguíneo. De sua boca escapou um rugido monstruoso pouco tempo depois. E logo as pessoas ao redor começaram a gritar.

E se seguiu o caos absoluto.

A maior parte desses intensos minutos ainda girava pela mente de Ben em *flashes* estroboscópicos de memória; algumas imagens eram claras, e outras se perdiam na névoa escura de seu pânico. No entanto, havia algo de que tinha completa certeza...

Tinham crescido presas enormes no garoto.

Caninos afiados que teriam sido extremamente difíceis de se esconder, não que o jovem tivesse tentado esconder qualquer coisa quando soltou aquele uivo de gelar o sangue e saltou sobre uma das garotas ao seu lado.

Como se lhe quisesse rasgar a garganta com os dentes.

E os olhos. Pelo amor de Deus, brilhavam com um intenso tom âmbar, como se estivessem pegando fogo. Como se pertencessem a algum tipo de criatura alienígena.

Ben sabia o que tinha visto, mas não fazia sentido algum. Não em seu mundo, não em nenhum ramo científico que conhecia e não nessa realidade, em que coisas como essa eram jogadas por completo para o reino da ficção.

Francamente, perto de tudo que conhecia como lógico e verdadeiro, o que havia testemunhado era simplesmente impossível.

Mas a lógica tinha pouco a ver com o medo que pulsava nele agora ou com a arrepiante sensação de que seu inofensivo empreendimento "farmacêutico" havia saído do controle de repente. Uma *overdose* já era ruim o bastante, e era ainda pior que tivesse acontecido em um local público, com ele ainda por perto para ser identificado. Porém o incrível efeito que o Carmesim parecia ter provocado no garoto – a monstruosa transformação – era algo que ultrapassava os limites do real.

Ben girou a chave na ignição e ficou ali sentado estarrecido enquanto o motor se desligava. Precisava conferir a fórmula da droga. Talvez o lote atual estivesse ruim; podia tê-lo adulterado por acidente de algum jeito. Ou talvez o garoto simplesmente tivesse tido uma reação alérgica.

Claro. Uma reação alérgica capaz de transformar um jovem normal de vinte e poucos anos em um vampiro sedento de sangue.

– Santo Deus – assobiou Ben ao sair da van e bater no chão de cascalhos numa corrida apressada.

Chegou até o velho edifício e procurou pela chave do cadeado da porta. Depois de um clique metálico e do chiado das dobradiças da porta, Ben entrou em seu laboratório particular. O lugar parecia terrível por fora, mas, por dentro, uma vez que se tivesse superado toda a deterioração e os restos fantasmagóricos da outrora fábrica de papel, o entorno era, na verdade, bastante agradável – tudo fornecido por um rico patrão anônimo que tinha comissionado Ben para que concentrasse seus esforços farmacêuticos exclusivamente no pó vermelho conhecido como Carmesim.

O escritório de Ben se encontrava atrás de uma espaçosa cela rodeada por grades de aço de três metros de altura. Dentro, havia uma reluzente mesa de aço inoxidável sobre a qual se achava uma coleção de béqueres, bicos de Bunsen, um morteiro com pilão e uma moderna balança digital. Uma parede revestida de armários individuais com fechaduras abrigava caixas de diferentes medicamentos farmacêuticos – estimulantes, relaxantes musculares, entre outros ingredientes –, nenhum muito difícil de se obter para um ex-químico com diversos contatos de negócios em dívida com ele por numerosos e variados favores.

Não tinha planejado virar traficante de drogas. A princípio, depois que foi demitido da companhia de cosméticos onde trabalhava como engenheiro químico e gerente de pesquisas e desenvolvimento, Ben jamais teria considerado trabalhar do outro lado da lei. Mas sua firme oposição ao abuso de animais – exatamente o que tinha causado sua demissão em primeiro lugar, após presenciar anos de torturas a animais nos testes de laboratório da companhia de maquiagem – havia incitado Ben a fazer alguma coisa.

Começou por recuperar animais abandonados e negligenciados. Logo, passou a roubá-los, quando os caminhos regulares e legais se mostravam lentos demais para serem eficazes. Daí em diante, foi fácil passar para outras atividades mais questionáveis, e as drogas nas boates eram uma aventura simples e relativamente pouco arriscada. Afinal de contas, que crime havia em fornecer drogas recreativas praticamente inofensivas a adultos que sabiam o que faziam? Tal como Ben encarava as coisas, sua operação de resgates precisava de fundos, e ele tinha algo de valor a oferecer aos jovens festeiros e viciados – algo que conseguiriam de qualquer forma por meio de outra pessoa, noutro lugar, então por que não por meio dele?

Infelizmente, Tess não via as coisas por essa mesma perspectiva. Quando ficou sabendo o que Ben fazia, terminou com ele. Ben havia jurado que pararia de traficar – tudo por ela –, e de fato havia parado, até que seu atual patrão apareceu no verão passado com uma enorme quantia de dinheiro em mãos.

Na época, Ben não entendeu o interesse primordial no Carmesim. Se tivesse recebido para produzir e distribuir *ecstasy* ou boa-noite Cinderela, talvez fizesse mais sentido, mas o Carmesim – fabricado com receita própria de Ben – era uma das drogas mais leves que tinha produzido. Durante os testes, conduzidos primeiramente com ele mesmo, descobriu que a droga gerava um efeito ligeiramente mais intenso que um energético cafeinado, além de aumentar o apetite e causar perda das inibições.

O Carmesim surtia efeito rapidamente, no entanto, também se extinguia muito rápido. Seus efeitos desapareciam após uma hora. Na verdade, o narcótico lhe tinha parecido tão inócuo que Ben mal podia justificar o generoso pagamento que recebia para sua produção e sua venda.

Depois do que havia acontecido naquela noite, imaginava que os generosos pagamentos iriam acabar de modo abrupto – e compreensivelmente.

Precisava entrar em contato com seu benfeitor e reportar o terrível incidente que havia presenciado na boate. Seu patrão precisava saber sobre os visíveis problemas com a droga. Sem dúvida, iria concordar que o Carmesim precisava ser tirado de circulação imediatamente.

Capítulo 12

Dante acompanhou o baixo murmúrio de conversa que vinha da sala de jantar oficial da mansão do condomínio, localizada ao nível da rua. Ele e Chase haviam chegado à sede da Ordem poucos minutos antes, depois de ajeitarem o cenário na boate e vasculharem outra vez a área procurando por sinais de problema. Nesse instante, Chase se encontrava no laboratório tecnológico logo abaixo, conectado aos computadores do Refúgio Secreto para relatar os acontecimentos da noite.

Dante também tinha de fazer seu próprio relatório, o que definitivamente não lhe traria nenhuma aprovação do formidável líder dos guerreiros.

Encontrou Lucan sentado à cabeceira da comprida mesa de refeição, elegantemente arrumada, no cômodo à luz de velas. O guerreiro estava vestido para combate, pois ele mesmo também havia acabado de retornar de sua patrulha. Sob a jaqueta negra de couro, cintilava uma coleção de armas, o que proporcionava ao vampiro da Primeira Geração uma aura ainda maior de perigo e liderança que a que normalmente o envolvia.

Sua Companheira de Raça não parecia se importar com seus modos. Gabrielle estava sentada no colo de Lucan, com a cabeça recostada ternamente em seu ombro enquanto conversava com Gideon e sua

Companheira, Savannah, do outro lado da mesa. Algo que disse fez os outros rirem, inclusive Lucan, cujo humor era praticamente nulo antes da chegada da bela mulher ao condomínio. O guerreiro sorriu, acariciando-lhe o cabelo ruivo tão docemente como se fosse um gato, um gesto que parecia ter-se tornado automático nos poucos meses desde que o casal havia se unido num vínculo de sangue.

Lucan era louco por aquela mulher e não se preocupava nem um pouco em tentar aparentar o contrário.

Até mesmo Gideon e Savannah, o outro casal presente na sala, pareciam estar perdidamente apaixonados um pelo outro. Era um fato que Dante não havia questionado nos mais de trinta anos que estavam juntos, porém nunca tinha realmente percebido até aquele momento. Sentados juntos à mesa, Gideon e sua Companheira estavam de mãos dadas, e ele acariciava, distraidamente com o polegar, a pele morena dos dedos compridos e estreitos dela. Os olhos de Savannah, negros como chocolate, fitavam seu homem com ternura, repletos de uma silenciosa alegria que demonstrava que não havia outro lugar no mundo onde quisesse estar que não ao seu lado.

Seria esse o significado de ter um vínculo de sangue com alguém? – Perguntou-se Dante.

Era isso o que tinha negado a si mesmo durante todos esses anos?

O sentimento o atingiu com força, surgido do nada. Dante havia esquecido o que era o amor verdadeiro; fazia tempo que não parava para notá-lo. Seus pais haviam tido um vínculo profundo um com o outro. Representavam um exemplo para ele que lhe parecia intocável, muito mais do que poderia desejar para si. Mais até do que ousava imaginar. Por que deveria, quando a morte podia acabar com tudo num instante? A morte não tinha poupado nenhum dos dois. Dante não queria sentir a mesma dor, tampouco causá-la a outro.

Contemplou os dois casais na sala de jantar, impressionado pela sensação de intimidade – pela profunda e confortável sensação de companheirismo. Era tão esmagadora que sentiu uma repentina necessidade de se retirar e esquecer completamente que tinha estado ali. Que se dane o relatório dos acontecimentos da noite. Podia esperar até que os outros guerreiros também voltassem de suas patrulhas.

– Pretende ficar no corredor a noite toda, ou vai entrar?

Droga.

Seu plano de escapar dali sem ser visto foi pelo ralo. Lucan, entre os mais poderosos da Raça, devia ter provavelmente sentido a presença de Dante na mansão antes mesmo que saísse do elevador no condomínio logo abaixo.

– O que está acontecendo? – Indagou Lucan enquanto Dante entrava com relutância. – Temos problemas lá fora?

– Infelizmente, não são boas notícias. – Dante enfiou as mãos nos bolsos do casaco e apoiou um ombro contra o lambri da parede da sala de jantar. – Harvard e eu presenciamos em primeira mão uma tragédia por causa do Carmesim. Um garoto do Refúgio Secreto local consumiu mais que podia aguentar, é claro. Sucumbiu à Sede de Sangue em uma boate no centro da cidade, atacou uma humana e quase lhe destroçou a garganta na frente de umas duzentas testemunhas.

– Deus – assobiou Lucan, apertando a mandíbula. Gabrielle saiu de seu colo, deixando o parceiro livre para que pudesse se levantar e andar de um lado a outro, inquieto. – Digam-me que conseguiram evitar esse desastre.

Dante assentiu.

– Afastei-o da mulher antes que pudesse machucá-la, mas o garoto estava mal. Havia mudado, Lucan, assim, do nada. Quando o arrastei para fora do lugar, já tinha se convertido por completo em Renegado. Levei-o para trás da boate e o transformei em cinzas.

– Que horror! – Exclamou Gabrielle, apertando as delgadas sobrancelhas.

A companheira de Gideon assinalou a mordida no braço de Dante, que quase tinha parado de sangrar.

– Você está bem? – Perguntou Savannah. – Parece que tanto você quanto seu casaco precisam de alguns pontos.

Dante deu de ombros, sentindo-se estranho com toda aquela preocupação feminina.

– Não é nada, estou ótimo. Harvard, no entanto, está um pouco abatido. Mandei que fosse atrás do traficante, e ele voltou bem quando eu estava terminando o serviço no beco. Pensei que fosse perder o controle ao ver o Renegado se decompondo, mas ele conseguiu se conter.

– E o traficante? – Apontou Lucan com seriedade.

– Escapou. Mas consegui dar uma boa olhada nele, e acho que sei como encontrá-lo.

– Ótimo. Essa é sua nova prioridade.

Um trinado digital interrompeu a ordem de Lucan; o barulho vinha do celular que estava sobre a mesa, perto de Gideon. O vampiro pegou o celular e atendeu.

– É Niko – disse ao ver o número. – Fala, camarada.

A conversa foi curta e concisa.

– Ele está a caminho do condomínio – contou Gideon aos outros. – Também exterminou um viciado em Carmesim que tinha virado Renegado esta noite. Disse que a contagem de Tegan já estava em três da última vez que tiveram contato, poucas horas atrás.

– Filho da mãe – grunhiu Dante.

– O que está acontecendo, querido? – Perguntou Savannah a Gideon; o mesmo olhar de preocupação também se via nos olhos de Gabrielle. – Essa droga está transformando vampiros em Renegados, por acaso, ou é algo pior que isso?

– Não sabemos ainda – respondeu-lhe Gideon; seu tom era grave, mas sincero.

Lucan parou de andar em voltas e cruzou os braços sobre o peito.

– Mas precisamos descobrir isso logo, para ontem. Temos de encontrar esse traficante. Descobrir de onde a mercadoria está vindo e cortar o fornecimento pela raiz.

Gideon passou os dedos pelo cabelo louro curto.

– Quer ouvir uma história desagradável? Digamos que você seja um vampiro megalomaníaco em busca da dominação mundial. Começa a formar seu exército de Renegados, mas seus planos são frustrados quando seus inimigos explodem seu quartel-general. Você foge com o rabo entre as pernas, mas ainda está vivo. E extremamente irritado. E, não vamos esquecer, continua sendo um lunático perigoso.

Do outro canto da sala de jantar, Lucan deixou escapar um violento palavrão. Como todos sabiam, Gideon estava falando de um parente do próprio Lucan: um vampiro da Primeira Geração que, outrora um guerreiro, fora dado como morto por muito tempo. Até o verão passado, quando a Ordem havia desmantelado uma facção crescente de Renegados e acabou descobrindo que o irmão de Lucan ainda estava vivo.

Encontrava-se vivo e bem, e havia se autoproclamado o líder do que prometia ter sido uma revolta maciça dos Renegados. Uma revolta que ainda poderia acontecer, uma vez que Marek havia conseguido escapar do ataque ao seu exército incipiente e à base de operações.

– Meu irmão é várias coisas – disse Lucan pensativo –, mas posso garantir-lhe que está completamente lúcido. Marek tem um plano. Para onde quer que tenha fugido, podemos ter certeza de que está trabalhando nesse plano. Seja o que for que tem em mente, ele pretende levar adiante.

– Isso significa que precisa reconstruir seu exército, e logo – completou Gideon. – Já que leva tempo e muita má sorte para que um vampiro da Raça se transforme em Renegado por si só, talvez Marek tenha começado a procurar uma maneira de acelerar um pouco o processo de recrutamento...

– E o Carmesim é uma maldita carta de alistamento – interveio Dante.

Gideon lhe lançou um olhar grave.

– Tenho calafrios só de pensar no que Marek poderia fazer com essa droga em âmbito mundial. Não seríamos capazes de conter uma epidemia de cidadãos da Raça se convertendo em Renegados de repente por conta do Carmesim. Seria uma anarquia completa no mundo todo.

Embora Dante odiasse pensar que as especulações de Gideon podiam estar certas, tinha de admitir que ele mesmo andava tendo os mesmos pensamentos. E a ideia de que o namorado de Tess estivesse envolvido – de que a própria Tess pudesse ter algo a ver com os problemas que o Carmesim vinha causando à Raça – gelava-lhe o sangue nas veias.

Seria possível que Tess soubesse de algo sobre tudo aquilo? Que estivesse envolvida de alguma forma, talvez ajudando o namorado com suprimentos farmacêuticos da clínica veterinária? Será que algum dos dois tinha noção do que o Carmesim era capaz de provocar? Ou, ainda pior, será que se importariam com isso quando soubessem a verdade: que os vampiros caminhavam em meio à humanidade por milhares de anos? Talvez a ideia de alguns vampiros chupadores de sangue mortos – ou de toda a espécie – não parecesse tão ruim do ponto de vista de um humano.

Dante precisava saber qual era o papel de Tess naquela situação toda, se é que havia algum; mas não estava disposto a colocá-la no meio de uma guerra da Raça sem que antes descobrisse a verdade por si mesmo. E havia uma parte mesquinha de si que não se opunha de modo algum a se aproximar de Tess para que pudesse também ficar por perto de seu desprezível namorado. Perto o bastante para matar o imbecil, se fosse necessário.

Até lá, só esperava que a Ordem pudesse pôr um freio no problema do Carmesim antes que as coisas saíssem ainda mais de controle.

– Oi, Ben. Sou eu. – Tess fechou os olhos, apoiou com a mão a cabeça e deixou escapar um suspiro. – Olha, sei que é tarde para ligar, mas queria que soubesse que eu realmente odiei o jeito como as coisas terminaram hoje. Queria que tivesse ficado e me deixasse explicar. Você é meu amigo, Ben, e nunca quis magoá-lo...

Um *beeeeep* agudo penetrou o ouvido de Tess quando a secretária eletrônica de Ben a interrompeu. Tess desligou o telefone e se ajeitou no sofá.

Talvez fosse bom que não houvesse tido tempo para terminar. Estava divagando, afinal de contas, nervosa demais para dormir, ainda que já fosse quase meia-noite e seu turno na clínica começasse dentro de escassas seis horas. Estava acordada e angustiada com os acontecimentos da noite e se preocupava com Ben, embora – como voltou a se lembrar – ele já fosse um adulto e não se tratasse de sua responsabilidade.

Não deveria ficar preocupada, mas estava.

Além de Nora, que nunca saía com desconhecidos, Ben era seu amigo mais próximo. Os dois eram seus únicos amigos, na verdade. Sem eles, Tess não tinha ninguém, embora tivesse de admitir que seu estilo de vida solitário havia sido escolha sua. Não era como as outras pessoas, realmente, e a consciência disso sempre a manteve separada. Sozinha.

Tess baixou os olhos para as mãos, fitando distraída a pequena marca de nascença entre o polegar e o indicador. Suas mãos eram seu ofício, assim como sua fonte de escape criativo. Quando era mais nova, em seu lar em Illinois, costumava esculpir quando o sono não vinha. Adorava a sensação da argila fria esquentando sob as pontas dos dedos, o toque suave da faca, a beleza emergindo lentamente, criada a partir de um monte de massa sem forma.

Essa noite, havia tirado alguns de seus antigos equipamentos do armário no corredor; a caixa de ferramentas e algumas peças por terminar se encontravam agora sobre uma caixa de papelão no chão diante dela. Quantas vezes tinha se refugiado na escultura para se distanciar de sua própria vida? Quantas vezes as facas, as sovelas e as argilas tinham sido suas confidentes, suas melhores amigas, sempre presentes quando Tess não podia contar com mais ninguém?

As mãos de Tess lhe haviam dado propósito na vida, porém também eram sua maldição e o motivo pelo qual não podia deixar que ninguém a conhecesse por inteiro.

Ninguém podia saber o que tinha feito.

As lembranças se debatiam na borda de sua consciência – os gritos raivosos, as lágrimas, o fedor de álcool e a respiração ofegante e irritada soprando em seu rosto. A agitação frenética de seus braços e suas pernas ao tentar escapar das mãos que a seguravam com firmeza. O peso que a esmagava naqueles últimos instantes antes que sua vida desmoronasse em um abismo de medo e arrependimento.

Tess afastou todas as memórias do pensamento, como tinha feito pelos últimos nove anos, desde que deixara sua cidade natal para recomeçar a vida. Para tentar ser normal. Para se adaptar de algum jeito, ainda que isso significasse negar quem realmente era.

Ele está respirando? Ah, meu Deus, está ficando roxo! O que fez com ele, sua vagabundazinha?

As palavras lhe voltavam à mente com facilidade, a furiosa acusação estava tão cortante agora como então. Essa época do ano sempre trazia as lembranças de volta. Amanhã – ou, melhor dizendo, hoje, pois já tinha passado da meia-noite – era o aniversário do dia em que tudo tinha se transformado num inferno em sua velha casa. Tess não gostava de se lembrar, mas era difícil o dia passar despercebido, pois também era o dia de seu aniversário. Vinte e seis anos de idade, mas se sentia a mesma garota aterrorizada de dezessete.

Você é uma assassina, Teresa Dawn!

Levantou-se do sofá e caminhou até a janela, de pijama; ergueu o vidro para que o ar frio da noite entrasse. O tráfico da via expressa zunia e, na rua de baixo, buzinas soavam intermitentes e uma sirene solitária retinia ao longe. A brisa fresca de novembro passava pela grade, sacudindo as cortinas.

Olhe só o que fez! Dê um jeito nisso imediatamente, maldita seja!

Tess escancarou a janela de vez e contemplou a escuridão, deixando que os ruídos da noite a envolvessem e calassem os fantasmas de seu passado.

Capítulo 13

– Jonas Redmond está desaparecido.

Ao ouvir a voz de Elise, Chase desligou a tela do computador e levantou os olhos. Discretamente, sem deixar que ela percebesse seus movimentos, deslizou a faca utilitária que tinha recuperado várias horas atrás, em sua patrulha com Dante, para dentro de uma das gavetas da escrivaninha.

– Ele saiu ontem à noite com alguns amigos, mas não voltou com eles.

Elise se encontrava em pé na soleira de seu escritório; era uma bela visão, mesmo com as roupas de luto brancas e retas que tinham sido uma constante para ela nos últimos cinco anos. A túnica com mangas largas e saia comprida ondeava em torno de sua pequena figura, e a única cor vinha da faixa de viúva, de seda vermelha, amarrada frouxamente nos quadris.

Porém, dada a rigidez de seus costumes, jamais entraria nos aposentos de Chase sem ser convidada. Ele se levantou da cadeira e estendeu a mão em um gesto de acolhida.

– Por favor – disse, incapaz de tirar os olhos dela enquanto saía da soleira e se encostava na parede mais distante.

– Disseram que ele tomou algum tipo de droga quando estavam na boate e então enlouqueceu – relatou Elise brandamente. – Tentou atacar alguém. Seus amigos se assustaram e fugiram. Perderam-no em meio ao pânico e não sabem o que aconteceu com ele. Durante o dia todo não tivemos nenhuma notícia dele.

Chase não respondeu. Elise não gostaria de saber a verdade, e ele seria a última pessoa a sujeitá-la aos horríveis detalhes que sabia de primeira mão a respeito dos últimos momentos de vida agonizantes do jovem vampiro.

– Jonas é um dos melhores amigos de Camden, sabe.

– Sim – disse Chase em voz baixa. – Sei.

Elise franziu as sobrancelhas e afastou o olhar de Chase, enquanto girava sua aliança.

– Acha que é possível que o tenham encontrado por aí? Quem sabe Cam e Jonas estejam escondidos juntos em algum lugar. Devem estar tão assustados, precisando de abrigo da luz do sol. Ao menos logo será noite outra vez, dentro de poucas horas. Talvez à noite tenhamos boas notícias.

Chase não se deu conta de que estava andando até que se viu do outro lado da mesa, a poucos passos do lugar onde Elise se encontrava.

– Encontrarei Camden. Prometi a você que o faria. Tem minha palavra, Elise: não descansarei até que ele esteja a salvo em casa com você outra vez.

Ela inclinou a cabeça de leve.

– Sei que está fazendo tudo o que pode. Mas está sacrificando-se muito em busca de Cam. Sei o quanto gosta de trabalhar com a Agência. E agora está envolvido com aqueles perigosos valentões da Ordem...

– Não se preocupe com nada disso – falou com suavidade. – Minhas decisões tomo eu. Sei o que estou fazendo... e por quê.

Ao erguer os olhos para fitá-lo, ela sorriu, um presente raro que ele devorou com avidez.

– Sterling, sei que você e meu marido tinham suas diferenças. Quentin sabia ser... inflexível, às vezes. Sei que ele exigia muito de você na Agência. Porém ele o respeitava mais que a qualquer um. Sempre dizia que você era o melhor, o que tinha mais potencial para algo grandioso. Ele se importava com você, ainda que frequentemente não soubesse demonstrar isso. – Elise inspirou e logo soltou o ar em um rápido suspiro. – Ele ficaria muito grato por tudo que está fazendo por nós. Assim como eu.

Contemplando seus ternos olhos cor de lavanda, Chase se imaginou trazendo o filho de Elise para casa como um prêmio que ganharia apenas por ela. Haveria lágrimas de felicidade e abraços emocionados. Quase podia sentir os braços dela em torno de si em um alívio catártico, seus olhos úmidos glorificando-o como seu herói pessoal. Seu salvador.

Ele vivia por essa oportunidade agora.

Desejava-a com tal ferocidade que se assustava.

– Só quero que seja feliz – disse, atrevendo-se a aproximar mais um pouco.

Em um instante vergonhoso, imaginou uma realidade alternativa, em que Elise lhe pertencia, com suas roupas de viúva jogadas longe, junto com as lembranças do parceiro forte e honroso que tão profundamente tinha amado e depois perdido. Nesse sonho íntimo de Chase, o diminuto corpo de Elise cresceria com um filho seu. Ele lhe daria um filho para amar e manter por perto. Ele lhe daria o mundo.

– Você merece ser feliz, Elise.

Ela fez um brando ruído no fundo da garganta, como se ele a tivesse envergonhado.

– É muito amável de sua parte se preocupar. Não sei o que faria sem você, especialmente agora.

Deu um passo em direção a ele e colocou as mãos em seus ombros – de leve, mas foi o suficiente para enviar uma onda de calor por todo o corpo de Chase. Ele se conteve, quase sem respirar, quando ela se levantou na ponta dos pés e apertou os lábios contra o canto de sua boca. Foi um beijo breve, tão casto a ponto de lhe partir o coração.

– Obrigada, Sterling. Não poderia ter pedido um cunhado mais dedicado.

Tess examinou a embalagem de um folhado em uma cafeteria em North End, decidindo-se finalmente por um *brownie* de sete camadas banhado em calda de caramelo. Normalmente não cedia a seus desejos e, provavelmente, não tinha direito algum de fazer isso agora, tendo em vista suas finanças apertadas; mas, após um longo dia de trabalho – um dia que havia seguido uma comprida noite quase sem dormir –, iria desfrutar do *brownie* e do *cappuccino* sem a menor culpa. Bem, talvez sentisse um pouco de culpa, que seria esquecida no mesmo instante em que aquele doce revestido de calda tocasse sua língua.

– Deixe que eu pago – disse uma profunda voz masculina atrás dela.

Tess se sobressaltou. Conhecia aquela voz grave com um belo sotaque, ainda que a tivesse escutado apenas uma vez antes.

– Dante – falou, virando-se para ele. – Olá.

– Olá. – Ele sorriu, e o coração de Tess começou a palpitar loucamente. – Eu adoraria pagar por seu, hum... Meu Deus, não me diga que esse é seu jantar?

Ela riu e negou com a cabeça.

– Almocei tarde no trabalho. E não precisa pagar...

– Eu insisto. – Entregou uma nota de vinte à atendente e não aceitou o troco. Tampouco pareceu notar o olhar faceiro da bela moça; toda sua atenção estava voltada para Tess. A intensidade dos resplandecentes olhos de Dante e toda sua presença pareciam roubar parte do ar daquele cômodo encalorado.

– Obrigada – agradeceu Tess, pegando o *brownie* embrulhado e o copo descartável no balcão. – Não vai pedir nada?

– Não sou muito de doces nem de café. Não fazem meu tipo.

– Não fazem? Pois são dois dos meus vícios favoritos.

Dante fez um suave ruído com a garganta, quase um ronrono.

– E quais são os outros?

– Trabalhar, principalmente – respondeu apressada, sentindo o rosto ruborizar enquanto se virava para apanhar alguns guardanapos em cima do balcão. Um calor peculiar lhe percorreu a nuca, arrepiando-a como se fosse uma descarga elétrica. Desceu para a coluna, passando por cada uma das veias. Tess se sentiu ansiosa por mudar de assunto, muito consciente do calor que ele provocava nela enquanto a conduzia distraidamente até a porta da cafeteria. – É uma surpresa te encontrar aqui, Dante. Mora por perto?

– Não muito longe. E você?

– A poucos quarteirões daqui – respondeu, caminhando junto a ele sob o frio ar da noite. Agora que estava ao seu lado outra vez, não podia deixar de pensar no estranho encontro carregado de tensão sexual que tiveram no museu. Tess tinha pensado nesse breve e incrível momento constantemente desde então, perguntando-se se ele teria sido apenas produto de sua imaginação – algum tipo de fantasia obscura. Entretanto, ali estava ele, em carne e osso. Tão real que podia tocá-lo. E ficou assustada ao perceber como desejava isso.

Sentiu-se desconcertada, nervosa e inquieta. E teve vontade de sair logo dali antes que o desejo se tornasse ainda mais forte.

– Bem – disse Tess, inclinando o copo de *cappuccino* fumegante em sua direção. – Obrigada mais uma vez pelo doce e pelo café. Boa-noite.

Ao se virar para subir a calçada, Dante lhe tocou o braço. Seus lábios se curvaram em um sorriso divertido e desconfiado.

– Está sempre fugindo de mim, Tess.

Estava? E, na verdade, por que não deveria fugir? Mal o conhecia, e o que sabia a respeito dele parecia colocar todos os seus sentidos em alerta.

– Não estou tentando fugir de você...

– Então me deixe oferecer a você uma carona.

Ele tirou um pequeno chaveiro do bolso do casaco, e um Porsche negro estacionado junto ao meio-fio soltou um chiado, e suas luzes piscaram em resposta. Belo carro, pensou Tess, não exatamente surpresa por descobrir que ele dirigia um carro elegante, rápido e caro.

– Obrigada, mas... estou bem, de verdade. A noite está tão bonita que pretendo caminhar um pouco.

– Posso acompanhá-la?

Se ele tivesse insistido da mesma maneira confiante e dominadora, Tess teria recusado prontamente. Mas ele estava pedindo educadamente, como se compreendesse até que ponto podia insistir. E, embora Tess desejasse ficar sozinha – em especial nessa noite –, ao pensar em alguma desculpa para se livrar dele, as palavras não lhe apareceram.

– Hum, claro. Acho que sim. Se quiser.

– Não há nada que gostaria mais.

Começaram a andar lentamente pela calçada; eram apenas mais um casal na rua cheia de turistas e moradores desfrutando da pitoresca vizinhança de North End. Por um bom tempo, nenhum dos dois disse nada. Tess bebia seu *cappuccino* e Dante vigiava a área como uma águia, o que fazia Tess se sentir tanto nervosa como protegida. Não via nenhum perigo nos rostos por que passavam, mas Dante tinha um ar feroz de vigilância que indicava que estava pronto para qualquer situação.

– Não me disse na outra noite o que faz. É policial ou algo assim?

Ele a fitou com uma expressão séria enquanto caminhavam.

– Sou um guerreiro.

– Guerreiro – repetiu ela, cética quanto ao termo antiquado. – O que exatamente isso quer dizer? Militar? Membro da Força de Operações Especiais? Vigilante?

– De certa forma, sou todas essas coisas. Mas sou um dos bonzinhos, Tess, prometo. Meus irmãos e eu fazemos o que for necessário para manter a ordem e assegurar que os fracos e inocentes não sejam vítimas dos fortes e corruptos.

Tess não riu, embora não tivesse certeza de que ele falava sério. O modo como ele se descrevia lembrava os antigos ideais de justiça e nobreza, como se fizesse parte de algum tipo de código de honra de cavaleiros.

– Bem, não posso dizer que já vi tal descrição de trabalho em um currículo antes. Quanto a mim, sou simplesmente uma veterinária.

– E seu namorado? Trabalha com o quê?

– Ex-namorado – corrigiu em voz baixa. – Ben e eu terminamos já faz algum tempo.

Dante parou para observá-la, e um tom sombrio lhe cruzou o rosto.

– Mentiu para mim?

– Não, eu disse que tinha ido à recepção com Ben. Você que presumiu que ele fosse meu namorado.

– E você deixou que eu acreditasse. Por quê?

Tess encolheu os ombros, incerta.

– Talvez não confiasse em você para contar a verdade.

– Mas agora confia?

– Não sei. Não sou de confiar facilmente.

– Nem eu – disse ele, observando-a mais atentamente do que nunca. Recomeçaram o passeio. – Diga-me. Como se envolveu com esse... Ben?

– Nos conhecemos alguns anos atrás, por conta de meu trabalho. É um ótimo amigo.

Dante grunhiu, mas não falou mais nada. A pouco menos de um quarteirão se encontrava o rio Charles, um dos lugares preferidos de Tess para passear. Conduziu o caminho pela rua e entrou em uma das passagens pavimentadas que serpeavam a beira do rio.

– Não acredita de verdade nisso – comentou Dante quando se aproximaram da água escura e ondulante do Charles. – Diz que ele é um bom amigo, mas não está sendo sincera. Nem comigo, nem consigo mesma.

Tess franziu o cenho.

– Como pode saber o que penso? Não sabe nada sobre mim.

– Diga-me que estou errado.

Ela começou a falar, porém o olhar inabalável de Dante a desarmou por completo. Ele *sabia*. Deus, como era possível que pudesse sentir-se tão ligada a ele? Como ele conseguia lê-la tão claramente? Teve essa mesma sensação – esse peculiar vínculo instantâneo com ele – no museu.

– Ontem à noite, na exibição – falou ela, com a voz serena no frio da noite –, você me beijou.

– Sim.

– E então desapareceu sem dizer nenhuma palavra.

– Tive de ir. Se não tivesse ido, poderia ter ido além de um beijo.

– No meio de um salão lotado? – Ele não disse nada para negar. E uma leve e sedutora inclinação de seus lábios lhe acendeu labaredas pelas veias. Tess sacudiu a cabeça. – Nem mesmo sei por que deixei que fizesse aquilo comigo.

– Preferia que eu não o tivesse feito?

– Não importa o que eu queria ou não.

Ela prosseguiu com a caminhada, andando à frente dele na calçada.

– Está fugindo outra vez, Tess.

– Não estou! – Exclamou, surpresa com o tom assustado de sua voz. E estava correndo; seus pés tratavam de afastar-se dele o mais longe possível, embora todo o resto de seu corpo se sentisse atraído por ele como um campo magnético. Obrigou-se a parar, a permanecer imóvel enquanto Dante se aproximava dela e a virava para encará-lo.

– Todos fugimos de algo, Tess.

Ela não se conteve e zombou:

– Até você?

– Sim. Até eu. – Ele contemplou o rio e logo assentiu com a cabeça ao voltar os olhos para ela. – Quer saber a mais pura verdade? Estive fugindo a minha vida toda... Por mais tempo do que é capaz de imaginar.

Ela achou difícil acreditar naquilo. Certo, não sabia quase nada sobre ele, mas, se tivesse de descrevê-lo em uma palavra, provavelmente seria *destemido*. Tess não podia imaginar o que era capaz de fazer com que esse imenso homem valente duvidasse de si por um só segundo.

– Do quê, Dante?

– Da morte. – Permaneceu calado por um instante, pensativo. – Às vezes penso que, se simplesmente não parar de me mover, se não me deixar ficar preso à esperança ou a qualquer outra coisa que me possa levar a dar um passo em falso... – Proferiu uma maldição na noite escura. – Não sei. Não tenho certeza se é possível enganar o destino, por mais rápido ou mais longe que corramos.

Tess pensou sobre sua própria vida, sobre o maldito passado que por tanto tempo a assombrava. Havia tentado deixá-lo para trás, mas sempre estava ali. Sempre acompanhando cada decisão que tomava, lembrando-a da maldição que nunca lhe permitiria viver verdadeiramente. Inclusive agora – e cada vez mais nos últimos dias –, ela se perguntava se era hora de seguir em frente, recomeçar.

– O que pensa, Tess? Do que você foge?

Ela não respondeu, dividida entre a necessidade de proteger seus segredos e o desejo de compartilhá-los com alguém que não a julgasse, que pudesse compreender o que a havia levado a tal situação em sua vida, ou até mesmo que a pudesse perdoar por isso.

– Tudo bem – disse Dante gentilmente. – Não precisa contar-me isso agora. Vamos procurar um banco para que possa se sentar e saborear seu doce e seu café. Nunca deixe dizerem que eu negaria a uma mulher qualquer um de seus vícios favoritos.

Dante observava Tess comer o espesso *brownie* coberto em calda de caramelo, sentindo seu prazer irradiar através da pequena distância que os separava naquele banco à beira do rio. Ela havia lhe oferecido um pedaço e, embora sua raça não pudesse consumir mais que um bocado de comida humana, ele aceitou provar do bolo de chocolate ao menos para compartilhar o evidente deleite de Tess. Engoliu a porção pesada e enjoativa do doce com um sorriso tenso nos lábios.

– Bom, não é mesmo? – Tess lambia os dedos sujos de chocolate, deslizando um após o outro dentro da boca para limpá-los.

– Delicioso – disse Dante, contemplando-a com seu próprio tipo de desejo.

– Pode pegar mais se quiser.

– Não. – Ele se recostou, negando com a cabeça. – Não, é todo seu. Por favor. Aproveite.

Ela terminou o bolo e bebeu o último gole de café. Quando se levantou para jogar a embalagem vazia e o copo em uma das lixeiras do parque, distraiu-se com um velho homem que passeava próximo ao rio com um casal de cãezinhos marrons. Tess disse algo ao homem, então se abaixou e deixou que os cachorros subissem nela.

Dante a observou rir enquanto os cães rolavam e pulavam pedindo atenção. Toda aquela rígida guarda que ele não conseguira transpassar havia agora desaparecido. Durante alguns breves minutos, ele pôde ver Tess como era de verdade, sem medos ou desconfianças.

Ela era magnífica, e Dante sentiu uma pontada louca de inveja dos dois vira-latas que desfrutavam de seu afeto desinibido.

Ele se aproximou e cumprimentou o velho homem com um aceno enquanto este e seus cães se afastavam para continuar o passeio. Tess se levantou, ainda radiante enquanto observava os animais caminharem ao lado do dono.

– Tem muito jeito com animais.

– São meu trabalho – disse ela, como se precisasse justificar seu prazer.

– É boa com eles. Isso é óbvio.

– Gosto de ajudar os animais. Eles me fazem sentir... útil, acho.

– Quem sabe algum dia poderia mostrar-me o que faz.

Tess virou a cabeça para ele.

– Tem algum animal de estimação?

Dante deveria ter respondido que não, mas ainda tinha a imagem dela com aquelas duas bolas de pelo ridículas e queria poder lhe proporcionar um pouco daquela mesma alegria.

– Tenho um cachorro. Como aqueles.

– Sério? Qual o nome dele?

Dante limpou a garganta, procurando mentalmente por um nome que poderia dar a uma criatura inútil que dependesse dele para sobreviver.

– Harvard – disse lentamente, abrindo um ligeiro sorriso. – O nome dele é Harvard.

– Bem, adoraria conhecê-lo um dia desses, Dante. – Uma brisa gelada se levantou e Tess tremeu de frio, esfregando os braços. – Está ficando tarde. Acho que eu deveria ir para casa.

– Sim, claro – assentiu Dante, odiando-se por ter inventado um animal de estimação, pelo amor de Deus, só porque com isso poderia ganhar alguma graça com Tess. Por outro lado, também poderia ser uma forma conveniente de passar mais tempo com ela, descobrir o que sabia sobre o Carmesim e sobre a operação de tráfico de seu ex-namorado.

– Adorei nosso passeio, Dante.

– Eu também.

Tess baixou os olhos, fitando os pés com um olhar melancólico.

– O que foi?

– Nada. É só que... Não estava esperando que nada de bom acontecesse esta noite. Geralmente não é um dos meus dias favoritos.

– Por que não?

Ela levantou o olhar e encolheu ligeiramente os ombros.

– É meu aniversário.

Ele riu.

– E isso é algo ruim?

– Normalmente não o comemoro. Digamos que tive uma criação um tanto quanto problemática. Não é grande coisa, na verdade.

Na verdade, era. Dante não precisava de nenhum vínculo de sangue com Tess para entender que ainda sofria por uma ferida muito antiga. Queria saber tudo sobre aquela dor e sua origem; seus instintos protetores se disparavam ao pensar que Tess pudesse estar sofrendo algum tipo de infelicidade. Mas ela já estava se afastando dele, avançando lentamente em direção ao caminho que os levaria até a rua, de volta à vizinhança. Ele alcançou sua mão, atrasando sua retirada. Queria puxá-la em seus braços e segurá-la firme.

– Deveria ter uma razão para celebrar cada dia, Tess. Especialmente este. Fico feliz por ter permitido que eu passasse uma parte dele com você.

Ela sorriu – um sorriso sincero; seus olhos brilhavam sob a tênue luz dos postes do parque, e sua boca deliciosa se distendeu em um belo e suave arco. Dante não pôde resistir ao desejo de senti-la perto de si. Apertou seus dedos ao redor dos dela e a trouxe gentilmente em sua direção.

Baixou os olhos e contemplou seu belo rosto, meio perdido ao desejo que nutria por ela.

– Nenhum aniversário está completo sem um beijo.

Como se um portão se houvesse fechado diante dele, a expressão de Tess mudou rapidamente. Ficou gelada e tensa, e se afastou dele.

– Não gosto de beijos de aniversário – exclamou em um sopro de fôlego. – Acho que... Acho que devemos terminar a noite por aqui, Dante.

– Tess, sinto muito...

– Tenho de ir.

Ela já estava se movendo em direção ao caminho. Logo se virou e saiu correndo em trote rápido, deixando Dante ali em pé, sozinho no parque, perguntando-se que diabos havia acabado de acontecer.

Capítulo 14

Chase dirigiu para fora da propriedade da Ordem, irritado pela frustração. Não haveria patrulha para ele aquela noite. Todos os guerreiros tinham saído em missões solo e deixaram Chase com várias horas de escuridão para passar o tempo por conta própria.

A morte do amigo de Camden na noite passada ainda o consumia, deixando-o ainda mais consciente de que os ponteiros do relógio andavam rápido, se é que havia alguma esperança de trazer seu sobrinho de volta para casa inteiro. Chase percorreu alguns dos lugares a que Dante o havia levado em suas patrulhas pela cidade, tanto os locais conhecidos quanto os menos conhecidos, onde humanos e vampiros costumavam se misturar.

Vasculhou as ruas e os estaleiros em busca de Camden, procurando qualquer sinal dele ou de seus amigos. Várias horas depois, ainda não havia encontrado nada.

Estava estacionado em algum lugar em Chinatown, prestes a retornar para o Refúgio Secreto, quando avistou dois jovens da Raça e duas mulheres humanas entrando em uma porta sem número logo à frente. Chase desligou o motor do Lexus e saiu do veículo. Ao se aproximar do lugar onde o grupo havia entrado, escutou uma música alta vinda de algum lugar abaixo do nível da rua. Abriu a porta e entrou no local.

Logo abaixo de um comprido lance de escadas mal-iluminado, havia outra porta. Esta tinha um segurança humano parado do lado de fora, mas Chase não encontrou nenhum problema ao passar pelo brutamonte ao lhe oferecer uma nota de cem dólares na mão.

O grave som do baixo preencheu a cabeça de Chase assim que entrou na boate lotada. Havia corpos se agitando em qualquer direção que olhasse; a dança havia tomado conta do aposento como uma massa gigante que se sacudia. Esquadrinhou a densa multidão enquanto se arrastava com dificuldade para dentro, mas luzes estroboscópicas vermelhas e azuis lhe prejudicavam a visão.

Tombou com uma mulher bêbada que estava dançando com os amigos. Chase murmurou uma desculpa que ela provavelmente não conseguiu escutar por cima do barulho. Atrasado, percebeu que as mãos dela lhe estavam segurando o rotundo e firme traseiro, enquanto tentava evitar que ela caísse.

Ela lhe sorriu sedutora, lambendo os lábios, que estavam manchados de um vermelho brilhante por culpa do pirulito que tinha na boca. Dançava mais perto dele agora, de maneira abertamente sexual, esfregando seu corpo contra o dele. Chase observou sua boca e logo passou para o esguio e pálido pescoço.

Sentiu as próprias veias começarem a zumbir, o sangue fervilhava dentro de si.

Devia ir embora. Se Camden estivesse ali em algum lugar, as chances de encontrá-lo eram muito baixas. Muita gente, muito barulho.

A mulher lhe envolveu os ombros com as mãos, remexendo-se diante dele, roçando as coxas contra as dele. A saia que vestia era ridiculamente curta, tão curta que, quando se virou e apertou o traseiro contra a virilha de Chase, ele viu que a mulher não usava nada por debaixo.

Santo Deus.

Precisava realmente sair dali...

Outro par de braços o envolveu por detrás; uma das amigas da garota tinha decidido brincar também. Uma terceira se aproximou e tascou um beijo comprido e molhado na primeira. Ambas fitavam Chase enquanto a língua delas se escorregavam juntas como serpentes.

Seu pênis ficou instantaneamente duro dentro das calças. A mulher atrás dele baixou a mão, acariciando a protuberância, cada vez mais dura, com dedos habilidosos e implacáveis. Chase fechou os olhos, sentindo a luxúria se retorcer com outra fome, uma que não satisfazia há quase tanto tempo quanto seu desejo sexual. Estava faminto, e seu corpo suplicava tanto pela satisfação como pelo orgasmo.

As duas mulheres trouxeram o beijo até ele, compartilhando sua boca enquanto a multidão ao redor prosseguia dançando, sem se importar com a exibição carnal que acontecia ali, à vista de todos. Não eram os únicos; Chase vislumbrou mais de um casal ocupado, e mais de um vampiro da Raça que encontrava uma hóspede em meio à sensualidade explícita do lugar.

Com um grunhido, Chase deslizou as mãos sob a saia curta da primeira mulher. Enrugou o tecido para cima, deixando-a exposta a seu olhar faminto, enquanto a amiga lhe dava uma lambida quente pela linha do pescoço.

As presas de Chase se alongaram na boca ao penetrar com os dedos a fenda úmida que lhe roçava a coxa. As outras amigas se ocupavam do zíper de sua calça; abaixaram-no e colocaram as mãos para afagar seu membro ereto. O tesão fervilhou dentro dele, e o desejo de transar e se alimentar se tornou devastador. Apanhou uma das mulheres pelo ombro rudemente e a empurrou para baixo diante de si. Ela se ajoelhou, liberou o pênis da calça e o introduziu na boca.

Enquanto ela o chupava vigorosamente e a outra mulher chegava ao clímax com sua mão, Chase aproximou a terceira de sua boca. Suas presas pulsavam ainda mais que o pênis, e a visão se aguçava à medida que a fome lhe estreitava as pupilas e aumentava todos os sentidos.

Abriu os lábios enquanto apertava o pescoço da mulher contra a boca. Com uma obstinada investida, imobilizou-a, abriu-lhe a veia e sugou o sangue cálido e saboroso por entre os dentes.

Chase se alimentava depressa, pois achava tal atípica perda de controle repugnante. Mas não podia parar. Bebia com força e, cada vez que chupava a veia de sua anfitriã, a urgência do clímax crescia mais intensamente em sua virilha. Mexia os quadris em movimentos repetidos, agarrando com a mão o cabelo da mulher enquanto ela o levava à ejaculação, que estava cada vez mais próxima agora, rugindo dentro dele...

Com uma furiosa investida, explodiu. Ainda trazia a boca presa com força em sua anfitriã. Passou a língua sobre as feridas pontuais, fechando-as. A mulher resfolegava graças ao seu próprio orgasmo, e as três o afagavam enquanto gemiam e choravam por mais.

Chase se afastou daquelas mãos que o seguravam, sentindo ódio pelo que tinha acabado de fazer. Levou a palma da mão até a testa de sua anfitriã e limpou sua memória. Então fez o mesmo com as outras duas. Queria tanto sair dali que estava praticamente tremendo com a ideia. Vestiu as calças de volta e sentiu um calafrio de inquietação lhe percorrer a coluna.

De algum lugar do outro lado da sala, olhos o fitavam. Examinou a multidão em busca do intrometido... e se deparou contemplando um dos guerreiros da Ordem.

Tegan.

Depois de tanto esforço por se manter em um nível superior ao dos machos da Raça que haviam escolhido levar uma vida de violência e justiça praticamente militar.

Quanto Tegan teria visto da degradante falta de controle de Chase? Provavelmente toda ela, embora a expressão do vampiro não revelasse nada; limitou-se a fitá-lo com um olhar frio e plano, ciente de tudo.

O guerreiro continuou observando por mais um instante, então simplesmente se virou e abandonou o lugar.

Um par de brilhantes olhos ambarinos com pupilas fendidas devolveu o olhar a Dante na tela de seu computador. A boca da besta se encontrava aberta, e os lábios curvados exibiam um impressionante conjunto de presas. Era um olhar de completa fúria, mas a legenda logo abaixo da fotografia descrevia o animal como *uma diva doce e aconchegante, que adoraria ir para casa com você hoje mesmo.*

– Por Deus – murmurou Dante, com repulsa. Já via o bastante daquele olhar feroz toda noite que passava fora caçando Renegados.

Maldição, às vezes via a mesma horrenda aparência refletida no espelho, quando a Sede de Sangue, a luxúria ou a ira faziam aflorar sua natureza primitiva. O sofrimento dos pesadelos que tinha com as visões também provocava o mesmo: as pupilas se afinavam, os olhos castanho-claros se transformavam em ardente âmbar e as presas se alongavam nas gengivas.

Havia tido outro daqueles sonhos infernais exatamente hoje. Despertou de um sono mortal por volta do meio-dia e continuou suando e tremendo por várias horas depois. Os malditos pesadelos estavam ficando mais frequentes nos últimos dias, mais intensos. E as agudas dores de cabeça que surgiam ao acordar eram realmente terríveis.

Dante clicou no *mouse* sem fio ao lado do teclado e passou da categoria *Felinos* para *Caninos*. Apertou o botão mais uma vez para abrir o inventário de animais disponíveis e examinou rapidamente as fotos. Alguns poucos pareciam adequados a seu propósito, em especial um sabujo de feições tristes chamado Barney, que estava *precisando de cuidados especiais e sonhando com um lugar agradável para passar o resto de seus anos dourados.*

Esse devia servir. Dante não estava exatamente procurando por algo em longo prazo.

Abriu o telefone celular e discou o número do abrigo. Uma moça mascando chiclete, com acentuado sotaque de Boston, atendeu a chamada depois do quinto toque.

– Resgate de Pequenos Animais de Eastside, em que posso ajudá-lo?

– Preciso de um de seus animais – disse-lhe Dante.

– Como é?

– O cachorro que está no *site*, o velho. Quero adotá-lo.

Houve um instante de silêncio, seguido por um estalo do chiclete da garota.

– Ah! Está falando de Baah-ney?

– Sim, esse mesmo.

– Bem, sinto muito, mas já foi adotado. Ainda está em nossa página? Devem ter esquecido de atualizar o *site*. Que tipo de cão está procurando? Temos vários outros que precisam de um bom lar.

– Preciso de um animal para hoje à noite.

Ela soltou uma risadinha duvidosa.

– Hum, na verdade não é assim que funciona. Precisamos que venha aqui e preencha um formulário e então se encontre com um de nossos...

– Posso pagar.

– Bem, isso é ótimo, porque pedimos mesmo uma pequena doação para ajudar a cobrir os tratamentos e...

– Cem dólares seriam suficientes?

– Bem...

– Duzentos? – Perguntou, sem se preocupar de verdade com quanto iria custar. – É muito importante para mim.

– Sim – disse ela –, estou... estou vendo isso.

Dante baixou a voz e se concentrou na maleável mente humana do outro lado da linha.

– Ajude-me com isso. Preciso realmente de um de seus animais. Agora pense um pouco e diga-me o que é que tenho de fazer para conseguir um.

Ela hesitou por alguns segundos.

– Olhe, posso ser despedida por isso, mas temos um cão que chegou aqui hoje. Ainda nem foi examinado, mas não me parece que está em sua melhor forma. E serei honesta com você, também não tem um aspecto muito agradável. Não temos lugar para ele agora, então, na verdade, ele está na lista para ser sacrificado amanhã de manhã.

– Ficarei com ele.

Dante conferiu as horas. O relógio tinha acabado de dar cinco horas, e já estava escuro lá fora, graças ao fato de New England se situar na extremidade do fuso horário leste. Harvard não apareceria no condomínio nas próximas quatro horas. Tempo suficiente para finalizar sua pequena transação antes que tivesse de se unir ao agente para a patrulha dessa noite. Levantou-se e apanhou o casaco e as chaves.

– Estou a caminho. Chego aí em vinte minutos.

– Tudo bem. Fechamos às cinco e meia, mas estarei esperando você. Entre pelos fundos e pergunte por Rose. Sou eu. – Explodiu outra bola de chiclete, mascando agitada e se fazendo audível. – Ah, sobre o dinheiro... os duzentos dólares? Pode pagar em dinheiro?

Dante sorriu ao atravessar a porta.

– Fechado.

Capítulo 15

Tess conferiu de novo o último valor no computador, para ter certeza de que a quantia estava correta antes de apertar o botão e completar a transferência. As contas da clínica estavam pagas agora, mas sua conta corrente tinha ficado mais de mil dólares mais leve. E, no próximo mês, as contas começariam a se acumular outra vez.

– Ei, Tess? – Nora apareceu na porta entreaberta e deu uma batidinha hesitante no batente. – Desculpe interromper, mas já são quase seis e tenho de ir embora estudar para uma prova amanhã. Quer que feche tudo?

– Pode ser – respondeu Tess, esfregando as têmporas, onde dois nós de tensão tinham começado a assentar. – Obrigada, Nora. Boa-noite.

Nora a contemplou por um demorado instante e logo baixou os olhos para a pilha de contas sobre a escrivaninha.

– Está tudo bem?

– Sim. – Tess esboçou um sorriso alentador. – Sim, está tudo ótimo.

– Vi o aviso do proprietário hoje. O aluguel vai subir depois do começo do ano, né?

Tess assentiu.

– Só oito por cento.

Não era muito, na verdade, mas Tess mal podia pagar o atual aluguel da clínica. O aumento provavelmente seria a gota d'água, a menos que começasse a cobrar mais pelos serviços. E isso certamente lhe custaria metade de seus clientes, o que a trazia de volta para o mesmo buraco. A única alternativa razoável seria fechar a clínica, mudar-se e começar algo novo.

Tess não tinha medo dessa opção; estava acostumada a mudanças. Às vezes se perguntava se não era mais fácil recomeçar que realmente criar raízes em algum lugar. Ainda estava procurando por tal lugar. Talvez nunca o encontrasse.

– Olha, Tess, estive, hum... quero falar com você sobre algo. Minhas aulas estão ficando bem difíceis neste último semestre, e realmente preciso dedicar-me a sério. – Nora hesitou, movendo os ombros. – Sabe que adoro trabalhar aqui, mas terei de diminuir minhas horas.

Tess consentiu, em sinal de aceitação.

– Tudo bem.

– É só que, entre a clínica e os estudos, mal tenho tempo para respirar, sabe? Meu pai vai se casar outra vez dentro de poucas semanas, então também tenho de pensar em me mudar de lá. Seja como for, minha mãe quer muito que eu volte para a Califórnia depois de me formar na primavera...

– Está tudo bem. De verdade, eu compreendo – disse Tess, ligeiramente aliviada.

Havia compartilhado com Nora algumas das dificuldades financeiras da clínica e, embora Nora tivesse insistido que aguentassem as pontas juntas, Tess ainda se sentia responsável. Na verdade, havia vezes em que achava que estava mantendo a clínica mais por seus clientes e por Nora que por si mesma. Era boa em seu trabalho – e sabia disso –, mas não podia deixar de sentir que essa nova vida que criara era apenas outra forma de se esconder. De seu passado, certamente, mas também do aqui e agora. De algo que tinha medo de examinar atentamente.

Está sempre fugindo, Tess.

As palavras que Dante falara na noite passada ressoavam em sua mente. Havia refletido sobre o que ele tinha dito, pois sabia que aquele comentário era verdade. Da mesma forma que ele, frequentemente sentia que, se continuasse se movendo, correndo, poderia – simplesmente poderia – ser capaz de sobreviver. Não era a morte derradeira que temia, contudo. Seu demônio estava sempre ao seu lado.

Bem no fundo, sabia que estava, na verdade, fugindo de si mesma.

Tess endireitou uma pilha de papéis na mesa, voltando a atenção para a conversa.

– Quando está pensando em reduzir sua jornada?

– Bom, assim que me permitir, acho. Além do mais, detesto saber que está financiando meu salário com suas economias pessoais.

– Deixe que eu me preocupo com isso – disse Tess. Suas palavras foram interrompidas pela campainha da entrada da clínica.

Nora olhou por cima do ombro.

– Deve ser nossa encomenda de suprimentos. Vou lá correndo pegar antes de ir.

Ela saiu apressada e Tess escutou uma conversa abafada na recepção. Logo Nora apareceu outra vez, com as bochechas coradas.

– Definitivamente não é nossa encomenda que está na recepção – disse em voz baixa, como se não quisesse que a ouvissem. – É um perfeito *deus*.

Tess riu.

– O quê?

– Está pronta para uma consulta? Porque aquele cara maravilhoso está esperando aí fora com um cachorrinho de dar dó.

– É uma emergência?

Nora deu de ombros.

– Acho que não. Não há sinal de sangue ou traumatismos, mas o rapaz foi bem insistente. Perguntou por você. E já mencionei que é lindo de morrer?

– Já – disse Tess, levantando-se da mesa para vestir o jaleco branco. Sentiu a região logo abaixo do ouvido formigar, a mesma estranha sensação que havia tido na exposição do museu e outra vez na noite passada, quando estava ao lado de Dante na cafeteria. – Diga a ele que já vou, por favor.

– Sem problemas – Nora arrumou o cabelo atrás da orelha, alisou o suéter decotado e saiu.

Era ele. Tess sabia que era Dante, mesmo antes de ouvir sua voz ressoando na recepção. Tapou um sorriso com a mão, controlando uma desenfreada torrente de entusiasmo ao pensar que ele tinha vindo procurá-la depois da maneira desconcertante em que tinha acabado a noite no parque.

Ah, Deus. Esse choque de hormônios era péssimo sinal. Ela não era o tipo de garota que ficava toda boba por conta de um homem, mas Dante a fazia sentir algo que nunca havia sentido antes.

– Controle-se – sussurrou para si mesma ao sair do escritório e caminhar pelo corredor que levava à recepção.

Dante se encontrava ali em pé, segurando um pequeno vulto nos braços. Nora estava inclinada sobre o balcão para acariciar o cãozinho, arrulhando com adoração e mostrando a Dante uma boa porção de seu decote. Tess não podia culpar Nora por flertar. Dante simplesmente provocava esse efeito em uma mulher; nem mesmo Tess estava imune à sua sombria sedução.

Os olhos dele pousaram sobre ela no instante em que entrou no cômodo e, se Tess queria parecer tranquila e natural, provavelmente estava falhando de forma miserável. Seu sorriso não esmorecia, e os dedos tremiam ligeiramente ao levar a mão até o pescoço, onde o esquisito formigamento parecia mais forte.

– Esse deve ser Harvard – disse ela, contemplando o abatido mestiço de *terrier* nos braços de Dante. – Quando disse que queria conhecê-lo, não achei que seria tão logo.

Dante franziu o cenho.

– Cheguei em má hora?

– Não. Não, imagina. Só estou... surpresa, só isso. Você está sempre me surpreendendo.

– Já se conhecem? – Nora olhava boquiaberta para Tess, como se quisesse parabenizá-la.

– Nós, hum... nos conhecemos algumas noites atrás – gaguejou Tess. – No *vernissage* no museu. E ontem à noite nos esbarramos outra vez em North End.

– Eu estava fora de mim – disse Dante, contemplando-a como se fossem as únicas pessoas no aposento. – Não quis chateá-la ontem à noite, Tess.

Ela o despreocupou com um gesto, desejando poder esquecer tudo aquilo.

– Não foi nada. Não fiquei chateada, na verdade. Você não fez nada de errado. Eu que deveria pedir desculpas por ter saído correndo daquele jeito.

O olhar de Nora saltava de um a outro, como se a tensão que Tess sentia por estar perto de Dante também estivesse evidente para ela.

– Talvez vocês dois queiram ficar sozinhos...

– Não – Tess respondeu bruscamente, ao mesmo tempo em que Dante respondia com calma:

– Sim.

Nora hesitou por um segundo, então se virou e apanhou o casaco e a bolsa que estavam pendurados atrás da mesa.

– Vou só... bem, vejo você de manhã, Tess.

– Está certo. Boa sorte com seus estudos.

De costas para Dante, Nora fitou Tess e silenciosamente balbuciou as palavras *Ah, meu Deus!* Enquanto se dirigia para a porta dos fundos, onde seu carro estava estacionado. Poucos segundos depois, ouviu-se o ronco baixo do motor, que esmoreceu à medida que Nora se afastava.

Até aquele momento, Tess havia estado tão distraída pela presença de Dante que mal tinha notado a situação do cachorro. Agora não pôde deixar de sentir uma pontada de pena pelo animal. Seus apagados olhos castanhos estavam semicerrados, e um fraco, mas audível, fôlego saía de seus pulmões ao respirar. Só de vista, Tess podia dizer que o cão precisava de cuidados.

– Importa-se que eu o examine? – Perguntou, satisfeita por poder se concentrar em algo além de Dante e da tensão que parecia crepitar entre eles. Ao seu sinal de consentimento, Tess tirou um estetoscópio do bolso do jaleco e o prendeu em torno do pescoço. – Quando foi a última vez que levou Harvard ao veterinário?

Dante deu de ombros vagamente.

– Não sei ao certo.

Tess pegou o cachorro com cuidado dos braços de Dante.

– Venha aqui. Vamos examiná-lo melhor em uma das salas de consulta.

Dante a seguiu em atento silêncio, posicionando-se ao seu lado enquanto Tess colocava o trêmulo animal sobre a mesa de aço inoxidável. Ela pôs o estetoscópio no peito do cão e escutou as batidas aceleradas de seu coração. Havia um chiado bastante significativo, e sua respiração estava definitivamente péssima, como tinha suspeitado. Apalpou com cuidado seu tórax pronunciado e notou a falta de elasticidade de sua pelagem infestada de pulgas.

– Harvard está dormindo muito ultimamente? Está letárgico?

– Não sei.

Embora Tess mal tivesse notado Dante se mexendo, seus braços se roçaram. Seu corpo musculoso e sólido era como uma muralha quente e protetora ao seu lado. E tinha um cheiro incrível – um aroma acentuado e sombrio que provavelmente custava uma fortuna. Ela inspirou fundo aquele perfume e se inclinou para inspecionar as orelhas cheias de carrapatos do cão.

– Notou alguma perda de apetite ou algum problema para reter a comida?

– Não sei dizer.

Tess levantou os lábios do *terrier* e conferiu a cor de suas gengivas doentias.

– Pode me dizer quando foi a última vez que Harvard se vacinou?

– Não sei.

– Sabe alguma coisa desse animal? – A pergunta soava acusatória, mas não pôde se conter.

– Não o tenho faz muito tempo – respondeu Dante. – Sei que precisa de cuidados. Acha que pode ajudá-lo, Tess?

Ela franziu o cenho; sabia que seria difícil curar todas as enfermidades do cão.

– Farei o possível, mas não posso prometer nada.

Tess alcançou uma caneta que estava sobre o balcão e tentou pegá-la. A caneta caiu no chão a seus pés e, antes que pudesse se abaixar para recuperá-la, Dante já estava ali. Apanhou a caneta com dedos ágeis e a entregou para Tess. Ao tomá-la da mão dele, sentiu que o polegar dele lhe roçava as costas da mão. Afastou o braço com um movimento abrupto, trazendo-o junto ao corpo.

– Por que fica tão nervosa comigo?

Ela lhe lançou um olhar que provavelmente explicava tudo.

– Não fico.

– Tem certeza? Parece... inquieta.

Ela estava, na verdade. Odiava ver animais descuidados como aquele, que parecia digno de um cartaz da Sociedade Protetora dos Animais. E o estresse com tudo que estava indo mal em sua vida nesse momento também lhe pesava bastante.

No entanto, além de tudo isso, havia a inquietação que sentia simplesmente por estar no mesmo cômodo que aquele homem. Que Deus a ajudasse, mas quando seus olhos se encontravam, sentia-se invadida por uma vívida impressão – extremamente real – de que os dois estavam juntos nus, com os membros entrelaçados, os corpos suados e brilhantes, recurvados um contra o outro em uma cama com lençóis de seda escarlate.

Podia sentir suas enormes mãos acariciando-a, sua boca quente e faminta apertada contra seu pescoço. Podia sentir seu sexo entrando e saindo dela, enquanto seus dentes roçavam a área sensível debaixo de seu ouvido, que agora pulsava tal como as fortes batidas de um tambor.

Ficou suspensa em seus olhos ambarinos, enxergando tudo aquilo tão claramente como se fossem lembranças reais. Ou um futuro que dançava além de sua compreensão...

Com grande esforço, Tess conseguiu piscar, rompendo a estranha conexão.

– Desculpe-me – disse ofegante, e se apressou para fora da sala, mergulhada em confusão.

Fechou a porta atrás de si e deu alguns passos rápidos pelo corredor. Inclinou-se contra a parede, cerrou os olhos e procurou recuperar o fôlego. Seu coração batia acelerado, pulsando contra o peito. Até os ossos pareciam vibrar como um diapasão.

Sua pele estava quente ao toque; o calor florescia em torno do pescoço e nos seios, e mais abaixo, em seu âmago. Tudo nela parecia ter despertado com a presença dele, tudo o que era feminino e elementar surgia de uma vez, procurando por algo. Buscando por ele.

Deus, o que havia de errado com ela?

Estava perdendo a cabeça. Se fosse esperta, deixaria Dante e seu cachorro doente na sala de exame e daria o fora dali imediatamente.

Ah, claro. Isso seria muito profissional. Muito adulto.

E daí que ele a tinha beijado uma vez? Tudo o que havia feito agora tinha sido roçar seus dedos nos dela; ela é que estava exagerando. Tess respirou fundo, inspirou outra vez, desejando que sua fisiologia hiperativa se acalmasse. Quando finalmente estava sob controle de novo, virou-se e voltou para a sala de exame, percorrendo mentalmente uma dúzia de vergonhosas desculpas que pudessem explicar por que tinha saído correndo.

– Sinto muito por isso – disse ao abrir a porta. – Pensei ter ouvido o telefone tocar...

Cortou em seco a desajeitada desculpa assim que o viu. Dante estava sentado no chão, como se tivesse caído ali um instante antes, com a cabeça pendida e apoiada entre as enormes mãos. As pontas de seus dedos estavam pálidas pela força com que apertava o denso couro cabeludo. Parecia estar sentindo uma dor excruciante; resfolegava por entre os dentes e os olhos estavam firmemente fechados.

– Ah, meu Deus – sussurrou ela, entrando no cômodo. – Dante, o que aconteceu? Qual é o problema?

Ele não respondeu. Talvez não conseguisse.

Embora fosse evidente que estava sofrendo demais, Dante irradiava um obscuro perigo selvagem que parecia quase desumano, de tão poderoso que era.

Ao contemplá-lo ali no chão, com dores, Tess teve uma espécie de *déjà vu*, um mau pressentimento que lhe deu calafrios por toda a coluna. Começou a se afastar, pronta para ligar para o serviço de emergências e deixar que tomassem conta de seu problema – o que quer que fosse aquilo. Mas então os grandes ombros dele se encurvaram dolorosamente. Deixou escapar um gemido, e esse som baixo e atormentado era mais do que Tess podia suportar.

Dante não sabia o que o tinha acertado.

A visão da morte lhe sobreveio rapidamente, assaltando-o como uma explosão causticante da luz do dia. Estava acordado, pelo menos, mas suspenso em um estado de consciência paralisante, e todos os seus sentidos se encontravam tomados por um ataque de debilidade.

Tal visão nunca lhe tinha aparecido fora do sono. Nunca tinha sido tão feroz, tão brutalmente forte.

Em um instante, estava ao lado de Tess, invadido pelas imagens eróticas do que desejava fazer com ela; logo a próxima coisa de que se lembrava era que estava jogado ao chão de linóleo da sala de exame, sentado sobre o traseiro, com a sensação de que era engolido pela fumaça e pelas chamas.

O fogo lhe subia por todos os lados, expelindo densas colunas de fumaça negra e acre. Não podia se mexer. Sentia-se acorrentado, impotente, assustado.

A dor era imensa, assim como o desespero. Envergonhava-o a intensidade com que sentia ambos, como era difícil não gritar atormentado por aquilo que estava vivendo em sua mente.

Mas aguentou firme – a única coisa que podia fazer sempre que a visão o atingia – e rezou para que acabasse logo.

Escutou seu nome nos lábios de Tess, perguntando-lhe do que precisava. Não conseguia responder. Sua garganta estava seca, a boca cheia de cinzas. Sentiu a sinceridade de sua preocupação e de seu temor, enquanto se aproximava dele. Dante queria lhe dizer para ir embora, deixá-lo ali sofrendo sozinho, do único modo que conhecia.

Mas, então, sentiu dedos frios e gentis pousarem em seu ombro. Sentiu a alva tranquilidade do sono flutuando sobre ele como uma manta protetora enquanto Tess lhe acariciava as costas tensas e o cabelo de sua nuca, umedecido pelo suor.

– Vai ficar tudo bem – disse a ele com suavidade. – Deixe que eu te ajude, Dante. Está a salvo.

E, pela primeira vez em sua vida, ele acreditou nisso.

Capítulo 16

Dante levantou as pálpebras, esperando que uma intensa dor de cabeça o cegasse. Nada aconteceu. Nenhum tremor desconcertante, nada de suor frio, nem de medo que lhe gelasse os ossos.

Piscou uma vez, duas vezes, fitando o teto de azulejos brancos e um painel apagado de luz fluorescente logo acima da cabeça. Era um lugar desconhecido: as paredes em um tom cinza-claro; o pequeno sofá acolchoado debaixo de si; a organizada escrivaninha de madeira logo em frente, cuja superfície estava iluminada por um abajur vermelho-alaranjado que se encontrava ao lado do computador.

Inspirou e não sentiu o familiar cheiro da fumaça ou o fedor de queimado que invadia suas narinas na realidade infernal de sua visão de morte. Tudo o que sentia era um aroma cálido, doce e picante que lhe parecia dormir em paz. Moveu as mãos para cima da manta de lã que cobria parcialmente seu enorme corpo e a alisou. O cobertor felpudo cor de creme cheirava como ela.

Tess.

Virou a cabeça no mesmo instante em que ela entrava na sala. Já não vestia mais o jaleco branco; parecia incrivelmente doce e feminina com um cardigã verde desabotoado sobre uma blusa de malha bege. A calça jeans lhe circundava os quadris, deixando exposta uma pequena faixa de veludosa pele, ali onde a barra da blusa não encontrava o cós da calça. Havia tirado a presilha de plástico que antes lhe prendia o cabelo. Agora os cachos cor de mel lhe caíam soltos sobre os ombros em brilhantes mechas largas.

– Olá – disse ela, observando-o se sentar e virar para pôr os pés no chão acarpetado. – Está se sentindo melhor?

– Sim.

Sua voz soou como um grasnado seco, mas ele se sentia surpreendentemente bem. Relaxado, quando normalmente estaria tenso e com dores – a habitual ressaca que aparecia ao despertar de suas visões de morte. Em um impulso, passou a língua pelos dentes em busca das presas, mas os temíveis caninos tinham se retraído. Sua visão também parecia normal, e não aqueles estreitos raios *laser* de outro mundo que o caracterizavam como pertencente à Raça.

A tormenta de sua transformação, se é que a tinha tido, já havia passado.

Afastou a manta macia e percebeu que estava sem o casaco e as botas.

– Onde estão minhas coisas?

– Bem aí – respondeu Tess, apontando para o casaco de couro negro cuidadosamente posicionado em uma cadeira de visitas próxima à porta.

– Seu telefone celular está na minha mesa. Desliguei-o algumas horas atrás. Espero que não se importe. Estava tocando quase sem parar, e não queria que te acordasse.

Algumas horas atrás?

– Que horas são?

– Hum, quinze para uma.

Droga. Aquelas chamadas provavelmente eram do condomínio, perguntando onde diabos Dante estava. Lucy teria de dar algumas explicações.*

---

* Jargão típico do seriado norte-americano "I Love Lucy". [N. T.]

– Harvard está descansando, a propósito. Está com alguns problemas que podem ficar bem sérios. Eu o alimentei e lhe dei água e alguns antibióticos intravenosos, que devem ajudá-lo a dormir. Ele está no canil ao fim do corredor.

Por alguns segundos, Dante ficou confuso, imaginando como era possível que ela conhecesse o agente do Refúgio Secreto e por que raios ele estaria medicado e dormindo no canil da clínica. Então seu cérebro voltou a funcionar e ele se lembrou do animalzinho sarnento que tinha usado como desculpa para se aproximar de Tess.

– Gostaria de mantê-lo aqui esta noite, se não se importar – disse Tess. – Talvez por alguns dias, para que eu possa fazer mais alguns testes e ter certeza de que ele tem tudo de que precisa.

Dante consentiu.

– Claro. Tudo bem.

Olhou ao redor do pequeno e aconchegante escritório; havia um frigobar em um dos cantos e uma chapa elétrica ao lado de uma cafeteira. Evidentemente, Tess passava bastante tempo naquele lugar.

– Eu não estava aqui antes. Como cheguei até aqui?

– Você teve algum tipo de ataque na sala de exames. Eu te levantei e te ajudei a caminhar até meu escritório. Pensei que seria mais confortável. Você parecia bastante fora de si.

– Sim – disse ele, esfregando o rosto com as mãos.

– Era isso mesmo, um ataque?

– Algo assim.

– Isso acontece com frequência?

Ele deu de ombros, não vendo nenhuma razão para negar.

– Sim, acho que sim.

Tess se aproximou e sentou no braço do sofá.

– Está tomando algum remédio? Pensei em procurar, mas não achei certo revirar seus bolsos. Se estiver precisando de alguma coisa...

– Estou bem – respondeu, ainda maravilhado pela ausência de dor ou náusea depois do que tinha sido o pior de seus ataques até agora. O único que tinha acontecido enquanto estava acordado. Nesse instante, além do fato de estar um pouco grogue graças ao sono pesado, mal podia dizer que havia, de fato, tido a maldita visão. – Por acaso você me deu... algo ou, quem sabe... fez alguma coisa comigo? Em determinado instante senti suas mãos nas minhas costas e movendo-se pela minha cabeça...

Uma expressão estranha tomou conta do rosto de Tess, quase um olhar de pânico momentâneo. Logo ela piscou e desviou os olhos dele.

– Se acha que pode ajudar, tenho Tylenol em minha escrivaninha. Vou arrumar um e pegar um copo de água.

Ela começou a se levantar.

– Tess – Dante a segurou pelo pulso de leve. – Ficou comigo o tempo todo? Todas essas horas?

– Claro. Não podia deixá-lo aqui sozinho.

De repente Dante teve uma clara imagem mental do que ela deveria ter visto se esteve ao lado dele enquanto ele lutava contra a terrível acometida de sua premonição de morte. Mas ela não tinha fugido aos gritos e tampouco o olhava aterrorizada. Na verdade, perguntava-se se o fato de ter estado ali com ela não tinha, de certa forma, aliviado a pior parte de seu pesadelo antes mesmo de começar.

Ela o tinha tocado de uma maneira tão tranquilizante, serena e terna.

– Você ficou comigo – disse ele, assombrado por sua compaixão. – Você me ajudou, Tess. Obrigado.

Ela poderia ter soltado a mão da mão dele em qualquer instante, mas hesitou, com certa dúvida no olhar azul-esverdeado.

– Acho que... Já que parece estar bem agora, acho que podemos ir. Está tarde, e preciso voltar para casa.

Dante resistiu ao desejo de mostrar a ela que estava tentando fugir outra vez. Não queria assustá-la, então se levantou devagar do sofá e ficou em pé ao seu lado. Fitou seus dedos, que ainda tocavam as pontas dos dedos dela; nenhum dos dois queria romper o inesperado contato.

– Tenho de... ir embora – disse ela em voz baixa. – Não acho que isso – o que quer que esteja acontecendo entre nós – seja uma boa ideia. Não espero relacionar-me com você.

– Ainda assim, ficou aqui sentada tomando conta de mim nas últimas quatro horas ou mais.

Ela franziu o cenho.

– Não podia deixá-lo sozinho. Precisava de ajuda.

– Do que você precisa, Tess?

Ele curvou os dedos, aprisionando os dela agora com firmeza. O ar no pequeno escritório parecia ter ficado rarefeito, vibrando com a tensão. Dante podia sentir o pulso de Tess bater mais forte, um tremor que lhe chegava pelas pontas dos dedos. Podia sentir seu interesse, o desejo que tinha estado presente quando a havia beijado na exposição de arte e tinha sentido a grave tentação de seduzi-la na frente de uma centena de testemunhas. Ela o tinha desejado naquele momento, e talvez na noite passada também. E o delicioso aroma que saía de sua pele enquanto o contemplava nos olhos dizia claramente que ela o desejava agora.

Dante sorriu, incendiando-se de desejo pela mulher cujo sangue era agora parte dele.

A mulher que podia estar aliada aos seus inimigos, se é que Tess tinha algo a ver com as empreitadas farmacêuticas de seu outrora namorado.

Nesse exato instante, ela com certeza não estava pensando no humano. Seus olhos se escureceram, e a respiração se tornou mais agitada, saindo por entre os lábios entreabertos. Dante flexionou os bíceps ligeiramente, apenas para trazê-la para perto de si. Ela se aproximou dele sem resistências.

– Quero beijá-la outra vez, Tess.

– Por quê?

Ele riu baixo.

– Por quê? Porque é linda, e porque desejo você. E acho que também me quer.

Dante levou a mão livre até o rosto dela e acariciou gentilmente a linha de seu rosto. Parecia seda em contato com as pontas de seus dedos, tão delicada como o cristal. Roçou o polegar em seus volumosos lábios morenos.

– Por Deus, Tess. Estou morrendo de vontade de provar você agora mesmo.

Ela fechou os olhos e soltou um suspiro.

– Isso é loucura – murmurou. – Eu não... isso não é algo... que eu faça normalmente...

Dante lhe levantou o queixo e se inclinou para pressionar seus lábios contra os dela. Queria apenas sentir sua boca na dela, um desejo que tinha nutrido desde aqueles poucos momentos calorosos que haviam compartilhado no museu. Naquele instante, tinha sido como um fantasma para ela, roubando o sabor de sua paixão e fugindo antes que ela pudesse saber se ele era real ou imaginário. Agora, por algum motivo que mal podia compreender, queria que ela soubesse que era feito de carne e osso.

Era, evidentemente, um maldito idiota.

Porque nesse exato instante queria que ela o sentisse – por completo – e compreendesse que era dele.

A princípio, só tinha pretendido prová-la, mas ela era doce demais em sua língua. E estava tão envolvida; suas mãos lhe rodearam o pescoço para aproximá-lo mais, e a boca deles se uniam em um beijo profundo e demorado. Os segundos se converteram em um minuto, e logo em vários minutos a mais. Em um esquecimento louco e atemporal.

Enquanto a beijava, Dante mergulhava as mãos nas exuberantes mechas de seu cabelo, deleitando-se com seu calor e sua doçura. Desejava-a sem roupas. Queria-a nua debaixo dele, gritando seu nome enquanto ele a penetrava.

Por Deus, como a desejava.

Seu sangue pulsava, quente e furioso, por todo o corpo. O pênis estava rígido de tesão, e só tinha acabado de começar com Tess.

Tal como se sentia agora, esperava que isso fosse apenas o início.

Antes que Dante pudesse se deter, estava conduzindo-a em direção ao sofá e abaixando-a sobre as almofadas.

Ela se recostou e o fitou sob aquelas negras pestanas; a cor azul-esverdeada de seus olhos tinha escurecido para um azul-celeste tempestuoso. Sua boca estava brilhante e inchada pelo beijo, e os lábios tinham um profundo tom de rosa escuro. Seu pescoço também se encontrava rosado pelo rubor do desejo, e essa cor se estendia para o decote em V da blusa apertada. Seus mamilos estavam duros de desejo e roçavam contra a malha da blusa cada vez que inspirava. Estava repleta de desejo, e Dante jamais tinha visto algo tão delicioso.

– Você é minha, Tess. – Dante se aproximou sobre ela, beijando a área que ia dos lábios até o queixo, descendo pela garganta e pela suave pele sob a orelha. Tinha um cheiro maravilhoso. E era tão bom senti-la contra ele.

Dante grunhiu, inspirando pelas narinas o doce perfume de sua excitação. A luxúria lhe doeu as gengivas, enquanto suas presas se alongavam. Podia sentir as pontas afiadas descendo, pulsando com a batida rítmica de seu coração.

– E sabe disso, não é?

Embora sua voz tivesse saído fraca, nada mais que um sopro de ar exalado dos pulmões, Dante a escutou claramente, e a palavra o atravessou como fogo.

Ela disse *sim.*

Deus, o que estava dizendo?

O que estava fazendo, deixando que fosse beijada e tocada – seduzida – dessa maneira?

Era precipitado, nada próprio dela. E provavelmente também era perigoso, por uma dúzia de razões com que não podia exatamente se importar no momento.

Ela nunca tinha sido fácil – longe disso, dada sua desconfiança geral no gênero masculino –, mas algo a respeito desse homem fazia que seu medo e as inibições voassem pela janela afora. Sentia-se conectada a ele de alguma forma, uma ligação mais profunda que qualquer coisa que conhecia, em um território inexplorado que a fazia pensar em ideais típicos dos contos de fada, como sorte e destino. Tais palavras não faziam parte de seu léxico habitual, contudo não podia negar que, apesar de tudo que devia estar sentindo nesse momento, parecia estar fazendo o certo.

Era bom demais para duvidar, ainda que seu corpo estivesse inclinado a escutar a razão. O que não era o caso, não quando Dante a beijava, tocava e despertava todo seu lado feminino como se estivesse adormecido por um século.

Não resistiu quando ele tirou com cuidado seu suéter e logo ergueu a barra de sua blusa sobre os seios. Ele inspirou fundo e se inclinou para beijar seu ventre nu, provocando-a com leves mordidas enquanto subia do umbigo até o fecho frontal de seu sutiã. Desabotoou-o e lentamente afastou o cetim de seus seios.

– Deus, como é bela.

Sua voz estava rouca, e Tess podia sentir seu fôlego quente contra a pele. Seus mamilos ansiavam por serem tocados, conduzidos para dentro de sua boca e chupados com vigor. Como se soubesse o que ela estava pensando, Dante passou a língua sobre um dos mamilos retesados. Mordiscou-o e o chupou em meio a lambidas, enquanto tomava o outro com a mão, acariciando-o, deixando-a louca de desejo.

Tess percebeu que ele descia a mão em busca do botão de sua calça *jeans*. Desabotoou-o e desceu o zíper. O ar fresco lhe atingiu o abdômen e logo os quadris, enquanto Dante lhe baixava as calças até as coxas. Chupou com força seu mamilo, levantou a cabeça e contemplou sua nudez parcial.

– Maravilhosa – exclamou; era a mesma palavra que tinha pronunciado na outra noite.

Levantou a mão e a acariciou com ternura, passando a palma suavemente ao longo de sua garganta e descendo para o meio do peito. O corpo dela se arqueou para ele como se estivesse atada a uma corda invisível que ele puxasse. Quando alcançou seu ventre, deslizou os dedos sob a calcinha, sem se deter até encontrar sua fenda úmida. Tess fechou os olhos, em um êxtase atormentado, enquanto ele a tocava com a mão, tocando-a com um comprido dedo.

Ele soltou a respiração em um silvo.

– Parece seda pura, Tess. Seda quente e úmida.

Ele a penetrava ao falar, apenas com a ponta do dedo, uma invasão mínima. Ela queria mais. Ergueu os quadris, gemendo baixo com a garganta enquanto ele se afastava, provocante, deslizando a ponta do dedo úmido em torno de seu clitóris.

– O quê? – Perguntou-lhe com um sussurro rouco. – O que quer, Tess?

Ela se retorcia com seu toque, procurando por ele. Dante se inclinou e lhe beijou o ventre, enquanto levava as mãos para sua calça aberta e a tirava. Logo depois foi a calcinha. Dante beijou seu umbigo e traçou com a língua um caminho descendente, até os diminutos pelos em sua virilha. Com uma das mãos, levantou-lhe a coxa, abrindo-lhe as pernas.

– Quer que te beije aqui? – Indagou, pressionando a boca contra sua pélvis. Desceu a cabeça morena até a sensível pele da área interna da coxa. – Que tal aqui?

– Por favor – ofegou ela, arqueando a coluna enquanto o calor rugia por todo o corpo.

– Acho – disse ele, mexendo-se no sofá e se posicionando entre suas pernas abertas – que quer que te beije... aqui.

O primeiro contato dos lábios dele em seu sexo a deixou completamente sem fôlego. Ele a beijou mais profundamente, usando a língua, fazendo-a enlouquecer. O prazer de Tess subiu às alturas, cada vez mais intenso. Ela não sabia que era possível sentir esse tipo de desejo; entretanto, agora que ardia com ele, só havia uma maneira de saciá-lo.

– Por favor – suplicou, com a voz entrecortada e frouxa. – Dante, por favor...

– Quer me sentir dentro de você, Tess? Porque é exatamente onde quero estar agora. Quero penetrá-la, sentir todo seu calor úmido me fazendo gozar até a última gota.

Ah, Deus. Ele ia fazê-la gozar só de pensar.

– Sim – conseguiu gemer. – Por Deus, sim. É isso que quero.

Ele se afastou e tirou a camisa. Tess abriu os olhos, observando-o através das pesadas pálpebras, admirando como seus músculos se dobravam e flexionavam sob a tênue luz do escritório. Tinha o peito nu, esculpido como um deus romano e decorado com maravilhosas tatuagens que se estreitavam na altura do abdômen definido e desciam além da cintura da calça.

Ao menos achou que eram tatuagens. Ante seus olhos inundados de desejo, os desenhos geométricos pareciam mudar de cor enquanto ela os contemplava; as linhas mudavam de um intenso vermelho-tinto para um azul-arroxeado e um verde-oceânico.

– Sua pele é linda – disse ela, tão intrigada como espantada. – Meu Deus, Dante... suas tatuagens... são incríveis.

Levantou os olhos para o rosto dele e pensou ter visto uma cor âmbar reluzir em seus olhos. E quando seus lábios se curvaram em um sorriso, de alguma forma sua boca parecia maior.

Dante desabotoou a calça preta e a tirou. Não estava vestindo nada debaixo. Seu pênis se liberou, enorme e ereto, tão impressionante como o resto de seu corpo. Para sua surpresa, o belo padrão de tatuagens descia até ali e circundava a base de seu membro como se fossem coloridos dedos reverentes. Veias grossas percorriam toda a extensão do comprido pênis, coroado por uma larga glande, tão suave e escura como uma ameixa.

Tess poderia ficar admirando-o para sempre, mas ele se aproximou da mesa e apagou a luz. Lamentou que a escuridão o ocultasse, mas um instante depois ele a cobriu com seu calor, e ela deixou que suas mãos explorassem tudo o que seus olhos já não podiam mais ver.

Ele a apertou debaixo de si, separando-lhe as coxas com a pélvis para se posicionar entre as pernas dela. Seu falo estava duro, extremamente quente, e Dante o roçava em meio ao sexo de Tess, provocando-a com seu tamanho, fazendo-a desejá-lo ainda mais.

– Dante. – Ela estava ofegante, pronta para ele, e precisava dele com urgência. Custou-lhe uma concentração imensa para romper o caos que ele provocava em seus sentidos e pensar racionalmente por um segundo. – Dante, espere. Eu... eu tomo pílula, então... mas talvez devêssemos...

– Está tudo bem. – Ele a beijou ao mesmo tempo em que seu membro se apertava contra a entrada de seu interior. Percorreu-lhe os lábios com a língua, saboreando o gosto doce e almiscarado dos próprios fluidos dela, que permaneciam em seu paladar. – Está segura comigo, Tess. Prometo.

Normalmente ela seria a última pessoa a contar apenas com a confiança, mas de alguma forma sabia que podia acreditar nele. Incrivelmente, sentia-se segura com ele. Protegida.

Ele tornou a beijá-la, enfiando a língua ainda mais fundo. Tess o permitiu, beijando-o de volta enquanto arqueava os quadris e se ajeitava na rígida ponta de seu pênis, demonstrando o que queria. Ele soltou o fôlego de uma vez, movimentando a pélvis ao mesmo tempo em que o corpo deles começava a se unir.

– Você é minha – ofegou contra sua boca.

Tess não podia negar.

Não agora.

Agarrou-se faminta a ele, e então Dante, com um fraco grunhido, lançou-se contra ela, penetrando-a profundamente.

Capítulo 17

Em seu laboratório particular no outro lado da cidade, Ben Sullivan havia decidido fazer alguns ajustes na fórmula do Carmesim. Desde o princípio, nunca tinha guardado a receita final no laboratório, pois imaginava ser uma medida de segurança sensata levá-la consigo ao invés de deixá-la ali, onde os capangas de seu chefe – ou qualquer outra pessoa – poderiam encontrá-la. Ficava paranoico ao pensar que talvez pudesse ser excluído daquela pequena e lucrativa empreitada; após a ligação que havia feito a seu benfeitor mais cedo naquela mesma noite, tinha a sensação de que tal paranoia poderia, de fato, ser um palpite mais que certeiro.

Havia relatado tudo que acontecera na outra noite, desde a fuga arriscada dos tipos que o perseguiram fora da boate até o fato inacreditável de que o Carmesim tinha provocado algum tipo de perigosa reação-vampírica – como tinha vontade de chamá-la – em um de seus melhores clientes nos últimos dias.

As notícias haviam sido recebidas com a habitual serenidade imperturbável de seu chefe. Ben tinha sido aconselhado a não repassar os detalhes a ninguém, e fora marcada uma reunião entre os dois ao anoitecer do dia seguinte. Depois de todos os meses de segredo e anonimato, finalmente iria se encontrar cara a cara com o sujeito.

Com pouco menos de quinze horas até a reunião, achou que seria prudente esconder a fórmula o melhor que pudesse, se, por acaso, viesse a precisar de alguma vantagem nas negociações ao se encontrar com ele. Afinal de contas, não sabia ao certo com quem estava lidando e não era ingênuo o suficiente para relevar o fato de que podia ser alguém com muitos contatos importantes no submundo. Não seria a primeira vez que um garoto do sul teria acreditado que podia negociar com os verdadeiros valentões e terminava flutuando no rio Mystic.

Ben copiou as duas fórmulas – a original e a nova, modificada para sua própria segurança – e retirou o *pen drive* do computador. Apagou todos os rastros dos arquivos no disco rígido e saiu do laboratório. Dirigiu por estradas secundárias para voltar para a cidade, por precaução, caso estivesse sendo seguido, e acabou saindo em North End, não muito longe do apartamento de Tess.

Ela ficaria surpresa em saber com que frequência ele passava por ali, só para ver se ela estava em casa. Ficaria mais que surpresa, admitiu para si mesmo. Ficaria um pouco assustada se tivesse ideia de como ele era realmente obcecado por ela. Ben detestava não poder superá-la, mas o fato de ela sempre ter insistido em mantê-lo a certa distância, principalmente depois que se separaram, apenas contribuía para que a desejasse ainda mais. Continuava esperando que ela voltasse atrás e o aceitasse de volta, mas, depois daquela noite, quando sentiu ela se encolher ao beijá-la, parte dessa esperança esmoreceu.

Ben dobrou uma esquina com a van e seguiu pela rua de Tess. Talvez aquela fosse a última vez que passaria diante de sua casa. A última vez que se humilharia espreitando-a desse jeito.

Sim, pensou, ao pisar no freio diante do semáforo vermelho; talvez fosse hora de esquecê-la, seguir em frente. Ter uma maldita vida.

Enquanto sua van continuava parada, Ben observou um elegante Porsche preto avançar o sinal de uma rua lateral e dobrar à direita diante dele, percorrendo a rua praticamente vazia do prédio de Tess. Sentiu o estômago revirar ao ver o motorista. Era o sujeito da boate – não o que o tinha seguido, mas o outro, o grandalhão de cabelo escuro que emanava um ar letal.

E maldita a hora em que reconheceu a passageira no banco ao lado do rapaz.

Tess.

Santo Deus. O que estava fazendo com ele? Será que ele a tinha interrogado sobre as atividades de Ben ou algo assim, quem sabe espreitando seus amigos e conhecidos?

O pânico o invadiu, amargando o fundo da garganta; mas então Ben se deu conta de que eram quase três da madrugada, um pouco tarde demais para qualquer interrogatório da polícia ou dos agentes de combate às drogas. Não, o que quer que esse sujeito estivesse fazendo com Tess, não era nada em caráter oficial.

Ben bateu no volante com impaciência, enquanto a luz do semáforo diante dele permanecia vermelha. Não que tivesse medo de perder o Porsche de vista. Sabia exatamente aonde estava indo. Mas queria ver com os próprios olhos. Precisava ver por si mesmo que realmente se tratava de Tess.

Finalmente o semáforo se abriu, e Ben pisou fundo no acelerador. A van subiu a rua logo quando o carro preto estacionou ao lado do prédio de Tess. Ben parou junto ao meio-fio poucos metros atrás e apagou os faróis. Esperou, com uma fúria que fervia em fogo brando, observando o sujeito se inclinar no banco do motorista e trazer Tess para perto de si em um demorado beijo.

Filho da mãe.

O beijo durou bastante tempo. Tempo demais, pensou Ben, já furioso. Ligou o motor da van e seguiu pela rua. Conduziu o carro devagar, recusando-se a olhar quando passou por eles, e continuou lentamente seu caminho.

Dante dirigia o carro de volta para o condomínio em um estado de completa distração, tanto que, de fato, errou o caminho ao sair de North End e teve de voltar alguns quarteirões para retornar ao seu percurso. Sua cabeça estava repleta do aroma de Tess, de seu sabor. Ela permanecia em sua pele e em sua língua, e bastava lembrar a sensação de seu deslumbrante corpo se apegando ao dele, abrigando-o, para que tivesse uma imponente ereção.

Maldição.

O que tinha feito com Tess aquela noite não tinha sido planejado, e era completamente estúpido. Não que ele se arrependesse de qualquer maneira pelo jeito com que tinha passado as últimas horas. Nunca se sentiu tão incendiado por uma mulher antes, e não era por falta de mulheres para comparar. Queria que fosse pelo fato de que Tess era uma Companheira de Raça e seu sangue corria vivo dentro dele, mas a verdade era ligeiramente pior que isso.

A mulher simplesmente lhe provocava algo que não podia explicar, muito menos negar. E depois que o tinha livrado dos efeitos da premonição de sua morte, tudo que desejava – tudo que precisava – era se perder ainda mais em qualquer feitiço que ela tivesse lançado. Porém, ao tê-la nua debaixo de si, seu desejo somente havia aumentado. Agora que a tinha, queria-a ainda mais.

Pelo menos a visita à clínica havia lhe rendido algumas boas informações.

Enquanto Dante entrava na propriedade do condomínio, tirou um papel de notas amassado do bolso do casaco e o pregou na superfície lisa do painel do carro.

Através da tênue luz que emanava do painel, leu o recado escrito à mão alguns dias atrás; havia encontrado a nota na agenda de Tess em cima da escrivaninha do escritório.

Ben ligou – jantar do museu amanhã à noite, às sete. Não esqueça!

Ben. O nome percorreu a mente de Dante como se fosse ácido. Ben, o rapaz que acompanhou Tess na requintada exposição de arte. A escória humana que traficava o Carmesim, provavelmente sob ordens dos Renegados.

Havia um número de telefone para retorno, de uma central telefônica da zona sul. Com aquele pedaço de informação em mãos, Dante apostava que não levaria nem dois segundos para localizar o humano pela Internet ou por meio dos registros telefônicos.

Dante pisou no acelerador do Porsche e cruzou o portão de entrada da mansão da Ordem; logo chegou à enorme garagem bem-protegida que abrigava uma frota de veículos. Apagou as luzes e desligou o motor do carro; pegou o pedaço de papel que estava pregado no painel e tirou uma de suas *Malebranche* que repousavam no console dianteiro.

A lâmina recurvada era fria e implacável em sua mão – tal como Ben a sentiria contra a garganta nua. Mal podia esperar pelo sol se pôr outra vez, para que pudesse sair e se apresentar a ele formalmente.

Capítulo 18

Tess tinha dormido bem pela primeira vez em toda a semana, muito embora sua cabeça não parasse de girar com pensamentos em Dante. Ele tinha entrado e saído de seus sonhos durante toda a noite, e foi a primeira coisa a ocupar sua mente assim que acordou na manhã seguinte, bem cedo, antes mesmo que o relógio em sua cabeceira tivesse a oportunidade de despertar às seis horas habituais.

Dante.

O aroma dele persistia em sua pele, mesmo depois de vinte minutos sob o quente jato-d'água do chuveiro. Sentia entre as pernas uma agradável sensação de dor, uma dor que desfrutava porque lhe trazia à mente tudo que haviam feito juntos na noite passada.

Ainda podia sentir todos os lugares onde ele a havia tocado e beijado.

Todos os lugares de seu corpo que ele tinha dominado e reivindicado para si.

Tess se vestiu rapidamente e deixou o apartamento; parou apenas para pegar um café na Starbucks a caminho do trem das cinco e vinte na Estação Norte.

Foi a primeira a chegar à clínica; Nora provavelmente não chegaria antes das sete e meia. Tess entrou pela porta dos fundos e a trancou ao passar, já que a clínica só abria duas horas depois. Assim que entrou na área dos canis e escutou uma respiração ofegante, soube que estava com problemas.

Deixou a bolsa, as chaves do escritório e o copo descartável semivazio no balcão ao lado da pia e foi correndo ver o pequeno *terrier* que Dante havia trazido na noite anterior. Harvard não estava bem. Estava deitado de lado na jaula, seu peito subia e descia em ritmo lento, e os suaves olhos castanhos estavam virados para trás. Sua boca estava ligeiramente aberta, e a língua, pendurada do lado de fora, tinha uma cor cinzenta doentia.

Sua respiração emitia um ruído seco, o tipo de som que indicava que o exame de sangue e todas as outras análises que Tess tinha feito na noite passada não precisariam, afinal de contas, ser enviadas ao laboratório. Harvard morreria antes que as amostras chegassem ao correio.

– Pobrezinho – disse Tess ao abrir a jaula, acariciando com cuidado a pelagem do cachorro. Podia sentir sua fraqueza por meio da ponta dos dedos. Somente um fio de vida o sustentava; provavelmente já estava condenado mesmo antes de Dante trazê-lo para uma consulta.

Tess sentiu o coração se inundar de compaixão pelo bichano. *Ela podia ajudá-lo.* Sabia como...

Recolheu as mãos e as juntou como um nó diante de si. Havia tomado uma decisão sobre isso muito tempo atrás. Tinha prometido a si mesma que nunca mais o faria.

Mas aquele era apenas um animal indefeso, e não um ser humano. Não o homem desprezível de seu passado, que não tinha merecido qualquer piedade ou ajuda.

Na realidade, que mal havia?

Podia, de fato, ficar ali observando o pobre cão morrer, sabendo que possuía um dom único, capaz de ajudá-lo?

Não. Não podia.

– Está tudo bem – disse baixinho enquanto colocava as mãos na jaula.

Com muito cuidado, Tess trouxe Harvard para fora e aninhou seu corpo pequeno nos braços. Segurou-o como se fosse um bebê, sustentando o diminuto peso com uma mão enquanto colocava a outra sobre o ventre esquelético do animal, concentrando-se em sua respiração e nos fracos, mas constantes, batimentos do coração. Podia sentir sua fraqueza, a combinação de enfermidades que vinham lentamente lhe roubando a vida, provavelmente durante vários e demorados meses.

E havia mais – sentiu as pontas dos dedos formigarem ao descer para o abdômen do cachorro. Um gosto amargo lhe brotou no fundo da garganta ao descobrir o câncer com o tato. O tumor não era muito grande, porém letal. Tess podia imaginá-lo mentalmente e via a rede de fios fibrosos que se aderia ao estômago do cão, aquela repugnante massa azulada da doença cujo único propósito era lhe arrebatar a vida.

Tess deixou que a imagem do tumor se formasse em sua mente através das pontas dos dedos, enquanto a vibração de seu sangue começava a ferver lentamente com seu poder. Concentrou-se no câncer e o viu se iluminar por dentro e logo se romper. Sentiu se dissolver enquanto ela mantinha a mão sobre ele, desejando destruí-lo.

Seu dom inexplicável retornava a ela facilmente.

Minha maldição, pensou, embora fosse difícil considerá-lo assim agora que o pequeno vulto aninhado em seu braço choramingava e se virava para lamber-lhe a mão em gratidão.

Estava tão absorta no que fazia que quase não escutou o barulho que vinha de uma das salas de exame vazias da clínica. Então o ouviu outra vez: um ruído breve e metálico.

Tess levantou a cabeça subitamente e sentiu os pelos da nuca se arrepiarem, alarmada. Então escutou outro som: passos pesados sobre o chão. Relanceou o relógio na parede e viu que ainda era muito cedo para que fosse Nora chegando.

Não achava que tinha algo a temer; entretanto, enquanto caminhava até a outra área da clínica, uma repentina rajada de lembranças a assaltou – uma luz no depósito, um invasor todo surrado e sangrando caído ao chão. Deteve-se, os pés paralisados enquanto a vívida imagem lhe percorria a mente e desaparecia com a mesma rapidez.

– Olá? – Chamou, tentando não assustar o cachorro em seus braços enquanto saía dos canis vazios. – Tem alguém aí?

Uma maldição em voz baixa repercutiu na maior sala de exames logo ao lado da recepção.

– Ben? É você?

Ele saiu do cômodo com uma chave de fenda elétrica nas mãos.

– Tess... Meu Deus, que susto. O que está fazendo aqui tão cedo?

– Bom, por acaso eu trabalho aqui – respondeu ela, franzindo o cenho ao ver o rosto dele se ruborizar, trazendo escuras olheiras sob os olhos. – E você?

– Eu, bem... – gesticulou para a sala de exames com a chave de fenda. – Outro dia percebi que o ascensor hidráulico dessa mesa estava meio enguiçado. Como estava acordado e, já que ainda tenho uma chave reserva, pensei em vir consertá-lo para você.

Era verdade, a mesa precisava de conserto, mas havia algo de estranho na aparência desconcertada de Ben. Tess se aproximou dele, afagando Harvard gentilmente assim que o cão começou a se agitar em seus braços.

– Não podia esperar até que a clínica abrisse?

Ele passou a mão sobre o cabelo, bagunçando ainda mais o penteado desgrenhado.

– Como disse, estava acordado. Só tento ajudar no que posso. Quem é seu amigo?

– Chama-se Harvard.

– É um belo vira-lata; embora um pouco mirrado. Paciente novo?

Tess assentiu.

– Chegou ontem à noite. Não estava muito bem, mas acredito que logo estará muito melhor.

Ben sorriu, mas seus lábios pareciam tensos.

– Ficou trabalhando de novo até tarde ontem à noite, doutora?

– Não. Na verdade, não.

Ele afastou a vista dela, e o sorriso se amargou.

– Ben, nós estamos... bem? Tentei ligar para você aquela noite, depois da recepção do museu, para me desculpar. Deixei um recado, mas você não retornou a ligação.

– É, estive meio ocupado.

– Parece cansado.

Ele encolheu os ombros.

– Não se preocupe comigo.

Parecia mais que cansado, pensou Tess. Ben parecia dopado. Havia nele certa energia ansiosa, como se não tivesse dormido nos últimos dois dias.

– O que anda fazendo ultimamente? Trabalhando no resgate de algum outro animal ou algo assim?

– Algo assim – disse, fitando-a com os olhos semicerrados. – Olha, adoraria ficar para conversarmos, mas realmente tenho de ir.

Guardou a chave de fenda no bolso da calça *jeans* e começou a andar em direção à porta principal da clínica. Tess o acompanhou logo atrás, sentindo um calafrio ao ver que uma distância emocional, que antes não existia entre eles, começava agora a se abrir.

Ben estava mentindo para ela, e não só sobre o motivo de estar na clínica.

– Obrigada por consertar a mesa – murmurou às costas dele.

Da porta aberta, Ben virou a cabeça para olhá-la sobre os ombros. Seu olhar vazio a golpeou.

– Sim, claro. Cuide-se, doutora.

Uma garoa gelada se chocava contra o vidro da janela da sala de estar de Elise; acima, o cinzento céu vespertino parecia lúgubre. Afastou as cortinas de seu aposento no segundo andar e contemplou as ruas frias da cidade logo abaixo, os grupos de pessoas correndo para lá e para cá, a fim de escapar do mau tempo.

Em algum lugar, seu filho de dezoito anos também se encontrava lá fora.

Estava desaparecido havia mais de uma semana. Era um a mais no número crescente de jovens da Raça que tinham desaparecido dos Refúgios Secretos ao redor. Rezou para que Cam estivesse no subsolo, a salvo em algum tipo de abrigo, acompanhado de outros como ele para lhe darem apoio e ajuda até que encontrasse o caminho de casa.

Esperava que isso acontecesse logo.

Tinha de agradecer a Deus por Sterling e por tudo que ele estava fazendo para que tal retorno acontecesse. Elise mal podia compreender o altruísmo que movia seu cunhado a se dedicar completamente à tarefa. Queria que Quentin pudesse ver tudo o que seu irmão caçula estava fazendo por sua família. Ele ficaria impressionado; admirado, tinha certeza.

Já quanto a como Quentin se sentiria em relação a ela nesse instante, Elise mal queria imaginar.

Sua decepção seria enorme. Poderia até odiá-la um pouco. Ou muito, se soubesse que tinha sido ela quem fez que seu filho sumisse na noite. Se não fosse pela briga que havia tido com Camden, a ridícula tentativa de controlá-lo, talvez ele não tivesse ido embora. Culpava-se por isso e desejava com todas as forças poder voltar atrás e apagar essas terríveis horas para sempre.

O arrependimento tinha um gosto amargo em sua garganta enquanto observava o mundo além do seu. Sentia-se tão impotente, tão inútil em seu lar quente e seco.

Debaixo de suas espaçosas habitações no Refúgio Secreto de Back Bay, encontravam-se os aposentos particulares de Sterling e seu abrigo subterrâneo. Ele fazia parte da Raça, assim, enquanto houvesse um mínimo raio de sol sob a cabeça, era obrigado a permanecer no interior, escondido da luz, como todos os de sua espécie. Isso também incluía Camden, pois, embora fosse filho dela – e, portanto, metade humano –, o sangue de seu pai vampiro lhe corria nas veias. Tinha os poderes paternos de outro mundo, assim como suas fraquezas.

Até o anoitecer, não haveria buscas por Cam; para Elise, essa espera parecia uma eternidade.

Começou a caminhar em círculos diante da janela, desejando que houvesse algo que pudesse fazer para ajudar Sterling a procurar por Cam e pelos outros jovens desaparecidos do Refúgio Secreto.

Embora fosse uma Companheira de Raça, uma das raras mulheres da raça humana capazes de se reproduzir com os vampiros – que eram unicamente machos –, Elise ainda era completamente *Homo sapiens*. Sua pele podia suportar a luz do sol. Ela podia caminhar entre outros humanos despercebida, ainda que fizesse muitos anos – mais de um século, na verdade – desde a última vez que o tinha feito.

Tinha estado sob a guarda dos Refúgios Secretos desde que era garotinha; fora levada ali para sua própria segurança e seu bem-estar, quando a pobreza levou seus pais a um dos subúrbios pobres da Boston do século XIX. Quando cresceu, tornou-se a Companheira de Raça de Quentin Chase, seu amado. Como sentia sua falta; já fazia cinco anos desde sua morte.

Agora poderia ter perdido Camden também.

Não. Ela se recusava a pensar nisso. A dor era grande demais para considerar a ideia por sequer um segundo.

E talvez houvesse algo que podia fazer. Elise se deteve diante da janela salpicada pela chuva. Sua respiração embaçou o vidro enquanto espreitava o exterior, desesperada por saber onde poderia estar seu filho.

Em um arrojo de determinação, virou-se e foi até o armário apanhar um casaco que estava guardado há vários invernos. A comprida lã azul-marinho cobriu seu traje branco de viúva, caindo-lhe até os tornozelos. Elise calçou um par de botas de couro claro e deixou o quarto antes que o medo a fizesse voltar atrás.

Desceu pela escada até a porta da rua. Tentou mais de uma vez digitar o código de segurança correto para destravar a porta, pois não podia se lembrar nem da última vez que havia deixado a propriedade do Refúgio Secreto. O mundo exterior sempre havia significado sofrimento para ela, mas talvez agora pudesse suportá-lo.

Por Camden, era capaz de suportar qualquer coisa. Não era?

Ao empurrar a porta, a garoa gelada lhe golpeou as bochechas, trazida por uma lufada de ar fresco. Elise se protegeu com os braços e saiu, descendo os degraus de tijolos com corrimão de ferro forjado. Na calçada logo abaixo, transitavam pequenos grupos de pessoas, alguns apinhados, outros solitários, e guarda-chuvas escuros se agitavam apressados.

Por um momento, a mínima fração de tempo, houve silêncio. Logo, porém, o dom que sempre fora sua maldição – a extraordinária e única habilidade que cada Companheira de Raça possuía – recaiu sobre ela como um martelo.

...deveria ter contado a ele sobre o bebê...

...não é como se fossem sentir falta de miseráveis vinte dólares, afinal de contas...

...disse àquela velha mulher que mataria seu maldito cão se ele sujasse meu jardim outra vez...

...ele nunca saberá que fui embora se eu simplesmente voltar para casa e agir como se não houvesse nada errado...

Elise cobriu os ouvidos com as mãos enquanto todos os pensamentos desagradáveis dos passantes humanos a bombardeavam. Não podia bloqueá-los. Voavam em sua direção como morcegos, em um frenético ataque de mentiras, traições e toda sorte de pecados.

Não conseguiu dar outro passo. Deteve-se ali, enquanto a garoa a molhava, com o corpo paralisado na calçada logo abaixo de seus aposentos no Refúgio Secreto, incapaz de forçar a si mesma a se mover.

Camden estava ali fora em algum lugar, e precisava que ela – ou que qualquer outro – o encontrasse. Entretanto tinha fracassado com ele. Não pôde fazer nada além de conter o rosto com as mãos e chorar.

Capítulo 19

A escuridão chegou cedo naquela noite, acompanhada por uma chuva contínua, típica de novembro, que caía de um denso nevoeiro de nuvens negras logo acima. A zona de apartamentos da vizinhança do sul de Boston – que provavelmente não tem nada de especial para ver durante o dia, com seu espesso conjunto de apartamentos de dois e três andares, de alumínio e tijolos à vista – se viu reduzida a um subúrbio molhado e sem cor sob o monótono dilúvio.

Dante e Chase tinham chegado ao quarteirão devastado de Ben Sullivan há quase uma hora, logo após o pôr do sol, e continuavam ali, esperando em uma das caminhonetes da Ordem, de vidros escuros. O veículo parecia completamente deslocado no local, simplesmente por sua boa aparência, mas transmitia uma distinta mensagem de não-mexa-comigo, o que ajudava a evitar que a maioria dos bandidos e outros valentões se aproximassem. Os poucos que vagavam perto da janela para espreitar decidiam ir embora apressados assim que vislumbravam através do vidro as presas de Dante.

Ele estava nervoso com toda aquela espera, e parte de si desejava que algum humano idiota fosse estúpido o bastante para mexer com eles, assim poderia empregar um pouco de sua energia ociosa.

– Tem certeza de que é esse o endereço do traficante? – Perguntou Chase a seu lado, no banco de passageiros.

Dante assentiu, tamborilando os dedos no volante.

– Sim, tenho certeza.

Tinha considerado a ideia de visitar sozinho o ex-namorado traficante de Tess, mas achou melhor trazer reforços, por precaução. Reforços para Ben Sullivan, não para ele. Dante não podia assegurar que o humano continuaria respirando quando acabasse com ele se tivesse vindo só.

E não apenas porque Sullivan fosse um traficante desprezível. O fato de que o sujeito conhecia Tess, e sem dúvidas a conhecia intimamente, disparava o gatilho da fúria de Dante. Um indesejado sentimento de posse o invadia, uma necessidade de protegê-la de perdedores como esse tal Ben Sullivan.

Certo. Como se o próprio Dante fosse algum tipo de prêmio.

– Como descobriu? – A pergunta de Chase interrompeu seus pensamentos e o trouxe de volta à missão. – Além de termos visto o humano fugir de nós na boate na outra noite, não tínhamos muitas pistas para identificá-lo.

Dante nem sequer fitou Chase; limitou-se a dar de ombros enquanto as vívidas lembranças das horas que tinha passado com Tess lhe inundavam os sentidos.

– Não importa como consegui – disse após um demorado minuto. – Vocês dos Refúgios Secretos têm seus métodos; nós temos os nossos.

Assim que outra nervosa onda de impaciência o invadiu, Dante vislumbrou sua presa. Endireitou-se no assento do motorista, observando a escuridão. O humano tinha dobrado a esquina, cabisbaixo, com o rosto parcialmente oculto por um moletom cinza com capuz. Trazia as mãos enfiadas no volumoso bolso da blusa e andava apressado, olhando continuamente por cima dos ombros como se esperasse que algum problema aparecesse. Mas era ele, Dante tinha certeza.

– Aí está nosso homem agora – comentou enquanto o humano subia com rapidez os degraus de concreto até seu apartamento. – Vamos, Harvard. Mexa-se.

Deixaram o veículo com o alarme ligado e o seguiram até o edifício; atravessaram o portão logo antes que se fechasse atrás do homem. Ambos os vampiros se moviam com a agilidade e a rapidez típicas da espécie dos vampiros. Quando o humano enfiou a chave na fechadura da porta de seu apartamento no terceiro andar e a abriu, Dante o empurrou na escuridão, lançando-o ao outro lado da espartana sala de estar.

– Filho da mãe... – exclamou Sullivan ao se levantar, apoiando um joelho no chão, mas logo se deteve; seu rosto era visível por uma fresta de luz que provinha do poste do lado de fora.

Os olhos do humano reluziram, um brilho que denotava algo além da sensação imediata de medo. Reconhecimento, pensou Dante, imaginando que ele provavelmente se lembrava deles por tê-los visto na boate na outra noite. Porém também havia raiva ali. Pura hostilidade masculina. Dante podia senti-la evaporando pelos poros do homem.

Ele se levantou lentamente.

– Que diabos está acontecendo aqui?

– Que tal você nos dizer? – Respondeu Dante, acendendo a luz mentalmente ao entrar no cômodo. Chase o seguiu e trancou a porta. – Tenho certeza de que pode imaginar que essa não é uma visita social.

– O que quer?

– Para começar, informação. Depende de você como vamos obtê-la.

– Que tipo de informação? – Seu olhar se movia ansiosamente entre Dante e Chase. – Não sei quem são vocês e não tenho a menor ideia do que estão falando...

– Ora, veja – disse Dante, interrompendo-o com uma risadinha. – Esse tipo de resposta idiota é realmente um mau começo. – Assim que a mão direita do humano deslizou fundo no bolso de seu moletom, Dante lhe lançou um sorriso falso. – Se quer me convencer de que é um idiota, vá em frente e saque essa arma. Só para ficar claro, espero de verdade que faça isso.

O rosto de Ben Sullivan ficou branco como as paredes sem pintura de seu apartamento. Retirou a mão do bolso devagar.

– Como...?

– Está esperando mais alguém além de nós esta noite? – Dante se aproximou dele e tomou a pistola de calibre 45 de seu bolso sem que ele mostrasse nenhuma resistência. Virou-se para Chase e lhe entregou a arma com a trava de segurança. – Uma porcaria de arma para uma droga de traficante, hein?

– Só a tenho para me proteger, e não sou traficante de drogas...

– Sente-se – disse Dante, e jogou o rapaz em uma poltrona reclinável de camurça sintética; era a única mobília do cômodo além da mesa de trabalho com o computador em um canto e a prateleira de equipamentos de som contra a parede. Dante ordenou a Chase:

– Dê uma boa vasculhada no lugar, veja o que consegue encontrar.

– Não sou traficante de drogas – insistiu Sullivan enquanto Chase se mexia para começar a busca. – Não sei o que pensam...

– Vou lhe dizer o que penso. – Dante se abaixou para fitar o rosto do homem; podia sentir a ira o incendiando, aguçando-lhe a visão, e notou uma leve pontada das presas contra a língua. – Sei que não vai ficar aí sentado e negar que o vimos traficando Carmesim nos fundos daquela boate três noites atrás. Faz quanto tempo que está traficando essa porcaria? Onde a consegue?

O homem baixou a vista, formulando uma mentira. Dante lhe segurou o queixo e o obrigou a voltar a olhar para ele.

– Não quer realmente morrer por conta disso, quer, idiota?

– O que posso dizer? Estão enganados. Não tenho nem ideia do que estão falando.

– Talvez ela possa nos dizer algo – interveio Chase, saindo do quarto logo quando Dante estava prestes a espancar o sujeito até que surgisse alguma honestidade. Chase trazia nas mãos uma fotografia emoldurada e a segurava diante de si. Era uma foto de Ben e Tess.

Ela estava com o cabelo curto, mas continuava estonteante. E ambos pareciam um casal muito feliz, posando em frente à faixa de inauguração da clínica. – Vocês dois parecem íntimos. Aposto que ela poderá nos esclarecer a respeito de suas atividades noturnas.

O homem lançou um olhar furioso a Chase.

– Fique longe dela, maldito seja, ou juro que...

– Ela está envolvida? – Indagou Dante. A voz lhe saiu áspera.

O humano zombou.

– Precisa me perguntar? Foi você quem enfiou a língua na garganta dela ontem à noite em frente ao prédio dela. Sim, eu estava lá. Eu vi você, filho da mãe.

A notícia pegou Dante de surpresa, mas certamente explicava a raiva ardente do homem. Dante sentiu os olhos de Chase o fitando intrigados, porém manteve a atenção concentrada no ciumento ex-namorado de Tess.

– Estou a ponto de perder a paciência com você – grunhiu e logo sacudiu a cabeça. – Não, dane-se. Já perdi completamente a paciência. – Desembainhou uma das adagas convexas de aço reluzente num átimo de segundo e pressionou a borda da lâmina contra a garganta de Ben Sullivan. Sorriu com o canto da boca enquanto os olhos do humano se viravam aterrorizados. – Isso, também me sinto bem melhor. Agora vou dar um pouco de espaço à sua laringe para respirar, e você vai começar a falar. Sem mais besteiras nem rodeios. Pisque uma vez se me compreendeu, *Bennyzinho*.

O humano baixou as pálpebras e logo voltou a examinar apavorado a adaga de Dante.

– Disseram-me para não dizer nada a ninguém – disse ele numa torrente de palavras.

– Quem disse?

– Não sei... quem quer que esteja pagando-me para produzir a droga.

Dante franziu o cenho.

– É você mesmo quem produz o Carmesim?

O homem tentou assentir com a cabeça, mas seus movimentos estavam restringidos pelo frio aço, que ainda pairava próximo à sua garganta.

– Sou um cientista... ou, pelo menos, era. Trabalhava como químico para uma empresa de cosméticos até que fui despedido alguns anos atrás.

– Pule a parte do desemprego e me conte sobre o Carmesim.

Sullivan tragou a saliva com dificuldade.

– Eu o criei para vender nas boates, só para ganhar uma grana extra. No verão passado, não muito depois que comecei a vendê-lo, esse cara apareceu para discutir sobre aumentar a produção. Disse que tinha contatos que queriam negociar comigo e que estavam dispostos a pagar bem.

– E você não sabe quem são seus sócios?

– Não. Não perguntei e nunca me disseram. Na verdade, nunca me importou. Seja quem for, pagam em dinheiro, muito dinheiro. Deixam meus pagamentos em um cofre no banco.

Dante e Chase trocaram olhares; ambos sabiam o que o humano provavelmente ignorava – que estava lidando com Renegados, muito provavelmente com o líder da nova facção desses vampiros que, desde alguns meses atrás, vinham se organizando e se preparando para uma guerra que o líder pretendia começar entre os da sua espécie. Dante e o resto da Ordem tinham atrapalhado seriamente tais planos quando fizeram voar pelos ares o quartel-general deles, situado em um hospital psiquiátrico; mas não tinham eliminado a ameaça por completo. Enquanto os Renegados pudessem recrutar e aumentar seu número – especialmente com a ajuda de drogas como o Carmesim –, a possibilidade de uma guerra era só uma questão de tempo.

– De qualquer jeito, qual o maldito problema? O Carmesim não é uma droga pesada. Eu mesmo o testei. É só um leve estimulante, não muito diferente do *ecstasy* ou do GHB.

Em pé ao lado de Dante, Chase riu.

– Não muito diferente. Até parece. Você viu o que aconteceu na outra noite.

Dante pressionou a adaga um pouco mais perto.

– Assistiu àquele monstruoso espetáculo em primeira mão, não foi?

Sullivan apertou a mandíbula, tenso, e cravou os olhos em Dante com hesitação.

– Eu... não sei ao certo o que vi. Juro.

Dante o examinou atentamente com o olhar. Podia ver que o homem estava ansioso, mas estaria mentindo? Droga, desejava que Tegan tivesse vindo. Não havia ninguém, humano ou da Raça, que conseguisse esconder a verdade daquele guerreiro. Claro, conhecendo Tegan, ele estaria tão tentado quanto Dante a acabar com o humano por trazer tal desgraça à população dos vampiros.

– Escutem. – Sullivan tentou se levantar, mas Dante o impediu, colocando a palma da mão no meio do peito do homem e fazendo que voltasse a se sentar na cadeira. – Escutem-me, por favor. Nunca quis machucar ninguém. As coisas saíram... Deus, agora está tudo perdido, ficou perigoso. Não sei o que fazer, vou cair fora. Esta noite, na verdade. Liguei para meu contato e vou me encontrar com eles para dizer que estou fora. Estão vindo me buscar em alguns minutos.

Chase foi até a janela e separou a persiana de alumínio com um dedo para observar a rua logo abaixo.

– Tem um sedã escuro estacionado junto ao meio-fio – advertiu e lançou um olhar ao humano. – Parece que sua carona chegou.

– Droga. – Ben Sullivan se encolheu na cadeira, mexendo as mãos com nervosismo nos braços puídos da poltrona. Levantou os olhos para Dante, desconfiado. – Tenho de ir. Maldito seja, preciso do meu revólver de volta.

– Não vai a lugar algum. – Dante embainhou a *Malebranche* e se aproximou da janela. Examinou o veículo que estava esperando. Embora fosse impossível dizer muito sobre o motorista a essa distância, podia apostar que se tratava de um Renegado ou de um Subordinado ao volante, e havia outro sentado no banco do passageiro. Voltou-se para o humano. – Se entrar naquele carro, já está morto. Como entrou em contato com eles? Tem algum número de telefone?

– Não. Deram-me um celular descartável. Tem apenas um número registrado nas discagens rápidas, mas está codificado, então não sei ao certo para onde estou ligando.

– Deixe-me ver.

Sullivan tirou o aparelho do bolso do moletom e o entregou a Dante.

– O que vai fazer?

– Cuidaremos disso por você. Nesse exato instante, precisa vir conosco para continuarmos nossa conversinha em outro lugar.

– O quê? Não. – Sullivan ficou de pé, olhando ao redor de modo inquieto. – Dane-se. Também não sei se devo confiar em vocês, então não, obrigado. Cuidarei de mim mesmo...

Dante atravessou a sala e agarrou o humano pela garganta antes que este tivesse tempo de piscar.

– Não foi um pedido.

Soltou o traficante de Carmesim e o empurrou para Chase.

– Tire-o daqui. Encontre uma saída pelos fundos até a caminhonete e leve-o para o condomínio. Vou descer e expressar suas desculpas aos idiotas que estão esperando.

Enquanto Chase puxava o homem pelo braço e o arrastava para fora, Dante deslizou pela porta até a entrada. Num piscar de olhos, já se encontrava na rua chuvosa, detendo-se em frente ao sedã parado para observar através do para-brisa os dois humanos sentados ali dentro.

Como Dante havia suspeitado, eram Subordinados, escravos mentais de um vampiro da Primeira Geração que os dominava ao extirpar sua humanidade, tomando-lhes praticamente todo o sangue, até só restar um fio de vida. Os Subordinados eram seres humanos vivos e respiravam, mas se encontravam desprovidos de consciência; existiam apenas para obedecer às ordens de seu Mestre.

E podiam ser mortos.

Dante contorceu os lábios em um sorriso, mais que pronto a acabar com eles.

O palerma no banco do passageiro piscou várias vezes, como se não tivesse certeza do que estava vendo. O que estava ao volante tinha melhores reflexos; enquanto seu parceiro pronunciava um bando de insultos inúteis, o motorista ligou o carro e pisou fundo no acelerador.

O motor rugiu à vida, e o sedã se mexeu para frente, mas Dante estava preparado. Plantou as mãos no capô do carro e o segurou, observando com desdém os pneus girando no pavimento úmido, rangendo e soltando fumaça, sem ir a lugar algum. Quando o Subordinado ao volante engatou a ré, Dante saltou sobre o capô. Subiu por cima dele enquanto o carro se esforçava por deixar o meio-fio.

Balançando-se sobre o carro em movimento como se fosse um surfista mantendo o equilíbrio ao pegar uma onda, Dante deu um pontapé no para-brisa e o quebrou. Os estilhaços de vidro caíram imediatamente, soltando-se da moldura. Os fragmentos voaram em todas as direções; Dante saltou para dentro do carro entre os dois Subordinados.

– Olá, rapazes. Aonde vamos esta noite?

Eles ficaram enlouquecidos, tentando agarrá-lo e distribuindo socos – até mesmo mordidas, pelo amor de Deus –, porém apenas o aborreciam. Dante forçou o sedã a parar, mudando bruscamente a marcha, o que os fez derrapar pela rua.

Sentiu uma pontada aguda na coxa direita, e logo o cheiro metálico de seu próprio sangue preencheu o ar. As presas se alongaram em sua gengiva com um rugido furioso, a visão se aguçou como raios *laser* e as pupilas se estreitaram em sua raiva. Agarrou o Subordinado no banco do passageiro pelo cabelo. Com uma violenta pancada, golpeou o rosto do homem contra o painel do veículo, matando-o instantaneamente.

Ao seu lado, o motorista se esforçava por sair do carro. Conseguiu encontrar a maçaneta da porta e a abriu; caiu sobre o asfalto molhado e saiu em disparada por uma das estreitas passagens entre as casas de três andares.

Dante se precipitou atrás dele e jogou o Subordinado ao chão. Lutaram corpo a corpo; sabia que não poderia matar esse último até que obtivesse algumas respostas sobre a quem servia e onde podia encontrar tal vampiro. Dante imaginava que não precisava saber o nome de quem o havia escravizado; depois de tudo que havia acontecido alguns meses atrás, ele e o resto da Ordem sabiam muito bem que o vampiro que precisavam eliminar era o próprio irmão de Lucan, Marek. O que não sabiam era para onde tinha fugido esse maldito depois de escapar do ataque dos guerreiros no verão passado.

– Onde está ele? – Questionou Dante, virando o Subordinado para lhe dar um murro punitivo no queixo. – Onde posso encontrar o dono do seu maldito traseiro?

– Vá se danar – cuspiu o Subordinado.

Dante lhe lançou outro soco, sacou a adaga e a inclinou contra a bochecha do humano.

– Vá em frente e me mate, vampiro. Não lhe direi nada.

A vontade de seguir o conselho do escravo era altamente tentadora, mas, em vez disso, Dante o agarrou e o tirou do chão. Golpeou o Subordinado contra o muro de concreto do conjunto habitacional mais próximo, deliciando-se com um escuro prazer ao ouvir o som de seu crânio ricocheteando nos tijolos.

– Que tal se eu te arrancar pedacinho por pedacinho? – Sibilou; sua voz saiu como um grunhido baixo através das presas. – Não me importo se vai falar ou não, mas com certeza vou adorar ouvir seus gritos.

O Subordinado rosnou, enquanto Dante apertava a adaga contra seu pescoço corpulento. Dante o sentiu retorcer-se e escutou o barulho da trava de segurança de uma pistola. Antes que pudesse arrancá-la das mãos dele, o Subordinado levantou o braço ao lado deles.

Mas não apontou a arma a Dante, e sim a si mesmo. Em uma fração de segundo, levou o cano da pistola a suas têmporas e atirou.

– Maldito seja!

A explosão reluziu na escuridão; o estrondo ecoou nos altos edifícios ao redor. O Subordinado caiu ao chão molhado como um saco de batatas, e o sangue se espalhou em volta dele formando uma pavorosa auréola.

Dante baixou a vista para seus próprios machucados: os diversos arranhões nas mãos e a profunda ferida na coxa direita. Não fazia muito tempo desde que se tinha alimentado, então seu corpo estava forte e não levaria muito tempo até que se curasse. Algumas horas, talvez menos. Mas precisava encontrar um lugar seguro.

Acima dele, luzes se acenderam em alguns apartamentos ao redor. Em uma das janelas, abriu-se uma cortina. Alguém soltou um grito de horror. Não demoraria muito até que alguém chamasse a polícia; provavelmente já haviam chamado.

Droga.

Tinha de sair dali o quanto antes. Chase já havia ido embora com a caminhonete há muito tempo, o que era bom, levando em conta toda a situação. Quanto a Dante, não podia dirigir o sedã estilhaçado sem chamar a atenção. Engoliu a dor de sua perna machucada, deu a volta e partiu a pé, deixando para trás o Subordinado morto e o carro abandonado na rua.

Capítulo 20

Tess secou os últimos pratos do jantar e os guardou no armário ao lado da pia. Enquanto fechava com a tampa de plástico o pote com as sobras do frango à Marsala, sentiu que um par de olhos a fitava por trás.

– Só pode estar brincando – disse, virando a cabeça sobre o ombro para olhar o animalzinho que gemia a seus pés. – Harvard, ainda está com fome? Já percebeu que está comendo quase sem parar desde que chegou aqui?

As espessas sobrancelhas do *terrier* se curvaram sobre os olhos castanhos da cor de chocolate, e suas orelhas se levantaram ao alto enquanto inclinava a cabeça em um ângulo adorável. Ao ver que isso não fez que ela se mexesse rapidamente, tombou a cabeça para o outro lado e ergueu uma pata do chão.

Tess riu.

– Está certo, seu sedutor sem-vergonha. Vou lhe dar algo do bom.

Abaixou-se e recuperou a pequena tigela que já tinha sido lambida até ficar limpa da segunda porção de ração. Harvard correu atrás de Tess, seguindo cada um de seus passos. Estivera grudado ao seu lado o dia todo; tinha-se transformado em sua nova sombra desde que ela havia tomado a decisão de levá-lo para casa, onde poderia vigiá-lo melhor.

Não era algo que já tivesse feito com seus pacientes antes, mas tampouco tinha usado suas mãos para curá-los. Harvard era especial, e ele também parecia se sentir igualmente ligado a ela, como se soubesse que ela o tinha salvado da beira da morte. Após outra dose de antibióticos, um pouco de comida e um banho antipulgas, era um novo cachorro. Tess não teve coragem de deixá-lo sozinho nos canis vazios da clínica depois de tudo pelo que havia passado. E agora ele tinha decidido que ela era sua nova melhor amiga.

– Aqui está – disse, cortando alguns pedacinhos de frango cozido e colocando-os na tigela. – Tente comer mais devagar dessa vez, certo?

Enquanto Harvard comia eufórico, Tess guardou as últimas sobras na geladeira, voltou e serviu outra taça de vinho Chardonnay. Foi até a sala de estar, onde tinha deixado sua escultura. Era prazeroso voltar a mexer com a argila, especialmente depois dos últimos dois dias – e noites – tão estranhos que havia tido.

Embora não tivesse sentado com nenhum plano do que faria em mente, Tess não se surpreendeu quando o bloco de argila marrom claro começou a adquirir certa forma familiar. Ainda estava bem rudimentar e mostrava apenas o indício de um rosto sob as ondas desgrenhadas de cabelo que já tinha esculpido. Tess bebeu um gole de vinho, sabendo que ficaria obcecada se voltasse a esculpir agora e que não se deteria até que a peça estivesse pronta.

Como se ela e Harvard tivessem planos melhores para a noite.

Pousou a taça de vinho sobre a mesa, puxou a banqueta para perto e se sentou. Começou a moldar o rosto, usando um pedaço de arame para esculpir gentilmente a ladeira da testa e das sobrancelhas; logo passou para o nariz e para as angulosas maçãs do rosto. Em pouco tempo, seus dedos já se moviam automaticamente; deixou a mente se desligar e fluir numa corrente própria, e seu subconsciente passou a comandar diretamente o que as mãos faziam.

Não sabia há quantas horas estava ali trabalhando, mas, algum tempo depois, quando escutou uma forte pancada na porta da frente, Tess se sobressaltou. Harvard, que estava dormindo junto a seus pés no tapete, despertou com um rosnado.

– Está esperando alguém? – Perguntou em voz baixa enquanto se levantava da banqueta.

Deus, devia ter estado realmente distraída enquanto esculpia, porque tinha estragado bastante a área da peça que correspondia à boca. Os lábios estavam curvados para trás em uma espécie de grunhido, e os dentes...

O golpe na porta soou outra vez, seguido por uma voz profunda que a atravessou como um raio.

– Tess? Está aí?

Dante.

Tess arregalou os olhos e logo franziu o cenho ao se lembrar de sua aparência no momento. O cabelo estava preso em um coque despenteado no topo da cabeça, não usava sutiã por debaixo da camiseta branca e vestia uma calça de moletom vermelha desbotada que tinha mais de uma mancha de argila seca. Não estava exatamente vestida para receber visitas.

– Dante? – Perguntou, tentando ganhar tempo e querendo se assegurar de que seus ouvidos não estavam lhe pregando peças. – É você?

– Sim. Posso entrar?

– Sim, claro. Só um minuto – gritou, esforçando-se para que a voz saísse casual enquanto cobria a escultura com um pano e conferia rapidamente seu rosto no reflexo de uma das espátulas de trabalho.

Ah, maravilha. Tinha o aspecto de uma artista louca e morta de fome. Muito atraente. *Isso vai lhe ensinar a não aparecer de surpresa*, pensou, enquanto caminhava até a porta e destrancava a fechadura.

– O que está fazen...

Interrompeu a pergunta assim que abriu a porta e o viu. Dante estava encharcado da chuva, o cabelo espetado e grudado na testa e nas bochechas, e o casaco de couro pingava nas botas militares negras e no capacho de boas-vindas que havia na entrada de seu apartamento.

Mas isso não era tudo que pingava. Manchas de sangue se mesclavam à água da chuva e caíam em um ritmo constante de alguma ferida oculta.

– Ah, meu Deus! Está bem? – Afastou-se de lado para deixá-lo entrar e fechou a porta atrás dele. – O que aconteceu?

– Não vou demorar. Provavelmente não deveria nem mesmo ter vindo. Você foi a primeira pessoa em que pensei...

– Está tudo bem – disse ela. – Venha. Vou arranjar uma toalha.

Ela correu até o armário e apanhou duas toalhas, uma para secar toda a água da chuva e outra para o machucado. Quando voltou à sala, Dante estava tirando o casaco. Quando levantou os braços para descer o zíper, Tess viu que os nódulos de seus dedos estavam manchados de sangue. Também tinha respingos no rosto, a maioria diluída pela água que ainda escorria do queixo e do cabelo molhado.

– Está bastante mal – exclamou, preocupada com ele e ligeiramente desconcertada ao ver que parecia ter se metido em alguma violenta briga de rua. Não viu nenhum corte nas mãos ou no rosto, então, provavelmente, a maioria do sangue ali não pertencia a ele. O que não era o caso em outro lugar.

Assim que abriu a pesada jaqueta de couro, Tess engoliu o fôlego.

– Ah, Deus...

Um enorme corte se estendia por toda a extensão de sua coxa direita – claramente um golpe de faca. O ferimento ainda estava fresco e encharcava de sangue a perna direita da calça.

– Não é grande coisa – disse ele. – Confie em mim, vou sobreviver.

Tirou a jaqueta e toda a compaixão que Tess sentia por ele desapareceu na mesma hora.

Dante estava armado como se tivesse saído de um dos mais horrendos filmes de ação. Trazia um cinturão grosso em torno dos quadris, guarnecido com vários tipos diferentes de adagas, entre elas duas enormes lâminas convexas embainhadas em cada lado da cintura. Amarrado ao peito sobre a camisa preta de mangas compridas havia um coldre que levava uma mortífera monstruosidade de aço inoxidável; Tess não queria nem imaginar o tamanho do buraco que aquilo podia provocar em alguém. E havia outra pistola presa na perna esquerda.

– Que diabos... – Tess se afastou dele instintivamente, segurando as toalhas contra si como um escudo.

Dante encontrou seu olhar assombrado e inseguro, e franziu o cenho.

– Não vou machucá-la, Tess. São apenas meus instrumentos de trabalho.

– De *trabalho*? – Ela continuava se distanciando dele sem se dar conta, até que bateu a panturrilha contra a mesinha de centro no meio da sala. – Dante, está vestido como um assassino.

– Não fique com medo, Tess.

Ela não estava. Estava confusa, preocupada com ele, mas não com medo. Ele começou a tirar as armas, desabotoou o coldre da perna e o segurou, sem saber onde colocar. Tess fez um gesto, indicando a mesinha de centro.

– Pode me emprestar uma dessas toalhas, por favor?

Ela lhe entregou uma, observando enquanto ele colocava a arma cuidadosamente sobre a mesa, como se não quisesse acrescentar outro risco à madeira já bem-gasta. Mesmo armado até os dentes e sangrando, ainda era atencioso. Educado, inclusive. Um autêntico cavalheiro, se fosse possível deixar de lado toda a artilharia pesada e a aura de perigo que parecia emanar de seu corpanzil em visíveis ondas.

Ele deu uma rápida olhada ao redor do apartamento, e seus olhos pairaram no cachorrinho sentado ao lado de Tess em silêncio.

Dante franziu o cenho.

– Não é possível que esse seja...?

Tess assentiu, e a tensão diminuiu quando Harvard se aproximou de Dante, balançando o rabo timidamente como forma de saudação.

– Espero que não se importe que eu o trouxe para casa comigo. Queria observá-lo de perto, e pensei que...

Sua desculpa foi se esgotando enquanto Dante se abaixava para afagar o animal, demonstrando ternura no toque e na voz profunda.

– Ei, rapazinho – disse, rindo enquanto Harvard lhe lambia a mão e logo se virava no chão para receber carinho na barriga. – Sem dúvidas, alguém cuidou muito bem de você hoje. Sim, parece que ganhou outra vida.

Levantou os olhos para Tess com um ar de curiosidade, porém, antes que pudesse perguntar sobre a repentina melhora do cachorro, ela pegou a toalha molhada e fez um gesto em direção ao banheiro no fim do corredor.

– Vamos, deixe-me dar uma olhada em você agora.

Parado em um sinal vermelho no outro extremo de South Boston, Chase observou seu passageiro na caminhonete, mal conseguindo conter seu desprezo. Pessoalmente, não via utilidade nenhuma no desprezível traficante. Parte de si gostava de saber que o humano podia estar a caminho de seu próprio funeral se Dante e Chase não tivessem aparecido em seu apartamento essa noite.

Não parecia justo que um bandido como Ben Sullivan tivesse um golpe de sorte, enquanto jovens inocentes como Camden e os outros desaparecidos acabavam mortos ou, pior, perdidos à Sede de Sangue induzida pelo Carmesim e convertidos em Renegados graças à droga que esse humano lhes vendia.

Uma lembrança repugnante lhe veio à mente de repente: Dante pondo a adaga na garganta de Jonas Redmond no beco na saída da boate na outra noite. Aquele bom menino estava morto, não por culpa do guerreiro, mas graças ao humano ali sentado a poucos centímetros de Chase. O desejo de avançar sobre ele e lhe meter uma bala na cabeça invadiu Chase como um *tsunami*, com uma raiva que não costumava sentir normalmente.

Continuou olhando para frente, através do para-brisa escuro, desejando que a tentação passasse. Matar Ben Sullivan não resolveria nada, e com certeza não traria Camden de volta para casa mais rápido.

E esse, afinal de contas, era seu objetivo principal.

– Ele está dormindo com ela, não está? O outro sujeito e Tess? – A voz do homem interrompeu os pensamentos de Chase, mas a pergunta ficou sem resposta. Ben Sullivan soltou uma maldição e virou a cabeça para contemplar a janela do lado do passageiro. – Quando os vi juntos fora da casa dela na noite passada, o filho da mãe estava cheio de mãos para cima dela. Qual é a dele? Estava usando-a só para chegar até mim?

Chase permaneceu em silêncio. Estivera se perguntando sobre tal revelação desde que o assunto veio à tona no apartamento de Sullivan. Dante tinha dito que havia usado seus próprios métodos para encontrar o traficante de Carmesim, e, ao escutar que ele estivera com uma mulher aparentemente próxima de Sullivan, Chase havia inicialmente presumido que ela se tratava, para Dante, de um meio para alcançar determinado objetivo.

Mas o rosto do guerreiro tinha adquirido uma expressão estranha ante a menção da mulher, algo que parecia ir além do simples compromisso com sua missão. Será que se importava com ela?

– Droga. Acho que não faz diferença, na verdade – murmurou Sullivan. – Seja como for, aonde está me levando?

Chase não teve vontade de responder. O condomínio da Ordem ficava logo na saída da cidade, seguindo uma estrada ao nordeste de onde estavam agora. Dentro de poucas horas, depois que fosse interrogado por Dante e pelos outros, Ben Sullivan estaria dormindo em uma cama quente e seca – um prisioneiro, para todos os efeitos, mas ainda assim estaria protegido atrás dos portões de segurança do quartel-general dos guerreiros. Enquanto isso, dúzias de jovens dos Refúgios Secretos se encontravam expostos às intempéries do exterior, aos perigos da rua e aos terríveis efeitos da droga destrutiva e mortal de Sullivan.

Aquilo não estava certo, não era nem um pouco justo.

Chase pousou os olhos no semáforo quando este ficou verde, mas seu pé pairou hesitante sobre o acelerador. Atrás dele, alguém buzinou. Ele ignorou, tamborilando os dedos no volante por um segundo enquanto pensava em Camden e Elise, e em sua promessa de trazer o garoto de volta para casa.

Não tinha muitas opções. E o tempo estava se esgotando, podia sentir.

Quando outra buzina ressoou, Chase pisou no acelerador e dobrou à esquerda no sinal. Em grave silêncio, virou a caminhonete para o sul, voltando para a cidade, em direção à velha área industrial perto do rio.

Capítulo 21

– Meu Deus – ofegou Tess, sentindo-se um pouco enjoada ao se ajoelhar em frente a Dante para examinar sua ferida. Ele estava sentado na borda da banheira de porcelana branca, trajando apenas a calça militar toda esfarrapada. O corte em sua coxa não parecia tão ruim quanto tinha aparentado quando Tess o viu pela primeira vez na sala, mas, sob a forte luz do banheiro, a visão de tanto sangue – sangue de Dante – revirava-lhe o estômago e fazia sua cabeça girar. Precisou se segurar na borda da banheira para não cair. – Sinto muito. Geralmente não fico assim. Quero dizer, estou acostumada a ver várias feridas horríveis na clínica, mas...

– Não precisa ajudar-me com isso, Tess. Estou acostumado a me cuidar sozinho.

Ela o fitou hesitante.

– Pela quantidade de sangue, eu diria que é um machucado bem profundo. Vai ter de levar pontos, vários deles. Seja como for, não acho que consegue fazer isso sozinho, não é mesmo? E vai precisar tirar essa calça. Não consigo ajudar muito enquanto ainda estiver com ela.

Como ele não se mexeu, Tess franziu o cenho.

– Não está pensando em ficar aí sentado sangrando no chão todo, está?

Ele a contemplou e encolheu de leve os ombros; então se levantou e desabotoou o fecho da calça. Quando começou a descer o zíper, deixando à vista a pele tatuada e os escuros pelos pubianos, Tess ruborizou. Deus, depois da noite passada, devia ter se lembrado de que ele não era o tipo de homem que usa cuecas.

– Hum, aqui está outra toalha – disse, puxando a toalha pendurada na parede para que ele se cobrisse.

Virou a cabeça enquanto ele terminava de se despir, embora provavelmente já fosse um pouco tarde para demonstrar qualquer pudor, considerando o que tinham feito juntos na noite anterior. Estar de novo junto a ele, especialmente com ele ali sentado nu, coberto apenas por uma toalhinha, fazia o pequeno banheiro parecer tão apertado quanto um armário e tão úmido como uma sauna.

– Bom, vai me dizer o que aconteceu? – Perguntou ainda sem olhá-lo, ocupando-se com o pequeno acervo de instrumentos médicos que havia disposto sobre o balcão da pia. – O que estava fazendo esta noite para terminar na ponta de uma faca evidentemente enorme?

– Nada fora do comum. Meu parceiro e eu estávamos no meio da apreensão de um traficante de drogas, e me deparei com alguns obstáculos. Tive de eliminá-los.

Eliminá-los, pensou Tess, compreendendo instintivamente o que isso significava de verdade. Colocou um rolo de gaze sobre a pia, sentindo certo calafrio ante a fria confissão de Dante. Não gostava do que tinha escutado, mas ele havia jurado que era uma boa pessoa, e talvez fosse loucura, mas ela confiava em sua palavra quanto a isso.

– Certo – disse ela –, deixe-me examinar sua perna.

– Como disse, vou sobreviver. – Ela ouviu a calça dele cair ao chão com um baque surdo. – Embora não ache que está tão ruim quanto você pensa.

Tess virou a cabeça para olhá-lo por cima do ombro, preparada para encontrar uma horrenda ferida aberta. Mas ele tinha razão, não estava assim tão ruim, afinal de contas. Sob a beirada da toalha que lhe cobria a virilha e a parte de cima da coxa, o machucado era um corte simples, porém nada profundo. Não tinha mais que três centímetros de profundidade na carne. E estava parando de sangrar, enquanto ela o observava.

– Bom... Que alívio – disse intrigada, porém satisfeita por ter se preocupado além do necessário. Encolheu os ombros. – Certo. Então acho melhor limparmos o corte, farei um curativo e logo estará novo em folha.

Tess se voltou para a pia, umedeceu uma toalha sob a torneira e espirrou umas gotas de antisséptico no tecido grosso. Enquanto esfregava para fazer espuma, escutou Dante se levantar e se aproximar. Em poucos passos já estava às suas costas; tirou o prendedor que segurava o cabelo de Tess em um nó despenteado e deixou que as ondas caíssem em torno dos ombros.

– Assim está melhor – disse lentamente, com suavidade, exalando um tom sensual e sombrio. – Seu lindo pescoço estava me distraindo. Daquele jeito, tudo que consigo pensar é em quanto gostaria de pôr os lábios nele.

Tess prendeu a respiração e, por um segundo, não teve certeza se deveria ficar imóvel e esperar que ele simplesmente se afastasse, ou se deveria virar e enfrentar qualquer loucura que fosse acontecer outra vez entre eles essa noite.

Virou-se alguns centímetros no diminuto espaço que havia entre a pia e o corpo de Dante, recoberto pela toalha. A essa proximidade, as tatuagens em seu peito nu eram hipnotizantes: um floreio de símbolos geométricos e arcos sinuosos que se combinavam em uma cadeia de matizes e tons que iam de um intenso castanho-avermelhado a dourado, verde e azul-pavão.

– Gosta delas? – Murmurou ele, observando o olhar de Tess percorrer os estranhos desenhos entrelaçados de belas cores.

– Nunca vi nada igual. São maravilhosas, Dante. Têm alguma inspiração tribal?

Ele deu de ombros brevemente.

– São mais uma tradição familiar. Meu pai tinha traços similares; e também seu pai, e todos os outros varões de nossa linhagem.

Uau! Se os homens da família de Dante fossem parecidos com ele, deviam ter arrasado o coração de mulheres por todo o mundo. Ao se lembrar de até aonde iam as tatuagens de Dante debaixo da toalha, Tess sentiu o rosto corar.

Ele se limitou a sorrir, curvando os lábios como se soubesse.

Tess cerrou os olhos e se esforçou para controlar a respiração; logo o fitou outra vez enquanto trazia a toalha quente e úmida entre eles para limpar as manchas de sangue que havia em suas bochechas e na testa. Havia sangue seco também em suas mãos, e ela as limpou, segurando com sua mão a palma dele virada para cima. Seus dedos eram largos e compridos, e ofuscaram os dela quando se fecharam sobre sua mão.

– Gosto de sentir seu toque, Tess. Tenho desejado suas mãos me acariciando desde a primeira vez em que te vi.

Seus olhares se encontraram, e a mente de Tess se inundou com lembranças da noite anterior. A cor entre dourado e uísque dos olhos dele a envolveu, avisando-a que iria acontecer de novo – os dois juntos nus, com os corpos unidos. Estava começando a ter a noção definitiva de que as coisas entre eles seriam sempre quentes e intensas. Seu coração se apertou com o pensamento, e uma profunda pontada de desejo floresceu em seu âmago, enfraquecendo-lhe as pernas.

– Deixe-me só... ver sua perna agora...

Ela se abaixou até onde a beirada da toalha se separava no lado direito do quadril de Dante e acompanhou a musculosa extensão de sua coxa. A ferida tinha parado de sangrar, então ela limpou gentilmente a área, muito consciente da beleza máscula dos traços dele, do poder das pernas firmes, da suave e bronzeada pele que se esticava sobre a pequena protuberância do osso pélvico. Ao se levantar, sentiu o sexo dele se erguer sob a toalha, e o pênis enrijecido lhe roçou o pulso ao passar.

Tess engoliu a saliva com dificuldade.

– Vou pegar o curativo agora.

Deixou a toalha na pia e se virou para alcançar o rolo de gaze branca, mas Dante lhe segurou a mão. Conteve-a no calor de sua mão, alisando-lhe a pele com o dedão como se silenciosamente pedisse permissão. Ela não se afastou; virou-se para encará-lo e viu que seus olhos brilhavam. O centro deles parecia reluzir dentro da borda escura de cor âmbar que circundava suas pupilas.

– Eu deveria ficar longe de você – disse ele, com a voz baixa e grave. – Deveria, mas não consigo.

Segurou-a pela nuca com a palma da mão e a trouxe para perto; os poucos centímetros que os separavam desapareceram por completo quando um corpo se apertou contra o outro. Ele baixou a boca e Tess deixou escapar um comprido suspiro enquanto os lábios dele roçavam os seus em um doce e demorado beijo. Levou uma das mãos às costas dela, subindo sob a camiseta larga. Seu toque era ardente, e as pontas dos dedos deixavam rastros de eletricidade por toda a coluna enquanto ele lhe acariciava a pele nua.

O beijo de Dante se aprofundou, enfiando a língua em sua boca. Tess se abriu para ele, gemendo ao sentir a dura ereção se apertar contra o ventre. Aquilo disparou seu desejo, úmido e derretido. Ele passou a mão em torno de seu tórax, acariciando lentamente debaixo do seio, e logo subiu para o mamilo ereto. Tess sentiu arrepios percorrerem as pernas e se estremeceu com a necessidade de que ele a tocasse mais. Durante um demorado instante, havia apenas o som da respiração conjunta e as ternas carícias das mãos no corpo um do outro.

Ela estava ofegante quando ele interrompeu o beijo e não sentia os membros quando ele a levantou do chão e a sentou sobre o balcão da pia. Dante lhe tirou a camiseta branca toda suada e a atirou ao chão, ao lado deles. A calça de moletom foi a próxima. Ele a puxou e deixou Tess sobre o balcão apenas de calcinha. Estava com as pernas abertas, e o corpo perfeito e másculo de Dante preenchia o espaço entre elas. A toalha que lhe cobria a ereção proeminente roçava suavemente contra o interior das coxas dela.

– Olhe o que você me faz – disse ele, percorrendo-lhe o antebraço com a mão enquanto guiava seus dedos por debaixo da toalha até o enorme volume de carne que se agigantava.

Tess não conseguiu fingir acanhamento ao tocá-lo. Acariciou a grossa ereção e as bolas logo abaixo, arrastando para cima e para baixo aquela pele aveludada, demorando-se com doçura enquanto os dedos mal podiam circundar todo o diâmetro do membro. Enquanto apalpava a glande macia, inclinou-se para frente para beijar o abdômen trincado de Dante, deliciando-se com a suavidade que embainhava tamanha força.

Dante gemia enquanto ela brincava com a língua ao longo dos intrincados traços de suas tatuagens, e o ruído de sua voz profunda vibrava contra os lábios dela. Seus braços a cercavam dos dois lados, e os enormes músculos se destacavam ao segurar a borda da pia para que ela continuasse o que estava fazendo. Encontrava-se com a cabeça abaixada e os olhos fechados, mas ardiam intensamente quando Tess se aventurou a fitá-lo. Ela sorriu e voltou a se abaixar para girar a língua ao redor de seu umbigo, incapaz de resistir ao desejo de mordiscar a pele macia.

Ele assobiou uma maldição entre os dentes ante aquele arranhão.

– Ah, Deus... Isso. Mais forte – grunhiu. – Quero sentir essas mordidas, Tess.

Ela não soube o que lhe deu, mas fez o que ele pedia, apertando os dentes juntos enquanto abocanhava um pedaço de sua carne. Não chegou a lhe cortar a pele, mas a mordida afiada pareceu percorrer o corpo de Dante como uma corrente elétrica. Ele impulsionou o quadril com força, fazendo cair a toalha, que há muito tempo também a incomodava. Estremeceu-se quando Tess passou a língua sobre a área que tinha acabado de morder.

– Machuquei você?

– Não. Não pare. – Inclinou-se sobre ela e beijou-lhe o ombro nu. Seus músculos estavam tensos e apertados, e a ereção aumentava ainda mais na mão dela. – Deus, Tess. Fico cada vez mais surpreso com você. Por favor, não pare.

Ela não queria parar. Não fazia nenhum sentido o motivo de sentir uma conexão tão forte com esse homem – uma necessidade voraz –, mas, por outro lado, quando se tratava de Dante, havia muito mais coisas que não entendia. Havia acabado de conhecê-lo, mas parecia que estavam juntos há muito mais tempo, como se o destino os tivesse aproximado muito tempo atrás e só agora os tivesse reunido outra vez.

O que quer que fosse, Tess não tinha vontade de questionar.

Mordiscou-lhe o ventre, descendo até o quadril estreito, então se inclinou para frente e tomou a cabeça de seu falo com a boca. Chupou com força, deixando que os dentes raspassem gentilmente no membro enquanto se afastava. Ele soltou uns gemidos agudos e se firmou diante dela tão rígido como uma coluna de aço. Tess sentiu o pulso de Dante se acelerar ao abocanhá-lo outra vez, sentindo os batimentos de seu coração percorrendo o membro venoso.

Podia sentir o fluxo de seu sangue correndo pelo corpo, de um intenso tom escarlate e feroz, e, por um instante completamente de êxtase e surpreendente, desejou saber que gosto teria tamanho poder contra sua língua.

O rio iluminado pela lua era uma ondulante faixa negra através do vidro enegrecido do banco do passageiro do carro. E estava tranquilo, não havia nenhum outro veículo na faixa vazia de concreto ocupada por ervas daninhas, que anteriormente era o estacionamento de uma velha fábrica de papel, abandonada há quase vinte anos. Ben Sullivan imaginou que aquele seria um ótimo lugar para um assassinato, e o silêncio de pedra em que permanecia o corpulento homem altamente armado que conduzia o veículo não lhe dava muitas razões para esperar o contrário.

Assim que o carro parou, Ben se preparou para a luta, desejando ardentemente que tivesse dado um jeito de recuperar a pistola calibre 45 que havia perdido em seu apartamento. Não que acreditasse que teria muita chance contra aquele sujeito, mesmo se estivesse armado. Diferentemente de seu parceiro de cabelo escuro, que transmitia ameaça pela voz e pelas ações, esse tipo escondia as cartas. Estava calmo demais, mas Ben podia ver a fúria fervente que corria por debaixo da superfície daquela conduta tranquila e educada de senhor Indiferente, e isso o aterrorizava.

– O que está acontecendo? Por que paramos aqui? Está esperando alguém? – As perguntas jorraram dele, mas estava ansioso demais para se importar se soava medroso. – Seu parceiro disse aquela hora que queria que me levasse “ao condomínio”, não foi?

Nenhuma resposta.

– Bem, onde quer que fique isso – disse Ben, observando a área desolada –, não acho que o lugar seja este.

Com o veículo parado no estacionamento, o motorista soltou um longo suspiro e se virou para olhá-lo com frieza. Seus pálidos olhos azuis emanavam um ar assassino, repleto de fúria mal contida.

– Você e eu teremos uma conversinha em particular.

– E vou sobreviver?

Ele não respondeu; colocou a mão em um bolso interno do casaco e tirou um pedaço de papel dobrado. Uma fotografia, percebeu Ben ao vê-la brilhar sob a luz do painel.

– Já viu esse garoto?

Ben contemplou a imagem de um jovem bem-alinhado com cabelo castanho-claro despenteado e um amplo sorriso amistoso. Usava um moletom de Harvard e fazia um sinal positivo com o polegar para o fotógrafo, enquanto segurava com a outra mão um certificado ornado no cabeçalho pelo símbolo da universidade.

– E então? Parece familiar?

A pergunta saiu como um grunhido em voz baixa; e, ainda que Ben tivesse certeza de que tinha visto o rapaz por aí, e até mesmo vendido Carmesim para ele algumas vezes só nessa semana, não sabia qual resposta o salvaria e qual o condenaria nesse exato instante. Balançou a cabeça lentamente, encolhendo os ombros de modo evasivo.

De repente estava sufocando, com a cabeça presa em um golpe contundente que o apertava com tanta força que pensou que o maxilar fosse quebrar. Deus, o sujeito lhe tinha atacado como uma víbora – ainda mais rápido, porque Ben sequer tinha visto sua mão se mover no curto espaço do banco da frente.

– Olhe mais de perto – exigiu o senhor Indiferente, empurrando a foto em frente ao rosto de Ben.

– Tu-tudo bem – balbuciou Ben, sentindo na boca o gosto de sangue enquanto os dentes lhe cortavam o interior das bochechas. – Tá certo, beleza! Droga!

A pressão diminuiu e ele tossiu, esfregando o maxilar dolorido.

– Já o viu?

– Sim, já o vi. O nome dele é Cameron, ou algo assim.

– Camden – corrigiu-o o outro, com a voz tensa e inflexível. – Quando o viu pela última vez?

Ben sacudiu a cabeça, tentando lembrar.

– Não faz muito tempo. Esta semana. Ele estava com uns amigos em uma boate em North End. La Notte, se não me engano.

– E vendeu para ele? – As palavras saíram lentamente, como sons pesados que pareciam obstruídos por algo em sua boca.

Ben lhe lançou um olhar desconfiado. Sob a tênue luz do painel, os olhos do sujeito reluziam um brilho intenso, como se as pupilas estivessem desaparecendo, esticando-se cada vez mais finas no meio de todo aquele azul glacial. Um calafrio percorreu os ossos de Ben, e seus instintos o deixaram em estado de alerta.

Algo ali estava errado, muito errado.

– *Vendeu Carmesim para ele, seu merda?*

Ben engoliu em seco. E assentiu com a cabeça, hesitante.

– Sim. Acho que o cara deve ter comprado de mim algumas vezes.

Ouviu um rugido repleto de ódio e vislumbrou o brilho de afiados dentes brancos na escuridão, uma fração de segundo antes que sua cabeça fosse esmagada contra a janela do lado do passageiro e o sujeito saltasse em cima dele em uma explosão infernal de fúria.

Capítulo 22

Ela estava acabando com ele.

Cada volta da língua de Tess, cada demorado beijo apertado em seu membro inchado – *santo Deus, seus dentes provocantes o arranhando* – mandavam Dante cada vez mais longe em um turbilhão de prazerosos tormentos. Inclinado sobre ela enquanto ela o chupava, agarrou as bordas da pia do banheiro com força, retorcendo o rosto e apertando os olhos em doce agonia.

Seu quadril começou a mexer para frente e para trás, e o pênis se endureceu ainda mais, procurando alcançar o fundo da garganta de Tess. Ela o tomou inteiro na boca, gemendo baixinho, e a vibração de seus gemidos zunia contra a sensível glande.

Ele não queria que ela visse seu estado agora, perdido a uma luxúria que mal podia controlar. Suas presas tinham se esticado na boca e eram praticamente impossíveis de se esconder atrás dos lábios apertados. Sob as pálpebras fechadas, sua visão ardia rubra de fome e desejo.

Também podia sentir o desejo de Tess. O doce aroma de sua excitação perfumava o ar úmido entre eles, preenchendo suas narinas como um potente afrodisíaco. E, detrás daquele perfume inebriante, havia outro desejo, uma curiosidade que o assombrava.

Cada tímido arranhão dos dentes dela em sua pele essa noite representava uma dúvida, cada mordiscada e dentada expressavam uma fome que Tess provavelmente não entendia, muito menos tinha palavras para explicar. Será que rasgaria sua pele para provar seu sangue?

Deus, e pensar que ela de fato poderia...

Espantou-se ao se dar conta de como desejava que ela mergulhasse seus diminutos dentes humanos sem ponta em sua carne. Quando ela largou seu membro e lhe mordiscou o ventre, Dante rugiu, e o desejo de encorajá-la a tomar seu sangue quase sobrepujou seu impulso – bem mais sensato – de protegê-la do vínculo que a transformaria em sua Companheira de Raça, ligando-a a ele pelo resto da vida deles.

– Não – grunhiu com a voz áspera; mal podia falar devido à presença das presas.

Com mãos trêmulas, Dante segurou o quadril de Tess. Levantou-a em sua direção, acomodando seu traseiro nos braços enquanto lhe tirava a calcinha de seda e preenchia o espaço entre suas coxas com o corpo. Seu pênis reluzia por causa da umidade da boca dela e de seu próprio tesão, aumentado a ponto de doer. Com uma forte investida, penetrou-a.

A respiração de Tess se acelerou contra seu ouvido, e ela arqueou a coluna em suas mãos. Cravou os dedos em seus ombros enquanto Dante se movimentava entre suas pernas, com um ritmo insistente, sentindo o clímax formigar na base do pênis. Penetrou-a, sentindo que o orgasmo dela também se aproximava rapidamente enquanto sua fenda o apertava como um punho quente e úmido.

– Ah, Deus... Dante.

Ela se desfez um instante depois, contraindo-se em torno dele em deliciosas ondas. Dante a acompanhou logo em seguida e ejaculou em uma feroz corrente de calor. Sentiu onda após onda quebrar sobre si enquanto a penetrava como se nunca mais quisesse parar.

Ele abriu os olhos enquanto seu corpo se agitava com a força de sua liberação. No espelho sobre a pia, captou seu reflexo selvagem – a verdadeira imagem de quem era e do que era.

Suas pupilas eram duas fendas negras no meio de brilhantes íris cor de âmbar, e as maçãs do rosto eram severas e animalescas. As presas estavam completamente estendidas, duas compridas pontas brancas que reluziam cada vez que respirava ofegante com os pulmões.

– Foi... incrível – murmurou Tess, encaixando os braços sob os ombros dele para se aproximar ainda mais.

Beijou sua pele úmida, passeando com os lábios pela clavícula até a curva do pescoço. Dante a apertou contra ele, com o pênis ainda dentro dela. Esperou, sem se mexer, desejando que seu lado faminto se acalmasse. Vislumbrou seu rosto no espelho outra vez, ciente de que faltavam poucos minutos antes que sua transformação passasse e pudesse olhar Tess sem aterrorizá-la.

Não queria que ela tivesse medo dele. Deus, se o visse agora – se soubesse o que ele tinha feito com ela na primeira noite em que a viu, quando ela o recebeu com ternura e ele a retribuiu cravando-lhe os dentes na garganta –, ela o odiaria. E com razão.

Uma parte de si queria sentar com ela e contar-lhe tudo o que tinha esquecido a respeito dele. Colocar tudo em pratos limpos. Começar de novo, se pudessem.

Sim, imaginava que essa conversa não seria tão fácil. E certamente não era uma conversa que pretendia começar enquanto ela ainda estivesse na outra ponta de seu membro.

Enquanto ponderava sobre as complicações cada vez maiores do que fazia com Tess, ouviu um grunhido na porta aberta. Era um barulho baixo, mas, sem dúvidas, hostil.

Tess se mexeu, virando a cabeça.

– Harvard! O que foi? – Ela riu um pouco, levemente tímida agora que a intensidade do momento havia sido interrompida. – Hum, acho que acabamos de traumatizar seu cachorro.

Ela se livrou dos braços de Dante e apanhou um roupão atoalhado de um cabide próximo à porta. Vestiu-o e logo se abaixou para recolher o *terrier*. Ao levantar o animal, recebeu imediatamente vigorosas lambidas no queixo. Dante os observou sob as mechas escuras de seu cabelo, satisfeito ao sentir suas feições voltarem ao normal.

– Esse cachorro se recuperou bem rápido com seus cuidados. – Uma reviravolta radical, pensou Dante, que parecia ter acontecido rápido demais para a medicina comum.

– É um guerreiro – disse ela. – Acho que vai ficar ótimo.

Embora Dante estivesse preocupado que ela visse seu aspecto selvagem, percebeu que não precisava se preocupar. Tess parecia querer evitar fitá-lo agora, como se também tivesse algo a esconder.

– Sim, é impressionante como esse bichano melhorou. Diria que é um milagre, se acreditasse nessas coisas. – Dante a observou atentamente, curioso e nem um pouco desconfiado. – O que exatamente fez com ele, Tess?

Era uma pergunta simples, a que ela provavelmente poderia ter respondido com várias explicações diferentes; no entanto ficou imóvel na porta do banheiro. Dante notou um pânico repentino crescendo dentro dela.

– Tess – chamou. – É tão difícil assim responder?

– Não – apressou-se a responder, mas a palavra parecia engasgar-se na garganta. Ela lhe lançou um olhar fugaz e amedrontado. – Preciso... eu deveria... bem...

Com o cachorro em um dos braços, Tess levou a mão livre à boca, deu a volta e saiu rapidamente do banheiro sem dizer mais nenhuma palavra.

Quando chegou à sala de estar e colocou o cão no sofá, Tess começou a andar de um lado para o outro, sentindo-se presa e sem ar. Que Deus a ajudasse, mas queria de verdade contar a ele o que tinha feito para salvar a vida do cachorrinho. Queria confidenciar a Dante seu dom único e maldito – queria contar-lhe tudo –, e isso a aterrorizava.

– Tess? – Dante a seguiu logo atrás, com uma toalha amarrada em volta do quadril. – O que foi?

– Nada. – Sacudiu a cabeça de leve e forçou nos lábios um sorriso tenso. – Não foi nada, de verdade. Quer comer algo? Se estiver com fome, fiz frango para o jantar. Posso...

– Quero que fale comigo. – Ele a segurou nos ombros e a deteve. – Diga-me o que está acontecendo. Do que se trata tudo isso.

– Não. – Balançou a cabeça, pensando ansiosamente em como podia guardar seu segredo e esconder sua vergonha. – Só estou... Você não entenderia, sabe? Não espero que entenda.

– Deixe-me tentar.

Tess queria se afastar daqueles olhos penetrantes, mas não conseguia. Ele estava se aproximando dela, e uma parte de si precisava desesperadamente se apoiar em algo sólido e firme. Algo que não a deixasse cair.

– Jurei que nunca mais o faria, mas...

Ah, Deus. Não ia realmente contar esse terrível capítulo de sua vida para ele, ia?

Tinha sido seu segredo por tanto tempo. Ela o tinha protegido ferozmente, tinha aprendido a temê-lo. As outras duas únicas pessoas que sabiam a verdade sobre seu dom – seu padrasto e sua mãe – estavam mortas. Fazia parte de seu passado, e seu passado estava a quilômetros de distância agora.

Enterrado, onde deveria ficar.

– Tess. – Ele a ajudou a se sentar no sofá ao lado de Harvard, que pulou em seu colo sacudindo o rabo de alegria. Dante se sentou junto a ela e acariciou-lhe a bochecha. Tinha o toque tão terno, tão quente. Ela se aconchegou, incapaz de resistir. – Pode me dizer qualquer coisa. Está segura comigo, Tess. Prometo.

Ela queria acreditar nisso loucamente. Lágrimas quentes lhe brotavam dos olhos.

– Dante, eu...

Fez-se silêncio por alguns segundos. Quando as palavras lhe falharam, Tess se adiantou até a borda da toalha que cobria a coxa direita de Dante e expôs o machucado em sua perna. Levantou os olhos para ele e colocou a palma da mão sobre a ferida. Então concentrou todos os pensamentos, toda sua energia, até que sentiu a cura começar.

A pele machucada de Dante começou a se recuperar, fechando a ferida como se o dano nunca tivesse acontecido.

Após uns instantes, afastou a mão e aninhou a palma formigante contra seu corpo.

– Meu Deus – exclamou Dante em voz baixa, franzindo as sobrancelhas negras.

Tess o contemplou, sem saber o que dizer ou como explicar o que tinha acabado de fazer. Esperou sua reação em um silêncio horrível, sem saber como interpretar aquela tranquila aceitação do que tinha acabado de acontecer.

Ele passou os dedos sobre a pele macia e recuperada, e voltou os olhos para ela.

– É assim que trabalha na clínica, Tess?

– Não – apressou-se em negar, sacudindo a cabeça vigorosamente. A insegurança que havia sentido um segundo antes começou a se transformar em medo do que Dante pensaria dela agora. – Não, não faço isso... Nunca. Bom... Abri uma exceção ao cuidar de Harvard, mas foi a única vez.

– E quanto a humanos?

– Não – respondeu ela. – Eu não...

– Nunca usou sua habilidade com outra pessoa?

Tess se pôs de pé, sentindo um pânico gelado a inundar ao se lembrar da última vez – da maldita última vez – em que tinha posto as mãos em outro ser humano antes dessa imprudente demonstração com Dante.

– Minha habilidade é uma maldição. Gostaria que não a tivesse.

– Não é uma maldição, Tess. É um dom. Um dom extraordinário. Deus, quando penso em tudo que poderia fazer...

– Não! – Gritou, antes que pudesse se controlar, e seus pés a afastaram alguns passos do sofá, onde Dante se levantava. Ele a fitou confuso e preocupado. – Nunca deveria ter feito isso. Não deveria ter lhe mostrado.

– Bem, já mostrou, e agora tem de confiar em mim. Por que tem tanto medo, Tess? Tem medo de mim ou de seu dom?

– Pare de chamá-lo assim! – Abraçou-se com força, enquanto as lembranças a alagavam como uma maré negra. – Não chamaria de dom se soubesse no que me transformou... O que eu fiz.

– Conte-me.

Dante se aproximou dela lentamente, enchendo sua visão com seu corpo e a comprimindo na pequena sala de estar. Tess pensou que deveria correr – esconder-se, como tinha feito pelos últimos nove anos –, mas um impulso ainda maior a fazia desejar se jogar nos braços dele e deixar tudo sair em uma terrível e purificadora torrente de palavras.

Suspirou fundo e se envergonhou ao ouvir o som de um soluço preso no fundo de sua garganta.

– Está tudo bem – tranquilizou Dante; sua voz suave e a maneira terna com que a abraçou quase a fizeram desmoronar. – Venha aqui. Está tudo certo.

Tess se apertou contra ele, equilibrando-se à beira de um abismo emocional que podia sentir, mas que ainda não se atrevia a olhar. Sabia que a queda seria íngreme e dolorosa, e haveria inúmeras pedras afiadas prontas para cortá-la assim que se deixasse cair. Dante não a empurrou. Limitou-se a segurá-la no calor de seus braços, permitindo que ela se apoiasse contra sua força sólida e firme.

Por fim, as palavras encontraram o caminho em sua boca. Seu peso era demais e o sabor, repulsivo, então ela as obrigou a sair.

– Quando tinha catorze anos, meu pai faleceu em um acidente de carro em Chicago. Minha mãe se casou outra vez no ano seguinte, com um homem que havia conhecido na igreja. Ele tinha um negócio próspero na cidade e uma enorme casa no lago. Era generoso e amigável – todo mundo gostava dele, inclusive eu, apesar de ter muita saudade de meu pai verdadeiro. Minha mãe bebia demais, desde que me lembro. Pensei que estivesse melhorando depois que nos mudamos para a casa de meu padrasto, mas não demorou muito até ter uma recaída. Meu padrasto não se importava que ela fosse alcoólatra. Mantinha sempre o bar cheio, mesmo depois das piores crises. Comecei a perceber que a preferia bêbada, sobretudo se passava noites inteiras desmaiada no sofá, sem saber o que ele estava fazendo.

Tess notou o corpo de Dante se endurecer. Seus músculos vibravam com uma tensão perigosa e pareciam um escudo de força protegendo-a em seu abrigo.

– Ele... abusou de você, Tess?

Ela engoliu em seco e assentiu contra o calor de seu peito nu.

– A princípio, por quase um ano, foi cuidadoso. Abraçava-me bem perto em abraços demorados e olhava-me de um jeito que me deixava constrangida. Tentou me ganhar com presentes e festas para meus amigos na casa do lago, mas eu não gostava de ficar em casa, então, quando fiz dezesseis anos, comecei a passar bastante tempo fora. Dormia na casa de amigos, passava o verão em acampamentos, qualquer coisa para ficar longe. Mas alguma hora eu tinha de voltar para casa. As coisas pioraram nos meses antes do meu aniversário de dezessete anos. Ele ficou violento comigo e com minha mãe, batia em nós e dizia coisas terríveis. E então, uma noite...

A coragem de Tess vacilou, e sua cabeça girava com as recordações das grosserias e dos gritos histéricos, da barulheira desajeitada de passos bêbados, dos vidros quebrados. E ainda podia ouvir o ruído baixo da porta de seu quarto na noite em que seu padrasto a acordou de um sono agitado, com o bafo cheirando a álcool e fumaça de cigarros.

Sua mão corpulenta estava salgada de suor quando ele lhe cobriu a boca para que não gritasse.

– Era meu aniversário – murmurou atordoada. – Ele entrou no meu quarto por volta de meia-noite, dizendo que queria dar-me um beijo de aniversário.

– Que filho da mãe nojento! – A voz de Dante saiu de seus lábios como um rugido cruel, mas seus dedos lhe acariciavam o cabelo gentilmente. – Tess... Meu Deus. Na outra noite, perto do rio, quando tentei fazer a mesma coisa...

– Não. Não foi a mesma coisa. Lembrei-me disso, sim, mas não foi, de modo algum, a mesma coisa.

– Sinto muito. Por tudo. Especialmente por tudo pelo que passou.

– Não – disse ela, sem querer aceitar sua compaixão enquanto ainda não tinha chegado à pior parte. – Depois que meu padrasto entrou no quarto, subiu na cama comigo. Lutei contra ele, com chutes e tapas, mas ele era bem mais forte que eu e me segurava com seu peso. Em algum momento durante a briga, escutei-o respirar com dificuldade. Estava um pouco engasgado, como se estivesse com dor. Parou de tentar me segurar, e eu finalmente consegui me afastar dele. Ele começou a ficar vermelho, depois azul... agonizando bem ali no chão do meu quarto.

Dante não disse nada durante o longo silêncio que se seguiu. Talvez soubesse aonde iria chegar aquela confissão. Tess não podia mais parar. Respirou fundo, aproximando-se do ponto sem volta.

– Nessa hora, minha mãe chegou. Bêbada, como sempre. Ela o viu e ficou histérica. Estava furiosa... Comigo, quero dizer. Gritava para que eu o ajudasse, para que não o deixasse morrer.

– Ela sabia o que podia fazer com suas mãos? – Perguntou Dante gentilmente, ajudando-a com a história.

– Sabia. Tinha visto em primeira mão, quando eu curava suas contusões e seus ossos quebrados. Estava tão furiosa comigo... Culpava-me pelo ataque cardíaco de meu padrasto. Acho que me culpava por tudo.

– Tess – murmurou Dante. – Ela não tinha razão em culpá-la por nada. Sabe disso, não é?

– Agora, sim. Sei. Mas naquele instante, estava com muito medo. Não queria que ela ficasse triste. Então o ajudei, tal como ela tinha mandado. Reanimei seu coração e limpei a obstrução em sua artéria. Ele não soube o que tinha acontecido, e nós não contamos. Só três dias mais tarde descobri o tamanho do erro que tinha cometido.

Tess fechou os olhos e voltou no tempo, caminhando até o galpão de ferramentas de seu padrasto para procurar uma espátula para um de seus projetos de escultura. Pegou a escada e subiu para vasculhar as prateleiras superiores do velho galpão. Não viu a pequena caixa de madeira até que seu cotovelo a derrubou no chão.

Várias fotos caíram, dúzias delas. Fotografias de crianças de diferentes idades, em variados estados de nudez, algumas sendo tocadas pelo fotógrafo enquanto batia a foto. Tess teria reconhecido aquelas mãos horríveis em qualquer lugar.

Estremeceu nos braços de Dante, sentindo um calafrio lhe percorrer a coluna.

– Eu não tinha sido a única vítima de meu padrasto. Descobri que vinha abusando de crianças de maneiras bem piores por anos, provavelmente décadas. Era um monstro, e eu lhe tinha dado uma segunda chance para continuar fazendo mal.

– Meu Deus – assobiou Dante, apartando-a de leve enquanto a segurava com ternura e a olhava com um olhar revoltado e furioso. – Não foi culpa sua. Não tinha como saber, Tess.

– Mas quando descobri – disse ela –, precisava consertar. – Dante franziu o cenho e ela soltou uma risada fraca e amarga. – Precisava tomar de volta o que lhe tinha dado.

– Tomar de volta?

Ela assentiu.

– Naquela mesma noite, deixei a porta do meu quarto aberta e esperei por ele. Sabia que viria, porque eu tinha pedido. Assim que minha mãe dormiu, ele se arrastou até meu quarto, e eu o convidei para minha cama... Deus, essa foi a pior parte de todas, fingir que a visão dele não me dava vontade de vomitar. Ele se estirou a meu lado, e eu pedi que fechasse os olhos, porque queria recompensar o beijo de aniversário que ele tinha dado a mim algumas noites antes. Falei para não espiar e ele me obedeceu, tamanho era seu maldito entusiasmo.

– Sentei sobre a cintura dele e coloquei minhas mãos sobre seu peito. Toda minha raiva correu para as pontas dos dedos em um segundo, como uma corrente elétrica que me atravessava e ia direto para ele. Ele abriu os olhos de repente e soube – a expressão de terror e confusão em seus olhos me disse que sabia exatamente o que eu pretendia fazer com ele. Mas era tarde demais para reagir. Seu corpo se contraiu com violentos espasmos, e o coração parou imediatamente. Segurei firme com toda a força da minha determinação, sentindo como sua vida lhe escapava. Continuei ali por mais vinte minutos, muito tempo depois que tinha morrido, mas precisava ter certeza.

Tess não se deu conta de que estava chorando até que Dante estendeu a mão e secou-lhe as lágrimas. Balançou a cabeça, com a voz engasgada na garganta.

– Saí de casa naquela mesma noite. Vim aqui para a Nova Inglaterra e fiquei com uns amigos, até que consegui terminar os estudos e começar uma vida nova.

– E sua mãe?

Tess encolheu os ombros.

– Nunca mais falei com ela, não que ela se importasse. Nunca tentou me encontrar, e, para falar a verdade, fiquei contente com isso. Seja como for, morreu alguns anos atrás com problemas no fígado, pelo que soube. Depois daquela noite – depois do que eu tinha feito –, só queria esquecer tudo.

Dante a abraçou firme outra vez, e ela não resistiu ao seu calor. Afundou-se nele, esgotada por ter revivido o pesadelo de seu passado. Tinha sido difícil falar aquilo, mas, agora que aquelas palavras tinham saído, sentia uma espécie de liberdade, de alívio.

Deus, estava tão cansada. Sentia como se todos aqueles anos fugindo e se escondendo a tivessem alcançado de uma vez, provocando um cansaço profundo.

– Jurei a mim mesma que jamais usaria minha habilidade outra vez, em nenhum ser vivo. É uma maldição, como lhe disse. Talvez agora entenda.

As lágrimas lhe queimavam os olhos, e deixou-as cair, confiando que se encontrava em lugar seguro, pelo menos por enquanto. Os braços fortes de Dante a envolviam de forma protetora. As doces palavras que ele murmurou a seguir foram um consolo de que ela precisava mais do que jamais tinha imaginado.

– Não fez nada de errado, Tess. Aquele lixo humano não tinha direito algum de viver do jeito que vivia. Você fez justiça com as próprias mãos, mas fez o que era justo. Nunca duvide disso.

– Não acha que sou... uma espécie de monstro? Não acha que não sou muito melhor que ele por tê-lo matado desse jeito, a sangue frio?

– Nunca. – Dante levantou-lhe o queixo com o canto da mão. – Acho que é corajosa, Tess. Um anjo vingador, é isso que acho.

– Sou uma louca.

– Não, Tess, não. – Ele a beijou com ternura. – Você é maravilhosa.

– Sou covarde. Você mesmo disse, estou sempre fugindo de tudo. É verdade. Faz tanto tempo que tenho medo e que estou fugindo, que já nem sei se posso parar.

– Então fuja para mim. – Os olhos de Dante lhe sustentavam o olhar intensamente. – Sei tudo sobre medo, Tess. Vive dentro de mim também. Aquele "ataque" que tive em sua clínica? Não chega nem perto de ser um problema médico.

– E o que é?

– A morte – disse inexpressivo. – Desde que me lembro, tenho esses ataques – essas visões – dos meus últimos momentos vivo. São mais horríveis do que se possa imaginar, mas vejo como se tudo estivesse acontecendo. Posso sentir, Tess. É meu destino.

– Não entendo. Como pode ter certeza disso?

Seus lábios esboçaram um sorriso irônico.

– Tenho certeza. Minha mãe tinha visões similares de sua própria morte e também da morte de meu pai. E elas aconteceram exatamente como as tinha previsto. Ela não conseguiu mudar o que estava para acontecer ou voltar atrás. Por isso estou sempre tentando fugir de meu próprio destino. Tenho fugido dele desde sempre. Mantive-me isolado de coisas que me pudessem fazer diminuir o passo e viver. Nunca me permiti sentir nada.

– Sentir é perigoso – murmurou Tess. Embora não pudesse sequer imaginar que tipo de dor Dante carregava consigo, notou que certa proximidade crescia entre eles. Ambos estavam sozinhos, à deriva em seus próprios mundos. – Não quero sentir nada por você, Dante.

– Meu Deus, Tess. Também não quero sentir nada por você.

Fitou-lhe os olhos enquanto seus lábios desciam lentamente sobre os dela. Seu beijo foi doce e terno, de certa forma reverente. E derrubou todos os muros e tijolos de seu passado; sua dor veio abaixo, deixando-a nua perante ele e incapaz de se esconder. Tess o beijou de volta, desejando mais. Estava gelada até os ossos e precisava de todo o calor que ele lhe pudesse dar.

– Leve-me para cama – sussurrou contra seus lábios. – Por favor, Dante...

Capítulo 23

Chase entrou pelos fundos em sua casa no Refúgio Secreto, pensando que seria melhor não alarmar todos ao entrar pela frente, furioso como um animal e todo coberto de sangue. Elise estava de pé; podia escutar sua voz suave na sala de estar do primeiro andar, onde ela e outras Companheiras de Raça da comunidade se reuniam.

E também podia sentir seu cheiro. Seus sentidos estavam aguçados por causa da raiva que ainda fervia dentro dele – a violência que tinha cometido –, e o aroma feminino da mulher que desejava mais que qualquer outra era como uma droga injetada diretamente na veia.

Com um rugido feroz, Chase se virou na direção oposta de sua cunhada e se encaminhou para seus aposentos pessoais. Fechou a porta com um chute ao entrar, enquanto as mãos tentavam furiosamente abrir o zíper da jaqueta, destruída com o sangue que tinha espirrado do humano. Arrancou a jaqueta e a jogou ao chão, então tirou a camisa e também se livrou dela.

Estava um desastre; tinha arranhões que sangravam e contusões nas mãos depois de ter espancado Ben Sullivan em uma tremenda surra, e sentia a febril e selvagem sede que o fazia desejar destruir algo, até mesmo agora, pouco tempo depois de ter deixado o cenário de sua fúria incontrolável. Tinha sido um ato estúpido atacar o traficante de

Carmesim daquele jeito, mas a necessidade de aplicar alguma medida de vingança havia sido avassaladora.

Chase tinha cedido a um impulso selvagem, algo que raramente fazia. Maldição, alguma vez o tinha feito? Sempre se orgulhou de seus ideais rígidos e corretos, de sua recusa em permitir que a emoção sobrepujasse a razão.

Agora, em um momento descuidado, havia estragado tudo.

Embora não tivesse matado o traficante de Carmesim, havia saltado sobre ele com toda a intenção de assassiná-lo. Tinha mostrado suas presas e cravado-as na garganta do humano, sem se importar que, com isso, estivesse se expondo como vampiro. Havia o atacado brutalmente, mas, por fim, tinha contido a fúria, permitindo que o humano fosse embora. Talvez tivesse sido sensato apagar sua memória para proteger os da Raça, mas Chase queria que Ben Sullivan se lembrasse exatamente do que o esperava se descumprisse o acordo.

Toda a situação era uma completa traição da confiança que tinha conquistado com Dante e com o resto dos guerreiros, mas Chase não via outra opção. Precisava de Ben Sullivan nas ruas, e não preso sob a custódia protetora da Ordem. Ainda que a ideia lhe parecesse repugnante, precisava da cooperação do traficante para ajudá-lo a encontrar Camden. Esse era o trato que tinha feito o miserável jurar sobre seu próprio sangue derramado. Sullivan não era idiota e, depois de provar a fúria de um vampiro essa noite, havia implorado para ajudar Chase de qualquer forma que pudesse.

Chase sabia que se encontrava agora por conta própria na missão. Teria de enfrentar Dante e os outros, mas que assim fosse. Tinha ido longe demais em sua cruzada pessoal para se importar com as consequências. Já havia renunciado à sua posição na Agência, à carreira que tanto lutou para construir. Essa noite, também havia renunciado a parte de sua honra. E abandonaria tudo para completar sua missão.

Sob a luz do banheiro, Chase vislumbrou repentinamente seu reflexo nítido. Estava todo manchado de sangue e suado, seus olhos brilhavam como brasas em chama, e as pupilas se esticavam em estreitas fendas graças à raiva remanescente e à sede de se alimentar que lhe atacavam o corpo. Os *dermaglifos* em seu peito nu e nos ombros pulsavam em pálidos tons de escarlate e dourado, indicando sua necessidade de sangue. A pequena porção que tinha tragado ao morder a garganta de Ben Sullivan não havia sido o bastante; em sua boca, ficou um gosto forte e amargo que apenas aumentou seu desejo de apagá-lo com algo mais doce.

Algo delicado, como queiró e rosas... Podia sentir tal aroma de sangue invadindo seus aposentos, mesmo enquanto estava ali, de pé, fitando a criatura selvagem que lhe devolvia o olhar no espelho.

A batida hesitante na porta atravessou seu corpo como um tiro de canhão.

– Sterling? Já voltou?

Ele não respondeu. Não podia, na verdade. Sua língua estava presa ao céu da boca, e a mandíbula apertada atrás da penosa expressão de desprezo de seus lábios pálidos recurvados. Precisou se controlar muito para não abrir a porta de súbito com a força do pensamento.

Se a deixasse entrar nesse instante, desequilibrado como estava, nada o impediria de tomá-la nos braços e satisfazer as duas fomes que rugiam dentro de si. Em questão de segundos, estaria em sua veia; pouco depois já estaria penetrando-a com força, danando-se por completo.

Provando a si mesmo quão longe podia desmoronar em uma só noite.

Em vez disso, dominou sua força mental e a usou para apagar as luzes do banheiro, mergulhando o espaço em uma escuridão mais confortável, enquanto esperava em silêncio o que lhe pareceu uma eternidade. Seus olhos ardiam como labaredas vivas. As presas lhe rasgavam ainda mais a gengiva, ecoando a dor crescente de sua ereção.

– Sterling... Está em casa? – Gritou ela outra vez. Os ouvidos de Chase estavam tão sensibilizados à sua presença que pôde detectar seu débil suspiro através dos cômodos de seu apartamento e da sólida porta de madeira. Conhecia-a tão bem que podia imaginar a pequena ruga que se formava em sua fronte enquanto esperava uma resposta, até que finalmente concluiu que ele não se encontrava em casa, no final das contas.

Chase permaneceu completamente imóvel e em silêncio, esperando ouvir os passos dela se afastando suavemente pelo corredor. Só quando ela se foi e seu aroma se esvaneceu atrás dela, ele se atreveu a soltar a respiração reprimida. Deixou-a escapar dos pulmões em um uivo profundo e miserável, que fez vibrar o espelho escuro diante de si.

Relaxou, concentrando sua frustração – seu deplorável tormento – sobre aquela fina lâmina de vidro espelhado, até que a despedaçou em mil cacos afiados como navalhas.

Dante passou os dedos sobre a macia pele do ombro nu de Tess enquanto ela dormia. Estava deitado na cama junto a ela, aninhando as costas de seu corpo nu contra o seu e simplesmente escutando-a respirar. Ao redor deles, o quarto estava quieto e escuro, tão tranquilo como a calmaria depois da tormenta.

Aquela tranquilidade perene lhe era estranha; transmitia certa sensação de aconchego e contentamento, algo que lhe era completamente desconhecido.

Desconhecido, mas... bom.

Seu corpo se estremecia de vontade enquanto abrigava Tess nos braços, mas não tinha nenhuma intenção de atrapalhar seu sono. Haviam feito amor com ternura quando a trouxe para cama, deixando que ela decidisse e controlasse o ritmo, tirando de Dante o que precisasse. Mas, nesse instante, embora seu corpo estivesse desperto e excitado, só queria reconfortá-la. Queria simplesmente ficar com ela pelo máximo que a noite permitisse.

Era uma revelação surpreendente para um homem desacostumado a negar-se qualquer prazer ou desejo.

Porém, do jeito que as coisas transcorriam naquela noite, revelações surpreendentes eram praticamente uma certeza.

Não era incomum que uma Companheira de Raça tivesse pelo menos uma habilidade extraordinária ou extrassensorial – um dom que geralmente transmitia à sua própria prole da Raça. Qualquer que fosse a anomalia genética que permitia a raras mulheres que seu útero fosse capaz de abrigar o sêmen de um vampiro e que seu processo de envelhecimento se interrompesse com a ingestão regular do sangue deste, tal alteração também a diferenciava de suas irmãs *Homo sapiens* normais.

No caso da mãe de Dante, seu talento eram as terríveis premonições. Quanto à parceira de Gideon, Savannah, tratava-se da psicometria, a habilidade de ler a história de um objeto – mais especificamente, também podia ler a história do proprietário do objeto. Gabrielle, a Companheira de Raça que recentemente havia se juntado à Ordem como mulher de Lucan, possuía uma visão intuitiva que a conduzia aos esconderijos dos vampiros e uma mente tão forte que a tornava impenetrável a qualquer controle mental, mesmo quando se tratava dos indivíduos mais poderosos da espécie de Dante.

Já Tess possuía a incrível habilidade de curar um ser vivo com as mãos. E o fato de que tinha sido capaz de curar a ferida na perna de Dante significava que seus talentos restauradores também se estendiam aos da Raça. Seria um trunfo e tanto para a espécie. Deus, quando pensava em todo o bem que ela podia trazer...

Dante rechaçou a ideia antes que pudesse tomar forma na cabeça. O que tinha acontecido ali não mudava o fato de que estivesse vivendo em um tempo emprestado, que não era seu, e tampouco significava que seu dever tivesse deixado de ser, em primeiro lugar e antes de tudo, com a Raça. Queria proteger Tess da dor de seu passado, mas parecia injusto pedir-lhe que abandonasse a vida que estava construindo para si. E era ainda mais injusto o que tinha feito quando tomou seu sangue na primeira noite em que a viu, unindo-os inextricavelmente um ao outro.

Entretanto, deitado ali ao seu lado, acariciando-lhe a pele e respirando seu doce aroma de canela, não havia nada que Dante desejasse mais além de levantá-la e carregá-la com ele até o condomínio, onde sabia que ela estaria a salvo de toda maldade que pudesse alcançá-la no mundo exterior.

Maldade como a de seu padrasto, que lhe tinha causado tanto sofrimento. Tess se preocupava que, ao ter matado aquele bandido, tivesse se tornado tão ruim quanto ele; porém Dante sentia apenas respeito pelo que tinha feito. Assassinou um monstro e livrou a si mesma e a sabe-se lá quantas crianças mais de seus abusos.

Para Dante, Tess se mostrou uma guerreira na mais tenra idade. E seu lado mais antigo, que ainda valorizava coisas como honra e justiça, queria gritar para toda a cidade adormecida que aquela era *sua* mulher.

Minha, pensou ferozmente, com egoísmo.

Ao se inclinar para beijar seu delicado ombro, o telefone na cozinha começou a tocar. Silenciou o aparelho com uma impetuosa ordem mental, antes que pudesse acordar Tess completamente. Ela se mexeu, gemendo de leve enquanto murmurava seu nome.

– Estou aqui – disse ele em voz baixa. – Durma, meu anjo. Ainda estou aqui.

Enquanto ela se afundava no sono outra vez, aconchegando-se ainda mais contra ele, Dante se perguntava quanto tempo teria antes que a aurora o obrigasse a partir. Não demoraria muito, pensou, surpreso por sentir-se assim; sabia que não podia culpar seus sentimentos no inconveniente vínculo de sangue que tinha causado sem querer entre os dois.

Não, o que começava a sentir por Tess ia muito além disso. Tocava diretamente seu coração.

– Maldita seja, Tess. Atenda!

A voz de Ben saiu estridente e aguda, e todo seu corpo tremia incontrolavelmente devido a um trauma e a um medo tão intensos, que pensou que iria desmaiar.

– Droga! Vamos... *atenda.*

Encontrava-se em uma asquerosa cabine telefônica em uma das piores áreas da cidade e segurava com os dedos ensanguentados o telefone empesteado e sujo. Com a mão livre, apertava a lateral do pescoço, pegajosa pela terrível dentada que tinha sofrido ali. Seu rosto estava inchado pela surra selvagem que levara, e a parte de trás da cabeça gritava de dor, com um galo enorme que havia ganhado ao bater com a cabeça na janela da caminhonete.

Não podia acreditar que não tivesse morrido. Tinha certeza de que seria morto, baseado na fúria com que fora atacado. Estava aturdido quando o sujeito – por Deus, acaso era humano? – ordenou-lhe que saísse do veículo. Havia enfiado nas mãos de Ben a fotografia do garoto que estava procurando, e o avisou que se esse Cameron, Camden, ou algo assim, aparecesse morto, Ben seria o único responsável.

Agora Ben havia se encarregado de ajudar Chase a encontrá-lo, para ter certeza de que o garoto voltaria para casa inteiro. Sua própria vida dependia disso e, por mais que desejasse fugir da cidade e esquecer que algum dia tinha ouvido falar do *Carmesim*, sabia que aquele lunático que o atacara essa noite o encontraria. O sujeito jurou que o faria, e Ben não estava disposto a desafiar sua ira uma segunda vez.

– Maldição – resmungou quando a ligação para Tess caiu na caixa postal.

Do jeito que estava mal naquele instante – afogado no lixo, como tinha ficado –, sentia a obrigação moral de alertar Tess sobre o sujeito com quem estava se envolvendo nos últimos dias. Se seu parceiro era um monstro psicótico, Ben podia apostar que o outro também era perigoso.

Por Deus, Tess.

Quando a saudação da secretária eletrônica terminou com um *bip*, Ben se apressou em contar os acontecimentos da noite, desde a emboscada surpresa dos dois brutamontes em sua casa até o ataque que tinha sofrido poucos instantes antes. Deixou escapar que a tinha visto com um dos sujeitos na noite passada e que se preocupava que ela estivesse arriscando a vida se continuasse a vê-lo.

Podia ouvir as palavras se derramando em uma torrente sem fôlego, com a voz mais aguda que o normal, o medo beirando a histeria. Quando acabou de dizer tudo e bateu o telefone de volta no aparelho, mal podia respirar. Inclinou-se contra o painel pichado da cabine e se agachou, cerrando os olhos enquanto tentava acalmar seu agitado sistema nervoso.

Um bombardeio de sensações o invadiu como uma onda gigante: pânico, culpa, impotência, um terror de gelar os ossos. Queria voltar atrás: os últimos meses, tudo que tinha acontecido, tudo que tinha feito. Se ao menos pudesse voltar ao passado e apagar as coisas, consertá-las. Será que assim Tess estaria com ele agora? Não sabia. E não importava mesmo, porque não havia como voltar atrás.

O máximo que podia esperar agora era sobreviver.

Ben respirou fundo e se esforçou para ficar em pé. Saiu da cabine telefônica e começou a andar pela rua escura, com um aspecto terrível. Um sem-teto se afastou dele com repulsa, enquanto Ben atravessava a rua e mancava até chegar à avenida principal. Enquanto caminhava, tirou do bolso a foto do garoto que deveria procurar.

Com os olhos no retrato, tentando se concentrar na imagem manchada de sangue, Ben não ouviu o carro que se aproximava até que quase o atropelou. Os freios chiaram e o veículo parou bruscamente. As portas se abriram ao mesmo tempo, e três grandalhões desconhecidos desceram do carro.

– Vai a algum lugar, senhor Sullivan?

Ben se preparou para correr, mas não pôde dar nem dois passos sobre a calçada antes que fosse agarrado pelas pernas e pelos braços. Viu a fotografia cair no asfalto molhado, e uma enorme bota a pisoteou enquanto os homens o levavam até o carro.

– Que bom que finalmente o encontramos – disse uma voz que parecia humana, mas que, de alguma forma, não era. – Quando não apareceu na reunião esta noite, o Mestre ficou muito preocupado. Vai ficar contente em saber que agora já está a caminho.

Ben lutou contra seus captores, mas era inútil. Eles o enfiaram no porta-malas e bateram a tampa, mergulhando-o na escuridão.

Capítulo 24

Os primeiros raios da aurora pareceram mais brilhantes para Tess, e o fresco ar de novembro era renovador na área externa de seu apartamento, ao terminar sua pequena caminhada com Harvard. Enquanto ela e o *terrier* subiam as escadas do prédio, sentiu-se mais forte, mais leve, sem todo o peso do terrível segredo que carregou por todos esses anos.

Tinha de agradecer a Dante por isso. Precisava lhe agradecer tanto, pensou, com o coração acelerado e o corpo ainda dolorido com a doce sensação do pós-sexo.

Havia ficado extremamente decepcionada ao acordar e descobrir que ele tinha partido, mas o bilhete que encontrou dobrado em cima do criado-mudo dissipou a maior parte dessa perturbação. Tess tirou o pedaço de papel do bolso da calça de algodão enquanto abria a porta de seu apartamento e soltava a coleira de Harvard.

Entrou na cozinha em busca de café, lendo a grossa escrita de Dante pela décima vez, com um sorriso amplo estampado permanentemente no rosto:

Não queria acordá-la, mas precisei sair. Janta comigo hoje à noite? Quero lhe mostrar onde moro. Ligo mais tarde. Durma bem, meu anjo. Seu, Dante.

Seu, tinha assinado.

Dela.

Uma onda feroz de possessividade a inundou ante aquele pensamento. Tess disse a si mesma que isso não significava nada, que estava sendo boba ao ler qualquer coisa nas palavras de Dante ou em imaginar que a poderosa conexão que sentia em relação a ele pudesse ser mútua, mas estava praticamente eufórica quando pousou o recado no balcão.

Fitou o pequeno cão que dançava em torno de seus pés, esperando pelo café da manhã.

– Bem, Harvard, o que acha? Acha que estou me precipitando? Não estou me apaixonando, estou?

Deus, será que estava... apaixonada?

Uma semana atrás, nem sabia que ele existia, então como podia sequer pensar que seus sentimentos pudessem crescer tão rápido? Mas, de alguma forma, cresceram. Estava se apaixonando por Dante – provavelmente já se encontrava completamente apaixonada, a julgar pela força com que lhe pulsava o coração simplesmente ao pensar nele.

O latido impaciente de Harvard interrompeu sua queda livre emocional.

– Certo – disse, baixando os olhos para seu rosto peludo. – Ração e café, não necessariamente nessa ordem. Já vou arrumar.

Encheu a cafeteira com pó de café do Starbucks e água fria da torneira, apertou o botão para ligar e se encaminhou para pegar a tigela de comida e a ração na despensa. Ao passar pelo telefone da cozinha, viu o indicador de mensagens piscando.

– Aqui está, querido – disse a Harvard, servindo a ração na tigela e a colocando no chão. – *Bon appétit.*

Cheia de esperanças de que a mensagem fosse de Dante, que poderia ter ligado enquanto estivera fora passeando com o cão, Tess apertou o botão para ouvir o recado. Esperou ansiosamente enquanto digitava sua senha de acesso e escutava a saudação automática anunciando que tinha uma nova mensagem, da noite passada; então começou a reproduzi-la.

– *Tess! Meu Deus, por que não atende esse maldito telefone?*

Logo se deu conta de que era Ben; mas sua decepção se transformou rapidamente em alarme ao notar o tom estranho de sua voz. Nunca o tinha escutado tão assustado, tão despedaçado. Respirava com dificuldade, ofegante, e as palavras jorravam de sua boca. Não estava simplesmente com medo. Estava aterrorizado. A preocupação se cravou nela como garras geladas enquanto escutava o resto da mensagem.

– *... precisava avisá-la. O sujeito com quem está saindo não é o que pensa. Invadiram meu apartamento ontem à noite... ele e outro cara. Pensei que fossem me matar, Tess! Mas agora temo por você. Tem de ficar longe dele. Ele está envolvido em alguma merda muito grande... sei que parece loucura, mas o amigo dele... não acho que – ah, Deus, tenho que dizer – não acredito que seja humano. Talvez nenhum dos dois seja. O outro cara me levou numa caminhonete... eu deveria ter tentado anotar o número da placa ou algo assim, mas tudo aconteceu tão rápido. Ele me levou às margens do rio e me atacou, Tess. O filho da mãe tinha dentes enormes... presas, juro por Deus, e seus olhos estavam acesos como se estivessem em chamas! Não era humano, Tess, eles não são... humanos.*

Ela se afastou do balcão enquanto a mensagem continuava tocando. A voz de Ben lhe dava tantos calafrios como as coisas que contava.

– *...e o louco me mordeu... esmagou minha cabeça contra a janela do carro, quase me deixando inconsciente, e aí... me deu uma maldita dentada! Ah, droga, meu pescoço ainda está sangrando. Preciso ir a algum hospital ou algo assim...*

Tess recuou até a sala de estar, como se a distância da voz de Ben de alguma forma a isolasse do que estava ouvindo. Não sabia o que pensar sobre tudo aquilo.

Como era possível que Dante estivesse envolvido – ainda que remotamente – em um ataque a Ben, como o que tinha descrito? Era verdade que, depois que ele chegou à sua casa na noite passada, armado até os dentes e sangrando por causa de alguma briga evidente, havia dito que estivera perseguindo um traficante. Certamente podia estar falando de Ben. Tess teve de admitir, ainda que com tristeza, que não era muito difícil imaginar Ben recaindo em seus velhos hábitos.

Mas o que estava dizendo agora não fazia nenhum sentido. Homens que se transformavam em monstros com presas? Uma violência cruel típica de filmes de terror? Essas coisas não existiam na vida real, nem mesmo na mais crua das realidades. Simplesmente não era possível.

Ou era?

Tess se viu diante da escultura coberta em que tinha trabalhado na noite anterior, a que se parecia com Dante. A que havia estragado e provavelmente acabaria jogando fora. Tinha errado na parte da boca, não era? Tinha lhe dado uma expressão esquisita que não se parecia em nada com ele?

Seus dedos tremiam quando decidiu tirar o pedaço de pano que cobria a peça. Uma mistura de confusão e estranho temor se alojou em seu estômago como uma pedra ao puxar a borda do pano e afastá-lo do busto. Sentiu o fôlego preso na garganta quando viu o que tinha feito – seu erro havia conferido a Dante uma aparência selvagem, quase animal... incluindo os afiados caninos que transformavam seu sorriso em um rugido feroz.

E, inexplicavelmente, tinha esculpido presas nele.

– *Estou com muito medo, Tess. Por nós dois* – continuou a voz de Ben na secretária eletrônica. – *Só... o que quer que faça, fique longe desses caras!*

Dante virou suas *Malebranche*, uma em cada mão; o aço reluzia sob as luzes fluorescentes do salão de treinamento do condomínio;

Girou-as em uma velocidade ofuscante e acertou com força o boneco de borracha que servia como alvo, provocando dois cortes profundos que se afundavam vários centímetros no grosso amparo de plástico. Com um rugido, deu a volta e lançou outro ataque.

Precisava ao menos sentir a impressão de um combate, porque, se ficasse sentado por mais de um segundo, iria matar alguém. O primeiro da lista naquele momento seria o agente do Refúgio Secreto Sterling Chase. Ben Sullivan era um forte candidato a seguir. Diabos, se pudesse acabar com ambos ao mesmo tempo, seria ainda melhor.

Estava furioso desde que havia voltado para o condomínio e ficado sabendo que o agente não tinha aparecido com o traficante de Carmesim. Lucan e os outros concediam a Chase, por enquanto, o benefício da dúvida, mas Dante tinha a forte impressão de que Chase, por qualquer motivo que fosse, tinha voluntariamente desafiado sua ordem de levar Ben Sullivan sob custódia para o condomínio.

Dante tentou descobrir o que havia acontecido, mas todas as mensagens, *e-mails* e ligações à casa do agente tinham ficado sem resposta. Infelizmente, um interrogatório em pessoa teria de esperar até o anoitecer.

E até lá ainda restam dez malditas horas, pensou Dante, golpeando outra vez com brutalidade o alvo.

A espera se fazia ainda pior pelo fato de que também não havia conseguido entrar em contato com Tess. Ligara para seu apartamento logo de manhã, mas pelo visto ela já havia ido trabalhar. Esperava que estivesse em algum lugar seguro. Presumindo que Chase não tivesse matado Ben Sullivan, o humano poderia estar à solta nas ruas, e isso significava que poderia procurar Tess. Dante não acreditava que o ex-namorado representasse algum perigo a ela, mas não tinha nenhuma vontade de assumir esse risco.

Precisava levá-la até lá, explicar tudo o que estava acontecendo, inclusive quem ele realmente era – o que realmente era – e admitir como a tinha trazido para o meio dessa guerra entre a Raça e seus inimigos.

E faria isso essa noite mesmo. Já tinha preparado o cenário com o bilhete que havia deixado em seu criado-mudo, mas agora a sensação de urgência só aumentava. Queria acabar com aquilo logo e odiava ter de ficar tão longe dela enquanto esperava o cair da noite.

Soltou um rugido e atacou outra vez o boneco de plástico, movendo as mãos tão rapidamente que nem mesmo ele conseguiu acompanhar a trajetória. Escutou as portas de vidro do salão se abrirem atrás de si, mas estava perdido demais em sua própria frustração e raiva para dar importância se tinha plateia. Continuou golpeando, retalhando e agredindo o alvo, até que se viu ofegante com todo o esforço, recoberto de suor no peito nu e na testa. Por fim, parou, assombrado pela intensidade de sua fúria. O boneco estava destroçado, cheio de retalhos pelo chão.

– Belo trabalho – comentou Lucan lentamente do outro lado do enorme aposento. – Tem algo contra o plástico ou é só um aquecimento para hoje à noite?

Dante exalou uma maldição e girou as adagas entre os dedos, deixando que as lâminas convexas dançassem antes de embainhá-las no cinto em seu quadril. Virou-se para encarar o líder da Ordem, que estava apoiado contra um armário de armas, com uma expressão séria nas feições sombrias.

– Temos algumas notícias – disse Lucan, obviamente esperando que não fosse terminar bem. – Gideon acaba de invadir a base de dados da Agência do Refúgio Secreto. Acontece que o agente Sterling Chase não trabalha mais para eles. Suspenderam-no do serviço no mês passado, depois de vinte e cinco anos impecáveis de carreira.

– Foi demitido?

Lucan assentiu.

– Por insubordinação e recusa em flagrante a seguir as diretrizes da Agência, de acordo com o arquivo.

Dante soltou uma risada seca enquanto se enxugava com uma toalha.

– Então o agente Sterling não é assim tão nobre, hein? Maldição, sabia que havia algo estranho no cara. Estava nos enganando esse tempo todo. Por quê? O que ele quer com isso?

Lucan encolheu os ombros vagamente.

– Talvez precisasse de nós para se aproximar do traficante de Carmesim. O que nos garante que não matou o rapaz ontem à noite? Por algum tipo de vingança pessoal.

– Talvez. Não sei, mas pretendo descobrir. – Dante limpou a garganta, sentindo-se subitamente desconfortável diante da presença do vampiro mais velho, que por tanto tempo tinha sido seu parceiro de luta... Um amigo, na verdade. – Escute, Lucan. Também não estive jogando limpo nesses últimos dias. Aconteceu uma coisa... Na noite em que quase me estrepei com aqueles Renegados perto do rio. Eu, bem... Fui parar nos fundos de uma clínica veterinária. E havia uma mulher lá, trabalhando até tarde. Eu precisava desesperadamente de sangue, e ela era a única pessoa ao redor.

As sobrancelhas escuras de Lucan se uniram.

– Você a matou?

– Não. Não, estava fora de mim, mas não cheguei tão longe. Mas fui longe o bastante, mesmo assim. Não percebi o que tinha feito com ela até que já fosse tarde demais. Quando vi a marca em sua mão...

– Ah, meu Deus, Dante. – O enorme vampiro o fitava fixamente, com os olhos cinza cravados nos dele. – Bebeu de uma Companheira de Raça?

– Sim. Chama-se Tess.

– E ela sabe? O que lhe disse?

Dante negou com a cabeça.

– Ela ainda não sabe de nada. Apaguei sua memória naquela noite, mas estive... passando algum tempo com ela. Bastante tempo. Preciso lhe explicar o que fiz, Lucan. Ela merece saber a verdade. Mesmo se me odiar depois, o que não me surpreenderia.

Lucan estreitou o olhar.

– Você se importa com ela.

– Deus. Sim, muito. – Dante soltou uma vigorosa risada. – Com certeza não esperava por isso, pode acreditar. E, para ser sincero, não sei o que vou fazer. Não sou exatamente o companheiro ideal.

– E acha que eu sou? – Perguntou Lucan em tom irônico.

Não muitos meses atrás, Lucan havia passado por uma batalha pessoal similar, ao se apaixonar perdidamente por uma mulher que trazia a marca de Companheira de Raça. Dante não sabia os detalhes de como Lucan havia conquistado Gabrielle, mas uma parte de si invejava o longo futuro que o casal teria pela frente junto. Tudo que havia em seu próprio futuro era a morte, da qual vinha se esquivando por alguns séculos.

Ao pensar que Tess poderia estar junto a ele nesse dia fatal, sentiu o sangue gelar de temor.

– Não sei como as coisas vão se desenrolar, mas preciso contar tudo a ela. Gostaria de trazê-la aqui hoje à noite, talvez isso a ajude a compreender melhor. – Passou uma mão pelo cabelo molhado. – Droga, talvez eu seja medroso e precise saber que tenho – esteve a ponto de dizer *minha família* – a Ordem me apoiando nisso.

Lucan sorriu, consentindo devagar.

– Sempre terá o apoio da Ordem – disse, erguendo o braço para dar um tapinha no ombro de Dante. – Preciso te dizer que estou ansioso por conhecer a mulher capaz de aterrorizar um dos guerreiros mais bravos que conheço.

Dante riu.

– Ela é maravilhosa, Lucan. Droga, é incrivelmente maravilhosa.

– Ao pôr do sol, leve Tegan com você para interrogar Chase. Traga-o de volta inteiro, de acordo? Então pode ir acertar as contas com sua Companheira de Raça.

– Já sei lidar com Chase – disse Dante. – É a outra parte que não tenho tanta certeza. Tem algum conselho para me dar, Lucan?

– Claro. – O vampiro grunhiu, arreganhando os lábios em um sorriso de sombria diversão. – Tire o pó dos joelhos, meu irmão, porque pode muito bem acabar se arrastando sobre eles antes que a noite termine.

Capítulo 25

Tess teve um dia cheio de compromissos e consultas na clínica, e se sentia agradecida por isso, pois era bom ter algo mais no que pensar além da perturbadora mensagem telefônica de Ben. No entanto era impossível tirar completamente da cabeça aquela ligação. Ele estava com sérios problemas – e, além de tudo, machucado e sangrando.

Mas agora parecia que havia simplesmente sumido.

Ela tentou ligar para o apartamento dele várias vezes, tentou o celular, os hospitais locais... Porém não havia sinal dele em lugar algum. Se ela soubesse como ou onde contatar seus familiares, também teria tentado, ainda que as chances de Ben aparecer por lá fossem praticamente nulas. Tal como estavam as coisas, a outra única ideia que lhe surgia em mente era passar no apartamento dele depois do trabalho e ver se encontrava algum rastro por lá. Não tinha muitas esperanças, mas quais eram as alternativas?

– Nora, o paciente na sala dois precisa fazer as análises completas, além de uma amostra de urina – disse Tess, saindo da sala de exame. – Pode arranjar isso para mim enquanto em confiro os raios-X do nosso *collie* com inflamação nas articulações?

– Pode deixar.

– Obrigada.

Enquanto pegava as radiografias do próximo paciente, seu celular começou a tocar no bolso do jaleco, vibrando contra a coxa como as asas de um pássaro. Tirou o aparelho do bolso e viu a identificação para ver se poderia ser Ben. O número estava bloqueado.

Ah, Deus.

Sabia quem era, quem tinha de ser. Durante toda a manhã estivera suspensa em um terrível estado de ânimo entre expectativa e temor, pois sabia que Dante ligaria. Ele tinha ligado para sua casa bem cedo, quando ela estava quase saindo para o trabalho, mas Tess tinha deixado o número sem identificação cair direto na caixa postal. Não estava pronta para falar com ele àquela hora, e tampouco tinha certeza de que agora estava.

Tess passou pelo corredor até seu escritório e fechou a porta atrás de si, apoiando a coluna contra o frio metal. O telefone vibrou em sua mão pela quinta e provavelmente última vez. Ela fechou os olhos e apertou o botão para atender.

– Alô?

– Oi, meu anjo.

O delicioso som grave da voz de Dante enviou-lhe um lento choque elétrico por todo o corpo. Ela não queria sentir esse calor que se espalhava pelos braços e pelas pernas, e se concentrava em seu âmago, mas estava ali, derretendo todos os cantos de sua determinação.

– Está tudo bem? – Perguntou ele, em um tom preocupado e protetor, ao notar o silêncio. – Ainda está me ouvindo ou a perdi?

Ela suspirou, sem saber o que responder.

– Tess? O que há de errado?

Durante alguns poucos e demorados segundos, tudo o que Tess conseguiu fazer foi inspirar e expirar com força. Mal sabia por onde começar e estava aterrorizada ao pensar aonde as coisas iriam parar agora. Mil perguntas se amontoavam em sua mente, dúvidas que surgiram desde a hora em que ouvira a estranha mensagem de Ben.

Uma parte dela duvidava das terríveis alegações de Ben – sua parte racional, que não acreditava que houvesse monstros à solta pelas ruas de Boston. Entretanto, a outra parte não estava disposta a descartar tão rapidamente o inexplicável, as coisas que existiam dentro ou fora da lógica organizada ou da ciência convencional.

– Tess – disse Dante, interrompendo o silêncio. – Sabe que pode conversar comigo.

– Sei? – Respondeu ela, por fim, forçando as palavras para fora da boca. – Não tenho muita certeza do que sei neste instante, Dante. Não sei o que pensar... sobre nada.

Ele soltou uma palavrão em italiano.

– O que aconteceu? Está... ferida? Meu Deus, se ele tiver tocado em você...

Tess soltou uma risada irônica.

– Acho que isso responde a uma das minhas dúvidas. Estamos falando de Ben, não é? Era ele o traficante de drogas que perseguiu ontem à noite?

Houve um breve instante de hesitação.

– Você o viu hoje, Tess? Encontrou com ele em algum momento depois que estivemos juntos ontem à noite?

– Não – respondeu. – Não o vi, Dante.

– Mas falou com ele. Quando?

– Ele me ligou ontem à noite e deixou uma mensagem na secretária eletrônica, obviamente enquanto estávamos... – Sacudiu a cabeça, sem querer recordar a maravilhosa sensação de estar em sua cama nos braços de Dante, em como havia se sentido protegida e em paz. Agora tudo o que sentia era um frio penetrante. – Foi por isso que estava saindo comigo, porque precisava de mim para se aproximar dele?

– Por Deus, não. É bem mais complicado que isso...

– Complicado como? Esteve me enganando esse tempo todo? Ou o jogo de verdade começou na noite em que apareceu aqui com seu cachorro e nós... Ah, meu Deus, agora tudo faz mais sentido. Harvard não é seu

ção de verdade, não é mesmo? O que fez? Pegou algum animal abandonado na rua para usar como isca para me envolver em seu jogo doentio?

– Tess, por favor. Queria explicar...

– Vá em frente. Estou ouvindo.

– Não desse jeito – grunhiu. – Não vou fazer isso por telefone. – Ela sentiu uma escura tensão crescendo nele enquanto falava; quase podia imaginá-lo do outro lado da linha, andando de um lado para o outro, impaciente e inquieto, as negras sobrancelhas lhe franzindo o cenho e passando uma das fortes mãos pelo cabelo. – Escute, precisa ficar longe de Ben Sullivan. Ele está metido em algo muito perigoso. Não quero que chegue nem perto dele, entendeu?

– Engraçado. Ele disse a mesma coisa sobre você. Disse várias coisas, na verdade. Coisas malucas, como o jeito com que seu parceiro o atacou brutalmente ontem à noite.

– O quê?

– Falou que tinha sido mordido, Dante. Pode me explicar isso? Disse que o homem com quem você estava quando invadiram o apartamento dele o levou embora em um carro e depois o atacou com selvageria. Segundo Ben, foi mordido no pescoço.

– Filho da mãe.

– Isso é verdade? – Perguntou ela, horrorizada ao ver que ele não tinha nem mesmo tentado negar. – Sabe onde Ben está? Não consigo falar com ele desde essa chamada. Você ou seus amigos fizeram alguma coisa com ele? Preciso vê-lo.

– Não! Não sei onde ele está, Tess, mas tem de me prometer que vai ficar longe dele.

Tess se sentia miserável, assustada e confusa.

– O que está acontecendo, Dante? Em que estão envolvidos?

– Tess, olhe. Preciso que vá a algum lugar seguro. Neste exato instante. Vá a algum hotel, um edifício público, qualquer lugar – mas vá agora e fique lá até que eu possa sair e buscá-la hoje à noite.

Tess riu, mas foi um som sem humor que rangeu em seus ouvidos.

– Estou trabalhando, Dante. E mesmo se não estivesse, não acho que iria a lugar algum para esperá-lo. Não até eu entender o que está acontecendo aqui.

– Vou contar a você, Tess. Prometo. Já tinha planejado lhe contar tudo, mesmo se isso não tivesse acontecido.

– Tudo bem, certo. Minha agenda está cheia hoje, mas posso fazer uma pausa para o almoço daqui duas horas. Se quiser conversar comigo, terá de vir aqui.

– Eu... *Maldição.* Não posso ir agora, Tess. Simplesmente... não posso. Tem de ser hoje à noite. Precisa confiar em mim.

– Confiar em você – sussurrou, fechando os olhos e encostando a cabeça contra a porta do escritório. – Acho que isso é algo que *eu* não posso fazer agora, Dante. Tenho de ir. Tchau.

Ela fechou o celular e o colocou no modo silencioso. Não queria mais falar. Com ninguém.

Enquanto Tess se encaminhava para colocar o telefone celular sobre a mesa, seu olhar se cravou em algo mais que a vinha inquietando desde que encontrara Ben naquela manhã. Era um *pen drive*, um diminuto aparelho portátil para guardar dados. Havia o descoberto sob a trava da mesa de exames em uma das salas da clínica – a mesma sala onde ele estivera no dia anterior, quando ela o tinha pegado de surpresa e ele inventara a desculpa de que tinha ido para consertar a mesa hidráulica.

Tess havia suspeitado que ele não estava lhe dizendo a verdade – sobre várias coisas. Agora tinha certeza disso. Mas a pergunta que se fazia era: por quê?

Em uma furiosa explosão mental, Dante olhou furioso para o telefone celular e o lançou violentamente contra a parede oposta aos seus aposentos. O aparelho se espedaçou com o impacto, emitindo uma chuva de faíscas e fumaça ao se quebrar em uma centena de pedacinhos. A destruição satisfez Dante, ainda que por um breve instante. Mas não fez nada para aplacar sua ira, completamente voltada contra si mesmo.

Dante voltou a andar de um lado para o outro, como tinha feito enquanto falava com Tess pelo telefone. Precisava se movimentar nesse instante. Precisava apenas manter os membros em ação e a mente alerta.

Tinha feito uma bagunça espantosa ultimamente. Embora nunca tivesse sentido nem uma pontada de remorso por pertencer à Raça, agora seu sangue de vampiro fervia de frustração pelo fato de ver-se aprisionado ali dentro. Sem a chance de consertar as coisas com Tess até que o sol por fim se recolhesse sob a linha do horizonte e o libertasse para caminhar pelo mundo dela.

Pensou que a espera fosse enlouquecê-lo.

E quase enlouqueceu.

Quando foi procurar Tegan no salão de treinamentos, poucos minutos antes do pôr do sol, sua pele estava quente e coçava, retesada em todo o corpo. Dante se sentia impaciente e ansioso por entrar em combate. Um zunido incessante retumbava nos ouvidos, como se houvesse um enxame de abelhas no sangue.

Está pronto para um pouco de ação, Tegan?

O guerreiro da Primeira Geração, de cabelo castanho-claro, levantou os olhos da Beretta que estava ajustando e esboçou um gélido sorriso quando a trava se encaixou.

– Vamos nessa.

Juntos, avançaram o sinuoso corredor do condomínio até o elevador que os levaria à garagem da Ordem, ao nível da rua.

Assim que a porta se fechou, as narinas de Dante sentiram cócegas com um cheiro acre de fumaça. Olhou para Tegan, mas o outro macho parecia não sentir nada, com os olhos verdes cravados adiante, sem piscar, com a mesma calma indiferente de sempre.

A cabine do elevador começou sua silenciosa subida. Dante sentiu um calor intenso o envolvendo como o espectro de uma chama, só esperando que parasse de correr para poder apanhá-lo. Ele sabia o que era, claro. A visão da morte o tinha perseguido o dia todo, mas havia conseguido refreá-la, recusando-se a ceder à tortura sensorial, pois precisava se concentrar por completo para as tarefas dessa noite.

Mas nesse instante, enquanto o elevador se aproximava de seu destino, a premonição lhe acertou a cabeça em cheio, como um martelo. Dante caiu sobre um joelho, nivelado pela força do golpe.

– Meu Deus – disse Tegan atrás dele; Dante sentiu o guerreiro segurar seu braço para que não desabasse no chão do elevador. – O que foi? Está bem?

Dante não podia responder. Sua visão se encheu com negras nuvens de fumaça entrecortadas por radiantes línguas de fogo. Por cima das crepitações e do chiado do fogo que avançava sobre ele, podia escutar alguém falando – provocando-o, pelo que parecia –, uma voz baixa, indistinta. Isso era novo, um detalhe a mais no elusivo pesadelo que conhecia tão bem.

Piscou para afastar a névoa, lutando para continuar no presente. Permanecer consciente. Vislumbrou o rosto de Tegan diante dele. Droga, devia estar com um aspecto horrível, porque o guerreiro, célebre por sua implacável ausência de emoções, de repente deu um passo atrás, assustado, afastando a mão de Dante com um assobio. Por trás do rosto aflito, as alvas pontas das presas de Tegan reluziam. Suas sobrancelhas claras caíam sobre os estreitos olhos cor de esmeralda.

– Não consigo... respirar... – ofegou Dante; cada dificultosa respiração apenas tragava mais fumaça fantasmagórica para os pulmões. Asfixiando-o. – Ah, Deus... estou morrendo...

Tegan cravou os olhos nele, afiados e duros como a pedra. Não demonstravam compaixão, mas sustentavam uma força que Dante sabia que o ajudaria a suportar tudo.

– Aguente firme – ordenou Tegan. – É só uma visão, não é real. Não ainda, pelo menos. Agora fique aí, até o fim. Volte atrás o máximo que puder, para absorver todos os detalhes.

Dante deixou que as imagens o inundassem uma vez mais, ciente de que Tegan tinha razão. Precisava abrir a mente à dor e ao medo para que pudesse enxergar a verdade.

Ofegante, com a pele queimando pelo calor do inferno que o cercava, Dante se empenhou em se concentrar nos arredores. Em se aprofundar ainda mais no momento. Retrocedeu a partir do pior momento da visão, detendo os movimentos e invertendo o sentido da ação.

As chamas diminuíram. As enormes e turvas nuvens negras de cinzas se reduziram a finas espirais de fumaça que ondulavam pelo teto. Dante agora conseguia respirar, mas ainda tinha o medo entalado na garganta, pois sabia que esses seriam seus últimos minutos de vida.

Havia alguém no cômodo com ele. Um homem, a julgar pelo cheiro. Dante estava deitado de barriga para baixo sobre algo gelado e escorregadio, enquanto seu captor lhe amarrava os pulsos atrás das costas com um pedaço de arame. Deveria ter conseguido rompê-lo facilmente, mas não podia se mexer. Sua força era inútil. Logo em seguida, o captor atou seus pés e o amarrou pelo estômago, sobre uma plataforma de metal.

Escutou estrondos do lado de fora do aposento. Podia ouvir gritos diabólicos e sentir o mau cheiro acre da morte próxima.

E então uma zombaria em voz baixa soou ao lado de seu ouvido:

– *Sabe, pensei que seria mais difícil matar você. Mas você facilitou bastante as coisas.*

A voz definhou em uma risada entretida, enquanto o captor de Dante se aproximava de onde sua cabeça pendia logo acima da beirada da chapa de metal que o segurava. Um par de calças jeans dobradas na altura do joelho entrou no campo de visão de Dante, e logo o torso de seu suposto assassino lentamente apareceu. Dedos ásperos o agarraram pelo cabelo, levantando-lhe a cabeça para que pudesse encará-lo, logo antes de a visão começar a se dissipar, tão rapidamente como tinha vindo.

Maldito seja.

– Ben Sullivan. – Dante cuspiu o nome como cinzas sobre a língua. Livre das garras da premonição, arrastou-se e sentou-se no chão. Limpou o suor da fronte enquanto Tegan o fitava com o olhar grave. – Filho da mãe. É aquele traficante de Carmesim, Ben Sullivan. Não é possível. Aquele humano... É ele quem vai me matar.

Tegan sacudiu a cabeça, carrancudo.

– Não se o matarmos primeiro.

Dante se ergueu com dificuldade, apoiando uma palma contra a parede de concreto ao lado do elevador enquanto se esforçava por recuperar o fôlego. Debaixo de todo o cansaço, fervia de raiva, tanto por Ben Sullivan quanto pelo ex-agente Sterling Chase, que evidentemente tinha decidido por si mesmo libertar o idiota.

– Vamos sair logo daqui – grunhiu, já atravessando a enorme garagem, enquanto girava uma das *Malebranche* entre os dedos.

Capítulo 26

Os sequestradores de Ben o deixaram sentado esperando por uma eternidade em um quarto escuro e sem janelas, muito bem-trancado. E continuava esperando o assim chamado Mestre aparecer – o sujeito sem nome e sem rosto que vinha financiando em segredo a produção e a distribuição do Carmesim. As horas se arrastavam devagar; provavelmente já fazia vinte e quatro horas desde que o tinham capturado e o levado até ali. Ninguém havia aparecido ainda, mas viriam. E em um canto escuro de sua mente, Ben sabia que, quando viessem, não sairia do confronto com vida.

Levantou-se do chão e atravessou o concreto até chegar à porta de aço fechada do outro lado do cômodo. Sua cabeça estava gritando da surra que levara antes de ser arrastado das ruas até aquele lugar. O nariz quebrado e as feridas no pescoço estavam incrustados com sangue seco, e ambos ardiam terrivelmente de dor. Ben encostou o ouvido na gelada porta de metal e escutou uma movimentação aumentando do outro lado. Passos pesados se aproximavam, pisadas determinadas de mais de um homem, acentuadas pelo tinido metálico de correntes e armas.

Ben se afastou, retrocedendo o quanto podia na escuridão da cela. Houve um ruído de chave na fechadura, e logo a porta se abriu; os dois enormes guardas que o haviam trazido até ali entraram.

– Ele está preparado para recebê-lo agora – grunhiu um dos brutamontes.

Ambos agarraram Ben pelos braços e o puxaram com força antes de empurrá-lo para frente, em direção à porta e a um corredor escuro. Ben havia suspeitado de que estava preso em algum tipo de depósito, a julgar pelos rudimentares alojamentos onde o tinham encerrado até agora, mas seus sequestradores o fizeram subir um lance de escadas, até o que parecia uma opulenta propriedade do século XIX. A madeira polida brilhava sob uma luz tênue e elegante. Sob seus sapatos enlameados, estendia-se um macio tapete persa com desenhos ornados em vermelho intenso, púrpura e dourado. Acima de sua cabeça, no vestíbulo por onde seus captores o empurravam, cintilava um grande lustre de cristal.

Por um momento, um pouco do temor de Ben passou. Talvez tudo ficasse bem, afinal de contas. Andava enterrado até o pescoço ultimamente, mas isso não se parecia em nada com o pesadelo que vinha esperando. Não era nenhuma horripilante câmara de torturas, como havia temido.

Diante dele, um conjunto de portas duplas abertas emoldurava outro aposento ainda mais impressionante. Ben foi conduzido até ali pelos guardas, que o seguravam firme no meio do espaçoso salão de gala. A mobília, os tapetes, as pinturas a óleo originais nas paredes – tudo aquilo exalava uma vasta riqueza. Uma riqueza antiga, do tipo que não se consegue sem algumas centenas de anos de prática.

Rodeado por toda aquela opulência, sentado como um rei sombrio atrás de uma enorme mesa de mogno entalhada, estava um homem trajando um luxuoso terno preto e óculos escuros.

As palmas das mãos de Ben começaram a suar no instante em que pousou os olhos no sujeito. Era imenso, com largos ombros estendidos sob o caimento impecável do paletó. A apertada camisa branca que vestia estava desabotoada no pescoço, mas Ben pensou que isso seria mais um sinal de impaciência que uma indicação de conforto. Uma espécie de ameaça permeava o ar como uma densa nuvem, e parte das esperanças de Ben se sufocou na mesma hora.

Ele limpou a garganta.

– Eu, hum... Alegro-me por finalmente ter a oportunidade de conhecê-lo – disse, detestando o tremor em sua voz. – Precisamos conversar... sobre o Carmesim...

– Realmente, precisamos. – A resposta profunda e abafada interrompeu Ben com uma aparente calma, mas, por detrás daqueles óculos escuros, fervilhava de fúria. – Parece que não sou o único que perturbou recentemente, senhor Sullivan. É uma ferida bastante desagradável essa em seu pescoço.

– Fui atacado. Um filho da mãe tentou arrancar minha garganta.

O misterioso chefe de Ben grunhiu com evidente desinteresse.

– E quem faria tal coisa?

– Um vampiro – respondeu Ben, consciente de que devia parecer louco. Mas o que tinha acontecido com ele perto do rio era somente a ponta de um *iceberg* ainda mais preocupante. – É por isso que preciso falar com você. Como disse quando liguei na outra noite, algo deu muito errado com o Carmesim. Está... causando coisas nas pessoas. Coisas ruins. Está transformando-as em lunáticos sedentos de sangue.

– Claro que sim, senhor Sullivan. Esse é exatamente o propósito.

– Como? – A incredulidade retorceu o estômago de Ben. – Do que está falando? Fui eu quem criou o Carmesim. Sei o que deveria provocar. É só um leve estimulante...

– Para os humanos, sim. – O homem de cabelo negro se levantou lentamente e deu a volta na enorme mesa. – Para outros, como você mesmo descobriu, é muito mais.

Enquanto falava, olhou para as portas abertas do aposento. Outro par de guardas altamente armados se encontrava parado na soleira, com os cabelos desgrenhados e revoltosos, e olhos ferozes que pareciam arder como brasas sob as espessas sobrancelhas. Sob a débil luz das velas no cômodo, Ben pensou ter visto o brilho de presas detrás dos lábios dos seguranças. Voltou o olhar para o chefe, com nervosismo.

– Infelizmente, eu também descobri algo perturbador, senhor Sullivan. Depois de sua ligação na outra noite, alguns aliados meus visitaram seu laboratório em Boston. Vasculharam seu computador e os registros, mas imagine meu descontentamento ao ficar sabendo que não conseguiram encontrar a fórmula do Carmesim. Como pode explicar isso?

Ben sustentou o olhar que o penetrava a poucos metros de distância através dos óculos escuros.

– Nunca guardei a fórmula verdadeira no laboratório. Achei que seria mais seguro mantê-la comigo.

– Precisa entregá-la para mim. – Quase não havia inflexão alguma em sua voz, e nenhum movimento no poderoso corpo que se assomava diante dele como um muro impenetrável. – Agora, senhor Sullivan.

– Não a tenho. É a mais pura verdade.

– Onde está?

A língua de Ben congelou. Precisava de uma moeda de troca, e a fórmula era tudo que tinha. Além do mais, não iria lançar aqueles brutamontes sobre Tess contando que havia escondido a fórmula do Carmesim em sua clínica veterinária. Não pretendia deixá-la lá por muito tempo; apenas até que resolvesse sua situação nessa bagunça toda. Infelizmente, agora era tarde demais para voltar atrás naquele passo em falso. Embora sua principal preocupação no momento fosse se salvar, colocar Tess no meio de tudo aquilo estava fora de questão.

– Posso pegá-la para você – disse Ben –, mas terá de me deixar partir. Vamos resolver isso como cavalheiros. Vamos cortar todos os laços aqui e agora, e seguir cada um seu caminho. Vamos esquecer que nos conhecemos.

Um sorriso tenso se desenhou nos lábios de seu chefe.

– Não tente negociar comigo. Está muito abaixo de mim... *humano.*

Ben tragou saliva com dificuldade. Queria acreditar que o sujeito era apenas algum tipo de demente fantasiado de vampiro. Um maluco cheio da grana, mas sem muita sanidade. Porém viu o que o Carmesim fez ao garoto a quem o vendeu na outra noite. A horripilante transformação havia sido real, por mais difícil que fosse acreditar. E a dolorosa ferida em seu pescoço também era real.

O pânico começou a martelar com força em seu peito.

– Olhe, não sei o que está acontecendo aqui. Francamente, não quero saber. Só quero sair daqui inteiro.

– Excelente. Então não vai ter problemas em obedecer. Dê-me a fórmula.

– Já disse, não está comigo.

– Então terá de recriá-la, senhor Sullivan. – Fez um gesto com a cabeça e os dois guardas armados entraram. – Tomei a liberdade de trazer seus equipamentos do laboratório para cá. Tudo de que precisa está em ordem, inclusive uma cobaia para o produto final. Meus aliados vão lhe mostrar o caminho.

– Espere. – Ben lançou um olhar por cima do ombro enquanto os guardas o arrastavam para fora do aposento. – Não está entendendo. A fórmula é... complexa. Não a sei de cabeça. Poderia levar dias até acertá-la...

– Não tem mais que duas horas, senhor Sullivan.

Mãos ásperas seguraram Ben e o empurraram de volta pela escadaria abaixo, tão escura como a noite sem fim.

Chase prendeu a última das armas e conferiu as reservas de munição mais uma última vez. Tinha uma pistola carregada com balas convencionais e outra que continha os projéteis especiais de titânio que havia ganhado dos guerreiros para o propósito expresso de matar

Renegados. Sinceramente esperava não ter de usar nenhuma delas, mas, se tivesse de atacar uma dúzia de ferozes vampiros para encontrar seu sobrinho, com certeza o faria.

Apanhou a jaqueta escura de um cabide próximo à porta e saiu para o corredor do lado de fora de seus aposentos no Refúgio Secreto. Elise estava ali; quase topou com ela em sua pressa de sair.

– Sterling... oi. Estava me evitando? Queria falar com você. – Seus olhos cor de lavanda o examinaram em uma rápida olhada. Franziu o cenho ao ver o rol de armas e adagas que lhe circundavam o quadril e se entrecruzavam no peito. Ele notou sua apreensão, sentindo o repentino traço amargo de temor mesclando-se ao seu delicado aroma. – Quantas armas terríveis. Está tão perigoso assim lá fora?

– Não se preocupe com isso – disse-lhe. – Apenas continue rezando para Camden voltar logo para casa. Eu cuido do resto.

Ela apanhou a cauda escarlate da faixa de viúva e alisou distraidamente a seda com os dedos.

– Na verdade, é sobre isso que queria falar com você, Sterling. Eu e as outras mulheres estávamos discutindo o que mais poderíamos fazer por nossos filhos desaparecidos. A união faz a força e, por isso, pensamos que talvez, se nos juntarmos... Queríamos fazer algumas buscas durante o dia no porto ou nos velhos túneis subterrâneos. Poderíamos vasculhar os lugares aonde nossos filhos podem ter ido para se protegerem do sol...

– Absolutamente não.

Chase não queria interrompê-la tão bruscamente, mas a ideia de Elise deixar o santuário do Refúgio Secreto durante o dia para se aventurar pelas piores partes da cidade lhe gelava o sangue. Estaria fora da proteção dele ou de qualquer outro membro da Raça até que o sol se pusesse e, ainda que os Renegados não representassem perigo pela mesma razão, sempre havia o risco de topar com seus Subordinados.

– Sinto muito, mas está fora de questão.

Ela arregalou os olhos por um instante, surpresa. Logo baixou o olhar rapidamente, assentindo com educação, mas ele podia ver que estava furiosa sob o verniz de respeito. Como seu parente mais próximo, ainda que por casamento, as leis da Raça davam a Chase o direito de impor a ela o toque de recolher durante o dia – um antigo costume que existia desde a criação dos Refúgios Secretos, há quase mil anos. Chase nunca o tinha colocado em prática; no entanto, embora se sentisse um idiota por fazer isso agora, não podia permitir que ela colocasse sua vida em risco enquanto ele ficava observando.

– Acha que meu irmão aprovaria o que quer fazer? – Indagou Chase, consciente de que Quentin jamais concordaria com tal ideia, nem mesmo para salvar seu próprio filho. – O melhor jeito de ajudar Camden é ficando aqui, onde sei que está segura.

Elise ergueu a cabeça; seus pálidos olhos arroxeados reluziam uma faísca de determinação que ele nunca tinha visto neles antes.

– Camden não é o único garoto desaparecido. Vai conseguir salvar todos, Sterling? Os guerreiros da Ordem conseguirão salvá-los? – Soltou um breve suspiro. – Ninguém salvou Jonas Redmond. Ele está morto, sabia? A mãe dele sente que ele já se foi. Cada vez mais nossos filhos estão desaparecendo, morrendo noite atrás de noite, e, mesmo assim, supõe-se que deveríamos ficar aqui sem fazer nada, esperando por más notícias?

Chase sentiu o maxilar endurecer.

– Preciso ir agora, Elise. Já sabe minha resposta sobre o assunto. Sinto muito.

Passou por ela, encolhendo-se no casaco enquanto se afastava. Percebeu que ela o seguia; sua saia branca farfalhava suavemente atrás dele com cada passo apressado que dava. Porém Chase seguiu em frente, tirou as chaves do bolso e abriu a porta principal do Refúgio Secreto, acionando o controle remoto de seu Lexus prateado estacionado junto ao meio-fio. O veículo emitiu um sinal sonoro e as luzes se acenderam em resposta, mas Chase não iria a lugar algum tão rápido.

Bloqueando a pista, havia um Range Rover preto parado na escuridão. As janelas estavam escuras além do permitido legalmente, porém Chase não precisava enxergar através delas para saber quem estava dentro. Podia sentir a raiva de Dante emanando através do aço e dos vidros, rolando em sua direção como se causasse fissuras no chão.

O guerreiro não estava sozinho. Ele e seu parceiro, Tegan – o frio como pedra –, saíram do veículo e andaram até o gramado. O rosto deles estava mortalmente calmo, mas a ameaça que irradiava de ambos os imensos machos era inconfundível.

Chase escutou um grito ofegante de Elise atrás dele.

– Sterling...

– Volte para dentro – disse a ela, mantendo os olhos fixos nos dois guerreiros. – Agora, Elise. Está tudo bem.

– O que está acontecendo, Sterling? Por que eles estão aqui?

– Só faça o que mandei, maldição! Volte já para casa. Tudo vai ficar bem.

– Ah, não tenho certeza disso, Harvard. – Dante caminhava em sua direção, enquanto as perigosas adagas convexas em seu quadril brilhavam à luz da lua a cada enorme passo que o guerreiro dava. – Diria até que as coisas estão tão ferradas como poderiam estar neste instante. Isto é, graças a você. Ficou perdido na outra noite ou algo assim? Talvez não tenha entendido o que eu disse para fazer com aquele traficante de merda... Foi isso? Mandei que levasse o maldito traseiro dele para o condomínio, mas você pensou que eu tivesse mandado que deixasse o idiota ir embora?

– Não. Não houve nenhum mal-entendido.

– O que estou deixando passar aqui, Harvard? – Dante desembainhou uma das adagas; o aço deslizou suave como um sussurro. Ao falar, Chase vislumbrou a ponta de suas presas. Um reluzente olhar cor de âmbar se cravou nele como raios *laser*. – Comece a falar logo, porque não vejo nenhum problema em lhe arrancar a verdade aqui mesmo, diante dessa mulher.

– Sterling! – Gritou Elise. – Deixe-o em paz!

Chase virou a cabeça bem a tempo de vê-la descer correndo os degraus de tijolo da entrada do Refúgio Secreto. Não chegou muito longe. Tegan se moveu como um fantasma; as pernas humanas de Elise não eram páreo para sua velocidade de vampiro. O guerreiro a capturou pela cintura e a segurou para trás, enquanto ela lutava por se livrar dele.

A fúria despertou em Chase como um fósforo aceso sobre o estopim seco. Suas presas lhe rasgaram a gengiva, sua visão se aguçou e as pupilas se estreitaram com a transformação. Rugiu, pronto para atacar ambos os guerreiros simplesmente pela afronta de tocarem Elise.

– Soltem-na! – Grunhiu. – Malditos sejam, ela não tem nada a ver com isso!

Empurrou Dante, mas o vampiro não se mexeu.

– Pelo menos agora temos toda sua atenção, Harvard. – Dante o empurrou de volta, como um trem de carga a todo vapor. Os pés de Chase deixaram o chão, e seu corpo foi lançado para trás pela força da ira de Dante. A fachada de tijolos da residência deteve sua trajetória, golpeando com força a coluna de Chase.

As enormes presas de Dante se assomaram perto do rosto de Chase, e seus olhos ardiam junto ao crânio.

– Onde está Ben Sullivan? E que droga estava pensando?

Chase relanceou Elise, odiando que ela tivesse de presenciar esse lado brutal de seu mundo. Só queria livrá-la de tudo isso logo. Viu as lágrimas escorrendo por suas bochechas e o medo que reluzia em seus olhos enquanto Tegan a segurava com imensa frieza contra o aço mortal e o couro que rodeavam seu imenso corpo.

Soltou um violento impropério.

– Tive de deixar o humano partir. Não tive escolha.

– Resposta errada – grunhiu Dante, posicionando a infernal adaga sob seu queixo.

– O traficante de Carmesim não me seria útil se ficasse preso no condomínio. Precisava dele nas ruas, para me ajudar a procurar alguém... Meu sobrinho. Deixei-o partir para me ajudar a encontrar Camden, o filho de meu irmão.

Dante franziu o cenho, mas afrouxou um pouco a lâmina.

– E quanto aos outros que desapareceram? Todos aqueles garotos a quem Ben Sullivan tem vendido a droga?

– Só me importo em recuperar Camden. Essa sempre foi minha verdadeira missão desde o primeiro dia.

– Maldito filho da mãe, mentiu para nós – assobiou o guerreiro.

Chase enfrentou o ambarino olhar acusador.

– Acha que a Ordem teria se preocupado em me ajudar se tivesse pedido para me ajudarem a encontrar um dos jovens desaparecidos do Refúgio Secreto?

Dante o amaldiçoou em voz baixa, furioso.

– Nunca vai saber, não é mesmo?

Chase tinha suas dúvidas, agora que compreendia parte do código dos guerreiros – depois de ter visto em primeira mão que, apesar de seus métodos brutais e da eficiência que os transformava em uma força tão mortal e misteriosa entre a Raça e os humanos, não lhes faltava honra. Eram cruéis assassinos quando necessário, mas Chase suspeitava de que cada um deles, no fundo do coração, fossem homens muito melhores que ele.

Dante o soltou abruptamente e se virou para voltar para o carro. Do outro lado do gramado, Tegan também liberou Elise; os resolutos olhos verdes do guerreiro a acompanharam enquanto se afastava tropeçando, ansiosa, esfregando os lugares onde havia sido tocada.

– Entre no carro, Harvard – disse Dante indicando a porta traseira aberta, com um olhar que prometia graves consequências se Chase não cooperasse. – Vai voltar conosco ao condomínio. Talvez consiga persuadir Lucan de que deveríamos deixar você continuar respirando.

Capítulo 27

Um suor frio escorria pela nuca de Ben Sullivan quando terminou a primeira amostra da nova leva de Carmesim. Não havia mentido quando disse que não sabia a fórmula de cor; tinha feito seu melhor para recriar a droga no prazo absurdamente curto que lhe haviam dado. Com menos de meia hora sobrando, recolheu uma dose da substância avermelhada e a levou até sua cobaia. O jovem, que usava uma calça jeans imunda e um moletom de Harvard, pendia contra as correntes que o mantinham prisioneiro em uma cadeira de escritório com rodinhas, com a cabeça baixa e o queixo pousado no peito.

Quando Ben se aproximou, a porta do laboratório improvisado no porão se abriu e seu tenebroso chefe entrou, acompanhado pelos dois guardas armados que haviam fiscalizado o progresso de Ben o tempo todo.

– Não tive tempo de filtrar a umidade – disse Ben, desculpando-se pela dose viscosa da substância que tinha produzido, esperando com todas as forças que tivesse acertado a receita. – Esse garoto não me parece muito bem. E se não puder testar?

Não houve resposta, apenas um silêncio mortal e avaliador.

Ben soltou o ar com nervosismo e se aproximou do garoto. Ajoelhou-se diante da cadeira. Sob as mechas desgrenhadas do cabelo, uns olhos apáticos se abriram em duras fendas e logo voltaram a se fechar. Ben examinou o rosto pálido e cansado do rapaz que provavelmente havia sido bonito outrora...

Ah, droga.

Conhecia aquele garoto. Conhecia-o das boates – um cliente habitual – e também era o mesmo rosto sorridente que havia visto na fotografia na noite anterior. Como era seu nome mesmo, Cameron ou Camden? Camden, pensou, o garoto que Ben deveria ajudar a localizar para aquele psicopata com presas, que havia jurado matá-lo se não cumprisse o dever. Não que aquela ameaça fosse mais importante que a que Ben enfrentava agora.

– Vamos logo com isso, senhor Sullivan.

Ben tirou uma colherada do Carmesim bruto do copo e a levou até a boca do garoto. No instante em que a substância tocou seus lábios, Camden botou a língua para fora, faminto. Fechou a boca em torno da colher e logo a deixou limpa, parecendo reviver por um momento. Era um drogado desesperado pela próxima dose, percebeu Ben, sentindo uma pontada de culpa.

Esperou até que o Carmesim surtisse algum efeito.

Nada aconteceu.

Serviu mais a Camden, e logo ainda mais. Mas nada acontecia. Maldição. A fórmula não estava certa.

– Preciso de mais tempo – murmurou Ben enquanto a cabeça do rapaz tornava a cair com um gemido. – Estou quase acertando, mas preciso tentar outra vez.

Levantou-se, deu a volta e se surpreendeu ao se deparar com o ameaçador chefe logo diante de si. Ben não o tinha escutado se mexer, no entanto ali estava ele, agigantando-se sobre Ben. Viu seu próprio reflexo exausto no brilho dos óculos escuros do homem. Parecia desesperado e aterrorizado, como um animal encurralado que tremia diante de seu feroz predador.

– Não estamos chegando a lugar algum, senhor Sullivan. E estou ficando sem paciência.

– Você disse duas horas – apontou Ben. – Ainda tenho alguns minutos...

– Sem negociações. – A boca cruel se alargou com desprezo, revelando as brilhantes pontas brancas de afiadas presas. – O tempo acabou.

– Ah, meu Deus! – Ben recuou, acertando a cadeira atrás dele; ela e o garoto preso rolaram para trás, seguidos pelo irritante barulho das rodas giratórias. Tropeçou e caiu ao chão, e logo sentiu fortes dedos lhe agarrando os ombros e levantando-o como se não pesasse nada. Seu corpo se virou bruscamente e foi lançado contra a parede mais distante. Ben sentiu a parte posterior do crânio latejar de dor enquanto desabava. Aturdido, passou a mão atrás da cabeça. E viu os dedos cheios de sangue.

Quando focalizou o olhar embotado nas outras pessoas no porão, seu coração encolheu de pavor. Os dois guardas o fitavam, com as pupilas reduzidas a estreitas fendas e brilhantes íris de cor âmbar cravadas nele como refletores. Um deles abriu a boca e soltou um áspero assobio, deixando à vista as enormes presas.

Até mesmo a atenção de Camden, sentado a vários metros dali, havia sido despertada. Os olhos do garoto ardiam atrás do cabelo, e os lábios se separaram, mostrando compridos e reluzentes caninos.

Mas, por mais aterrorizantes que fossem esses rostos monstruosos, não eram nada em comparação à frieza com que se aproximava aquele que claramente dava as cartas por ali. Dirigiu-se a Ben com passos tranquilos; os lustrosos sapatos pretos avançavam silenciosamente sobre o chão de concreto. Ergueu a mão e Ben também se levantou, pondo-se de pé como se estivesse atado a cordas invisíveis.

– Por favor – resfolegou Ben. – Seja o que for que estiver pensando, não... não faça nada, por favor. Posso conseguir a fórmula do Carmesim para você. Prometo, farei o que quiser!

– É verdade, senhor Sullivan. Fará mesmo.

Moveu-se tão rapidamente que Ben não soube o que o tinha atingido até que sentiu a forte mordida das presas em sua garganta. Ben lutou, sentindo o cheiro de seu próprio sangue jorrando da ferida e escutando os sons molhados que fazia a criatura em seu pescoço ao lhe chupar a veia. Permaneceu ali, suspenso, sentindo a vida escorrer de si e a consciência o abandonar ao mesmo tempo em que sua disposição também ia embora. Estava morrendo, e todo o seu ser se afastava dele em uma escuridão abissal.

– Vamos, Harvard, ou qualquer que seja seu verdadeiro nome – disse Tess, guiando o pequeno *terrier* pela rua assim que a luz do semáforo mudou.

Depois de fechar a clínica às seis em ponto, tinha decidido passar pelo apartamento de Ben em South Side, em uma última tentativa de encontrá-lo por sua conta antes de reportar seu desaparecimento à polícia. Se estivesse outra vez envolvido com tráfico de drogas, provavelmente merecia ser preso, mas, no fundo do coração, ela se importava de verdade com ele e queria ver se conseguia convencê-lo a procurar ajuda antes que as coisas tivessem de chegar a esse ponto.

A vizinhança de Ben não era a mais agradável, especialmente na escuridão da noite, mas Tess não estava com medo. Muitos de seus clientes eram dessa área: trabalhadores, boa gente. Ironicamente, se havia alguém de quem desconfiar naquele conglomerado de apartamentos de dois e três andares, provavelmente era do traficante de drogas que morava no apartamento 3B, no prédio de onde Tess se aproximava.

Havia uma televisão ligada na habitação do primeiro andar, que lançava uma assustadora aura azul sobre a calçada. Tess levantou a cabeça, observando as janelas de Ben em busca de qualquer sinal de que estivesse ali. As velhas persianas brancas da porta da sacada e da janela do quarto estavam fechadas. O apartamento se encontrava às escuras, sem nenhuma luz em parte alguma, e tampouco movimentação.

Ou... não?

Embora fosse difícil ter certeza, podia jurar ter visto uma das persianas balançar contra a janela – como se alguém dentro do apartamento a tivesse mexido ou esbarrado nela sem querer.

Seria Ben? Se estivesse em casa, evidentemente não queria que ninguém soubesse, incluindo ela. Não havia retornado nenhuma de suas ligações ou seus *e-mails*, então por que deveria pensar que ele gostaria se ela aparecesse agora em seu apartamento?

E se não estivesse em casa? E se fosse algum invasor? E se fosse algum de seus contatos no submundo das drogas esperando que ele voltasse? E se alguém estivesse lá nesse exato momento virando o lugar de pernas para o ar, procurando pelo *pen drive* que estava no bolso de seu casaco?

Tess se afastou do prédio, sentindo uma onda de nervosismo se espalhar pela coluna. Segurava com força a coleira de Harvard, apartando-o silenciosamente dos arbustos secos que se alinhavam na calçada.

Então viu outra vez – um nítido movimento nas cortinas do apartamento de Ben. Uma delas começou a se abrir na sacada escura do terceiro andar. Havia uma pessoa saindo. Era alguém enorme e, definitivamente, não se tratava de Ben.

– Ah, droga – sussurrou por baixo da respiração, inclinando-se para pegar o cachorro para que pudesse dar o fora dali no próximo instante.

Começou a correr pela calçada, atrevendo-se a olhar rapidamente sobre o ombro. O homem estava junto ao frágil gradil da varanda, esquadrinhando a noite. Ela sentiu o calor selvagem de seu olhar sendo arremessado como uma lança através da escuridão. Seus olhos estavam incrivelmente brilhantes... Reluzentes.

– Ah, meu Deus.

Tess correu para cruzar a rua. Quando voltou a olhar o prédio de Ben, o homem na varanda estava sobre o gradil e outros dois vinham logo atrás. O que estava na dianteira passou as pernas por cima da beirada e saltou como um gato sobre a grama. Começou a correr atrás dela a toda velocidade. E então, como se a rapidez dele tivesse lhe refreado os próprios passos, Tess sentiu os pés pesados – como se estivesse andando sobre areia movediça.

Tess abraçou Harvard junto ao peito e correu até a outra calçada, desviando-se dos carros estacionados ao meio-fio. Voltou a olhar para trás e viu que seu perseguidor havia desaparecido. Sentiu alívio por uma breve fração de segundo.

Porque, quando voltou a olhar para frente, viu que ele estava subitamente ali, a menos de cinco passos diante dela, bloqueando-lhe o caminho. Como podia ter chegado ali tão rápido? Nem sequer havia visto ele se mover, muito menos escutado seus passos sobre o pavimento.

Ele inclinou a cabeçorra para ela e farejou o ar como um animal. Ele – ou melhor, aquele ser estranho, porque, fosse o que fosse, não era humano – começou a rir baixinho.

Tess retrocedeu, movendo-se desajeitadamente, incrédula. Aquilo não estava acontecendo. Não era possível. Tinha de ser algum tipo de brincadeira doentia. Era impossível.

– Não. – Deu mais um passo atrás, e outro, balançando a cabeça em negação.

O grandalhão começou a se mover, avançando em direção a ela. O coração de Tess palpitava apressado, em pânico, e cada instinto seu ressoava em sinal de alerta. Virou-se sobre os calcanhares e disparou a correr...

No mesmo instante, outro homem de aparência brutal se interpôs entre os carros e a encurralou.

– Olá, lindeza – disse com uma voz áspera repleta de pura maldade.

Sob a tênue luz dos postes da rua, o olhar de Tess se cravou na boca aberta do sujeito. Seu lábio superior se levantava ameaçador, revelando um imenso par de presas.

Tess deixou o cachorro cair de seus braços frouxos e soltou um grito aterrorizado que disparou noite adentro.

– Vire à esquerda aqui – disse Dante a Tegan do banco de passageiro do Range Rover. Chase estava sentado no banco traseiro, como se esperasse por sua execução; e Dante estava prestes a prolongar ainda mais essa expectativa. – Vamos passar pelo Southie antes de seguirmos para o condomínio.

Tegan assentiu com seriedade e virou o veículo no semáforo.

– Acha que o traficante pode estar em casa?

– Não sei. Mas vale a pena checar.

Dante esfregou uma região gelada atrás do pescoço; era um vazio estranho que lhe oprimia os pulmões, dificultando a respiração. A sensação era mais visceral que física, como um forte beliscão despertando seus instintos e colocando seus sentidos em estado de alerta. Acionou o controle da janela ao seu lado, observando o vidro escuro descer enquanto inalava o ar fresco da noite.

– Está tudo bem? – Perguntou Tegan; sua voz grave fluía do banco do motorista. – Ou está prestes a repetir o que aconteceu mais cedo?

– Não. – Dante negou vagamente com a cabeça, sem tirar os olhos da janela aberta; observava as luzes embotadas e o tráfego enquanto deixavam para trás os edifícios do centro da cidade e a velha vizinhança de South Boston começava a aparecer. – Não, é algo... diferente.

O maldito nó gelado no peito se aprofundava, tornando-se glacial, enquanto as palmas das mãos começavam a suar. Sentiu o estômago se retorcer. A adrenalina disparou em suas veias em uma torrente repentina.

Que diabos?

Era o medo que lhe percorria o corpo, percebeu. Um terror intenso. Não exatamente dele, mas de outra pessoa.

Ah, meu Deus.

– Pare o carro.

O que estava sentindo era o medo de Tess. Seu temor chegava até ele por meio da união de sangue que compartilhavam. Ela estava em perigo lá fora. Em perigo mortal.

– Tegan, pare esse maldito carro!

O guerreiro pisou no freio e virou o volante bruscamente para a direita, fazendo o Range Rover derrapar até o meio-fio. Não estavam muito longe do apartamento de Ben Sullivan; o prédio dele não devia estar a mais de seis quadras de distância – o dobro, se tivessem de percorrer o labirinto de ruas de mão única e semáforos até lá.

Dante abriu a porta do passageiro e saltou na rua. Inspirou profundamente, rezando para que conseguisse encontrar o cheiro de Tess.

E ali estava.

Detectou o doce aroma de canela entrelaçado aos outros milhares de odores carregados pela brisa fresca da noite. A fragrância do sangue de Tess era apenas um rastro, mas estava ficando cada vez mais forte... Forte até demais.

Dante sentiu suas veias gelarem.

Em algum lugar, não muito longe dali, Tess estava sangrando.

Tegan se inclinou sobre o banco, com o robusto antebraço apoiado no volante, e estreitou os olhos.

– Dante, cara... Que foi? O que está acontecendo?

– Não há tempo – disse Dante. Voltou-se para o carro e bateu a porta. – Estou indo a pé. Preciso que vá ao apartamento de Ben Sullivan. Fica...

– Eu me lembro do caminho – interveio Chase do banco traseiro, encontrando o olhar de Dante pela janela aberta do carro. – Vá. Estaremos logo atrás de você.

Dante assentiu ao rosto deles que o olhavam com gravidade, virou-se e partiu em disparada.

Atravessou jardins, pulou sobre cercas, correu à toda por estreitos becos, disparando ao máximo toda a velocidade e a agilidade típica dos da Raça. Para os humanos por quem passava, era tão somente um sopro de ar frio, uma brisa gelada de novembro na nuca. Enquanto corria em meio a eles, toda sua concentração reunida em um só objetivo: Tess.

No meio de uma rua lateral que dava para o quarteirão de Ben Sullivan, Dante viu o pequeno *terrier* que Tess tinha salvado da morte com o poder de cura de suas mãos. O cachorro vagava solto pela escuridão da calçada, arrastando a correia solta atrás de si.

Era um sinal terrível, mas ao menos Dante sabia que devia estar perto.

Que Deus o ajudasse, tinha de estar perto.

– Tess! – Gritou, rezando para que ela pudesse escutá-lo.

Rezando para que já não fosse tarde demais.

Virou a esquina de um prédio de três andares, saltando sobre os brinquedos e as bicicletas que se encontravam no jardim da frente. O aroma de sangue estava ainda mais forte, e uma dose de medo lhe martelava as têmporas.

– Tess!

Rastreou-a como se emitisse raios *laser*, correndo em meio ao pânico desesperado assim que captou os ruídos baixos e os grunhidos de Renegados disputando um prêmio.

Ah, Deus. Não.

Do outro lado da rua do prédio onde morava Ben Sullivan, jazia a bolsa de Tess próxima ao meio-fio, e seu conteúdo estava todo espalhado pelo chão. Dante desviou para a direita, correndo por um caminho desgastado que passava entre duas casas. Havia um galpão ao fim do atalho, e a porta balançava devagar nas dobradiças.

Tess estava lá dentro. Dante sentia isso com um terror tão intenso que seus pés vacilaram.

Atrás dele, uma fração de segundo antes que pudesse chegar até o galpão e derrubar tudo com as próprias mãos, um Renegado saiu das sombras e saltou sobre ele. Dante se virou enquanto ele caía, sacando uma das adagas e retalhando o rosto do desgraçado. O Renegado soltou um grito de outro mundo, fugindo dele em completa agonia enquanto seu sistema sanguíneo corrompido sofria o impacto letal do titânio. Dante se virou agachado e se atirou a seus pés enquanto o Renegado passava por espasmos até alcançar rapidamente a morte e a decomposição.

Nesse instante, o Range Rover rugiu na rua e se deteve bruscamente. Tegan e Chase saltaram, com as armas em punho. Outro Renegado saiu da escuridão, mas, assim que viu o olhar mortal de Tegan, decidiu correr na direção oposta. O guerreiro saltou como um majestoso felino, atirando-se em busca da presa.

Chase provavelmente viu mais encrenca no apartamento de Ben Sullivan, porque segurou a pistola ao alto e correu pela rua furtivamente.

Já Dante mal estava ciente das ações ao seu redor. Suas botas comprimiam a terra enquanto se dirigia apressado ao galpão e aos barulhos terríveis que saíam de lá. Os ruídos molhados e viscosos de vampiros se alimentando não eram novidade para ele, mas a ideia de que pudessem estar machucando Tess disparou sua fúria em níveis nucleares. Aproximou-se silenciosamente da porta oscilante e a arrancou com uma só mão. Ela atravessou o terreno baldio, instantaneamente esquecida.

Dois Renegados seguravam Tess no chão do galpão; um lhe chupava o pulso, e o outro estava atracado à sua garganta. Ela jazia imóvel sob eles, tão paralisada que o coração de Dante congelou de terror assim que seus olhos captaram a cena. Mas podia sentir que ainda estava viva. Podia escutar seu débil pulso ecoando nas próprias veias. Alguns segundos a mais e eles a teriam sugado completamente.

Dante soltou um bramido que fez o lugar tremer; sua fúria fervia e emanava dele como uma negra tempestade. O Renegado que se alimentava do pulso de Tess se afastou com um silvo; o sangue dela encharcava seus lábios arreganhados e manchava as compridas presas de uma intensa cor escarlate. O vampiro se virou no ar, fugindo para um canto do teto do galpão como uma aranha.

Dante acompanhou seus movimentos, desembainhando uma de suas *Malebranche* e lançando-a pelo ar. A lâmina de titânio giratória acertou em cheio o pescoço do Renegado, em um golpe letal. Ele caiu ao chão com um chiado, e Dante voltou seu ódio para o vampiro maior, quese moveu para desafiá-lo com sua presa.

O Renegado se encontrava agachado diante do corpo inerte de Tess, enfrentando Dante com as presas expostas e os olhos incandescentes e selvagens. Parecia um vampiro jovem por trás da Sede de Sangue que o tinha convertido em uma besta, e provavelmente se tratava de um dos civis desaparecidos do Refúgio Secreto. Não importava; o único Renegado bom era um Renegado morto – especialmente esse, que havia encostado as mãos e a boca em Tess, sugando-lhe sua preciosa vida.

Já poderia tê-la matado, se Dante não a tirasse logo de lá.

Com o sangue gritando nas veias e nos músculos, sentindo a dor de Tess e outra inteiramente sua agitando-o para o combate, Dante mostrou suas próprias presas e saltou sobre o Renegado com um rugido. Queria se vingar brutalmente, destroçar o desgraçado pedacinho por pedacinho antes de estripá-lo com uma de suas adagas. Mas o principal era o fim. Tudo o que importava era salvar Tess.

Dante se aferrou à mandíbula do Renegado, levantou o braço e desferiu um violento soco, quebrando-lhe vários ossos e lesionando seus tendões. Enquanto o desprezível ser gritava, Dante girou uma adaga em sua mão livre e enterrou a lâmina de aço e titânio no peito do vampiro. Empurrou o cadáver de lado e correu para acudir Tess.

– Ah, meu Deus. – Ajoelhou-se junto a ela e ouviu sua respiração suave e resfolegante. Era superficial, fraca demais. A ferida em seu pulso estava preocupante, mas a do pescoço era extremamente selvagem. Sua pele estava pálida como a neve, e sentiu-a gelada ao levar a mão aos lábios e beijar-lhe os dedos frouxos. – Tess... aguente firme, meu bem. Estou aqui agora. Vou tirar você daqui.

Levantando-a nos braços, Dante a segurou contra si e a levou para fora.

Capítulo 28

Chase saltou sobre o cadáver de um homem que jazia do lado de fora da porta do apartamento do primeiro andar; a televisão soava alto no interior da sala. O velho havia sido surrado pelos Renegados, e ao menos um deles ainda se encontrava no edifício. Chase subiu as escadas até o apartamento de Ben Sullivan em total silêncio, sentindo as coxas pulsarem e os sentidos atentos aos arredores. Segurava a Beretta com as duas mãos, perto do ombro direito, já destravada e com o cano apontado para o teto. Estava pronto para atirar e disparar balas de titânio em menos de um segundo. Para o Renegado que se movia sem nenhum cuidado no apartamento logo acima da escada, a morte era iminente.

Ao alcançar o último degrau, Chase se deteve junto ao corredor adjacente à porta aberta. Através da fresta do batente, viu que o lugar havia sido revirado. Os Renegados que tinham ido até ali estavam procurando por algo – sem dúvidas, não por Ben Sullivan, a menos que esperassem encontrá-lo escondido em uma das dúzias de gavetas e arquivos que haviam sido vasculhados no apartamento. Vislumbrou um movimento no interior do aposento e recuou bem na hora que um Renegado saiu da cozinha com uma faca de açougueiro e começou a retalhar as almofadas da poltrona, destroçando-as.

Com a ponta da bota, Chase abriu a porta o bastante para poder deslizar-se para dentro; logo, entrou na sala com cautela, apontando a pistola 9 mm para as costas do Renegado. A busca frenética do vampiro não o fez perceber a ameaça que se assomava atrás dele, até que Chase estivesse a menos de um metro de distância, segurando o cano da pistola na altura de sua cabeça.

Chase poderia ter atirado naquele instante e, provavelmente, deveria ter disparado. Todo o seu treinamento e a lógica lhe diziam para apertar o gatilho e liberar uma daquelas balas especiais de titânio contra o crânio do Renegado, mas o instinto o fez hesitar.

Em uma fração de segundo, sua mente fez um inventário visual do vampiro diante dele. Notou a altura e o porte atlético, as roupas de civil... a sombra da inocente juventude escondida sob o moletom imundo, a calça jeans e o cabelo engordurado e despenteado. Estava diante de um viciado, não tinha dúvidas sobre isso. O Renegado cheirava a sangue azedo e suor – as marcas de um vampiro perdido à Sede de Sangue.

Porém aquele drogado não era nenhum desconhecido.

– Meu Deus – sussurrou Chase sob a respiração. – Camden?

O Renegado ficou completamente imóvel ante o som da voz de Chase. Levantou os ombros e virou a cabeça despenteada para um lado, inclinada em um ângulo exagerado. Grunhiu através dos dentes e das presas, farejando o ar. Seu olhar não estava totalmente visível, mas Dante pôde notar que os olhos do sobrinho reluziam uma intensa cor ambarina, brilhando em seu rosto pálido.

– Cam, sou eu. Seu tio. Abaixe a faca, filho.

Se Camden havia entendido algo, não deu nenhum sinal. Tampouco soltou a enorme faca de açougueiro que segurava na mão. Começou a se virar lentamente, como um animal que se dá conta, de repente, que está encurralado.

– Está tudo acabado – disse-lhe Chase. – Agora está a salvo. Estou aqui para ajudar você.

Mesmo enquanto dizia as palavras, Chase se perguntou se realmente as dizia de coração. Baixou a pistola, mas não ajustou a trava de segurança; cada músculo de seu braço estava tenso, e seu dedo pairava sobre o gatilho. Sentiu uma onda de apreensão percorrer a coluna, tão fria quanto a brisa da noite que entrava no apartamento pela porta e pelas janelas abertas. Chase também se sentia encurralado, inseguro de seu sobrinho e de si mesmo.

– Camden, sua mãe está muito preocupada com você. Quer que volte para casa. Pode fazer isso por ela, filho?

Houve um demorado momento de cauteloso silêncio, enquanto Chase observava o único filho de seu irmão se virar para encará-lo. Mas não estava preparado para o que viu. Tentou manter a expressão controlada, mas podia sentir a bile subindo pela garganta ao contemplar a aparência esfarrapada e cheia de manchas de sangue do garoto que, não mais que duas semanas atrás, estivera rindo e brincando com seus amigos, um menino de ouro cujo, futuro havia sido promissor.

Chase não conseguiu encontrar nenhum sinal daquela esperança no macho feroz que se encontrava diante dele agora, com as roupas todas sujas da carnificina de que tinha participado lá embaixo, e a faca da cozinha apertada na mão, pronta para entrar em ação. Suas pupilas estavam fixas e estreitas, meras fendas negras no centro do olhar vazio de cor âmbar.

– Cam, por favor... deixe-me ver que está aí em algum lugar.

As palmas das mãos de Chase começaram a suar. Seu braço direito começou a subir como se tivesse vontade própria, levantando a arma lentamente. O Renegado grunhiu, encolhendo as pernas. Seu feroz olhar saltava de um lado a outro, calculando, decidindo. Chase não sabia se o instinto de Camden naquele momento era o de lutar ou o de fugir. Elevou a pistola 9 mm cada vez mais, com os dedos trêmulos sobre o gatilho.

– Ah, droga... isso não vai bem. Nada bem.

Com um suspiro desolado, inclinou o cano da pistola para cima e disparou uma bala no teto. O estalo do disparo ecoou intensamente, e Camden, sobressaltado, entrou em ação, lançando-se através da sala para escapar. Passou correndo ao lado de Chase em direção à porta aberta da varanda. Sem sequer olhar para trás, saltou sobre a sacada e desapareceu de vista.

Chase vacilou sobre os pés, sentindo uma opressiva mistura de alívio e arrependimento. Havia encontrado seu sobrinho, mas tinha acabado de permitir que um Renegado voltasse às ruas.

Quando, por fim, levantou a cabeça e fitou a porta aberta do apartamento, encontrou Tegan ali parado, observando-o com um olhar sagaz e penetrante. Talvez o guerreiro não o tivesse visto deixando que o Renegado partisse, mas sabia o que havia acontecido. Aqueles olhos verdes vazios e inexpressivos pareciam saber de tudo.

– Não pude – murmurou Chase sacudindo a cabeça, com os olhos baixos contemplando a arma descarregada. – Ele é parte de minha família, e eu simplesmente... não pude.

Tegan não disse nada durante um longo momento, avaliando-o em silêncio.

– Precisamos ir agora – disse sem se alterar. – A mulher está em mau estado. Dante está esperando com ela no carro.

Chase assentiu e logo seguiu o guerreiro para fora do edifício.

Com o pulso ainda palpitando de medo e de raiva, Dante acomodou Tess no banco traseiro do Range Rover, apoiando-lhe a cabeça e os ombros nos braços, e cobrindo-a com sua jaqueta para mantê-la aquecida. Havia rasgado sua camisa em tiras de pano para enfaixar de modo improvisado o machucado no pulso e a ferida mais grave no pescoço.

Ela jazia imóvel contra ele, quase sem peso algum. Ele contemplou seu rosto, dando graças que os Renegados não tivessem chegado a ponto de surrá-la ou torturá-la, como sua espécie doentia estava acostumada a fazer com suas vítimas. Tampouco a haviam estuprado, e isso também era uma enorme bênção, dada sua natureza selvagem e animalesca. Porém tinham tomado seu sangue – em grande quantidade. Se Dante não a tivesse encontrado naquela hora, eles poderiam tê-la drenado por completo.

Estremeceu-se, gelando até os ossos diante daquele pensamento. Ao vê-la ali, deitada inconsciente, com as pálpebras fechadas e a pele pálida e fria, Dante sabia a maneira certa de ajudá-la. Ela precisava de sangue para repor o que havia perdido. E não as transfusões sanguíneas de que suas irmãs humanas precisariam, mas do sangue de um vampiro da Raça.

Ele já tinha forçado meio caminho do vínculo de sangue com ela, na noite em que bebeu de seu sangue para se salvar. Será que conseguiria ser tão insensível a ponto de acorrentá-la com a consumação daquele vínculo sem que ela pudesse sequer dar sua opinião? Porém a outra única alternativa era ficar ali e vê-la morrer em seus braços.

E isso era inaceitável, ainda que ela o odiasse por lhe dar uma vida em que estaria ligada a ele por laços indestrutíveis. Ela merecia muito mais do que ele tinha a oferecer.

– Maldição, Tess. Sinto muito. É o único jeito.

Levou o próprio pulso à boca e fez um corte vertical com a ponta afiada de suas longas presas. O sangue brotou na superfície, escorrendo num filete pelo braço nu. Estava vagamente consciente dos passos apressados que se aproximavam do veículo enquanto levantava a cabeça de Tess para alimentá-la.

As portas da frente se abriram, e Tegan e Chase entraram. Tegan olhou para trás e pousou a vista sobre o braço de Tess – sobre a frouxa mão direita, que havia escorregado por debaixo da jaqueta de Dante. A mão em que havia a marca de nascença em forma de lágrima sobre uma lua crescente. Os olhos do guerreiro se estreitaram e logo se dirigiram a Dante, com um ar de dúvida e advertência.

– Ela é uma Companheira de Raça.

– Sei disso – respondeu Dante a seu companheiro de lutas. Nem sequer tentou disfarçar o grave tom de preocupação em sua voz. – Dirija, Tegan. Leve-nos ao condomínio o mais rápido que puder.

Enquanto o guerreiro ligava o motor do Range Rover e pisava no acelerador, Dante posicionou o pulso contra os lábios frouxos de Tess e contemplou o sangue gotejar dentro de sua boca.

Capítulo 29

Tess pensou que estivesse morrendo. Sentia-se muito leve e pesada ao mesmo tempo, flutuando no limbo entre a dor de um mundo e o profundo mistério do outro. A obscura ressaca daquele lugar distante e desconhecido a puxava, mas não sentia medo. Um calor reconfortante a envolvia, como se fortes asas de um anjo a abraçassem, sustentando-a no alto, por cima da crescente maré que batia gentilmente em suas pernas.

Afundou-se naquele abraço terno. Precisava daquela força firme e constante.

Ouvia vozes ao seu redor, em tom baixo e urgente, mas as palavras lhe eram indistintas. Seu corpo vibrava com o constante zumbido de movimentos debaixo dela, e seus sentidos estavam letárgicos com o balanço irregular dos membros. Estaria sendo transportada para algum lugar? Estava exausta demais para se questionar, satisfeita em simplesmente se deixar levar pelo calor protetor que a embalava.

Queria dormir. Apenas desaparecer e dormir, para sempre...

Uma diminuta gota quente respingou sobre seus lábios. Como seda, correu lentamente pela fresta da boca, e sua fragrância sedutora se elevou até o nariz. Outra gota caiu em seus lábios, cálida, úmida e inebriante como o vinho, e Tess passou a língua para prová-la.

Assim que sua boca se abriu, inundou-se com um calor fluido. Gemeu, sem saber o que estava provando, mas com a certeza de que precisava de mais. O primeiro gole rugiu através dela como uma onda gigantesca. Havia mais para tomar, um fluxo constante em que ela se aferrava com os lábios e a língua. Bebia da fonte como se estivesse morrendo de sede. Talvez realmente estivesse. Tudo o que sabia era que queria aquele líquido, precisava dele, e não conseguia obter o bastante.

Alguém murmurou seu nome com ternura, profundamente, enquanto ela bebia o estranho elixir. Conhecia a voz. Conhecia o aroma que parecia florescer ao seu redor e derramar-se em sua boca.

Sabia que ele a estava salvando, o anjo negro cujos braços a protegiam nesse momento.

Dante.

Era Dante quem estava com ela naquele vácuo peculiar; ela sabia com cada partícula de seu ser.

Tess ainda flutuava, elevada acima do turbulento mar do desconhecido. Lentamente, a água escura subiu e a engolfou, densa como uma nata, quente como um banho. Dante a ajudava, segurando-a com os braços firmes, tão fortes e gentis. Ela se esvaneceu na maré agitada, bebendo-a, sentindo-a penetrar em seus músculos, nos ossos, e até mesmo nas menores células.

Na paz que a inundava, a consciência de Tess se deslizou para outro mundo, que lhe aparecia em intensos tons escarlate, carmesim e púrpura.

O percurso até o condomínio durou uma eternidade, embora Tegan tivesse batido alguns recordes de velocidade ao conduzir pelas ruas movimentadas e tortuosas de Boston até chegar à estrada particular que levava ao quartel-general da Ordem. Assim que o veículo estacionou na garagem, Dante abriu a porta do carro e cuidadosamente tomou Tess nos braços.

Seu estado de consciência oscilava, e ela ainda estava fraca pela perda de sangue e pelo trauma, mas Dante tinha esperanças de que sobreviveria. Havia tomado apenas uma porção diminuta de seu sangue. Agora que estava a salvo no condomínio, ele se asseguraria de que ela tomasse tanto quanto precisasse.

Maldição, estava disposto a dar todo seu sangue se fosse preciso para salvá-la.

Por Deus, não era só uma ideia estupidamente nobre; era realmente verdade. Estava desesperado para salvar Tess, tanto que morreria por ela. Os laços físicos de seu vínculo de sangue agora consumado garantiam a necessidade de protegê-la, mas, na verdade, era algo mais forte que isso. Era ainda mais profundo do que jamais teria imaginado.

Ele a amava.

A ferocidade dessa emoção fulminou Dante enquanto entrava no elevador da garagem carregando Tess, seguido por Tegan e Chase. Alguém apertou o botão para descer e logo começaram a silenciosa e suave descida através dos quase cem metros de terra e aço que protegiam o condomínio da Raça do resto do mundo.

Quando a porta se abriu, Lucan os esperava em pé no corredor logo em frente ao elevador. Gideon se encontrava a seu lado, e ambos os guerreiros estavam armados e tinham expressões graves no rosto. Sem dúvida, Lucan havia sido alertado da chegada urgente dos outros quando o Range Rover apareceu na câmera de segurança do portão do condomínio.

Lançou um olhar a Dante e à mulher brutalmente atacada em seus braços e proferiu uma obscura maldição.

– O que aconteceu?

– Deixe-me passar – disse Dante enquanto passava por seus irmãos, tendo o cuidado de não deixar que Tess esbarrasse em nada. – Ela precisa descansar em algum lugar quente. Perdeu muito sangue...

– Dá para ver. Mas que diabos aconteceu lá fora?

– Renegados – interveio Chase, encarregando-se de explicar tudo a Lucan enquanto Dante caminhava pelo corredor, com toda a atenção voltada para Tess. – Um grupo deles estava revirando o apartamento do traficante de Carmesim. Não sei o que estavam procurando, mas a mulher deve ter topado com eles de alguma maneira. Talvez tenha tentado impedi-los. Sofreu mordidas no braço e na garganta de mais de um agressor.

Dante assentiu diante dos fatos, agradecido pela assistência verbal do vampiro do Refúgio Secreto, já que sua própria voz parecia ter secado na garganta.

– Meu Deus – exclamou Lucan, voltando um olhar preocupado a Dante. – Essa é a Companheira de Raça de quem me falou? É Tess?

– Sim. – Baixou os olhos para ela, tão imóvel e lívida em seus braços, e sentiu um pungente calafrio no peito. – Uns segundos a mais e talvez fosse muito tarde...

– Malditos desgraçados – assobiou Gideon, passando a mão pelo cabelo. – Vou preparar um quarto para ela na enfermaria.

– Não. – A resposta de Dante soou mais ríspida do que pretendia e inflexível. Estendeu o pulso com o corte; a pele ainda estava vermelha e úmida na região onde Tess tinha se alimentado. – Ela é minha. Fica comigo.

Gideon arregalou os olhos, porém não disse mais nada. Tampouco os outros se atreveram a falar, enquanto Dante se separou do grupo de guerreiros e se dirigiu com Tess pelo labirinto de corredores até seus aposentos pessoais. Assim que entrou, levou-a até o quarto e a colocou gentilmente sobre a enorme cama. Manteve a iluminação fraca, com a voz suave e baixa, enquanto tratava de acomodá-la.

Com uma ordem mental, abriu a torneira da pia do banheiro, deixando a água quente correr enquanto tirava com cuidado as bandagens improvisadas que cobriam o pulso e o pescoço de Tess. Felizmente, haviam parado de sangrar. As feridas eram rudes e horrendas em sua pele impecável, mas o pior já tinha passado.

Ao ver as terríveis marcas deixadas pelos Renegados que a tinham atacado, Dante desejou ter o dom de cura de Tess. Queria apagar os machucados antes que ela pudesse vê-los, mas não era capaz desse tipo de milagre. Seu sangue iria curá-la por dentro, repor as forças de seu corpo e dar-lhe uma vitalidade sobrenatural, que ela jamais tinha conhecido. Com o tempo, se ela se alimentasse dele regularmente como sua parceira, sua saúde a manteria eternamente jovem. E logo as cicatrizes também se curariam. Mas não logo o bastante para ele. Queria destroçar seus agressores outra vez, torturá-los lentamente ao invés da morte rápida que os Renegados haviam recebido.

O desejo de violência e de vingança contra cada Renegado que pudesse, alguma vez, fazer mal a ela ferveu dentro dele como ácido. Dante acalmou tal urgência, concentrando toda sua energia em cuidar de Tess com mãos respeitosas e gentis. Retirou-lhe o casaco manchado de sangue, puxando as mangas e erguendo seu corpo mole para tirá-lo por inteiro. O suéter que usava por baixo também estava destruído; a malha de algodão verde-clara estava impregnada de um vermelho gritante ao redor do pescoço e na borda da manga comprida.

Teria de cortar a blusa; não havia como tirá-la pela cabeça sem afetar a terrível ferida na garganta. Pegou uma das adagas presas ao quadril e deslizou a lâmina por debaixo da borda, rasgando a roupa em uma só linha no centro. O macio algodão caiu ao lado, deixando exposto o suave torso de Tess e a renda cor de pêssego de seu sutiã.

Uma comoção sexual despertou dentro dele, tão automática como sua respiração, ao contemplar a perfeição de sua pele, as doces curvas femininas de seu corpo. Sempre que a via, seu desejo surgia, mas vê-la marcada pelas cruéis mãos dos Renegados o acalmou, triunfando sobre a força do desejo primário de possuí-la.

Agora ela estava a salvo, e isso era tudo de que ele precisava.

Dante pousou a adaga sobre o criado-mudo e tirou a blusa arruinada de Tess, atirando-a junto ao casaco, ao lado da cama. O quarto estava quente, mas sua pele continuava fria ao toque. Dante puxou a ponta do edredom de seda negra do outro lado da imensa cama e a cobriu, então foi até o banheiro pegar um pano úmido e uma toalha limpa para limpá-la. Quando voltou ao quarto, escutou uma suave batida na porta aberta de seus aposentos, delicada demais para vir de algum dos guerreiros.

– Dante? – A voz aveludada de Savannah era ainda mais suave que sua batida. Entrou trazendo consigo um punhado de pomadas e remédios, e seus olhos escuros e amáveis estavam repletos de compaixão. A companheira de Lucan, Gabrielle, cujos cabelos tinham um tom castanho-avermelhado, também estava com ela; trazia nos braços um roupão felpudo. – Ficamos sabendo do que aconteceu e pensamos em trazer algumas coisas para ajudar a deixá-la mais confortável.

– Obrigado.

Ao lado da cama, observou distraidamente as duas mulheres se aproximarem com os objetos. Toda sua atenção estava concentrada em Tess. Levantou a mão dela e passou com cuidado a borda do pano quente sobre a crosta de sangue em seu pulso, esfregando o mais suavemente possível com suas grandes mãos desajeitadas, mais adequadas para segurar armas de fogo ou aço.

– Ela está bem? – Perguntou Gabrielle atrás dele. – Lucan disse que você deu seu próprio sangue para salvá-la.

Dante assentiu, mas não se sentia nem um pouco orgulhoso do que tinha feito.

– Ela vai me odiar quando souber o que isso quer dizer. Não sabe que é uma Companheira de Raça. E não sabe... quem eu sou.

Surpreendeu-se ao sentir uma pequena mão reconfortando-o no ombro.

– Então deveria contar a ela, Dante. Não demore. Confie nela, ela vai entender a verdade, ainda que se mostre resistente a aceitá-la de primeira.

– Sim – disse ele. – Sei que ela merece saber a verdade.

Sentiu-se agradecido pelo gesto compassivo de Gabrielle e pelo sábio conselho. Afinal de contas, ela falava por experiência própria.

A mulher havia recebido a mesma espantosa verdade de Lucan apenas alguns meses atrás. Embora o casal fosse inseparável desde então, claramente apaixonados, a trajetória de Lucan e Gabrielle não tinha sido nada fácil. Nenhum dos guerreiros sabia dos detalhes, mas Dante podia imaginar que Lucan, com sua natureza fria e distante, não havia facilitado as coisas para nenhum dos dois.

Savannah se aproximou dele junto à cama.

– Depois de limpar as feridas, passe um pouco desta pomada sobre elas. Junto com seu sangue correndo pelas veias, o remédio vai ajudar a acelerar o processo de cura e diminuir as cicatrizes.

– Certo. – Dante pegou o pote de remédio caseiro e o colocou sobre o criado-mudo. – Muito obrigado. Às duas.

As mulheres lhe lançaram sorrisos compreensivos, e Savannah se abaixou para recolher a blusa e o casaco imundos de Tess.

– Acho que isso não vai mais servir para nada. – No instante em que seus dedos tocaram a roupa, suas feições serenas se alteraram. Fechou os olhos e estremeceu. Conteve a respiração e logo a soltou em um suspiro trêmulo.

– Meu Deus, pobrezinha. O ataque foi tão... selvagem. Sabia que sangrou quase até a morte?

Dante inclinou a cabeça.

– Sim.

– Estava quase morta quando você... Bem, você a salvou, e é isso o que importa – disse Savannah, adotando um tom sereno que mal disfarçava o desconforto que sentia depois de saber dos terríveis detalhes do ataque de Tess. – Se precisar de qualquer coisa, Dante, é só pedir. Gabrielle e eu faremos o que estiver a nosso alcance para ajudar.

Ele assentiu, voltando a limpar as feridas de Tess com o pano úmido. Ouviu as mulheres saírem, e o ambiente ao seu redor ficou em silêncio com o peso de seus pensamentos. Não sabia há quanto tempo estava ao lado de Tess... certamente, há horas. Limpou-a e secou-a com a toalha, então subiu na cama ao seu lado e se deitou, observando-a dormir e rezando para que logo abrisse seus belos olhos para ele outra vez.

Centenas de pensamentos atravessaram sua mente enquanto estava ali, deitado, centenas de promessas que queria fazer a ela. Queria que ela estivesse sempre a salvo, sempre feliz. Queria que vivesse para sempre. Com ele, se o aceitasse; ou sem ele, se essa fosse a única alternativa. Tomaria conta dela enquanto fosse capaz, e se – ou, mais provavelmente, quando – a morte que o perseguia finalmente o alcançasse, já teria se encarregado de garantir um lugar perene para Tess entre a Raça.

Deus, estava realmente pensando no futuro?

Fazendo planos?

Parecia tão estranho que, depois de passar toda a vida vivendo como se não houvesse amanhã – convencido de que a qualquer segundo realmente não haveria –, uma só mulher fosse capaz de lançar abaixo todos esses pensamentos pessimistas. Continuava acreditando que a morte o espreitava da esquina – sabia disso com a mesma certeza de que sua mãe tinha de sua própria morte e da de seu parceiro –, mas aquela mulher extraordinária lhe havia dado esperanças infernais de que estivesse enganado.

Tess o fazia desejar ter todo o tempo do mundo, contanto que pudesse passar cada segundo ao lado dela.

Ela tinha de acordar logo. Precisava se recuperar, porque ele precisava esclarecer várias coisas com ela. Ela tinha de saber o que ele sentia, o quanto ela significava para ele – e o que ele lhe havia feito, unindo-os por um laço de sangue.

Quanto tempo demoraria até que seu sangue fosse absorvido pelo corpo dela e começasse o processo de rejuvenescimento? De quanto precisaria? Ela havia tomado uma quantidade mínima durante o percurso até o condomínio, apenas as poucas ralas gotas que ele tinha conseguido lhe pôr na boca e fazer sua debilitada garganta engolir. Talvez precisasse de mais.

Com a adaga que repousava ao seu lado no criado-mudo, Dante fez um novo corte no pulso. Apertou a ferida aberta contra os lábios de Tess, esperando sentir sua reação; teve vontade de xingar os céus ao ver que sua boca permanecia imóvel, e o sangue se derramava inutilmente no queixo dela.

– Vamos, meu anjo. Beba, por mim. – Acariciou sua bochecha fria e afastou uma mecha loura de cabelo de sua testa. – Por favor, sobreviva, Tess... Beba, e sobreviva.

Escutou alguém limpar a garganta sem jeito próximo à porta do quarto.

– Sinto muito... a porta estava aberta.

Chase. Ótimo. Dante não podia pensar em ninguém que desejasse ver menos naquele instante. Estava concentrado demais no que fazia – no que estava sentindo – para lidar com outra interrupção, em especial do agente do Refúgio Secreto. Havia desejado que o imbecil já estivesse bem longe do condomínio a essa hora, de volta ao lugar de que havia vindo – de preferência, com um belo pontapé de Lucan no traseiro. Mas talvez Lucan estivesse guardando esse privilégio para Dante.

– Saia daqui – grunhiu.

– Ela está conseguindo beber?

Dante zombou.

– Que parte de "saia daqui" não entendeu, Harvard? Não preciso de plateia agora, e com certeza não preciso de nenhuma de suas besteiras.

Pressionou o pulso outra vez contra os lábios de Tess, separando-os com os dedos da mão livre, na esperança de que tomasse um pouco de sangue à força. Não funcionou. Os olhos de Dante ardiam enquanto a contemplava. Sentiu as lágrimas rolarem pelas bochechas. Elas se reuniram no canto da boca e Dante provou seu gosto salgado.

– Droga – murmurou, limpando o rosto com o ombro, em um estranho misto de confusão e desespero.

Ouviu passos se aproximarem da cama. O ar ao seu redor se agitou quando Chase estendeu a mão.

– Talvez seja melhor se inclinar sua cabeça assim...

– *Não... toque nela.* – As palavras saíram em uma voz que nem mesmo Dante reconhecia, repleta de veneno e mortal ameaça. Virou a cabeça e olhou o agente nos olhos, com a visão em chamas e as afiadas presas esticadas na mesma hora.

O instinto protetor que fervia dentro dele era feroz e completamente letal, e Chase o compreendeu na mesma hora. Recuou, levantando as mãos diante de si.

– Sinto muito. Não lhe faria mal. Só queria ajudar, Dante. E pedir desculpas.

– Não se incomode. – Voltou-se para Tess, sentindo-se miserável pela preocupação; desejava ficar sozinho. – Não preciso de nada de você, Harvard, somente sua ausência.

Fez-se um comprido silêncio em resposta e, por um momento, Dante se perguntou se o agente tinha realmente dado o fora como ele esperava. Mas não teve tamanha sorte.

– Entendo como se sente, Dante.

– Ah, claro.

– Sim, acredito que sim. Acho que agora entendo muitas coisas que antes não entendia.

– Bem, bom para você. Brilhante de sua parte, ex-agente Chase. Escreva sobre isso em algum de seus relatórios inúteis e talvez seus colegas do Refúgio Secreto lhe premiem com uma maldita medalha de condecoração. "Harvard finalmente descobre alguma coisa".

O vampiro riu ironicamente, sem rancor.

– Sei que estraguei tudo. Menti para você e para os outros, e pus em perigo a missão por conta de motivos pessoais e egoístas. Foi errado o que fiz. E quero que saibam – especialmente você, Dante – que sinto muito.

O pulso de Dante palpitava com fúria e também com medo pelo estado de Tess, mas não avançou sobre Chase como seus instintos desejavam. Ouviu o arrependimento na voz do vampiro. E escutou humildade, algo geralmente raro no próprio Dante. Até agora. Até Tess.

– Por que está me dizendo isso?

– Honestamente? Porque vejo como se importa com essa mulher. Preocupa-se com ela e está terrivelmente assustado. Tem medo de perdê-la e, neste instante, faria tudo o que pudesse para salvá-la.

– Mataria por ela – disse Dante em voz baixa. – Morreria por ela.

– Sim. Sei que sim. Talvez possa ver como seria fácil mentir, enganar ou mesmo desistir de seus objetivos de vida para ajudá-la – faria qualquer coisa, arriscaria tudo, se com isso pudesse protegê-la de mais sofrimento.

Dante franziu o cenho, adquirindo uma nova compreensão dos fatos, e sentiu-se de repente incapaz de continuar desprezando o agente. Virou-se para olhar Chase.

– Disse que não havia uma mulher em sua vida, nem família ou obrigações além da viúva de seu irmão...

Chase sorriu vagamente. Cheio de angústia e desejo, o rosto do vampiro dizia tudo.

– Chama-se Elise. Estava lá hoje à noite, quando você e Tegan foram me buscar em casa.

Deveria ter sabido. De alguma forma, já sabia, percebeu Dante agora. A reação de Chase quando a mulher saiu havia sido perigosa e desequilibrada. E foi apenas vê-la potencialmente em perigo para perder sua habitual calma. Tinha parecido que queria arrancar a cabeça de Tegan por ter tocado a mulher, uma sensação de posse que ia além da mera proteção familiar.

E, pela expressão no rosto de Chase, seu sentimento não era correspondido.

– De qualquer modo – disse o agente abruptamente –, só queria... que soubesse que sinto muito por tudo. Quero ajudar você e o resto da Ordem de qualquer maneira que puder, então, se precisarem de algo, sabem onde me encontrar.

– Chase – chamou Dante enquanto o vampiro se virava para deixar o aposento. – Desculpas aceitas, cara. E, se vale de alguma coisa, também sinto muito. Também não fui justo contigo. Apesar de nossas diferenças, saiba que o respeito. A Agência perdeu um dos bons quando dispensou você.

Chase inclinou os lábios em um sorriso e agradeceu o elogio com um curto aceno.

Dante limpou a garganta.

– E quanto a essa oferta de ajuda...

– Diga.

– Tess estava passeando com um cachorro quando os Renegados a atacaram essa noite. Um vira-lata pequeno e feio, não serve mais que para esquentar os pés, mas é especial para ela. Na verdade, foi um presente meu, de certa forma. Seja como for, o cão estava vagando por aí com a correia solta quando o vi a um quarteirão do prédio de Ben Sullivan.

– Quer que eu recupere um cachorro excêntrico, é isso?

– Bem, disse que ajudaria em qualquer coisa, não foi?

– Sim, é verdade – riu Chase. – Tudo bem. Irei encontrá-lo.

Dante pegou a chave do Porsche em seu bolso e a jogou ao outro vampiro. Quando Chase se virava para partir, Dante acrescentou:

– A propósito, o bichano responde pelo nome de Harvard.

– Harvard – disse Chase lentamente, sacudindo a cabeça, e lançou a Dante um sorriso satisfeito. – Acredito que não seja nenhuma coincidência.

Dante encolheu os ombros.

– É bom saber que seu *pedigree* acadêmico serve para alguma coisa.

– Meu Deus, guerreiro. Tem realmente me perseguido desde o primeiro minuto em que entrei a bordo, não é?

– Ei, em comparação aos outros, fui muito bondoso. Faça um favor a si mesmo e não chegue muito perto dos alvos de treinamento de Niko, a menos que esteja muito seguro de sua masculinidade.

– Idiotas – murmurou Chase, em tom bem-humorado. – Espere aí que logo estarei de volta com seu vira-lata. Quer me encarregar de algo mais agora que fui abrir minha boca grande para acertarmos as contas?

– Na verdade, talvez haja algo mais – respondeu Dante, agora sério ao pensar em Tess e em qualquer tipo de futuro que lhe fosse merecedor. – Mas podemos falar sobre isso quando voltar, certo?

Chase assentiu, compreendendo a mudança de humor.

– Sim. Claro que podemos.

Capítulo 30

Quando Chase saiu dos aposentos de Dante, Gideon estava esperando no corredor.

– Como estão as coisas aí dentro? – Indagou o guerreiro.

– Ela ainda está inconsciente, mas acredito que esteja em boas mãos. Dante está determinado a salvá-la, e quando aquele guerreiro coloca uma ideia na cabeça, não há nada que fique em seu caminho.

– Verdade – riu Gideon. Estava segurando um aparelho de vídeo portátil, e o ligou naquele instante. – Escute, no começo da noite grampeei alguma movimentação dos Renegados com os satélites de vigilância. Mais de um dos sujeitos parecem ser civis do Refúgio Secreto. Tem um minuto para me ajudar, quem sabe identificar algum deles?

– Claro.

Chase relanceou a pequena tela do aparelho de mão enquanto Gideon passava as imagens, até chegar a uma em particular. A filmagem noturna focava um edifício decrépito em uma das áreas industriais da cidade e mostrava quatro indivíduos saindo pela porta dos fundos. A julgar pelo modo de andar e pelo tamanho, Chase reconheceu que eram vampiros. Mas não tinha ideia de quem era o humano a quem estavam perseguindo.

A gravação seguiu em frente, e Chase observou, enojado, enquanto os quatro jovens do Refúgio Secreto encurralavam sua vítima. Atacaram rapidamente e com grande selvageria, tal como os predadores sedentos de sangue que eram. Os ataques em gangue a humanos eram desconhecidos entre a Raça; somente os vampiros convertidos em Renegados caçavam e matavam daquele jeito.

– Pode deter essa cena? – Pediu a Gideon, sem querer, na verdade, ver mais da carnificina, mas não conseguia afastar o olhar.

– Acha que reconhece algum deles?

– Sim – respondeu Chase, sentindo as vísceras se retorcerem quando a imagem se fechou sobre a aparência feroz e desgrenhada de Camden. Era a segunda vez que via o jovem nas últimas horas, e aquela era uma evidência irrefutável de que estava além de qualquer salvação. – São todos do Refúgio Secreto de Boston. Posso lhe dar os nomes, se quiser. Aquele ali se chama Camden. É o filho de meu irmão.

– Droga – murmurou Gideon. – Um desses Renegados é seu sobrinho?

– Começou a se drogar com o Carmesim e desapareceu há quase duas semanas. Ele é a verdadeira razão pela qual procurei a Ordem em busca de ajuda. Queria localizá-lo e trazê-lo de volta antes que isso acontecesse.

O rosto do outro guerreiro adquiriu um ar grave.

– Sabe que todos os indivíduos nessa filmagem de satélite são Renegados. Já são viciados agora, Chase. Causas perdidas...

– Eu sei. Vi Camden no começo desta noite, quando Dante, Tegan e eu estivemos na casa de Ben Sullivan. Assim que o fitei nos olhos, compreendi no que ele havia se transformado. E isso apenas confirma tudo.

Gideon ficou em silêncio por um demorado instante ao desligar o aparelho.

– Nossa política quanto aos Renegados é bastante simples. Tem de ser assim. Sinto muito, Chase, mas se encontrarmos qualquer um desses sujeitos em nossas patrulhas, só há uma ação a tomar.

Chase assentiu. Sabia que a postura da Ordem, quando se tratava dos Renegados, era inflexível; e, depois de acompanhar Dante durante as últimas noites, sabia que precisava ser assim. Camden já estava perdido, e agora era apenas uma questão de tempo até que a armadura da Sede de Sangue que envolvia seu sobrinho encontrasse um fim violento, quer por combate com os guerreiros ou como resultado de suas próprias ações impulsivas.

– Preciso subir e fazer algo por Dante – disse Chase. – Mas estarei de volta em uma hora, e posso lhe dar quaisquer informações necessárias para ajudar a tirar esses Renegados das ruas.

– Obrigado. – Gideon lhe deu um tapinha no ombro. – Olhe, sinto muito, cara. Queria que tudo fosse diferente. Todos nós já perdemos entes queridos nessa maldita guerra. Nunca é fácil.

– Certo. Encontro você mais tarde – despediu-se Chase e se afastou em direção ao elevador que o levaria à garagem da Ordem ao nível da rua.

Enquanto subia, pensou em Elise. Havia sido honesto com Dante e os outros sobre Camden, porém ainda mantinha para si a verdade sobre Elise. Ela precisava saber. Tinha de estar preparada para saber o que havia acontecido com seu filho e compreender o que isso significava. Chase não traria mais Cam de volta para casa. Ninguém podia fazê-lo. A verdade iria matar Elise, mas ela tinha o direito de saber.

Chase saiu do elevador e pegou o celular no bolso do casaco. Enquanto caminhava em direção ao carro esporte de Dante, apertou o botão de discagem rápida para casa. Elise atendeu no segundo toque; sua voz soava ansiosa e cheia de esperança.

– Alô? Sterling, está tudo bem? Já o encontrou?

Chase parou de andar e amaldiçoou em silêncio. Durante um demorado segundo, não conseguiu falar nada. Não sabia como pôr em palavras o que precisava dizer.

– Eu, hum... Sim, Elise, vimos Camden esta noite.

– Ah, meu Deus. – Ela soltou um suspiro, então hesitou. – Sterling, ele está... por favor, diga-me que ele está vivo.

Droga. Não queria fazer isso por telefone. Tinha pensado em ligar para ela apenas para dizer que mais tarde passaria lá para explicar tudo, mas a preocupação maternal de Elise não conseguia esperar. Estava desesperada por respostas, e Chase não podia mais esconder nada.

– Ah, maldição, Elise. Não tenho boas notícias. – Diante do intenso silêncio total que se fez do outro lado da linha, Chase começou a contar os fatos. – Cam foi visto esta noite com um grupo de Renegados. Eu mesmo o vi, no apartamento do humano que vem traficando Carmesim. Está muito mal, Elise. Ele... Deus, não há um jeito fácil de dizer isso. Ele se converteu, Elise. Já é tarde demais. Camden se transformou em Renegado.

– Não – disse ela por fim. – Não, não acredito em você. Está enganado.

– Não estou. Por Deus, como queria estar. Mas o vi com meus próprios olhos e também assisti a um vídeo de segurança obtido pelos guerreiros. Ele e um grupo de jovens do Refúgio Secreto – todos já transformados em Renegados – foram capturados por uma filmagem por satélite, atacando um humano em público.

– Preciso ver isso.

– Não, acredite em mim, não vai...

– Sterling, escute. Camden é meu filho. É tudo que tenho. Se fez todas essas coisas que está dizendo – caso tenha se transformado em um animal e você tenha provas disso –, tenho todo o direito de ver com meus próprios olhos.

Chase tamborilou os dedos no teto do Porsche preto; sabia que nenhum dos guerreiros gostaria que trouxesse um civil ao condomínio.

– Sterling, está aí?

– Sim. Ainda estou aqui.

– Se tiver o mínimo de consideração por mim ou pela memória de seu irmão, então, por favor, deixe-me ver meu filho.

– Tudo bem – disse ele, cedendo, por fim; consolou-se com a ideia de que, se concedesse tal pedido duvidoso a Elise, pelo menos estaria por perto para ampará-la quando caísse. – Tenho negócios a tratar lá fora, mas passo no Refúgio Secreto em uma hora para buscá-la.

– Estarei esperando.

Aquele calor incrível havia voltado, meditou Tess de dentro da maré negra que a envolvia. Estendeu os sentidos em direção ao calor envolvente, ao aroma e ao sabor maravilhosos do fogo líquido que a alimentava. Os pensamentos conscientes pareciam bailar fora de alcance, mas suas terminações nervosas se acendiam como diminutas réstias de luz, como se seu corpo estivesse se descongelando lentamente, retomando a vida centímetro por centímetro, célula por célula, depois de um longo sono congelado.

– Beba – ordenou-lhe uma voz profunda, e ela obedeceu.

Sorveu mais daquele calor pela boca, engolindo-o com voracidade. Um estranho despertar principiou-se dentro dela enquanto tragava daquela fonte poderosa de calor. Começou pelos dedos das mãos e dos pés, e logo se espalhou pelos membros, uma eletricidade que zumbia por seu corpo em ondas serpeantes.

– Isso, Tess. Beba mais. Só continue bebendo, meu anjo.

Ela não podia parar mesmo que quisesse. Era como se cada gole a deixasse sedenta por mais, apenas acrescentando combustível ao fogo que crescia em suas entranhas. Sentia-se como uma criança junto ao seio da mãe, vulnerável e inexperiente, completamente dependente, carente ao máximo.

Estava recebendo vida; sabia disso na parte mais primitiva de sua mente. Estivera muito próxima da morte, talvez perto o bastante para tocá-la, mas esse calor – esse elixir negro – a havia trazido de volta.

– Mais – gemeu. Ou pelo menos pensou que tivesse falado. A voz que escutou parecia distante e fraca. Tão desesperada. – Mais...

Tess estremeceu quando uma abrupta ausência de calor respondeu ao seu pedido. *Não*, pensou, sentindo um pânico sombrio assomar com a perda. Ele a estava abandonando agora. Seu anjo protetor havia partido, junto com a fonte de vida que lhe tinha dado. Gemeu sem forças, obrigando suas mãos inertes a se estenderem em busca dele.

– Dante...

– Estou aqui. Não vou a lugar algum.

O calafrio desapareceu assim que um peso enorme se acomodou ao seu lado. O calor a aqueceu por completo enquanto ele a apertava contra si. Tess sentiu uns dedos fortes na nuca, guiando sua cabeça em direção à voz, pressionando-lhe a boca contra a rígida coluna do pescoço. Seus lábios se encontraram com a pele cálida e úmida.

– Venha aqui, Tess, beba de mim. Tome tudo que precisar.

Beber dele? Parte de sua consciência entorpecida rejeitava a ideia como absurda e impensável, porém outra parte – a parte que ainda girava loucamente na maré, em busca de terra firme – fez sua boca procurar o que ele lhe oferecia de bom grado.

Tess afastou os lábios e sorveu intensamente, com demora, enchendo a boca com a força vibrante da oferenda de Dante.

Santo Deus.

Enquanto Tess apertava a boca sobre a veia que ele havia aberto para ela em seu pescoço, todo o corpo de Dante se retesou como uma corda de arco. A sucção faminta dos lábios de Tess e as sedosas carícias de sua língua ao sorver seu sangue na boca e ingeri-lo fizeram seu membro despertar em uma ereção rígida e feroz, como nunca antes havia experimentado.

Não sabia como seria intenso deixar que ela bebesse dele de maneira tão íntima. Era a primeira vez em toda sua existência que dava seu sangue a outra pessoa. Sempre havia sido aquele que bebia, alimentando-se por necessidade e frequentemente por prazer, mas nunca com uma Companheira de Raça.

Nunca com uma mulher que mexesse tanto com ele como Tess.

E o fato de ela agora se alimentar dele por puro instinto de sobrevivência, porque seu sangue era a única substância de que o corpo dela precisava nesse instante, apenas contribuía para o ato parecer ainda mais erótico para ele. Seu falo pulsava, faminto e exigente – uma forte pressão que queria ignorar, mas não conseguia.

Por Deus, era como se ela estivesse sugando aquele exato membro masculino; cada movimento de sua boca o deixava ainda mais excitado e quase o fazia perder completamente o controle. Com um gemido, Dante afundou os punhos fechados no lençol de seda da cama, segurando firme enquanto Tess se alimentava dele em necessidade primária.

Os dedos dela passaram a se agitar na região dos ombros de Dante, agarrando-o, massageando seus músculos em um ritmo desatento, enquanto Tess continuava a sugar seu sangue com a boca. Dante podia senti-la recuperando suas forças a cada minuto que passava. Sua respiração ficou mais intensa; já não era mais uma simples compressão rápida e superficial dos pulmões, mas uma cadência de demoradas e saudáveis inspirações.

Sentir a volta de sua vitalidade era o maior afrodisíaco que Dante jamais havia conhecido. Precisou reunir forças hercúleas para não tomá-la nos braços e apertar-se contra ela para satisfazer sua própria necessidade ardente.

– Continue bebendo – disse a ela, com a boca tomada pela presença das presas alongadas e da língua espessa de tanta sede. – Não pare, Tess. É tudo seu. Só para você.

Ela se aproximou dele nesse instante, apertando os seios contra seu peito, e o quadril... Meu Deus, o quadril dela se esfregava contra sua pélvis, balançando em um movimento sutil e instintivo, enquanto sua boca continuava a se ater calorosamente contra seu pescoço. Dante se deitou de costas e se manteve imóvel o quanto pôde para ela, fechando os olhos em um tormento delicioso, sentindo o pulso vibrar com fúria.

Não estava acostumado a se conter, mas poderia suportar a agonia por Tess a noite toda, se fosse necessário. Deliciava-se, na verdade, do mesmo modo que seu desejo o transformava em pedaços. Continuou deitado no colchão, absorvendo cada nuança dos movimentos corporais de Tess, cada suave miado e gemido que fazia contra sua garganta.

Talvez tivesse conseguido aguentar mais se Tess não tivesse subido sobre ele, sem apartar a boca de sua veia, com o cabelo caindo solto sobre seu peito. A coluna de Dante se arqueou sobre ela, levantando-se da cama enquanto ela o chupava com ainda mais força; seu esbelto corpo, cálido ao toque, movia-se sobre ele em lentas ondas eróticas.

Tess começou a cavalgá-lo, com as coxas abertas sobre seu quadril, esfregando seu sexo no dele como se estivessem ambos nus fazendo amor. Mesmo através das roupas de náilon que vestia, podia sentir o intenso calor de Tess. Sua calcinha estava úmida de desejo, e o doce aroma de sua excitação lhe atacava o cérebro como um martelo.

– Meu Deus – arfou Dante, estendendo os braços para alcançar a cabeceira da cama enquanto Tess se alimentava dele em uma progressão que aumentava freneticamente.

Ela se agitava sobre ele, cada vez mais rápido e com mais força, enganchando os dentes humanos sem fio em seu pescoço enquanto lhe chupava a veia com mais intensidade que nunca. Ele sentiu o clímax crescendo nela, soltando-se. O seu próprio também rugia com rapidez; seu membro se erguia, saltando, a ponto de explodir. No mesmo segundo em que Tess chegou ao orgasmo, Dante se entregou à sua própria liberação. Sentiu o orgasmo estourar dentro de si, aplacando suas forças, arrasando-o. Perdeu-se a ele, incapaz de deter as ferozes pulsações que pareciam seguir eternamente enquanto Tess se acomodava sobre ele em um sono pesado e satisfeito.

Depois de um momento, Dante soltou as mãos da cabeceira e as pousou gentilmente sobre o corpo relaxado de Tess. Queria estar dentro dela, precisava disso assim como precisava do ar para respirar, mas ela estava vulnerável demais nesse instante, e ele não abusaria dela. Agora que ela estava fora de perigo, teriam outros momentos para ficarem juntos assim, momentos melhores.

Por Deus, assim esperava.

Capítulo 31

Tess despertou suavemente; seu rosto atravessou a superfície de uma onda quente e escura que empurrava seu corpo em direção às costas acolhedoras. Respirou fundo e sentiu o ar frio e purificador entrando nos pulmões. Piscou os olhos uma, duas vezes, sentindo as pálpebras pesadas, como se tivesse dormido por dias.

– Olá, meu anjo – disse uma voz grave e familiar, muito próxima ao seu rosto.

Tess ergueu o olhar até que o viu – Dante, observando-a com olhos sérios, mas sorrindo. Ele lhe acariciou a fronte, apartando-lhe as mechas úmidas de cabelo do rosto.

– Como se sente?

– Bem. – Sentia-se muito mais que bem; descansava o corpo em um colchão macio, envolta em negros lençóis de seda e abrigada nos braços fortes de Dante. – Onde estamos?

– Em um lugar seguro. É aqui que vivo, Tess. Nada lhe poderá fazer mal aqui.

Ela registrou tais assertivas com uma pontada de confusão; algo sombrio e gélido pairava sobre as bordas de sua consciência. Medo. Não o sentia agora, não por ele, mas o sentimento permanecia como uma névoa presa à pele, arrepiando-a.

Tinha sentido medo pouco tempo atrás – um medo mortal.

Tess levou a mão ao pescoço. Seus dedos encontraram uma área da pele inflamada e terna. Como um raio repentino, uma lembrança lhe atravessou a mente: um rosto horrendo, com olhos brilhantes como se estivessem em brasa, a boca aberta em um silvo aterrorizante, expondo enormes presas afiadas.

– Fui atacada – murmurou, formando as palavras antes mesmo que sua lembrança criasse raízes. – Vieram sobre mim na rua e me... atacaram. Dois deles me arrastaram pela rua e...

– Eu sei – disse Dante, afastando-lhe a mão do pescoço com cuidado. – Mas agora está tudo bem, Tess. Já acabou, não precisa mais ter medo.

Em lembranças imprecisas, os eventos da noite passaram rapidamente por sua mente. Reviveu todos eles, desde o passeio diante do apartamento de Ben e o momento em que percebeu que havia alguém ali que não era ele, até a espantosa visão dos enormes homens – se é que eram mesmo homens – saltando da varanda para a rua logo abaixo e a perseguindo. Viu o rosto horrendo deles, sentiu a força dolorosa das mãos que a agarraram e a arrastaram para as sombras, onde a verdadeira brutalidade começou.

Ainda podia sentir o terror daquele instante, quando um homem lhe segurou os braços e o outro a prendeu ao chão com o peso do imenso corpo musculoso. Tinha pensado que a estuprariam, e provavelmente a agrediriam, mas a intenção de seus agressores era apenas levemente menos assustadora.

Eles a tinham mordido.

Os dois monstros selvagens a haviam segurado como uma presa acossada sobre o chão de um galpão escuro e devastado. Então morderam seu pescoço e o pulso, e começaram a tomar seu sangue.

Tinha tido certeza de que morreria ali, mas então algo milagroso aconteceu. Dante apareceu. Havia matado os dois, algo que Tess mais sentiu do que viu. Deitada no áspero chão de madeira do galpão, com o cheiro de seu próprio sangue lhe invadindo os sentidos, sentiu a presença de Dante. Sentiu sua fúria preencher o pequeno local como uma tempestade negra de calor.

– Você... Você também estava lá, Dante. – Tess se sentou. Seu corpo parecia miraculosamente forte, sem mais dores do ataque. Agora que sua mente estava se esclarecendo, ela se sentia revigorada e cheia de energia, como se tivesse acabado de acordar de um profundo sono rejuvenescedor. – Você me encontrou lá. Você me salvou, Dante.

O sorriso dele parecia tenso, como se não tivesse certeza se concordava com aquilo e como se não se sentisse à vontade com sua gratidão. Mas a envolveu com os braços e beijou-lhe os lábios com ternura.

– Está viva, e isso é tudo que importa.

Tess o abraçou, sentindo-se, de certa estranha maneira, parte dele. Os batimentos do coração de Dante ecoavam na cadência do corpo dela, e o calor do corpo dele parecia penetrar sua pele e seus ossos, e aquecê-la de dentro para fora. Sentia-se ligada a ele de modo visceral nesse instante. A sensação era extraordinária, tão poderosa que a deixava desconcertada.

– Agora que já acordou – murmurou Dante contra seu ouvido –, há alguém esperando no outro cômodo para vê-la.

Antes que ela pudesse responder, Dante se levantou da cama grande e andou até a sala adjacente. Detrás dele, Tess não podia deixar de admirar o porte viril de seu corpo e o emaranhado *sexy* de tatuagens multicoloridas em suas costas e seus ombros que mudavam graciosamente de tom a cada passo. Ele desapareceu no outro aposento, e Tess escutou um suave ganido animal que reconheceu na mesma hora.

– Harvard! – Exclamou assim que Dante voltou para o quarto carregando o pequeno *terrier* adorável que se agitava em seus braços. – Também o salvou?

Dante negou com a cabeça.

– Eu o vi solto pela rua antes de encontrá-lo e trazê-lo para cá. Quando vi que você estava a salvo, mandei alguém para buscá-lo.

Colocou o cachorro sobre a cama, e Tess foi imediatamente atacada pela alegre bola de pelos. Harvard lhe lambeu as mãos e o rosto, enquanto ela o levantava para abraçá-lo, radiante por vê-lo outra vez depois de ter acreditado que o havia perdido na rua do apartamento de Ben.

– Obrigada – agradeceu, sorrindo em meio a uma repentina névoa de lágrimas enquanto o feliz reencontro prosseguia. – Preciso admitir, acho que estou completamente apaixonada por esta ferinha.

– Que cão sortudo – disse Dante lentamente. Sentou-se na beirada da cama, observando o queixo de Tess ser lavado por completo com entusiasmo. Sua expressão estava cuidadosamente controlada e séria quando os olhos dela encontraram os seus. – Há... certas coisas que precisamos conversar, Tess. Tive esperanças de que você pudesse nunca ser realmente parte disso, mas acabei envolvendo você ainda mais. Depois dessa noite, precisa entender o que aconteceu e por quê.

Assentindo em silêncio, Tess soltou Harvard e contemplou o olhar sombrio de Dante. Parte dela já sabia aonde iria a conversa: territórios desconhecidos, sem dúvida, mas, depois do que tinha visto aquela noite, sabia que coisas que havia considerado verdades absolutas desde sempre haviam, agora, de algum modo, saído completamente de ordem.

– O que eles eram, Dante? Aqueles homens que me atacaram... Não eram homens normais. Eram?

Ele sacudiu a cabeça vagamente.

– Não, não eram homens. Eram criaturas perigosas, viciadas em sangue. São chamadas de Renegados.

– Viciadas em sangue – repetiu ela, sentindo o estômago embrulhar diante da ideia. Baixou os olhos para o pulso, onde a marca da mordida brilhava vermelha em sua pele, ainda que estivesse se recuperando. – Meu Deus. Era isso o que estavam fazendo? Bebendo meu sangue? Não acredito. Só há um nome para esse tipo de comportamento psicótico: vampiro.

O olhar penetrante e inabalável de Dante não chegou nem perto de negar.

– Vampiros não existem – continuou ela com firmeza. – Afinal de contas, estamos falando da realidade. Não podem existir de verdade.

– Eles existem, Tess. Não do modo que lhe ensinaram a acreditar. Não são mortos-vivos ou demônios sem alma, mas uma espécie distinta, híbrida. Aqueles que atacaram você essa noite são o pior tipo. Não têm consciência nem capacidade de raciocínio lógico ou controle. Matam indiscriminadamente e continuarão a fazer isso se não forem controlados logo. E é esse o meu trabalho e o dos outros aqui no condomínio... garantir que os Renegados sejam exterminados por completo antes que se transformem em uma peste diferente de tudo que a humanidade já viu nos tempos modernos.

– Ah, qual é!? – Zombou Tess sem querer acreditar, mas achava difícil rejeitar a surpreendente declaração de Dante, já que nunca tinha parecido ou soado mais sincero. Mais fatalmente racional. – Está me dizendo que é algum tipo de caçador de vampiros?

– Sou um guerreiro. Estamos em guerra, Tess. E as coisas só pioraram agora que os Renegados têm o Carmesim ao seu lado.

– Carmesim? O que é isso?

– É a droga que Ben Sullivan esteve traficando pela cidade durante os últimos meses. Aumenta o desejo por sangue e diminui as inibições. Está criando mais desses assassinos.

– E quanto a Ben? Ele sabe disso? É por isso que você foi ao apartamento dele na outra noite?

Dante assentiu.

– Ele diz que foi contratado por uma corporação anônima no verão passado para produzir a droga. Suspeitamos que essa corporação seja provavelmente uma fachada para os Renegados.

– E onde Ben está agora?

– Não sei, mas pretendo descobrir.

Certa frieza pontuou a voz de Dante, e Tess sentiu-se preocupada com Ben.

– Os homens que... os Renegados que me atacaram estavam vasculhando o apartamento dele.

– Sim. Provavelmente estavam procurando por ele, mas não temos certeza.

– Acho que sei o que queriam.

Dante cravou os olhos nela com o cenho franzido.

– Como?

– Onde está meu casaco? – Tess relanceou o quarto, mas não viu suas roupas em lugar algum. Estava apenas de sutiã e calcinha sob os lençóis que a envolviam. – Encontrei algo na clínica outro dia. Um *pen drive*. Ben o escondeu em uma das salas de exame.

– E o que havia nele?

– Não sei. Não tentei abrir ainda. Está no bolso do meu casaco...

– Droga. – Dante se pôs de pé. – Estarei de volta em poucos minutos. Vai ficar bem aqui sozinha?

Tess assentiu. Ainda tentava assimilar tudo o que estava acontecendo, todos os fatos incríveis e perturbadores que tinha descoberto sobre o mundo que pensava conhecer.

– Dante?

Sim?

– Obrigada... por salvar minha vida.

Algo escuro cintilou nos olhos cor de uísque de Dante, suavizando suas belas feições rígidas. Aproximou-se dela na cama e trespassou os dedos no cabelo em sua nuca, levantando seu rosto em direção ao dele. Deu-lhe um beijo doce, quase reverente.

– Fique bem, meu anjo. Volto logo.

Elise apoiou a mão contra a parede plana do corredor e tentou recuperar o fôlego. Apertava a outra mão contra o ventre, com os dedos estendidos sobre a larga faixa vermelha de seu traje de viúva. Uma onda de náusea lhe enfraqueceu as pernas e, por um momento, pensou que vomitaria ali mesmo onde estava. Onde quer que fosse.

Havia fugido do laboratório tecnológico do condomínio em um estado de completa repugnância, horrorizada pelo que tinha visto. Agora, depois de correr cegamente por um corredor, depois outro, não tinha realmente nenhuma ideia de onde havia ido parar. Sabia apenas que precisava sair dali.

Não podia fugir para longe o bastante do que tinha acabado de ver.

Sterling a advertiu que as imagens de satélite que a Ordem conseguiu de Camden eram vívidas e perturbadoras. Elise pensou que estivesse preparada, mas ver seu filho e vários outros Renegados envolvidos no brutal assassinato de um ser humano tinha sido muito pior do que podia imaginar. Era um pesadelo que a iria assombrar pelo resto de sua vida.

Apoiando as costas contra a parede do corredor, Elise deslizou lentamente até o chão. Não podia conter as lágrimas nem os soluços ásperos que lhe cortavam a garganta. No fundo de suas angústias, sentia-se culpada, arrependida por não ter sido mais cuidadosa com Camden. Por ter assumido que ele tinha um coração tão bom, tão forte, que era impossível ser atingido por algo tão horrendo.

Não era possível que seu filho fosse aquele monstro sedento de sangue que havia visto na tela do computador. Ele tinha de estar ali em algum lugar, e ainda devia poder recuperá-lo. Ainda devia poder salvá-lo. Ainda era Camden, seu adorado e louvável filho.

– Está bem?

Surpresa com a profunda voz masculina, Elise encolheu-se, levantando os olhos lacrimejantes. Deparou-se com um par de olhos de um intenso verde-esmeralda que a fitavam por detrás de desajeitadas mechas castanho-claras. Era um dos dois guerreiros que haviam ido ao Refúgio Secreto procurando por Sterling no começo da noite...

o mais frio e imponente deles, que havia segurado Elise quando ela tentou correr em defesa de Sterling.

– Está machucada? – Indagou ele, ao ver que ela apenas o olhava do chão do corredor, onde havia caído de modo humilhante.

Aproximou-se dela, com o rosto tranquilo e indecifrável. Estava seminu; usava um par de jeans largos que caíam de modo obsceno em torno dos quadris magros e uma camisa branca completamente desabotoada, que deixava exposto seu peito e torso musculosos. Um impressionante padrão de *dermaglifos* o cobria da virilha até os ombros; a densidade e os intrincados detalhes das marcas não deixavam dúvidas de que era um guerreiro da Primeira Geração da Raça. E isso significava que estava entre os mais agressivos e poderosos vampiros da espécie. Os da Primeira Geração eram poucos; Elise, em suas muitas décadas vivendo nos Refúgios Secretos, nunca havia visto um.

– Sou Tegan – disse ele, e estendeu a mão para ajudá-la a se levantar.

O contato parecia ousado demais para ela, ainda que não pudesse esquecer que aquelas mãos enormes haviam segurado firmemente seus ombros e a cintura apenas poucas horas atrás. Havia sentido o duradouro calor daquele toque por um bom tempo depois que ele a soltara; o contorno de seus dedos fortes pareciam queimar em sua carne.

Levantou-se por conta própria e secou sem jeito as bochechas úmidas.

– Sou Elise – respondeu, fazendo um educado aceno com a cabeça. – Sou cunhada de Sterling.

– Ficou viúva recentemente? – Perguntou ele, inclinando a cabeça para o lado, enquanto seu olhar penetrante esquadrinhava cada pedacinho dela.

Elise tomou nas mãos a comprida faixa escarlate que rodeava sua cintura.

– Perdi meu companheiro há cinco anos.

– E ainda está de luto.

– Ainda o amo.

– Sinto muito – disse ele com a voz firme e o rosto plácido. – E também sinto muito por seu filho.

Elise baixou os olhos. Não estava pronta para aceitar compaixão por Camden quando ainda se agarrava à esperança de que ele pudesse voltar.

– Não é sua culpa. Não o levou a isso e não podia tê-lo impedido.

– Como? – Murmurou ela, assombrada por Tegan saber qualquer coisa sobre sua culpa, sobre sua vergonha oculta. Uns poucos vampiros da Primeira Geração tinham o dom de ler mentes, mas ela não havia percebido nada nesse sentido, e apenas os humanos mais fracos têm a mente penetrável sem que se possa perceber a invasão psíquica. – Como é que...

A resposta sobreveio de uma só vez, a explicação daquele estranho zumbido em seus sentidos quando ele a havia tocado mais cedo naquela noite – o demorado calor que seus dedos tinham deixado em sua pele. Havia descoberto suas emoções naquele instante. Havia-a despido sem sua vontade.

– Sinto muito – disse ele. – Não é algo que consigo controlar.

Elise piscou para afastar seu desconforto. Sabia como era ser amaldiçoada com tal habilidade. Seu próprio dom psíquico a havia feito prisioneira dos Refúgios Secretos, incapaz de suportar o bombardeio de pensamentos humanos negativos que a atacavam sempre que se encontrava entre a espécie.

Mas o fato de compartilhar uma aflição similar com esse guerreiro não a fazia se sentir mais à vontade em sua presença. E sua preocupação com Camden – a pesarosa angústia que sentia ao pensar no que estaria fazendo lá fora, apanhado pela violência dos Renegados – deixava-a ansiosa por ficar sozinha.

– Eu deveria ir – disse, mais a si mesma que a Tegan. – Preciso... tenho de sair daqui. Não posso ficar aqui agora.

– Quer voltar para casa?

Ela encolheu os ombros e sacudiu a cabeça, sem saber do que precisava.

– Qualquer lugar – sussurrou. – Só preciso sair.

Tegan se aproximou, movendo-se sem a menor agitação do ar ao redor, e disse:

– Eu a levarei.

– Ah, não, não queria dizer...

Olhou para trás no corredor, na direção de onde havia vindo, pensando que provavelmente deveria tentar encontrar Sterling. Grande parte dela não estava exatamente segura se deveria estar na companhia daquele guerreiro nesse instante, muito menos sair com ele desacompanhada.

– Tem medo de que eu vá mordê-la, Elise? – Perguntou, e seus lábios indolentes e sensuais se curvaram no canto; era o primeiro indício que via nele indicando que seria capaz de alguma emoção, no fim das contas.

– Está tarde – assinalou ela, procurando uma desculpa educada para recusar o convite. – Deve estar quase amanhecendo. Não pediria que se arriscasse a se expor...

– Então dirigirei rápido. – Agora ele sorria, um amplo sorriso mostrando que sabia que ela estava tentando evitá-lo, e que não iria permitir isso. – Venha. Vamos dar o fora daqui.

Que Deus a ajudasse, mas quando ele estendeu a mão, Elise hesitou por apenas um segundo antes de tomá-la.

Capítulo 32

Dante havia partido há pouco mais de alguns minutos, e a espera angustiava Tess. Tinha tantas perguntas, tanto para resolver em sua mente. E, apesar do reanimado zumbido interno de seu corpo, por fora, sentia-se entorpecida e inquieta.

Um banho quente no espaçoso banheiro de Dante a ajudou a se livrar de parte dessa sensação, assim como vestir a roupa limpa que ele havia deixado para ela no quarto. Enquanto Harvard a observava deitado na cama, Tess vestiu a calça de veludo castanha e a blusa de malha marrom, e logo se sentou para calçar os sapatos.

Os arranhões e os diminutos respingos de sangue eram vívidas recordações do ataque que havia sofrido. Um ataque, como contou Dante, perpetrado por criaturas desumanas que possuíam uma sede – um vício – de sangue.

Vampiros.

Deveria haver alguma explicação mais lógica, algo baseado em fatos, e não em lendas. Tess sabia que aquilo era impossível, mas também sabia o que havia testemunhado. Sabia o que tinha visto quando o primeiro agressor saltou da varanda de Ben e caiu de pé no chão, com a agilidade de um gato. Sabia o que havia sentido quando esse mesmo homem e outro que se uniu a ele a arrastaram pela calçada até aquele velho galpão. Haviam-na mordido, como animais raivosos. Perfuraram sua pele com presas enormes e chuparam seu sangue, alimentando-se dela como se tivessem saído de algum filme de terror.

Como se fossem vampiros, como Dante dizia.

Pelo menos estava segura agora, aonde quer que Dante a houvesse trazido. Examinou o amplo dormitório, mobiliado de modo simples e modesto. Eram móveis masculinos, com traços despojados e acabamentos escuros. A única extravagância era a cama. A imensa cama de dossel imperava sobre o cômodo, com seus lustrosos lençóis negros tão suaves e macios como as asas de um corvo.

Tess encontrou uma decoração de igual bom gosto na sala adjacente. Os aposentos de Dante eram confortáveis e simples, como ele próprio. Todo o lugar era aconchegante, mas não parecia uma casa. Não havia janelas em nenhuma das paredes, somente quadros de arte contemporânea que pareciam ser muito caros e fotografias emolduradas. Ele havia se referido ao lugar como um condomínio, e agora Tess se perguntava onde estava exatamente.

Saiu da sala e entrou em um *hall* com azulejos. Curiosa, abriu a porta e espiou um corredor de brilhante mármore branco. Olhou para um dos lados e logo para o outro. Estava vazio; era apenas um comprido corredor sinuoso de pedra polida. No chão, incrustado no alvo mármore, havia uma série de símbolos – arcos geométricos entrelaçados e espirais em obsidiana. Eram incomuns e intrigantes, e em algumas partes formavam desenhos similares às belas tatuagens multicoloridas que Dante ostentava no torso e nos braços.

Tess se agachou para olhar melhor. Estava tão absorta observando os símbolos que não percebeu a presença de Harvard até que o *terrier* passou por ela e saiu correndo pelo corredor.

– Harvard, volte aqui! – Gritou, mas o cachorro continuou correndo e desapareceu atrás da curva do corredor.

Maldito seja.

Tess se levantou, fitou o corredor vazio em ambas as direções e saiu atrás do cão. A perseguição a conduziu por um comprido trecho do corredor e logo outro. Cada vez que estava perto de apanhar o *terrier* errante, ele se esquivava e escapava outra vez, correndo pelo interminável corredor sinuoso como se estivessem brincando.

– Harvard, seu pestinha, pare agora mesmo! – Sussurrou com a voz ríspida, em vão.

Estava ficando impaciente e não sabia se deveria estar vagando pelo lugar sozinha. Ainda que não as visse, tinha certeza de que havia câmeras de segurança vigiando cada movimento seu detrás dos opacos globos de vidro instalados a cada poucos metros no teto do corredor.

Não havia nenhum sinal em lugar algum que indicasse onde estava, ou aonde ia cada um dos labirínticos corredores. Qualquer que fosse esse lugar que Dante chamava de casa, estava todo aparelhado como se fosse alguma agência governamental de alta tecnologia. E isso apenas dava mais credibilidade às suas espantosas declarações de uma guerra no submundo e da existência de perigosas criaturas da noite.

Tess seguiu o cão por uma curva à direita que desembocava em outra ala do condomínio. Finalmente a fuga de Harvard teve um fim. Um par de portas de vaivém bloqueava seu caminho ao final do corredor; as pequenas janelas quadradas, ao nível dos olhos, estavam nubladas com o vidro fosco.

Aproximou-se com cautela para não assustar o cão de novo, mas também não sabia ao certo o que poderia haver do outro lado daquelas portas. Estava tudo em silêncio, e só havia o interminável mármore branco por onde olhasse. Pairava no ar um vago odor de antisséptico. De algum lugar não muito distante, podia ouvir o débil bip eletrônico de aparelhagem médica e outro ruído rítmico e metálico que não reconhecia.

Seria algum tipo de ala hospitalar? Parecia esterilizada o bastante, mas não se via nenhuma indicação exterior de que houvesse pacientes ali. Não havia funcionários correndo apressados. Nenhum, pelo que parecia.

– Venha aqui, cachorrinho – murmurou, inclinando-se para recolher Harvard, parado perto das portas.

Tess segurou-o firme junto ao peito com um braço e abriu lentamente uma das portas para espiar. Uma luz tênue brilhava atrás das portas, em uma escuridão parcial tranquilizante. Havia uma série de portas fechadas em ambos os lados do saguão interno. Tess passou pelas portas de vaivém e avançou alguns passos.

Logo encontrou a fonte dos bips: um painel digital pendurado na parede à sua esquerda, com as luzes de monitoramento apagadas, exceto por algumas na parte inferior do painel. Parecia ser um monitor de eletrocardiograma, embora fosse completamente diferente de tudo que já tinha visto. E do cômodo mais distante no corredor vinha o ruído seco e repetitivo de algo pesado.

– Olá? – Chamou Tess no espaço vazio. – Tem alguém aí?

No mesmo instante em que as palavras deixaram seus lábios, todos os barulhos ao redor cessaram, inclusive os bips do monitor. Fitou o monitor a tempo de ver as luzes se apagarem. Como se alguém naquele aposento distante o tivesse desconectado.

Uma sensação de desconforto lhe percorreu a coluna. Em seus braços, Harvard começou a se agitar e choramingar. Conseguiu escapar dela, pulou para o chão e correu desajeitado até o corredor. Tess não sabia nomear a apreensão que tomava conta de si, mas não estava disposta a ficar ali se perguntando.

Voltou-se para as portas de vaivém. Começou a caminhar rapidamente na direção delas, olhando para trás para vigiar qualquer movimento. Sentiu uma súbita queda na temperatura – uma brisa gelada na pele, que lhe subiu pela nuca.

– Droga – sussurrou, amedrontada.

Estendeu a mão para empurrar a porta e se sobressaltou quando sua palma encostou em algo quente e imóvel. Deteve-se bruscamente e virou a cabeça em choque. Seu olhar se cravou em um rosto horrendo cheio de cicatrizes que pertencia a um homem imenso e musculoso.

Não, não era um homem.

Era um monstro, com as mesmas enormes presas e reluzentes e selvagens olhos cor de âmbar daqueles que a haviam atacado na rua.

Um vampiro.

Em um vívido lampejo de lembranças terríveis, Tess foi bombardeada com imagens do ataque precedente: dedos contundentes se cravavam em seus braços, segurando-a contra o chão; dentes afiados a perfuravam, chupando suas veias com arrebatadas tragadas intermináveis; grunhidos e gemidos horrendos e animalescos preenchiam o ar enquanto as bestas se alimentavam dela. Tess voltou a ver a calçada iluminada pela luz da lua, o beco escuro, o galpão decrépito onde havia acreditado que iria morrer.

E então, do mesmo modo inesperado, porém estranhamente deslocado, viu o pequeno depósito nos fundos de sua clínica veterinária. Havia um homem grande de cabelo negro recurvado sobre o chão, sangrando. Estava morrendo, cravado de balas e repleto de outras feridas terríveis. Ela se aproximou dele e...

Não, isso não pertencia às suas lembranças. Não havia acontecido de verdade... Havia?

Não teve tempo para pôr as peças no lugar. O vampiro que bloqueava seu caminho avançou, com a cabeça inclinada enquanto a contemplava com uma fúria selvagem, com as enormes presas mortalmente alvas e afiadas o bastante para rasgá-la em pedaços.

Dante se encontrava no escritório de Gideon e Savannah, esperando por um veredito sobre o *pen drive* que Tess trouxera no bolso do casaco.

– Acha que consegue decifrá-lo, Gid?

– Por favor. – O vampiro louro o olhou com desdém. – Está de brincadeira – disse, acentuando o sotaque britânico já esmorecido. Já estava com o aparelho plugado no computador, e seus dedos voavam sobre o teclado. – Já invadi os computadores do FBI, da CIA, nosso próprio Banco Internacional de Dados e praticamente todas as outras bases de dados à prova de invasores. Isso vai ser moleza.

– Ah, é? Avise-me o que encontrar. Preciso ir agora. Deixei Tess esperando...

– Não tão rápido – disse Gideon. – Estou quase lá. Confie em mim, não vai demorar nada, talvez uns cinco minutos. Vamos deixar as coisas interessantes. Dê-me dois minutos e trinta segundos, no máximo.

Ao seu lado, apoiada na antiga escrivaninha de mogno entalhada, vestida com jeans escuros e um suéter preto, Savannah sorriu e virou os olhos.

– Ele adora impressionar, você sabe...

– Seria bem mais fácil de suportar se esse idiota não tivesse sempre razão – completou Dante.

Savannah riu.

– Bem-vindo ao meu mundo.

– É uma pena que não consiga ler arquivos de computador com seu dom – disse a ela. – Então não precisaríamos aturar esse cara.

– Ai de mim! Suspirou ela de modo dramático. – A psicometria não funciona assim, pelo menos não comigo. Sou capaz de dizer o que Ben Sullivan estava vestindo quando estava com o *pen drive*, descrever o cômodo onde estava, seu estado de espírito, mas não consigo penetrar circuitos eletrônicos. Gideon é nossa melhor esperança nisso.

Dante deu de ombros.

– Que sorte a nossa, hein?

No computador, Gideon apertou umas últimas teclas no teclado e recostou-se na cadeira, juntando as mãos atrás da cabeça.

– Consegui. E parece que só demorou um minuto e quarenta e nove segundos, para ser mais exato.

Dante se aproximou para ver o monitor.

– O que temos aí?

– Arquivos de dados. Planilhas. Fluxogramas. Tabelas farmacêuticas. – Gideon mexeu no mouse e abriu um dos arquivos. – Parece algum experimento químico. Alguém precisa de uma receita para produzir Carmesim?

– Meu Deus. É isso?

– Aposto que sim. – Gideon fechou a cara, abrindo mais arquivos. – Mas há mais de uma fórmula armazenada aqui. Não dá para saber qual delas é a certa se não tivermos os ingredientes e testarmos cada uma delas.

Dante passou a mão pelo cabelo e começou a andar impaciente de um lado para o outro. Estava curioso para saber mais sobre as fórmulas que Ben Sullivan havia armazenado no *pen drive*, mas ao mesmo tempo estava ansioso por voltar para seus aposentos pessoais. Também podia sentir a inquietação de Tess; a conexão que agora compartilhavam por meio do vínculo de sangue era como uma corda invisível que os unia como se fossem um só.

– Como ela está? – Perguntou Savannah, obviamente percebendo sua distração.

– Melhor – respondeu Dante. – Já acordou e está se recuperando. Fisicamente, está bem. Quanto ao resto, estive tentando deixá-la a par de tudo, mas sei que está confusa.

Savannah assentiu.

– Quem não ficaria? Pensei que Gideon era um louco quando me contou pela primeira vez sobre tudo isso.

– Ainda pensa que sou um louco na maior parte do tempo, meu amor. Faz parte do meu charme. – Ele se inclinou para ela e fingiu morder-lhe a coxa coberta pelos jeans, sem deixar de digitar no teclado.

Savannah o afastou de brincadeira, levantou-se e se aproximou de Dante, que já estava quase deixando marcas no tapete.

– Acha que Tess está com fome? Comecei a preparar o café da manhã na cozinha para mim e Gabrielle. Posso arranjar uma bandeja para Tess, se quiser levar para ela.

– Sim, claro. Obrigado, Savannah. Seria ótimo.

Deus, nem lhe tinha ocorrido que Tess precisava comer. Que companheiro exemplar estava se mostrando logo no começo. Mal tomava conta direito de si mesmo, e agora tinha de se preocupar com uma Companheira de Raça, com desejos e necessidades humanas que estavam muito além de suas áreas de experiência. Por incrível que fosse, enquanto havia acreditado – não muito tempo atrás – que tal ideia lhe deixaria repleto de dúvidas, agora achava tudo praticamente... prazeroso. Queria sustentar Tess, em todos os sentidos. Queria protegê-la e fazê-la feliz, mimá-la como uma princesa.

Pela primeira vez em seus longos anos de vida, sentia que havia encontrado o verdadeiro propósito da vida. Não a honra e o dever que o norteavam como guerreiro, mas algo igualmente cativante e virtuoso. Algo que despertava todo seu lado masculino.

Sentia que esse vínculo que havia encontrado – esse amor que nutria por Tess – poderia ser realmente forte o bastante para fazê-lo esquecer a morte e a angústia que o perseguiam. Alguma parte esperançosa nele queria acreditar que, com Tess ao seu lado, talvez pudesse encontrar um jeito de superá-las.

Dante nem mesmo havia começado a desfrutar dessa débil esperança quando um grito o atravessou como uma espada. Sentiu-o em seu próprio corpo, mas o ataque foi em seus sentidos – o que percebeu quando nem Savannah nem Gideon reagiram ao berro aterrorizado que congelou o coração de Dante.

Sentiu-o outra vez e estremeceu com seu rastro.

– Ah, Deus. Tess!

– Qual o problema? – Savannah se deteve no meio do caminho para a cozinha. – Dante?

– É Tess – disse, já concentrando sua mente nela, procurando sua localização no condomínio. – Está em algum lugar por aqui... na enfermaria, se não me engano.

– Vou buscar a imagem. – No computador, Gideon abriu rapidamente o vídeo de uma das câmeras de segurança do corredor. – Achei, Dante. Ah, droga. Ela encontrou Rio lá. Ele a encurralou...

Dante saiu em disparada antes que as palavras deixassem os lábios de Gideon. Não precisou olhar para a tela para confirmar onde Tess estava ou o que a deixava tão aterrorizada. Saiu voando dos aposentos de Savannah e Gideon, correndo à toda velocidade para o centro do condomínio. Sabia o mapa do condomínio de cor e tomou a menor rota até a ala médica, usando toda a rapidez sobrenatural que era capaz de convocar.

Dante escutou a voz de Rio antes mesmo de chegar às portas de vaivém que davam na ala médica.

– Eu lhe fiz uma pergunta, mulher. Que diabos pensa que está fazendo por aqui?

– Afaste-se dela! – Ordenou Dante ao entrar na enfermaria, desejando com todas as forças que não precisasse lutar com um dos seus. – Para trás, Rio. Agora.

– Dante! – Gritou Tess, ofegante de medo. Tinha o rosto pálido e seu corpo tremia incontrolavelmente detrás da imensa muralha do corpo de Rio. O guerreiro a havia encurralado contra a parede do corredor, e a hostilidade irradiava dele em explosivos pulsos de calor.

– Deixe-a em paz – demandou Dante a seu irmão.

– Dante, tenha cuidado! Ele vai matar você!

– Não, não vai. Está tudo bem, Tess.

– Essa mulher não pertence a este lugar – resmungou Rio.

– Estou dizendo que sim. Agora se afaste e a deixe em paz.

Rio relaxou por um ínfimo segundo e virou a cabeça para olhar Dante. Deus, era difícil reconhecer o guerreiro depois da emboscada que o tinha deixado tão transfigurado, tanto física como emocionalmente. O rosto outrora belo do espanhol de sorriso fácil e espirituoso era, agora, um emaranhado de cicatrizes avermelhadas; o bom-humor o havia abandonado há muito tempo, deixando em seu lugar uma fúria que parecia infinita.

Dante fixou o olhar no rosto de Rio, olhando além das cicatrizes nas bochechas e na fronte do guerreiro, direto em seus olhos praticamente insanos que pareciam tão próprios de um Renegado que até mesmo Dante se sobressaltou por um instante.

– Já disse para se afastar – grunhiu. – Essa mulher está comigo. É minha. Entendeu?

Um lampejo de sanidade perpassou os brilhantes olhos profundos e ambarinos de Rio, um breve momento de consciência, arrependimento e pesar. Virou-se com um grunhido, ainda respirando rispidamente pela boca entreaberta.

– Tess, está tudo bem agora. Afaste-se dele e venha até aqui.

Ela deixou escapar um fraco suspiro, mas parecia incapaz de se mover. Dante lhe estendeu a mão.

– Venha, meu anjo. Está tudo bem. Prometo, está a salvo.

Como se precisasse de toda a coragem que tinha, Tess se apartou de Rio e pôs a mão na palma aberta de Dante. Ele a trouxe para perto e a beijou, aliviado por tê-la junto a si.

Quando Rio se encostou na parede do corredor e escorregou até o chão, o pulso de Dante se reduziu para algo mais próximo da normalidade. Tess ainda estava transtornada e trêmula, e embora não acreditasse que Rio representasse mais qualquer perigo a ela – especialmente agora que Dante havia deixado claro seu lugar –, ainda tinha de lidar com os danos causados.

– Fique aqui. Só vou ajudar Rio a voltar para cama...

– Está maluco? Dante, temos de dar o fora daqui. Ele vai destroçar nossa garganta!

– Não, não vai. – Manteve o olhar nos olhos ansiosos de Tess enquanto se aproximava de Rio, agachado no chão. – Ele não me vai fazer mal. E também não faria nada a você. Ele não sabia quem você era, e aconteceu-lhe algo terrível que o deixou desconfiado de mulheres. Acredite em mim, não é um monstro.

Tess fitou Dante boquiaberta, como se ele tivesse perdido a cabeça.

– Dante, as presas... aqueles olhos! Ele é um dos que me atacaram...

– Não – interveio Dante. – Apenas se parece com eles porque está com raiva e muita dor. Chama-se Rio. É um guerreiro da Raça, como eu.

– Vampiro – ofegou sem jeito. – *Ele é um vampiro...*

Maldição, não queria que ela soubesse da verdade dessa maneira. Que Deus o ajudasse, mas havia pensado que podia introduzi-la a seu mundo – um mundo que pertencia a ambos – quando ela tivesse entendido que a espécie dos vampiros não precisava ser temida, e assim que compreendesse que também fazia parte dele, como uma Companheira de Raça.

Como a única mulher que ele queria ao seu lado em qualquer momento.

Mas tudo estava se desenrolando tão rápido, um novelo de meias--verdades e segredos que se enrolavam em seus pés enquanto ela o fitava em pânico, suplicando-lhe com os olhos que explicasse aquela situação inconcebível.

– Sim – admitiu Dante, sem querer mentir para ela. – Rio é um vampiro, Tess. Assim como eu.

Capítulo 33

O coração de Tess deu um salto no peito.

– O... o que foi que disse?

Dante a olhou, com aqueles olhos dourados cor de uísque muito sérios e a expressão serena.

– Pertenço à Raça. Sou um vampiro.

– Ah, meu Deus – gemeu ela, sentindo a pele retesar em sinal de alerta e repulsa.

Não queria acreditar naquilo... Ele não se parecia com as criaturas que a haviam atacado ou com a que agora jazia encolhida no chão da enfermaria. Mas o tom de Dante era tão direto e equilibrado que Tess sabia que estava falando a verdade. Talvez pela primeira vez desde que o havia conhecido, ele finalmente estava sendo honesto com ela.

– Mentiu para mim. Esse tempo todo, esteve mentindo para mim.

– Queria lhe contar, Tess. Estive tentando achar as palavras para lhe dizer...

– Que é uma espécie de monstro doentio? Que esteve me usando... para quê? Só para se aproximar de Ben para que você e seus companheiros chupadores de sangue pudessem matá-lo?

– Não matamos aquele homem, juro para você. Mas isso não quer dizer que não o farei, se for preciso. E, sim, a princípio eu precisava saber se você estava envolvida no tráfico de Carmesim, e pensei que me poderia ser útil para conseguir mais informações sobre essas atividades. Eu tinha uma missão, Tess. Mas também precisava de sua confiança para poder protegê-la.

– Não preciso de sua proteção.

– Sim, precisa.

– Não – disse ela, paralisada por um sombrio medo. – O que preciso é me afastar o máximo que puder de você.

– Tess, o lugar mais seguro para você agora é aqui, comigo.

Quando ele se aproximou dela, estendendo as mãos em um gesto que implorava por sua confiança, ela recuou.

– Fique longe de mim. Estou falando sério, Dante. Afaste-se daqui!

– Não vou machucar você. Prometo.

Uma imagem lhe golpeou a consciência enquanto ele dizia tais palavras. Em sua mente, Tess foi subitamente transportada ao depósito da clínica veterinária, agachando-se ao lado de um homem terrivelmente ferido que havia conseguido entrar ali de algum jeito depois de uma violenta briga nas ruas durante a noite do Dia das Bruxas. Naquele momento era um desconhecido para ela, mas não mais.

O que via era o rosto de Dante, sujo e manchado de sangue, com o cabelo molhado pingando sobre a testa. Seus lábios se moveram, dizendo as mesmas palavras que agora lhe ouvia falar: *Não vou machucar você... Prometo...*

Uma abrupta, porém muito nítida, lembrança de fortes mãos a agarrando pelos braços e a imobilizando a atingiu em cheio. Seguiu-se pelos lábios de Dante se curvando e deixando à mostra os dentes... Revelando enormes presas brancas que se dirigiam à sua garganta.

– Eu não conhecia você – disse Dante nesse instante, como se pudesse acompanhar seus pensamentos com a mente. – Estava fraco e gravemente ferido. Só ia tomar o que precisava de você e deixá-la em paz. Sem dor, sem sofrimento. Mas não tinha nem ideia do que estava fazendo até que vi sua marca...

– Você me mordeu... você... ah, meu Deus, bebeu do meu sangue naquela noite? Como... por que só estou me lembrando disso agora?

Suas feições severas se suavizaram, como se estivesse arrependido.

– Apaguei sua memória. Tentei explicar tudo antes, mas a situação foi longe demais. Nós lutamos, e você me injetou um sedativo. Quando recuperei a consciência, já estava quase amanhecendo e não havia tempo para conversa. Pensei que seria melhor se não se lembrasse de nada. Então vi a marca em sua mão e soube que não seria possível voltar atrás o que havia feito com você.

Tess não precisou olhar a mão direita para saber de que marca ele falava. O pequeno sinal de nascença sempre a havia intrigado – uma lágrima caindo sobre o côncavo de uma lua crescente. Mas não fazia mais sentido agora.

– Não há muitas mulheres com essa marca, Tess. Só umas poucas. Você é uma Companheira de Raça. Se alguém de minha espécie toma seu sangue, ou dá o dele, um vínculo é criado. Um laço inquebrável.

– E você... fez isso comigo?

Outra memória a invadiu, uma lembrança distante de sangue e escuridão. Tess recordou ter despertado de um sonho sombrio, com a boca cheia de uma força vibrante de energia, de vida. Tinha estado faminta, e Dante a havia alimentado. De seu pulso e, mais tarde, de uma veia que tinha aberto para ela em seu pescoço.

– Ah, meu Deus – sussurrou ela. – O que fez comigo?

– Salvei sua vida dando meu sangue. Do mesmo modo que você salvou minha vida com o seu.

– Não me deixou escolha, nenhuma das vezes – disse com a voz ofegante. – O que sou agora? Você me transformou no mesmo monstro que é?

– Não. Não é assim que funciona. Nunca se transformará em vampira. Mas, se continuar se alimentando de mim como minha parceira, poderá viver por muito tempo. Tanto quanto eu. Talvez até mais.

– Não acredito nisso. Recuso-me a acreditar!

Tess se virou para as portas de vaivém da enfermaria e empurrou os painéis. Eles não se mexeram. Empurrou outra vez, com toda sua força. Nada. Era como se estivessem fundidos nas dobradiças, completamente imóveis.

– Deixe-me sair daqui – pediu a Dante, suspeitando que fosse sua simples vontade que mantinha as portas fechadas para ela. – Maldito seja, Dante! Deixe-me ir!

Assim que a porta se mexeu ligeiramente, Tess a empurrou para abri-la e saiu correndo à toda velocidade. Não tinha nem ideia de para onde estava indo, e tampouco se importava, a menos que pudesse se distanciar de Dante, o homem que havia acreditado conhecer. O homem por quem realmente acreditava estar apaixonada. O monstro que a havia traído mais profundamente que qualquer um em seu passado atormentado.

Repleta de medo e zangada com sua própria estupidez, Tess segurou as lágrimas que ardiam em seus olhos. Correu ainda mais rápido, sabendo que Dante provavelmente a alcançaria. Tinha de encontrar alguma saída. Correu para um conjunto de elevadores, apertou o botão e rezou para que as portas se abrissem. Os segundos se passavam... muitos para arriscar-se a esperar.

– Tess. – A profunda voz de Dante a surpreendeu pela proximidade. Ele estava atrás dela, perto o bastante para tocá-la, ainda que Tess não tivesse escutado ele se aproximando.

Com um grito, ela se esquivou de seu alcance e empreendeu outra fuga enlouquecida por um dos sinuosos corredores. Deparou-se com uma entrada aberta em arco à sua frente. Talvez pudesse se esconder nessa câmara, pensou, desesperada por escapar de qualquer jeito do pesadelo que a perseguia. Deslizou-se para o interior do espaço semi-iluminado – um tipo de catedral, com paredes de pedra esculpida iluminadas apenas por uma única vela vermelha que reluzia perto de um altar sem adornos.

Não havia nenhum lugar no pequeno santuário onde pudesse se esconder, apenas duas fileiras idênticas de bancos e o pedestal de pedra ao fundo do cômodo. Do outro lado, havia outra porta arqueada que se abria para uma escuridão ainda maior; era impossível desvendar aonde conduziria. De qualquer maneira, não importava. Dante se encontrava em pé na porta aberta do corredor. Seu corpo musculoso nunca havia parecido tão imponente como agora, enquanto adentrava a pequena catedral e lentamente caminhava em direção a Tess.

– Tess, não precisamos fazer isso. Vamos conversar. – Seus poderosos passos vacilaram por um segundo e ele franziu o cenho, levando a mão à têmpora, como se estivesse com dor. Quando voltou a falar, sua voz soou uma oitava mais baixa, saindo dele em um grunhido sombrio. – Por Deus, podemos apenas... Vamos ser razoáveis, tentar esclarecer tudo.

Tess retrocedeu, aproximando-se da parede mais distante da câmara e do arco esculpido na pedra.

– Maldição, Tess. Escute-me. Eu amo você.

– Não diga isso. Já não mentiu para mim o suficiente?

– Não é mentira. Queria que fosse, mas...

Dante deu outro passo e de repente seu joelho cedeu. Uivou de dor ao cair em um dos bancos, cravando os dedos na madeira com tanta força que Tess achou que fosse quebrar.

Algo estranho estava acontecendo com sua fisionomia. Mesmo com a cabeça abaixada, Tess podia ver o rosto de Dante se afunilando, as bochechas pareciam mais magras, angulares, e a pele dourada se retesava sobre os ossos. Ele proferiu uma maldição, algo que Tess não pôde decifrar através da grave rispidez de sua voz.

– Tess... Precisa confiar em mim.

Ela se aproximou da passagem abobadada, apoiando a mão contra a parede para se guiar enquanto caminhava de lado. Logo se encontrava em frente à abertura, diante da completa escuridão, e sentiu uma leve brisa gelada nas costas. Virou a cabeça para contemplar a escuridão...

– *Tess.*

Dante provavelmente percebeu seus movimentos, porque, quando ela se voltou para olhá-lo, ele levantou a cabeça e encontrou seu olhar. A cor cálida de seus olhos havia se transfigurado em um brilho feroz, e suas pupilas se estreitaram em duas fendas enquanto Tess assistia completamente horrorizada à transformação.

– Não vá – pediu ele com a voz áspera, enrolando as palavras no espetacular par de presas afiadas e compridas. – Não lhe vou fazer mal.

– É tarde demais, Dante. Já fez – sussurrou ela, afastando-se dele, dando um passo atrás na soleira da passagem arqueada. Em meio à escuridão, distinguiu um lance de degraus de pedra que subiam acentuadamente, em direção à fonte de ar gelado que chegava até ela. Aonde quer que a escada a levasse, precisava ir. Pôs o pé no primeiro degrau...

– Tess!

Ela não se voltou para fitá-lo. Sabia que não podia, ou poderia perder a coragem de deixá-lo. Subiu os primeiros degraus hesitante e logo começou a correr, galgando a escada o mais rápido que podia.

Abaixo dela, o atormentado rugido de Dante ecoou nas paredes de pedra da catedral e na escadaria escurecida, atravessando diretamente a medula de seus ossos. Tess não se deteve. Subiu ainda mais rápido o que pareciam centenas de degraus, até que alcançou uma sólida porta de aço ao topo. Estendeu as palmas das mãos e a empurrou.

A ofuscante luz do dia a inundou. A gélida brisa de novembro levantava as folhas secas em redemoinhos sobre a grama do lado de fora. Tess fechou a porta atrás de si com um baque. Logo passou os braços em volta do corpo e partiu, correndo na radiante e clara manhã.

Dante caiu ao chão, apanhado por seu pesadelo persistente e extenuante. A visão de morte havia aparecido subitamente, intensificando-se à medida que ele e Tess discutiam.

E, agora que ela havia partido, apenas piorava. Dante escutou a porta acima se fechar e soube, pelos breves raios de sol que desceram através da comprida escadaria, que, mesmo que conseguisse se libertar das correntes invisíveis que o prendiam, os brutais raios solares o impediam de ir atrás dela.

Mergulhou ainda mais fundo no abismo de sua premonição, onde densas vinhas de fumaça negra envolviam seus membros e a garganta, obstruindo a passagem do precioso ar. Os restos despedaçados de um alarme de fumaça pendiam no teto, sustentados por fios destroçados, e permaneciam em silêncio enquanto a fumaça se acumulava ao redor.

De algum lugar, ouviu o ruído raivoso de objetos caindo, como se os móveis e utensílios estivessem sendo revirados e jogados ao chão por um bando de ladrões. À sua volta, na pequena jaula branca que o prendia, Dante viu gavetas e gabinetes de arquivos revirados, com o conteúdo espalhado por toda a parte, vasculhados às pressas.

Na visão, ele estava, agora, se movendo, caminhando pelos entulhos em direção à porta fechada do outro lado do cômodo. Ah, Deus. Conhecia aquele lugar, deu-se conta nesse instante.

Estava na clínica veterinária de Tess.

Mas onde estava ela?

Dante percebeu que lhe doía todo o corpo; sentia-se surrado e cansado, e cada passo parecia letárgico. Antes que pudesse alcançar a porta e tentar escapar, ela se abriu do outro lado. Um rosto familiar o fitou através da fumaça.

– Veja só quem está andando – disse Ben Sullivan, entrando com um cabo de telefone nas mãos. – Morrer queimado é um jeito terrível de partir. Claro que, se respirar fumaça o bastante, as chamas serão apenas algo secundário.

Dante sabia que não deveria ter medo, mas o terror se apoderou dele quando seu suposto executor entrou no cômodo e o segurou com uma surpreendente força. Dante tentou lutar, mas seus membros não pareciam lhe obedecer. Seus esforços somente atrasavam Sullivan. Então o humano golpeou o braço para trás e acertou Dante na mandíbula.

Sua visão tremulou loucamente. Quando voltou a abrir os olhos, encontrava-se deitado de bruços sobre uma gelada chapa de metal polido enquanto Ben Sullivan puxava suas mãos para as costas e amarrava os pulsos com o cabo que segurava. Dante deveria ter conseguido soltar as mãos, mas os nós estavam bem apertados. O humano se moveu para seus pés, amarrando-os como um animal.

– Sabe, pensei que seria mais difícil matar você – sussurrou o traficante de Carmesim ao lado de seu ouvido; eram as mesmas palavras que Dante havia ouvido da última vez que tivera aquela visão. – Mas você facilitou bastante as coisas.

Tal como havia feito antes, Ben Sullivan foi até a frente da plataforma e se inclinou diante de Dante. Segurou-o pelo cabelo e ergueu seu rosto do frio metal. Atrás da cabeça de Sullivan, Dante pôde ver um relógio na parede acima da porta, que marcava 11h39. Lutou para obter mais detalhes, ciente de que precisaria de tudo que pudesse reunir para lutar contra aquela fatalidade, talvez até virar as coisas a seu favor. Não sabia se seria possível enganar o destino, mas estava obstinado a tentar.

– Não precisava ter sido assim – disse Sullivan nesse instante. O humano se aproximou mais... Chegou perto o bastante para que Dante visse o olhar vazio de um Subordinado o fitando. – Saiba apenas que foi você quem provocou tudo isso. Agradeça por não entregá-lo ao meu Mestre.

Dito isso, Ben Sullivan o soltou, deixando que a cabeça de Dante caísse outra vez. Enquanto o Subordinado se encaminhava para fora do aposento e trancava a porta, Dante abriu os olhos e viu seu reflexo sobre a superfície de aço polido da mesa onde jazia.

Não, não era seu reflexo.

Era o de Tess.

Não era seu corpo que estava amarrado na mesa de exames enquanto a clínica veterinária se consumia em meio ao fogo e à fumaça, mas o dela.

Ah, meu Deus.

Não era a sua assustadora morte que estivera testemunhando em seus pesadelos durante todos aqueles anos. Era a morte de sua Companheira de Raça, a mulher que amava.

Capítulo 34

Tess escapou do condomínio para a cidade em um estado emocional de completo entorpecimento. Sem sua bolsa, seu casaco ou seu telefone celular, restavam-lhe poucas opções... Nem sequer tinha a chave de seu apartamento. Sem fôlego, confusa, totalmente exausta por tudo que lhe tinha acontecido, dirigiu-se a um telefone público, rezando para que não estivesse fora de serviço. Escutou a linha, apertou zero e esperou pela operadora atender.

– Chamada a cobrar, por favor – resfolegou ao telefone e passou à operadora o número da clínica veterinária. O telefone tocou e tocou. Sem resposta.

Ao cair na caixa postal, a operadora cortou a chamada.

– Sinto muito. Não há ninguém para atender a chamada.

– Espere – pediu Tess, tomada pela preocupação. – Pode tentar outra vez?

– Um momento.

Tess esperou ansiosa enquanto o telefone tocou outra vez na clínica. Não houve resposta.

– Sinto muito – repetiu a operadora, desconectando a chamada.

– Não entendo – murmurou Tess, mais para si mesma. – Pode me dizer que horas são?

– São dez e meia da manhã.

Nora não saía para o almoço antes do meio-dia e nunca ficava doente, então por que não atendia à chamada? Algo devia estar errado.

– Pode tentar outro número?

– Sim, claro.

Tess passou à operadora o telefone fixo de Nora e, quando essa ligação também não obteve resposta, deu o número de seu celular. Ao ver que também não atendia, sentiu o coração se afundar no peito. Tudo aquilo parecia estranho. Muito estranho.

Sentindo o medo lhe pulsar no peito, Tess desligou o telefone público e se encaminhou à estação de metrô mais próxima. Não tinha um dólar e vinte para comprar o bilhete até North End, mas uma mulher caridosa na rua se apiedou dela e deu-lhe um punhado de moedas.

O trajeto de volta para casa demorou uma eternidade; cada rosto desconhecido no trem parecia olhá-la como se soubessem que ela não pertencia àquele lugar. Como se pudessem perceber que ela estava de certa forma mudada, como se não fosse mais parte do mundo normal. Não fosse mais parte de seu mundo humano.

E talvez não fosse mesmo, pensou Tess, refletindo sobre tudo o que Dante havia lhe contado – e sobre tudo que havia visto e vivido nas últimas horas. Nos últimos dias, corrigiu-se, recordando a noite de Dia das Bruxas, quando viu Dante pela primeira vez de verdade.

Quando ele havia mergulhado suas presas em seu pescoço e virado seu mundo de cabeça para baixo.

Mas talvez não estivesse sendo totalmente justa. Tess não podia se lembrar de época nenhuma em que havia se sentido realmente normal. Sempre tinha sido... diferente. Sua habilidade fora do comum, mais ainda que seu passado conturbado, sempre a havia distanciado das outras pessoas. Havia sempre se sentido deslocada, uma estranha, incapaz de confiar a alguém seus segredos.

Até que Dante apareceu.

Ele abriu completamente seus olhos. Com ele, havia aprendido novos jeitos de sentir e desejar. Ele despertava nela a esperança por coisas que antes havia apenas sonhado. Fazia-a sentir-se segura e compreendida. Pior que isso, fazia-a se sentir amada.

Mas tudo aquilo havia sido baseado em mentiras. Agora sabia a verdade – por mais incrível que fosse – e daria de tudo para fingir que não era real.

Vampiros e vínculos de sangue. Uma guerra crescente entre criaturas que não deveriam existir fora do reino da imaginação, dos pesadelos.

No entanto, era tudo verdade.

Era tudo real.

Tão real quanto seus sentimentos por Dante, o que apenas aumentava sua decepção. Amava-o e nunca estivera mais aterrorizada antes na vida. Havia se apaixonado por um perigoso guerreiro. Um vampiro.

Sentiu o peso de tal reconhecimento ao sair do metrô e subir as escadas que levavam à rua na vizinhança de North End. As lojas locais se encontravam lotadas com os clientes matinais, e o mercado externo desfrutava de um fluxo constante de fregueses regulares. Tess passou por um aglomerado de turistas que haviam parado para examinar os melões e as abóboras outonais, e sentiu um arrepio que tinha pouco a ver com o gélido ar de outono.

À medida que se aproximava de casa, sua sensação de terror aumentava. Um dos moradores saía quando ela chegou à porta de entrada. Embora não conhecesse o velho homem por nome, ele sorriu para ela e segurou a porta aberta para sua passagem. Tess entrou e subiu o lance de escadas até seu apartamento. Quando estava a meio metro da porta, percebeu que ela tinha sido arrombada. A ombreira havia sido forçada ao lado da maçaneta, como se tivesse sido forçada com uma alavanca e depois fechada para que nada parecesse fora de lugar.

Tess congelou, paralisada pelo pânico. Recuou um passo, pronta para se virar e fugir. Então, sentiu junto às costas algo sólido – havia alguém logo atrás dela. Um braço forte a envolveu pela cintura, fazendo que perdesse o equilíbrio, e sentiu o aço frio e afiado pressionado de maneira significativa sob seu maxilar.

– Bom-dia, doutora. Já era hora de você aparecer.

– Não pode estar falando sério, Dante.

Embora todos os guerreiros, além de Chase, se encontrassem reunidos no salão de treinamentos observando-o se equipar para a batalha, Gideon foi o primeiro a intervir.

– Pareço estar brincando? – Dante tirou uma pistola de um dos gabinetes de armas e apanhou um punhado de balas. – Nunca falei mais sério em toda minha vida.

– Meu Deus, Dante. Caso não tenha percebido, ainda são pouco mais de dez da manhã. Isso quer dizer que estamos à plena luz do dia.

– Sei o que quer dizer.

Gideon soltou uma maldição em voz baixa.

– Vai torrar lá fora, meu amigo.

– Não se eu puder evitar.

Uma vez que havia nascido por volta do século XVIII, Dante já era muito velho pelos padrões humanos, mas, como vampiro da Raça, estava na média; sua linhagem se encontrava a várias gerações de distância dos Antigos e de sua pele extraterrestre hipersensível. Não podia ficar exposto por muito tempo à luz do sol, mas podia suportar uma pequena quantidade de raios ultravioleta e viver para contar a história.

Por Tess, seria capaz de caminhar no centro do próprio sol, se isso pudesse salvá-la da morte que a esperava.

– Escute-me – disse Gideon, pondo a mão sobre o braço de Dante para lhe chamar a atenção. – Você pode não ser tão vulnerável à luz quanto os da Primeira Geração, mas ainda é membro da Raça. Se passar mais que trinta minutos sob a luz direta do sol, virará carvão.

– Não vou ficar passeando por lá – retrucou Dante, negando-se a ser influenciado. Declinou os avisos bem-intencionados de seus irmãos e pegou outra arma no gabinete. – Sei o que estou fazendo. Preciso fazer isso.

Havia contado aos outros sobre o que tinha visto, a visão que havia deixado em pedaços seu coração. Consumia-o pensar que havia permitido que Tess deixasse o condomínio sem sua proteção, pensar que não tinha sido capaz de detê-la. A ideia de que Tess pudesse estar em perigo nesse exato momento, enquanto seus genes vampíricos o obrigavam a se esconder nas profundezas, aterrorizava-o.

– E se a hora que viu em sua visão – onze e trinta e nove – for, na verdade, vinte e um minutos para a meia-noite? – Indagou Gideon. – Não tem como ter certeza de que o acontecimento que viu se passava durante a manhã. Pode estar se colocando em risco por nada...

– E se eu esperar e estiver errado? Não posso assumir esse risco. – Dante sacudiu a cabeça. Havia tentado telefonar para ela, mas não obteve resposta nem em seu apartamento e tampouco na clínica veterinária. E a dor ardente em seu peito lhe dizia que ela não o estava ignorando por simples escolha. Mesmo sem a ajuda de sua visão infernal, sabia que sua Companheira de Raça estava em perigo. – De jeito nenhum vou arriscar-me a esperar aqui até anoitecer. Você esperaria no meu lugar, Gideon? Se Savannah precisasse de você – em uma questão de vida ou morte –, seria capaz de ao menos considerar correr tal risco? E você, Lucan, se Gabrielle estivesse lá fora sozinha?

Nenhum dos guerreiros negou. Não havia nenhum macho unido por um laço de sangue que não fosse capaz de atravessar um mar de fogo pela mulher que amava.

Lucan se aproximou dele e estendeu-lhe a mão.

– Sabe honrá-la muito bem.

Dante apertou a forte mão de seu líder da Primeira Geração – a mão de seu amigo – e a sacudiu firmemente.

– Obrigado. Mas, para ser honesto, estou fazendo isso tanto por mim quanto por Tess. Preciso dela em minha vida. Ela se tornou... tudo para mim.

Lucan assentiu com seriedade.

– Então vá buscá-la, meu irmão. Podemos celebrar a união de vocês quando estiverem de volta ao condomínio a salvo.

Dante devolveu o olhar soberano de Lucan e balançou lentamente a cabeça.

– Isso é algo que preciso conversar com você. Com todos vocês – completou, fitando também os outros guerreiros. – Caso eu sobreviva, caso eu seja capaz de salvar Tess e ela me aceite como seu companheiro... Pretendo me mudar para um Refúgio Secreto com ela.

Fez-se um longo silêncio enquanto seus irmãos o contemplavam fixamente.

Dante limpou a garganta; sabia que sua decisão devia ter surpreendido os guerreiros com quem tinha lutado lado a lado por mais de um século.

– Ela já sofreu bastante... Mesmo antes de eu conhecê-la e a arrastar para nosso mundo contra sua vontade. Merece ser feliz. Merece muito mais do que posso sonhar em dar a ela. Só quero que fique a salvo a partir de agora, longe de qualquer perigo.

– Deixaria a Ordem por ela? – Perguntou Niko, o mais jovem depois de Dante, um guerreiro que se dedicava a seus deveres talvez até mais que o próprio Dante.

– Deixaria de respirar por ela, se ela me pedisse – respondeu a ele, surpreendendo até a si mesmo com a profundidade de sua devoção. Fitou Chase, que ainda lhe devia um segundo favor da noite anterior. – O que acha? Ainda tem alguma influência no

Refúgio Secreto de Boston para me ajudar a conseguir um lugar na Agência?

Chase sorriu satisfeito, levantando os ombros casualmente.

– Talvez. – Encaminhou-se para o armário de armas e apanhou uma SIG Sauer. – Mas vamos por partes, certo? Temos de trazer sua mulher de volta inteira para que possa decidir se quero um pobre idiota como você como companheiro.

– Temos? – Disse Dante, observando o ex-agente do Refúgio Secreto se armar com a SIG e com outra pistola semiautomática.

– Sim, temos. Vou acompanhá-lo.

– Mas que...

– Eu também – interveio Niko, adiantando-se para pegar suas armas. O russo sorriu ao indicar com a cabeça Lucan, Gideon e Tegan. – Não pretende me deixar aqui com esses velhotes da Primeira Geração, certo?

– Ninguém vai me acompanhar. Jamais pediria isso...

– Não precisa pedir – interrompeu-o Niko. – Queira ou não queira, Dante, Chase e eu somos tudo o que tem nessa missão. Não está nessa sozinho.

Dante praguejou, humildemente agradecido pela demonstração de apoio.

– Tudo bem, então. Vamos lá.

Capítulo 35

Segurando a faca contra o pescoço para mantê-la em silêncio, Ben obrigou Tess a sair do edifício e entrar em um carro que esperava na rua. Ben exalava um cheiro ruim, de sangue azedo, suor e um pouco de destruição. Suas roupas estavam amarrotadas e imundas, e seu cabelo normalmente dourado agora se encontrava despenteado e caía liso e sujo sobre a fronte. Quando a empurrou para o banco traseiro do carro, Tess vislumbrou seus olhos. Estavam embotados e vazios, e a fitavam com uma fria indiferença que lhe arrepiava a pele.

E Ben não estava sozinho.

Outros dois homens esperavam no carro, ambos sentados na frente, com o mesmo brilho vazio nos olhos.

– Onde está, Tess? – Perguntou Ben ao fechar a porta e trancá-los no interior do veículo. – Deixei algo na clínica no outro dia, mas agora não está mais lá. O que fez com ele?

O *pen drive* que ele havia escondido e depois mentido sobre isso. Agora estava em posse de Dante. Ainda que desconfiasse de Dante depois de tudo o que ficou sabendo sobre ele, o que sentia por Ben nesse instante era ainda mais forte. Encontrou seu perturbador olhar vazio e negou com a cabeça.

– Não sei do que está falando.

– Resposta errada, doutora.

Tess não estava preparada para receber o punho que lhe atingiu o lado da cabeça. Gritou de dor, caindo sobre o assento e afagando a dor que explodia no rosto.

– Talvez possa pensar mais claramente na clínica – disse Ben.

Ante seu sinal, o motorista pisou no acelerador e o carro subiu pela rua. A visão de Tess se embaralhou durante o trajeto de North End até sua clínica veterinária em East Boston. A van de Ben se encontrava estacionada nos fundos, logo ao lado do Beetle antigo de Nora.

– Ah, meu Deus – murmurou Tess, sentindo um aperto no peito ao ver o carro de sua assistente. – O que fez com ela, Ben? Diga-me que não machucou Nora...

– Vamos, doutora – disse ele, ignorando sua pergunta enquanto abria a porta ao lado e a ameaçava com a faca para sair.

Tess saiu, seguida por Ben e pelos dois valentões que o acompanhavam. Conduziram-na pelos fundos da clínica, passando pelo depósito e pelo canil vazio. Ben a empurrava adiante, e logo chegaram ao saguão da clínica. O lugar estava revirado, com os arquivos todos virados e esvaziados no chão, os móveis quebrados, e produtos químicos e medicamentos espalhados por toda parte. A destruição era total, mas, ao ver Nora, Tess perdeu o fôlego.

Ela estava caída ao chão atrás do balcão da recepção; sua cabeça começou a aparecer à medida que Tess se aproximava. Haviam lhe amarrado as mãos e os pés com um cabo de telefone, e a boca estava amordaçada com uma faixa de gaze dos suprimentos médicos da clínica. Nora chorava, tinha o rosto pálido e os olhos vermelhos e inchados, como se tivesse passado por horas de tortura. Mas estava viva, e isso impediu Tess de se desesperar por completo.

– Ah, Nora – exclamou com a voz entrecortada. – Sinto muito. Vou tirar você daí, prometo.

Ao seu lado, Ben riu.

– Fico contente em ouvi-la dizer isso, doutora. Porque o destino da pequena Nora depende apenas de você agora.

– Como assim? O que quer dizer?

– Vai nos ajudar a encontrar aquele *pen drive*, ou terá de ver como corto a garganta dessa vagabunda diante de seus olhos.

Detrás da mordaça em sua boca, Nora gritou. Começou a lutar loucamente para se soltar, mas em vão. Um dos enormes comparsas de Ben foi até ela e a agarrou com força, obrigando-a a se levantar. Empurrou-a para perto de Tess, até que pouco mais de dois passos separavam as duas mulheres. Nora suplicava com os olhos, e o pânico puro a fazia tremer como uma folha nas mãos firmes de seu captor.

– Deixe-a ir embora, Ben. Por favor.

– Entregue-me o *pen drive* e a deixarei partir, Tess.

Nora gemeu, um som suplicante e desesperado. Então Tess sentiu um terror real, um medo que lhe gelava cada vez mais os ossos ao contemplar os olhos de sua amiga e perceber que Ben e os outros homens falavam sério. Matariam Nora – e provavelmente ela também – se não lhes desse o que queriam. E não podia entregá-lo, porque não o tinha.

– Ben, por favor. Solte Nora e fique comigo no lugar dela. Fui eu quem pegou o *pen drive*, não ela. Ela não tem nada a ver com isso...

– Diga-me onde guardou o *pen drive* e talvez eu a deixe partir. Que tal, doutora? Não parece justo?

– Não estou com ele – murmurou ela. – Eu o tirei da mesa de exames onde você o havia escondido, mas não está mais comigo.

Ele cravou nela aqueles olhos insensíveis; um músculo pulsava em sua mandíbula.

– O que fez com ele?

– Solte-a – exigiu Tess. – Solte-a e direi tudo o que quer saber.

Os lábios de Ben se ergueram no canto da boca. Fitou a faca em sua mão, brincando com o fio da lâmina. Então, em um átimo de segundo, virou-se e acertou Nora em cheio no estômago.

– Não! – Gritou Tess. – Ah, Deus... Não!

Ben voltou-se para ela, tão frio como podia ser.

– Foi só um machucado no ventre, doutora. Ela poderá sobreviver se receber ajuda a tempo, mas é melhor você começar a falar logo.

Os joelhos de Tess cederam debaixo dela. Nora estava sangrando terrivelmente, e seus olhos se viravam para trás em choque.

– Maldito seja, Ben! Odeio você!

– Não me importa mais o que sente por mim, Tess. Tudo o que quero é recuperar aquele *pen drive*. Então, onde diabos ele está?

– Eu o dei para alguém.

– Quem?

– Dante.

Uma centelha de animosidade reluziu no olhar vazio de Ben.

– Está falando daquele cara... com quem anda transando? Tem alguma ideia do que fez? Alguma ideia de quem ele é?

Diante do silêncio dela, Ben sacudiu a cabeça e deu uma risada.

– Bom, está realmente ferrada, Tess. Agora está fora de minhas mãos.

Depois de dizer isso, estendeu o braço e lançou a lâmina na direção de Nora, cumprindo a ameaça de antes. Tess gemeu quando sua amiga caiu sem vida ao chão. Ben e um de seus comparsas agarraram Tess antes que ela pudesse alcançar Nora – antes mesmo que tivesse um momento de esperança de salvá-la com seu dom. Eles a arrastaram para longe da matança, segurando seus braços e suas pernas enquanto ela se debatia em uma explosão de desespero animal.

Era inútil resistir. Em instantes, Tess se viu no chão de uma das salas de consulta e logo escutou o clique metálico da fechadura quando Ben a trancou lá dentro para esperar seu destino.

Nikolai dirigia como se estivesse possuído, acelerando o Land Rover preto a toda velocidade pela cidade. A tentação de observar as ruas e os edifícios iluminados pelo sol que passavam pelas janelas enegrecidas do carro era grande – uma vista que Dante nunca havia contemplado e que esperava sinceramente jamais precisar vê-la outra vez –, mas mantinha a cabeça baixa no banco do passageiro, com os pensamentos voltados para Tess.

Ele e os outros estavam vestidos de preto dos pés à cabeça com roupas protetoras de náilon: o uniforme, luvas, gorros de esqui para cobrir o rosto e óculos escuros bem-ajustados para proteger os olhos. Mesmo assim, o trajeto até a porta dos fundos da clínica de Tess foi intenso.

Com as armas em mão, Dante não perdeu tempo. Foi em frente e deu um pontapé com a bota no meio da porta do depósito, chutando o painel de aço com tanta força que o tirou das dobradiças. A fumaça já se espalhava no incêndio que Sullivan havia principiado no interior. As nuvens turvas ficaram mais densas com a repentina entrada de ar do exterior. Não tinham muito tempo para acabar com aquilo.

– Que diabos está acontecendo?

Ao ouvir o barulho do metal despedaçado dos restos da porta, um dos Subordinados apareceu correndo para ver o que havia de errado. Niko o informou sem hesitar, disparando uma bala de metal no crânio do sujeito.

Agora que estavam ali dentro, Dante sentiu o cheiro de sangue e morte através da fumaça – não o cheiro daquele que tinha acabado de morrer a seus pés e, felizmente, tampouco o de Tess. Ela ainda estava viva. Podia sentir seu medo; seu atual estado de angústia e dor o atravessava como aço em brasas.

– Vasculhem o lugar e acabem com o fogo – ordenou a Niko e a Chase. – E matem qualquer um que entrar no caminho.

Tess tentou se soltar dos cabos que lhe amarravam as mãos e os pés para trás na mesa de exames. Não se moviam. Mas ela não podia parar de tentar, ainda que seus esforços só pareciam divertir seu captor.

– Ben, por que está fazendo isso? Pelo amor de Deus, por que matou Nora?

Ben estalou a língua.

– Foi você quem a matou, Tess, não eu. Você me obrigou.

Sentiu a dor sufocá-la enquanto Ben se aproximava da mesa onde a havia amarrado.

– Sabe, pensei que seria mais difícil matar você – sussurrou ao lado de seu ouvido; seu hálito quente e podre lhe invadia as narinas. – Mas você facilitou bastante as coisas.

Tess observou nervosa enquanto ele se aproximou da frente da plataforma e se inclinou para ficar à sua altura. Agarrou-a pelo cabelo com os dedos ríspidos e lhe ergueu o rosto do frio metal. Seus olhos pareciam os olhos de um defunto, de uma mera casca de ser humano; já não pertenciam mais ao Ben Sullivan que ela havia conhecido.

– Não precisava ter sido assim – disse a ela, com a voz ironicamente gentil – Saiba apenas que foi você quem provocou tudo isso. Agradeça por não entregá-la ao meu Mestre.

Acariciou-lhe a bochecha, e o contato foi repugnante. Quando Tess se afastou, ele a segurou pelo cabelo com mais força, obrigando-a a olhar para ele. Inclinou-se como se fosse beijá-la, e Tess lhe cuspiu no rosto, lutando com os únicos meios que restavam.

Ela se preparou para a represália quando o viu levantar a mão livre para acertá-la.

– Sua maldi...

Não teve tempo de acabar a frase, muito menos de tocá-la. Uma gélida rajada de ar entrou pela porta aberta um instante antes que o espaço se preenchesse com a enorme silhueta de um homem todo vestido de preto e com óculos escuros opacos. Armas de fogo e adagas pendiam de seu quadril e dos coldres grossos de couro que se entrecruzavam sobre o musculoso torso.

Dante.

Tess o reconheceria em qualquer lugar, mesmo sob toda aquela cobertura negra. Encheu-se de esperança e surpresa. Podia senti-lo com a mente, prometendo-lhe que a tiraria dali. Que agora estava a salvo.

E, ao mesmo tempo, podia sentir sua fúria. A raiva emanava de seu imenso corpo em gélidos calafrios, concentrando-se em Ben. Dante abaixou a cabeça; era possível ver onde seus olhos se focavam mesmo através das lentes escuras que lhe protegiam os olhos. Detrás deles, emanava uma luz... um brilho âmbar e letal.

Em um piscar de olhos, o corpo de Ben foi erguido do chão e atirado contra os armários na parede da sala de exames. Ele esperneou e se debateu, mas Dante o segurou no alto apenas com o poder da mente. Quando outro guerreiro vestido de preto apareceu no batente da porta, Dante grunhiu uma ordem.

– Tire-a daqui, Chase. Não quero que veja isso.

O parceiro de Ben se aproximou e soltou Tess, levantando-a com cuidado em seus braços e a carregou para fora da clínica, para o Land Rover que esperava nos fundos.

Assim que Chase tirou Tess da sala, Dante soltou o humano com a mente. Com o contato interrompido, Sullivan caiu como morto sobre o chão. Começou a se esforçar para ficar de pé, tentando apanhar uma faca que havia deixado no balcão. Dante fez que a lâmina voasse com o poder da mente, cravando a ponta de aço na parede oposta.

Avançou a passos largos no cômodo, abrindo mão de suas armas para matar Ben Sullivan com as próprias mãos. Agora queria vingança e pretendia fazer o idiota sofrer pelo que havia planejado fazer com Tess. Pelo que tinha feito com ela antes que Dante chegasse.

– Levante-se – ordenou ao humano. – Está tudo acabado.

Sullivan soltou uma risada, pondo-se de pé lentamente. Quando Dante fitou seus olhos, viu no olhar do traficante de Carmesim o brilho embotado de um escravo mental. Ben Sullivan havia se transformado em um Subordinado. Isso com certeza explicava seu estado recente. De qualquer forma, matá-lo seria um favor a ele mesmo.

– Onde seu Mestre está se escondendo nos últimos dias, Subordinado?

Sullivan se limitou a olhá-lo furioso.

– Por acaso ele contou que acabamos com ele no verão passado, e que saiu correndo com o rabo entre as pernas, em vez de enfrentar a Ordem? É um covarde, um impostor, e vamos acabar com ele outra vez.

– Dane-se, vampiro.

– Não, acho que não – disse Dante, notando a contração nervosa dos músculos das pernas do Subordinado, o movimento que delatava que Sullivan estava prestes a fugir. – Dane-se você, seu Subordinado de merda. E dane-se também o filho da mãe que lhe dá ordens.

Um berro estridente escapou da boca do Subordinado ao se lançar através da sala em direção a Dante. Sullivan lhe deu socos e murros, movendo os punhos com rapidez, mas não o bastante para que Dante não os pudesse bloquear. Em meio à briga, o tecido que cobria o peito de Dante se rasgou, deixando exposta sua pele. Com um rugido, acertou uma bofetada no rosto do Subordinado, saboreando o ruído dos ossos quebrados e o som seco do impacto na carne.

Ben Sullivan caiu esparramado pelo chão.

– Só há um verdadeiro Mestre da Raça – vaiou Ben. – E logo ele estará governando como um rei – como é seu direito de nascença!

– Nem em sonho – respondeu Dante; ergueu do chão o corpo do homem com a mão e o arremessou pelo ar.

Sullivan deslizou sobre a superfície polida da mesa onde havia amarrado Tess e acertou em cheio a parede com janelas do outro lado da sala. Endireitou-se imediatamente e se pôs de pé, mas vacilou diante das persianas, que balançavam atrás dele. Dante protegeu os olhos da luz intermitente instintivamente, levantando os braços para ocultar os raios.

– Qual é o problema? Claro demais para você, vampiro? – Ele sorriu através dos dentes manchados de sangue. Em sua mão, segurava um pedaço de uma gaveta quebrada, como se fosse um porrete. – Que tal uma sessãozinha de *Duro de Matar*?

Moveu o braço para trás e estilhaçou a janela, afastando as persianas e fazendo os cacos de vidro voarem por toda parte. A luz do sol invadiu o recinto, queimando os olhos de Dante atrás dos óculos escuros. Rugiu diante da repentina agonia que lhe rasgava a córnea e, nesse breve segundo de desatenção, Ben Sullivan passou por baixo dele, tentando escapar.

Temporariamente cego, com a pele ardendo sob a roupa protetora e queimando nos lugares onde a luz encontrava a carne nua, Dante rastreou o Subordinado com os outros sentidos, ainda mais aguçados agora que a ira o transformava. As presas se estenderam na boca. Detrás das lentes escuras, suas pupilas se estreitaram.

Elevando-se no ar, saltou através da sala em um movimento fluido, acertando Sullivan pelas costas. O impacto fez que ambos fossem ao chão. Dante não deu ao Subordinado nenhuma chance de reagir. Apanhou-o pelo queixo e pela testa, e se inclinou, de modo que as afiadas presas roçassem o ouvido do imbecil.

– Vá se danar, filho da mãe.

Com um movimento brusco, Dante quebrou o pescoço do Subordinado com as próprias mãos.

Soltou ao chão o cadáver inerte, vagamente consciente do cheiro acre no ar e do débil chiado que zumbia em seus ouvidos como um enxame de moscas. A dor o invadiu enquanto se levantava e se afastava da janela quebrada. Escutou passos pesados do lado de fora do cômodo, mas seus olhos mal podiam se concentrar na silhueta escura que preenchia o espaço entre o batente da porta.

– Está tudo limpo... Ah, droga! – A voz de Niko desapareceu, e logo o guerreiro estava ao lado de Dante, ajudando-o a sair apressado da sala iluminada pela luz do sol. – Meu Deus, Dante. Por quanto tempo ficou exposto?

Dante sacudiu a cabeça.

– Não por muito tempo. O idiota quebrou a janela.

– Sim – disse Niko, com um estranho tom amargo na voz. – Dá para ver isso. Temos de tirar você daqui, cara. Vamos.

Capítulo 36

– Santo Deus.

O guerreiro vestido de preto no banco da frente do Land Rover junto a Tess – Chase, como havia sido chamado – abriu a porta do motorista e saltou para fora, assim que Dante e outro homem saíram correndo da clínica.

Mas Dante não estava exatamente correndo. Ia tropeçando, enquanto o outro guerreiro apoiava seu corpo, ajudando-o a caminhar. Estava com a cabeça caída sobre o peito, descoberta, e a parte da frente de seu traje estava rasgada, deixando exposta a pele morena de seu torso, que brilhava ferozmente avermelhada sob a ensolarada luz da manhã.

Chase abriu a porta de trás do veículo e ajudou o outro homem a colocar Dante para dentro. As presas de Dante eram enormes, e suas pontas afiadas cintilavam cada vez que respirava pela boca entreaberta. Tinha o rosto contorcido de dor, e as pupilas eram finas fendas negras em meio às reluzentes íris ambarinas. Estava completamente transformado; era o vampiro que Tess devia temer, mas agora não conseguia.

Seus amigos agiam rápido, e o silêncio grave que reinava gelava o sangue de Tess. Chase fechou a porta de trás e correu para o banco do motorista. Pulou para dentro, ligou o motor do carro e partiram.

– O que aconteceu com ele? – Perguntou Tess, ansiosa, incapaz de ver sangue ou qualquer outro sinal de machucados em Dante. – Ele está ferido?

– Exposição ao sol – respondeu-lhe o sujeito que não conhecia; seu tom grave tinha um leve sotaque eslavo. – O maldito traficante de Carmesim quebrou uma janela. Dante teve de acabar com o imbecil em plena luz do sol.

– Por quê? – Indagou ela, observando Dante se virar no assento de trás; podia sentir sua agonia e a preocupação que emanava da seriedade de seus parceiros. – Por que ele faria isso? Por que qualquer um de vocês faria isso?

Com movimentos pequenos, mas decididos, Dante conseguiu tirar uma das luvas. Estendeu a mão para ela.

– Tess...

Ela tomou a mão dele entre as suas, contemplando os dedos fortes que a envolviam. A emoção que percorreu aquele contato lhe atingiu em cheio, um calor – uma certeza – que a fez perder o fôlego.

Era amor, tão profundo, tão intenso, que a deixou sem palavras.

– Tess – murmurou ele, com um fio de voz. – Era você. Não era minha morte... Era a sua.

– O quê? – Ela apertou sua mão, e lágrimas lhe brotaram nos olhos.

– As visões... Não eram sobre mim, eram sobre você. Não podia... – fez uma pausa para respirar, em evidente agonia. – Tinha de impedir. Não podia deixar que você... em hipótese alguma.

As lágrimas rolaram pela bochecha de Tess enquanto sustentava o olhar de Dante.

– Ah, meu Deus, Dante. Não devia ter-se arriscado tanto. E se tivesse morrido em meu lugar?

O lábio dele se ergueu levemente no canto, deixando à vista a ponta de uma afiada e reluzente presa.

– Teria valido a pena... ver você aqui. Valeu... qualquer risco.

Tess apertou a mão dele entre as suas, furiosa e agradecida, e bastante aterrorizada ao ver seu aspecto, ali deitado na parte traseira do veículo. Segurou-o firme e não o soltou até chegarem ao condomínio. Chase estacionou o Land Rover em um enorme hangar repleto de outros veículos. Todos saíram do carro, e Tess procurou ficar fora do caminho enquanto os companheiros de Dante o tiravam do carro e o ajudavam a chegar ao elevador.

O estado de Dante parecia piorar a cada minuto que passava. Quando as portas do elevador se abriram depois da descida, ele mal podia ficar em pé. Um grupo de três outros homens e duas mulheres os encontraram no corredor, entrando rápido em ação para ajudar.

Uma das mulheres se aproximou de Tess e pousou a mão em seu ombro com delicadeza.

– Sou Gabrielle, a Companheira de Lucan. Você está bem?

Tess deu de ombros e assentiu vagamente.

– Dante vai ficar bem?

– Acredito que vai ficar melhor se souber que está por perto.

Gabrielle gesticulou para que Tess a seguisse pelo corredor até a enfermaria, a mesma ala onde havia fugido de Dante aterrorizada naquela mesma manhã. Entraram no cômodo aonde Dante havia sido levado, e Tess observou seus amigos lhe tirarem as armas e as roupas rasgadas com cuidado para colocá-lo na cama hospitalar.

Sentiu-se comovida pela preocupação de todos no aposento. Ali, Dante era amado, aceito pelo que era. Tinha uma família, uma casa, uma vida... E ainda assim havia arriscado tudo para salvá-la. Por mais que desejasse temê-lo, sentir-se ressentida por tudo que havia acontecido entre eles, não podia. Tess olhava para Dante, ali sofrendo por ter-se sacrificado por ela, e tudo o que sentia era amor.

– Deixe comigo – disse brandamente, aproximando-se ao lado da cama de Dante. Contemplou o rosto preocupado dos outros que se importavam com ele – dos guerreiros reunidos à sua volta e das duas mulheres cujos olhares amáveis compreendiam o que Tess estava sentindo. – Deixe-me ajudá-lo... Por favor.

Tess tocou a bochecha de Dante, acariciando sua forte mandíbula. Concentrou-se nas queimaduras e deixou que os dedos percorressem seu peito nu, sobre as belas marcas que agora estavam esfoladas em carne viva, irradiando uma cor vibrante. Com o máximo de delicadeza, Tess pousou as mãos sobre a carne queimada, usando seu dom para afastar a radiação, para aplacar a dor.

– Ah, meu Deus – sussurrou um dos guerreiros. – Ela o está curando!

Tess escutou as exclamações de assombro e as palavras de esperança que circulavam entre os amigos de Dante... sua família. Sentiu parte daquele afeto se despejar sobre ela, mas, por mais que agradecesse a ternura daquele apreço, toda a concentração de Tess estava voltada para Dante. Preocupada em curá-lo.

Inclinou-se sobre ele e deu-lhe um beijo nos lábios frouxos, sem se incomodar ao sentir as presas lhe roçarem a boca. Amava-o por inteiro, tal como era, e rezava para que tivesse a oportunidade de lhe dizer isso.

Dante ia sobreviver. As queimaduras solares tinham sido graves – facilmente lhe teriam ameaçado a vida –, mas o dom de cura de sua Companheira de Raça havia sido, por fim, mais poderoso que a morte que o perseguia. Como todos os outros no condomínio, Chase havia ficado impressionado com a habilidade de Tess e sua evidente devoção a Dante. Ela havia permanecido ao seu lado durante todo o tempo, cuidando dele da mesma maneira que ele havia cuidado dela depois de resgatá-la do ataque dos Renegados.

Todos concordavam que os dois fariam um belo par: eram fortes como indivíduos; juntos, seriam indestrutíveis.

Passado o pior da tormenta, o condomínio se acalmava em uma sensação de paz com a chegada da noite, e os pensamentos de Chase também se voltaram para casa. Sua própria jornada ainda não havia chegado ao fim; a estrada diante dele era tenebrosa e incerta. Houve um tempo em que tudo lhe parecera claro, o que lhe guardava seu futuro, aonde pertencia... e com quem.

Agora não tinha mais certeza de nada.

Despediu-se dos guerreiros e de suas companheiras, e logo partiu, deixando o mundo da Ordem e voltando ao seu. O trajeto de volta para casa estava sendo tranquilo. As rodas do carro que havia pegado emprestado giravam e iam deixando a estrada para trás, mas aonde estava indo, afinal de contas?

Será que poderia continuar chamando o Refúgio Secreto de lar? Seus sentidos se aguçaram durante o pouco tempo que passou na companhia dos guerreiros, e sentia no corpo o peso do metal que carregava sob o casaco... As diversas facas, a Beretta de 9 mm – que havia, de certa forma, se transformado em uma presença reconfortante contra seu quadril. Como poderia supor que voltaria a se integrar à vida calma que conhecia?

E quanto a Elise?

Não podia voltar à tormentosa existência de continuar desejando uma mulher que talvez nunca pudesse ter. Precisava lhe contar como se sentia e deixar que acontecesse o que tivesse de acontecer. Ela precisava saber de tudo. Chase não se iludia com a esperança de que ela pudesse corresponder à sua afeição. Na verdade, sequer sabia o que esperar. Sabia apenas que aquela vida que vinha vivendo pela metade havia terminado, a partir de agora.

Chase virou no portão da rua do Refúgio Secreto inundado por uma sensação de liberdade. As coisas iriam mudar para ele. Ainda que não pudesse adivinhar o que iria acontecer daqui para frente; sentia-se aliviado em saber que havia alcançado um momento decisivo em sua vida. Subiu a estrada de cascalho e estacionou o carro ao lado da residência do Refúgio Secreto.

A casa estava iluminada por dentro; o quarto de Elise e as salas brilhavam com uma luz tênue. Ela estava acordada, provavelmente esperando ansiosa que ele voltasse do condomínio com alguma notícia.

Chase desligou o motor e abriu a porta do veículo. No instante em que suas botas tocaram o chão, teve a arrepiante sensação de que não estava sozinho. Guardou as chaves no bolso e saiu, desabotoando discretamente o casaco. Seus olhos esquadrinhavam as sombras da noite, procurando na escuridão algum sinal do inimigo que sabia que estava ali. Seus ouvidos estavam atentos a cada sutil ruído ao redor – o farfalhar dos ramos e da brisa passando entre eles; o zumbido abafado do som que tocava na casa, tendo o jazz favorito de Elise como música de fundo...

E então, como contraponto a tudo isso, Chase escutou uma respiração ríspida e ofegante não muito longe de onde estava. Ouviu o barulho do cascalho atrás de si. Já tinha os dedos preparados sobre o gatilho da pistola 9 mm quando se voltou lentamente para enfrentar a ameaça.

Camden.

A sensação de *déjà vu* atingiu Chase como um tiro de canhão no estômago. Mas seu sobrinho parecia ainda pior que antes, se é que isso era possível. Coberto de sangue seco e coagulado – pavorosas evidências das recentes mortes que não haviam aplacado sua sede –, Camden se afastou da planta que o escondia e se aproximou. Suas enormes presas gotejavam saliva enquanto avaliava Chase como sua próxima presa para saciar a Sede de Sangue que havia tomado conta de sua mente e seu corpo. Chase não havia conseguido alcançá-lo quando o encontrou no apartamento de Ben Sullivan. Agora Camden era perigoso e imprevisível, como um cão raivoso e feroz por muito tempo.

Chase o fitou com tristeza, repleto de remorso por não ter sido capaz de encontrá-lo – de salvá-lo – a tempo de evitar aquela irrevogável transformação em Renegado.

– Sinto muito, Cam. Isso nunca devia ter acontecido com você. – Debaixo do casaco de lã escuro, Chase destravou a Beretta e deslizou a arma para fora do coldre. – Se nós pudéssemos trocar de lugar, juro que...

Nesse instante, atrás dele na casa, Chase ouviu o clique metálico da porta da frente ao se abrir, e logo o súbito grito silencioso de Elise. O tempo parou de repente. Tudo começou a girar, e a realidade submergiu à densidade de um sonho letárgico, um pesadelo que começou no momento em que Elise saiu da casa.

– Camden! – Sua voz parecia estranhamente distante, lenta como todo o resto do tempo. – Ah... Meu Deus... Camden!

Chase virou a cabeça para ela. Gritou para que ficasse para trás, mas ela corria com os braços abertos, e seu traje branco de viúva flutuava em torno dela como delicadas asas de uma mariposa enquanto voava na direção de seu filho, na direção da morte certa e violenta, se Chase permitisse que ela chegasse perto o bastante para tocar o vampiro Renegado que um dia havia sido seu amado filho.

– Elise, afaste-se!

Mas ela o ignorava. Continuou avançando, mesmo quando seus olhos cheios de lágrimas se deram conta da aparência temível e repugnante de Camden. Sufocou um soluço, mas seus braços continuaram abertos a ele, e seus pés ainda avançavam sobre o gramado para a rua.

Em sua visão periférica, Chase viu o selvagem olhar ambarino do Renegado se voltar para Elise. Com os olhos fixos nela agora, o vampiro sedento de sangue deixou escapar um terrível rugido e se agachou. Chase se virou e se posicionou diretamente entre a mãe e o filho. Sacou a pistola e a apontou antes mesmo de se dar conta.

Outro segundo se passou.

Elise se aproximava ainda mais rápido, chorando e gritando o nome de Camden.

Chase mediu a distância instintivamente, ciente de que havia poucos segundos antes que esse confronto terminasse em tragédia. Não tinha escolha. Precisava agir. Não podia ficar observando tudo e deixar que ela arriscasse sua vida...

O estampido da bala ecoou como um trovão em meio à noite.

Elise gritou.

– Não! Ah, Deus... Não!

Chase permaneceu ali em pé, paralisado, ainda apertando o gatilho com o dedo. A bala de titânio havia acertado em cheio no peito do Renegado, derrubando-o ao chão. O chiado da morte já havia começado, apagando qualquer dúvida de que poderia existir alguma chance de salvar Camden da Sede de Sangue que o possuía. O Carmesim o havia transformado em morto-vivo; agora estava tudo acabado. O sofrimento de Camden havia chegado ao fim.

Mas o de Elise – assim como o de Chase – havia apenas começado.

Ela correu até ele e o golpeou com murros no rosto, nos ombros, no peito, onde pudesse alcançar. Seus olhos cor de lavanda estavam inundados de lágrimas, tinha o rosto pálido e abatido, e a voz se perdia entre os soluços e lamentos que saíam de sua garganta.

Chase suportou os golpes em silêncio. O que podia fazer? O que iria dizer?

Deixou que ela descarregasse sobre ele todo seu ódio, e só quando finalmente parou, virando-se para desabar ao chão perto do corpo de seu filho – que o titânio rapidamente o reduzia a cinzas –, Chase encontrou forças para se mover. Contemplou a silhueta trêmula agachada sobre o chão de cascalho, sentindo os ouvidos zumbirem com os sons lamentosos de sua dor. Então, em silêncio e cansado, deixou que a arma deslizasse de sua mão e caísse.

Deu as costas para ela e para o Refúgio Secreto que por tanto tempo havia sido seu lar e santuário, e partiu sozinho em meio à escuridão.

Dante despertou sobressaltado, abrindo os olhos de repente sem conseguir respirar direito. Tinha sido encurralado por uma parede de fogo, cegado pelas chamas e pelas cinzas. Incapaz de alcançar Tess. Sentou-se, ofegante, com a visão ainda nítida na mente, apertando--lhe o coração.

Ah, Deus, se tivesse falhado...

Se a tivesse perdido...

– Dante?

Um alívio profundo o invadiu ao ouvir sua voz, ao perceber que Tess estava logo ali junto a ele, sentada na beirada da cama. Ele a havia despertado de um sono pesado; ela levantou a cabeça de seus braços, com o cabelo despenteado e os amáveis olhos escurecidos pelo cansaço.

– Dante, está acordado – ela se iluminou na mesma hora e se aproximou dele para lhe acariciar o rosto e o cabelo. – Fiquei tão preocupada. Como se sente?

Ele pensou que deveria estar se sentindo muito pior do que realmente estava. Mas estava bom o bastante para agarrar Tess entre os braços. Forte o bastante para trazê-la sobre seu colo na cama, onde a beijou profundamente.

Estava vivo o bastante para saber que o que precisava mais que tudo naquele momento era sentir o corpo nu dela apertado contra o seu.

– Sinto muito – murmurou contra seus lábios. – Tess, sinto muito por tudo que fiz você passar...

– Shh, teremos tempo para isso mais tarde. Podemos resolver tudo depois. Agora precisa descansar.

– Não – disse ele, contente demais por estar acordado, por estar junto a ela, para pensar em desperdiçar mais tempo dormindo. – O que preciso lhe dizer não pode esperar. Hoje vi algo terrível. Vi como seria perdê-la. E não quero sentir isso nunca mais. Preciso saber que está protegida, que está a salvo...

– Estou bem aqui. Você me salvou, Dante.

Ele acariciou a pele aveludada de sua bochecha, agradecido por poder tocá-la.

– Foi você quem me salvou, Tess.

Ele não estava falando das queimaduras pela exposição solar, que ela havia curado com seu impressionante dom. Tampouco falava sobre a primeira noite em que a tinha encontrado, quando seu sangue o havia fortalecido em um momento de extrema fraqueza. Tess o havia salvado de várias outras formas além dessas. Ele pertencia a essa mulher, de corpo e alma, e queria que ela soubesse disso nesse mesmo instante.

– Tudo faz sentido quando estou com você, Tess. Minha vida faz sentido, depois de tantos anos fugindo assustado na escuridão. Você é a luz, minha razão de viver. Estou profundamente unido a você, mulher. Para mim, nunca mais haverá outra.

– Temos um laço de sangue agora – disse ela, mas seu débil sorriso vacilou nos lábios. Baixou a vista, franzindo o cenho. – E se não tivesse me mordido aquela noite na clínica? Sem o laço de sangue, você ainda...?

– Se amaria você? – Completou a frase para ela, levantando-lhe o queixo para que ela pudesse ver a verdade refletida em seus olhos. – Sempre foi você, Tess. Eu só não sabia até aquela noite. Estive procurando por você durante toda minha vida, ligado a você pela visão do que aconteceu hoje.

Ele alisou seu cabelo despenteado, brincando com uma das mechas castanhas.

– Sabe, minha mãe confiava no destino. Acreditava nele, mesmo sabendo que seu próprio destino lhe reservava a perda e a dor amarga. Já eu nunca quis aceitar essa crença, de que tudo estava predeterminado. Pensei que fosse mais esperto, que estivesse acima disso. Mas foi o destino que nos uniu, Tess. Não posso negar isso agora. Por Deus, Tess... Tem alguma ideia de por quanto tempo esperei por você?

– Ah, Dante – sussurrou, piscando para refrear uma lágrima. – Não estava preparada para nada disso. Estou com tanto medo...

Ele a trouxe mais perto de si, aflito por tudo o que ela tinha sido obrigada a suportar por sua causa. Sabia que o trauma do que havia acontecido hoje permaneceria com ela durante muito tempo. Tanta morte e destruição. Não queria jamais que ela voltasse a sentir esse tipo de dor.

– Preciso saber que vai estar em algum lugar onde estará sempre a salvo, Tess. Onde eu possa protegê-la melhor. Há lugares aonde podemos ir, lares seguros para os membros da Raça. Já falei com Chase para que nos arranje um lugar em um dos Refúgios Secretos locais.

– Não. – Dante sentiu o coração afundar no peito quando ela se apartou com cuidado de seus braços e se sentou de joelhos ao lado dele na cama. Ela balançou a cabeça lentamente. – Dante, não...

Que Deus o ajudasse, mas não conseguia falar. Esperou em um silêncio agonizante, sabendo que merecia completamente aquela rejeição. Merecia seu desprezo por tantas razões, mas havia tido certeza de que ela se importava com ele. Rezou para que fosse verdade, ao menos um pouco.

– Tess, se disser que não me ama...

– Eu o amo – disse ela, por fim. – Amo você com todo meu coração.

– Então o que foi?

Ela o fitou profundamente, com os olhos da cor do mar úmidos, mas decididos.

– Estou cansada de fugir. Estou cansada de me esconder. Você abriu meus olhos para um mundo que jamais sonhei existir. Seu mundo, Dante.

Ele sorriu para a bela mulher sentada ao seu lado.

– Meu mundo é você.

– E também é tudo isso. Este lugar, essas pessoas. O incrível legado do qual faz parte. Seu mundo é perigoso e sombrio, Dante, mas também é extraordinário – como você. Como a vida. Não me peça para fugir disso. Quero ficar junto a você, mas se for para viver em seu mundo, quero viver aqui, onde você pertence. Onde está sua família.

– Minha família?

Ela assentiu.

– Os outros guerreiros que vivem aqui e suas companheiras. Eles o amam. Vi isso hoje. Talvez com o tempo também gostem de mim.

– Tess. – Dante a aproximou dele, abraçando-a com o coração cheio de uma gratidão que levantava voo em seu peito como se tivesse asas. – Quer ficar aqui comigo assim, como a companheira de um guerreiro?

– Como a companheira do *meu* guerreiro – corrigiu ela, sorrindo para ele com os olhos brilhantes de amor. – Não aceito nenhuma outra maneira.

Dante engoliu com a garganta seca. Não merecia aquela mulher. Depois de tudo por que tinham passado, depois de sua fuga sem fim, seu coração havia finalmente encontrado seu lar. Junto a Tess. Junto à sua amada.

– O que me diz? – Perguntou-lhe ela. – Pode viver assim?

– Eternamente – jurou Dante, e a deitou sobre a cama e selou seu pacto com um apaixonado beijo sem fim.

Glossário

Anfitriã de Sangue: Mulher humana que se oferece a um vampiro (voluntariamente) para que este sugue seu sangue.

Anfitriões Voluntários: Humanos que permitem que vampiros suguem seu sangue, em troca de prazer, para se alimentarem.

Antigos: Pertencentes ao grupo dos oito guerreiros extraterrestres e conquistadores estrangeiros que chegaram na Terra.

Banco Internacional de Dados: Rastreador de vampiros Renegados.

Bastardos: Vampiros Renegados.

Bestas Ferozes: Vampiros Renegados.

Carmesim: espécie de droga que faz os vampiros da Raça terem a Sede de sangue.

Companheira de Raça: Humana que traz no corpo uma marca de nascença mostrando, assim, ser dotada de características únicas no sangue e com propriedades do DNA complementares à raça dos vampiros.

Condomínio: Local bem protegido e armado em que vivem em segurança os guerreiros de Raça com as Companheiras de Raça deles.

Dermaglifos: Desenhos naturais que existiam no corpo dos vampiros, herdados pelos antepassados da Raça.

Guerreiro da Ordem: Vampiro guerreiro da Raça.

Guerreiro da Raça: Vampiro pertencente à Raça que protege a Terra contra o ataque por Sede de Sangue dos vampiros Renegados.

Líder da Raça: Vampiro-chefe dos guerreiros da Raça.

Mestre: Chefe dos vampiros Renegados.

Ordem: Grupo composto por Guerreiros da Raça.

Primeira Geração da Raça: Vampiros filhos dos primeiros vampiros geradores da Raça.

Raça: Tipo de vampiro.

Refúgios Secretos: Locais espalhados pelo mundo onde os vampiros da Raça podem viver em família e constituí-la em segurança.

Refúgio das Trevas: Local secreto onde os vampiros habitam durante o dia.

Renegado: Vampiro expulso da Raça por ser viciado em sangue, por matar humanos indiscriminadamente e não conseguir controlar a própria Sede de Sangue.

Santuários Secretos da Nação: Local seguro para os vampiros da Raça.

Sede de Sangue: Grande necessidade sem controle de sangue humano. Assemelha-se a um vício sem controle.

Submundo: Mundo sombrio dos vampiros.

Subordinado: Humano que trabalha como escravo e servo dos vampiros Renegados.

Todos da Raça: Vampiros com um código de honra similar.

A seguir, uma prévia do terceito romance da *Midnight Breed*, *O Despertar da Meia-Noite*

O cheiro do sangue era transportado pela rala brisa de inverno. Era fraco, fresco, um leve odor cúprico que fazia cócegas nas narinas do vampiro guerreiro que saltava em silêncio de telhado a telhado dos edifícios escurecidos pelo anoitecer. Flocos de neve caíam à sua volta como alvas cinzas flutuantes, recobrindo a cidade que se estendia uns dez andares abaixo dele.

Tegan se agachou na beirada do prédio e examinou o emaranhado de ruas e becos tumultuados. Como membro da Ordem – integrante de um pequeno grupo de vampiros da Raça engajado na guerra contra seus irmãos selvagens, os Renegados –, o objetivo principal de Tegan todas as noites era acabar com seus inimigos. Mas, em seu âmago, fazia parte da Raça, e não havia ninguém entre eles que pudesse ignorar o chamado de sangue humano recém-derramado.

Curvou os lábios para trás e inalou o gélido ar através dos dentes. Suas gengivas formigaram, e sentiu a dor aflorando onde os caninos começavam a se estender em longas presas. Sua visão se aguçou além de sua acuidade sobrenatural, e as pupilas se estreitaram em finas fendas verticais no meio das íris verdes. A necessidade de caçar – de se alimentar – cresceu rapidamente. Como uma resposta automática que, mesmo ele, com seu disciplinado autocontrole de ferro, era incapaz de reprimir.

E era ainda pior para ele, que fazia parte da Primeira Geração de vampiros nascida na Terra. O apetite destes – tanto físico, carnal, quanto outros – ardia ainda mais forte.

Tegan se arrastou pela beirada do edifício e saltou para o telhado de outro prédio, com os olhos cravados na movimentação das pessoas logo abaixo. Procurava por algum indivíduo fraco em meio às pessoas. Mas não vasculhava a multidão apenas para satisfazer às suas próprias necessidades: encontrar um humano com uma ferida aberta e fresca era sinal certo de que qualquer Renegado dentro de um raio de um quilômetro não estaria muito longe dele.

Contudo, agora que estava se aproximando da origem do cheiro, percebeu que sentia uma nota cada vez mais rançosa. Era sangue derramado, mas não era nada fresco; já tinha vários minutos.

Seguindo o metálico odor, o olhar de Tegan pairou sobre uma silhueta baixa e delgada, recoberta por uma parca comprida, que corria pela rua principal, além da estação de trem. Andava de modo apreensivo e demonstrava um evidente desejo de passar despercebida com a cabeça baixa ao se afastar de uma multidão de pessoas e se dirigir para uma rua lateral vazia.

– Que diabos está fazendo? – Murmurou Tegan sob a respiração.

Homem ou mulher, não podia ter certeza sob toda aquela roupa escura. De qualquer forma, o humano estava prestes a receber uma companhia muito indesejada.

Tegan viu o Renegado um instante antes de este sair de seu esconderijo atrás de uma lixeira vários metros a frente do humano. Não conseguiu escutar as palavras que foram ditas, mas podia dizer, pelo porte arrogante do vampiro e por seus brilhantes olhos cor de âmbar, que estava brincando com a pessoa – apenas se divertindo um pouco antes de entrar em ação. Outros dois Renegados saíram da esquina logo atrás, encurralando o humano.

– Maldição – grunhiu Tegan, esfregando a mão no queixo.

Nunca havia dado muita utilidade à reluzente honra que era exigida por seu ato generoso como salvador desconhecido dos humanos que coabitavam o planeta com eles. Mesmo sendo meio-humano, como todos os da Raça, Tegan havia desistido há muito tempo da necessidade de ser o herói. Havia visto muito sangue sendo derramado, muita matança sem sentido e perdas trágicas em ambos os lados. Seu propósito agora e durante os últimos quinhentos anos – desde a brutal tortura e morte da única mulher que havia amado – era bastante simples. Exterminar o máximo de Renegados que fosse possível, ou morrer tentando.

Mas havia uma antiga parte dele que ainda se enfurecia ao pensar em injustiças terrivelmente desfavoráveis, como a situação que acontecia na rua logo abaixo.

O humano oculto sob o manto coberto de sangue estava sendo cercado. Como tubarões movendo-se para matar, os Renegados começaram a fechar o círculo. A cabeça encapuzada se levantou de repente e se virou ao notar a ameaça que a rodeava. Mas era tarde demais. Nenhum humano tinha chances contra um maldito chupador de sangue, muito menos contra três deles. Tegan soltou uma maldição e avançou, saltando para um telhado mais baixo sobre o beco... Ao mesmo tempo em que o Renegado diante do humano se pôs em ação.

Tegan ouviu um suspiro agudo – um gemido feminino de terror – quando o Renegado agarrou sua presa. Segurou a mulher pela frente do capuz e a jogou no chão coberto de neve, deixando escapar um selvagem uivo de prazer ao vê-la cair bruscamente.

– Meu Deus – sibilou Tegan, desembainhando uma enorme espada do quadril.

Disparou a correr e, com um salto, caiu da borda do edifício, pousando suavemente no chão, agachado. Os dois Renegados mais próximos dele se separaram; um se escondeu, enquanto o outro gritava que estavam sendo atacados. Tegan silenciou o alerta no meio da frase, retalhando a garganta do miserável com a lâmina de aço de bordas de titânio.

Poucos metros adiante no beco, a mulher se encontrava de bruços, lutando para se livrar de seu agressor. Também estava armada, notou Tegan surpreso, mas o Renegado percebeu ao mesmo tempo e chutou a arma para longe de sua mão. Pisou no meio das costas da mulher, prendendo-a firmemente ao chão com a bota plantada em sua coluna.

Tegan avançou para cima dele no mesmo instante. Apartou o Renegado da mulher, conduzindo o vampiro raivoso até a parede lateral de tijolos, onde o segurou com o antebraço preso sob o queixo.

– Saia já daqui! – Gritou para a humana, enquanto ela começava a se levantar. – Corra!

Ela lançou um olhar assustado sobre o ombro – o primeiro relance que Tegan teve de seu rosto. O olhar dele se fixou em um par de enormes e pálidos olhos cor de lavanda. A mulher o fitava por cima de um cachecol escuro de tricô que mal podia disfarçar a delicada beleza que havia embaixo.

Ah, droga. Ele a conhecia.

E não era apenas uma humana qualquer; era uma Companheira de Raça. Uma jovem viúva de um dos Refúgios Secretos da cidade – os santuários da nação vampiresca. Tegan não a conhecia muito bem. Não a via há meses, desde a noite em que a tinha levado do condomínio da Ordem para casa, depois de ela ter descoberto que seu filho único havia se transformado em Renegado.

Era a última vez que a tinha visto, mas não havia sido a última vez em que pensara nela.

Elise.

Que diabos estava fazendo aqui?

O olhar firme de Tegan deixou Elise atônita por um instante que parecia se esticar indefinidamente. A fúria da batalha havia transformado seu rosto por completo, que agora mostrava sua verdadeira natureza – um vampiro da Raça, com reluzentes presas e olhos ferozes, que já não cintilavam o habitual verde-esmeralda, mas se alagavam de um âmbar brilhante que ardia como brasa em seu crânio.

– Corra! – Gritou, e sua voz saiu como um profundo grunhido de outro mundo. – Saia já daqui! Agora!

Essa breve desatenção lhe custou caro. O Renegado que tinha prensado na parede em frente a ele virou a cabeçorra, com as mandíbulas bem abertas, e a saliva escorrendo pelas enormes presas. Mordeu o antebraço de Tegan, rasgando a carne musculosa do guerreiro. Sem nenhum som de dor ou raiva, Tegan levantou a outra mão e enterrou a lâmina no pescoço do Renegado. Ele caiu sem vida, e seu cadáver chiou com o titânio que envenenava sua corrente sanguínea deteriorada.

Tegan deu a volta, arfando entre os lábios, inspirando o ar gelado.

– Maldita seja, mulher! Vá embora! – Rugiu ele, assim que o último Renegado saltou para atacá-lo.

Elise se pôs em ação. Saiu em disparada do beco e entrou em outra rua, correndo o mais rápido que suas pernas podiam aguentar. O pequeno apartamento que havia alugado não ficava muito longe, apenas alguns extensos quarteirões depois da estação de trem, mas pareciam quilômetros. Estava exausta por conta de suas terríveis experiências naquele dia e tremia por causa da violência que tinha acabado de presenciar no beco.

E também estava preocupada com Tegan, ainda que tivesse certeza de que ele não precisava de sua preocupação. Era um membro da Ordem, provavelmente o mais letal de todos, baseado no que viu quando se encontraram pela primeira – e última – vez alguns meses atrás. Nunca havia encontrado alguém com tamanha apatia como Tegan. Era uma máquina mortífera, segundo todos que conheciam seu nome, e Elise não duvidou disso por sequer um segundo. E, agora que tinha sido descoberta na cidade, podia apenas esperar que o guerreiro não se interessasse pelo que ela estaria fazendo. Não podia permitir que a levassem de volta para o Refúgio Secreto, nem mesmo por um homem tão temível quanto Tegan.

Elise correu o último quarteirão até seu apartamento e subiu os degraus de concreto apressada. A porta principal costumava ter fechadura, mas alguém a havia quebrado cinco semanas atrás e o condomínio do prédio ainda não havia consertado. Elise empurrou a porta e avançou pelo corredor do primeiro andar até chegar à porta de seu apartamento. Destrancou a fechadura e deslizou-se para dentro, acendendo imediatamente todas as luzes.

Logo em seguida, ligou o rádio e a televisão – sem emitirem nada em particular, mas ambos tocando muito alto. Já não precisava mais do aparelho de MP3 que havia usado em sua caçada durante o dia; tirou-o e o colocou sobre a bancada amarela da cozinha, junto com o telefone celular do Subordinado morto. Atirou ao chão o manto destruído, ao lado da esteira, sentindo o estômago se retorcer enquanto a lâmpada que pendia da sala de estar iluminava as rubras manchas do sangue do Subordinado. Também havia sangue em suas mãos; seus dedos estavam pegajosos com o sangue já coagulado.

E sua cabeça ainda martelava, a violenta enxaqueca habitual que aparecia ao despertar de qualquer período prolongado sem usar seu dom. Não estava tão ruim agora quanto logo estaria. Ainda tinha tempo de se limpar e tentar se deitar na cama antes que o pior a atingisse.

Elise se arrastou até o banheiro e ligou o chuveiro. Seus dedos tremiam ao desabotoar da coxa a capa de couro vazia de sua faca e colocá-la sobre a pia. Havia perdido a lâmina de titânio na neve quando o Renegado a chutou de sua mão, mas tinha outras para substituí-la. Grande parte do dinheiro que trouxera consigo do Refúgio Secreto havia sido gasto com armas e equipamentos de treino – acessórios sobre os quais nunca havia desejado saber nada, mas que agora considerava necessidades básicas. Que mudança tão drástica havia ocorrido em sua vida em apenas quatro meses! Nunca poderia voltar a ser o que era antes.

A pessoa que havia sido enquanto vivera sob a proteção da Raça já não existia mais; tinha morrido, como seu amado parceiro e seu filho. A dor dessas perdas era uma fornalha que devorou sua vida antiga, reduzindo-a a cinzas. Ela era o que restava – a fênix que se reerguia das cinzas. Elise levantou os olhos para o espelho embaçado e encontrou seu próprio olhar assombrado no vidro. O sangue maculava as bochechas e o queixo, e havia sujeira em toda a testa, como uma pintura de guerra. Havia um brilho feroz nos olhos cansados que a olhavam de volta.

Deus, estava exausta... tão cansada. Mas, enquanto pudesse ficar de pé, podia lutar. Enquanto seu coração ainda ardesse por vingança, usaria o dom psíquico que por tanto tempo havia sido uma de suas maiores fraquezas. Suportaria qualquer adversidade, enfrentaria qualquer risco. Tudo que tivesse que fazer para ter justiça.

Sobre a Autora

Lara Adrian

Com raízes históricas, vindas de uma família que remonta ao século XVII, do período do famoso navio Mayflower, que transportou peregrinos da Inglaterra para os Estados Unidos, chamado, na época, de Novo Mundo, a autora, Lara Adrian, atualmente, vive com seu marido na costa da Nova Inglaterra, região nordeste dos Estados Unidos, local cercado por centenários cemitérios e longe do conforto urbano, buscando uma inesgotável inspiração do Oceano Atlântico.

Para saber mais sobre Lara Adrian e seus romances, acesse o *site*: *www.LaraAdrian.com* ou visite a FaanPage no Facebook: Midnight Breed Series Brasil.

HR Gráfica e Editora
Rua Serra de Paracaina, 716 – Moóca - São Paulo – SP – CEP 03107-020
Fone/Fax: (11) 3341-6444 - Email: vendas@hrgrafica.com.br
www.hrgrafica.com.br